올랜도

Orlando

올랜도

버지니아 울프

박희진 옮김

솔

울프 전집을 발간하며

왜 지금 울프인가? 1941년 3월 28일 양쪽 호주머니에 돌을 채워 넣고 우즈 강에 투신 자살한 작가 버지니아 울프의 전집을 이역만리 한국에서 왜 지금 내놓는가?

20세기 초라면 울프에 대한 모더니스트로서의 위상 정립 작업이 필요했을 수도 있다. 또한 1980년대라면 1970년대 이후 서구에서 활발하게 진행된 페미니즘 논의와 연관시켜 페미니스트로서의 위치 설정 작업이 필요하다고 할 수도 있다. 울프는 누가 뭐래도 페미니스트이다. 울프의 페미니즘은 비록 예술이라는 포장지에 곱게 싸여 있기는 하지만 나름대로 격렬한 것이다. 그럼에도 불구하고 페미니즘은 절대로 울프 문학의 진수도 아니며, 전부는 더더욱 아니다.

그녀의 문학은 한마디로 말해서 인간주의 문학이다. 사랑을 설파한 문학, 이타주의利他主義를 가장 소중히 여긴 고전 중의 고전이 그녀의 문학이다. 모더니즘, 페미니즘, 사회주의와 같은 것들은 그녀가 목적지를 향해 나아가는 도중에 잠깐씩 들른 간이역에 불과하다. 궁극적인 목적지는 인본주의라는 정거장이었다. 그동안 그녀는 모더니즘의 기수라는 훤칠한 한 그루의 나무로, 또는 페미니즘의 대모代母라는 또 한 그루의 잘생긴 나무로 우리의 관심을 지나치게 차지하여 우리가 크고도 울창한 숲과 같은 이 작가의 문학 세계를 제대로 보지 못하는 경향이 없지 않았다. 이제는 바야흐로 이 깊은 숲을 조망할 때가 온 것으로 믿는다. 지금 우리가 울프를 다시 읽어야 하는 이유가 여기에 있다.

이 전집이 울프를 바로 이해하는 데 도움이 되고, 나아가 읽는 이의 정서를 순화하는 데 작은 도움이 되었으면 한다.

울프 전집 간행위원회

차례

V. 색빌웨스트에게

서문

　이 책을 쓰는 데 있어서 많은 친구들의 도움이 있었다. 몇 사람은 이미 고인이 되었고, 너무 저명해서 감히 이름을 거명하기가 주저되지만, 글을 읽거나 쓰는 사람치고 디포, 토머스 브라운 경, 스턴, 월터 스콧 경, 로드 매콜리, 에밀리 브론테, 드퀸시, 월터 페이터 등에게 ― 우선 생각나는 대로 적어도 ― 끊임없이 빚을 지고 있지 않은 사람은 없을 것이다. 다른 사람들은 살아계신데, 그렇기 때문에 돌아가신 분들 못지않게 저명하기는 하지만 그리 무서운 존재는 아니다. C. P. 생어 씨에게는 특히 많은 신세를 졌는데, 부동산법에 관한 그의 지식의 도움이 아니었으면 이 책을 쓰는 일은 불가능했을 것이다. 시드니-터너 씨의 해박하고 독자적 지식 덕분에 터무니없는 실수를 면할 수 있었다(희망컨대). 아서 웨일리 씨의 중국어 지식이 얼마나 큰 도움이 되었는가는 나만이 알고 있다. 마담 로포코바(J. M. 케인즈 부인)는 늘 옆에서 내 러시아 어를 고쳐주었다. 나에게 그림에 대한 약간의 이해가 있다면 이것은 로저 프라이 씨의 비할 데 없는 이해심과 상상력 덕분이다. 다른 분야에 있어서는 조카 줄리안 벨 씨의 엄격하지만 보기 드물게 예리한 비판에 많은 도움을 받았다고 생각한다. 해로게이트와 첼트넘의 고문서보관소에서 M. K. 스노든 양의 지칠 줄 모르는 조사는 비록 목적을 이루지는 못했지만 힘든 작업이었다. 그 밖에 일일이 밝힐 수 없는 다양한 분야에서 다른 친구들의 도움을 받았는데, 여기서는 이름만을 적어두려고 한다. 앵거스 데이비드슨 씨, 카트라이트 씨, 재닛 케이스 양, 로드 버너스(엘리자베스 조 음악에 대해 소중한 가르침을 받았다), 프란시스 비렐 씨, 오빠 에이드리언 스티븐즈 박사, F. L. 루커스 씨, 데스몬드 매카시 부부, 신명나게 해주는 재주가 더없이 뛰어난 비평가인 형부 클라이브 벨 씨, G. H. 라일런즈 씨, 콜팩스 영부인, 넬리 복솔 양, J. M. 케인즈 씨, 휴 월폴 씨, 바이올렛 디킨슨 양, 에드워드 색빌웨스트 각하, 존 허친슨 씨 부부, 던컨 그랜트 씨, 스티븐 톨민 씨 부부, 레이디 옷토린 모렐과 부군 모렐 씨, 시어머님 시드니 울프 부인, 오즈버트 시트웰 씨, 마담 자크 라베라, 코리 벨 대령, 바레리 테일러 양, J. T. 셰퍼드 씨, T. S. 엘리엇 씨 부부, 에셀 샌즈 양, 낸 허드슨 양, 조카 퀸틴 벨 씨(오랫동안의 소설 제작의 협력자), 레이먼드 모티머 씨, 레이디 제럴드 웰스리, 리튼 스트레치 씨, 세실 자작 부인, 호프 머리즈 양, E. M. 포스터 씨, 해롤드 니콜스 각하, 그리고 언니 바네사 벨ㅡ그러나 명단이 너무 길어질 것 같고, 이미 쟁쟁한 분들이 즐비하다. 이 명단은 나에게는 더없이 즐거운 추억을 불러일으키지만, 지나친 기대감을 갖게 된 독자들을 이 책은 필경 실망시키게 될 것이다. 따라서 다음 분들에게 감사의 말로 서문을 마치려고 한다. 한결같이 친절한 대영박물관과 기록보관소 직원들에게, 아무도 할 수 없는 도움을 준 조카 안젤리카 벨에게, 그리고 변함없이 내 조사를 참을성 있게 도와준 남편에게. 역사적 사실에 대해 이 책이 어느 정도의 정확성을 가졌다면 그것은 남편의 덕분이다. 끝으로 지금까지의 내 작품의 구두점 찍기, 식물, 곤충, 지리 및 연대에 관한 잘못을 관대하게 보수도 없이 고쳐주신 미국의 어느 신사분에 대해, 만약 내가 성함과 주소를 잃어버리지 않았더라면 여기서 고마움을 표했을 것인데, 이번에도 수고를 아끼지 않으실 것을 부탁드린다.[1]

---

1   이 책이 참된 의미의 전기가 아니듯이, 이 서문도 장난삼아 쓴 것이다.

제1장

그는 — 당대의 복장으로 남녀를 구별하는 것이 좀 모호하기는
했지만, 그가 남성이라는 것은 어김없는 사실이었으므로 — 서까
래에 매달려 흔들거리고 있는 한 무어인[1]의 머리를 겨냥해 검을
내려치고 있었다. 그 머리통은 색깔하며 모양이, 움푹 팬 볼과 코
코넛 털 같은 거칠고 마른 한두 가닥의 머리칼 말고는 낡은 축구
공과 비슷했다. 그것은 올랜도의 아버지가, 아니, 어쩌면 할아버
지가 아프리카의 황야에서, 달빛 아래 갑자기 모습을 드러낸 거
대한 몸집의 이교도의 어깨에서 칼로 쳐 떨어뜨린 것이었는지도
모른다. 그리고 지금 이 목은 그를 살해한 귀족의 거대한 저택[2]에
서, 다락방들 사이로 끊임없이 불어오는 미풍 속에 조용히, 멈추
지 않고 흔들거리고 있었다.

올랜도의 조상들은 아스포델[3]이 피는 초원이나, 돌투성이의
들판, 그리고 이름 모를 강들이 흐르는 들판을 말을 타고 달리면

---

1 북아프리카인.
2 영국 켄트 주의 세븐오크스에 있는 놀관이 그 모델이다. 1566년부터 1946년까지 색빌가의
   소유였다.
3 백합처럼 생긴 꽃이다. 양성구유식물兩性具有植物로 이 작품의 주제와 관계가 있다.

서, 수많은 어깨에서 여러 인종의 머리를 검으로 쳐 떨어뜨려, 그
것을 가지고 돌아와 서까래에 매달아놓았던 것이다. 자기도 그렇
게 하겠노라고 올랜도가 맹세했다. 그러나 그의 나이 이제 겨우
열여섯 살이어서, 아프리카나 프랑스에서 그들과 함께 말을 달리
기에는 너무 어려, 엄마와 정원의 공작새들에게서 몰래 빠져 나
와, 다락방으로 올라가 거기서 허공에다 대고 검을 찌르고, 쑤시
고, 토막 내는 시늉을 하는 것이었다. 때로는 줄을 잘라버려, 머리
통이 마루에 쿵 하고 떨어지기나 하면, 그것을 다시 매달아야 했
는데, 용기를 내서 가까스로 손이 닿을 높이로 매달아놓으면, 적敵
은 검게 쭈그러든 입술 사이로 의기양양하게 희죽하고 웃었다.
해골이 이리저리 흔들리고 있었는데, 그가 꼭대기 층에 사는 이
집은 너무나 넓어서, 바람마저 그 안에 갇혀, 겨울 여름 할 것 없
이 이리저리 불어대고 있었기 때문이다. 사냥꾼들을 수놓은 초록
색 벽걸이들이 끊임없이 흔들리고 있었다. 그의 조상들은 태어날
때부터 귀족이었다. 그들은 북녘 안개를 뚫고, 머리에 작은 관들
을 쓰고 나타났다. 거대한 문장紋章이 그려진 스테인드글라스에
서 비쳐 들어오는 햇빛이 방 안에 몇 가닥의 그림자를 만들고, 마
루에는 바둑무늬의 노란색 웅덩이를 만들지 않았던가? 지금 올
랜도는 노란색 문장 표범 몸뚱이의 한가운데에 서 있었다. 그가
창문을 열려고 창턱에 손을 얹자마자, 그의 손은 나비의 날개와
도 같이 빨간색, 파란색, 노란색으로 물들었다. 그리하여 상징을
좋아하고, 상징 해독에 남다른 재주가 있는 사람들은 비록 그의
잘생긴 다리, 준수한 몸, 그리고 딱 벌어진 어깨가 모두 문장의 여
러 가지 빛깔로 장식되었지만, 창문을 열었을 때의 올랜도의 얼
굴은 오로지 햇빛만으로 빛나고 있었다는 사실을 알아보았을 것
이다. 그의 얼굴보다 더 솔직하고 시무룩한 얼굴은 어디에서도

찾아볼 수 없을 것이다. 이런 아들을 낳은 어머니는 얼마나 행복하며, 이런 사람의 전기작가는 더더욱 행복하지 않겠는가! 어머니는 걱정할 일이 전혀 없으며, 전기작가는 소설가나 시인의 도움을 청할 필요가 없다. 위업에서 위업으로, 광영에서 광영으로, 관직에서 관직으로 주인공은 가야 할 길을 가고, 전기작가는 그 뒤를 좇다보면, 그들은 바라는 대로의 최고의 자리에 올라가게 된다. 척 보기에도 올랜도는 그런 영광의 길을 걷도록 운명 지워진 것으로 보인다. 발그스레한 볼은 복숭아 털 같은 솜털로 덮여 있었고, 입술 위의 잔털은 볼의 잔털보다는 약간 짙을 정도였다. 입술 자체는 자그마하며, 아몬드 빛의 희고 정교한 치아 위에 약간 치켜 올라가 있었다. 화살같이 팽팽하게 당긴 짧은 코는 거침이 없었으며, 머리칼은 검고, 귀는 자그마하며, 머리에 바싹 붙어 있었다. 그러나 아뿔싸, 이 젊은이의 이마와 눈에 대한 언급 없이 그의 아름다움을 다 말했다고 할 수는 없다. 오호라, 인간 누구나 이마와 두 눈, 셋 다 없이 태어나는 일은 드물지만, 창가에 서 있는 올랜도를 보는 순간, 우리는 크게 뜬 그의 큰 눈이 넘치도록 물기에 젖어, 마치 이슬에 젖은 제비꽃 같다는 사실을 인정하지 않으면 안 된다. 그리고 이마는 마치 아무것도 새기지 않은 메달 같은 그의 두 관자놀이 사이에 끼여, 불룩하게 올라 온 대리석 원형 지붕 같았다. 이처럼 그의 눈과 이마를 보자마자 우리는 흥분해서 이야기하게 된다. 그의 눈과 이마를 보자마자 우리는 수많은 그의 결점을 무시하게 되는데, 이것은 훌륭한 전기작가라면 누구나 그렇게 하는 것이다. 녹색 옷을 입은 매우 아름다운 그의 어머니가 하녀 트위체트를 거느리고 공작새들에게 먹이를 주려고 걸어 나오는 광경은 그의 마음을 흔들어놓았다. 또 새와 나무 같은 광경은 그를 즐겁게 했고, 저녁 하늘이나 집으로 돌아가는 떼까마귀는 그로 하여금 죽음을 동경하게 하였다. 이처럼 이 모든 광경과 정원에서 들려오는 소리들 —망치를 치는 소리, 장작을 패는 소리 —이 나선형 층계를 타고 올라와, 그의 두뇌 속으로 —그의 두뇌는 상당히 넓었는데 —들어가, 열정과 감정에 소요와 혼동을 일으키는데, 이것은 전기작가라면 누구나 싫어하는 것이다. 그러나 이야기를 다시 계속하자면 —올랜도는 천천히 창에서 고개를 빼고서는, 자기 책상에 앉아 이 시간에 매일 정해놓고 일을 하는 사람의 반쯤 무의식적인 태도로 『에셀버트: 5막의 비극』이라고 제목을 붙인 공책을 꺼내, 오래되고 지저분한 깃털 펜을 잉크에 담갔다.

그는 곧 열 쪽 이상을 시로 메웠다. 확실히 그의 필치는 유창했으나 내용은 추상적이었다. '악덕', '범죄', '비참' 따위가 그가 쓰는 드라마의 등장인물들이었다. 존재하지 않는 땅을 다스리는 왕들과 왕비들이 있었고, 끔찍한 모략이 그들을 당황하게 했으며, 숭고한 감정이 넘쳐났다. 대사 가운데는 실제로 그가 썼음직한 단어는 하나도 없이, 모든 것이 유창하고 아름답게 쓰여 있었다. 그런데 이것은 그의 나이로 미루어볼 때 —아직 열일곱도 안 되었다 —그리고 16세기가 아직도 몇 년 지나야 끝난다는 사실을 감안한다면 그것은 대단한 솜씨였다. 하지만 결국 그는 글쓰기를 멈췄다. 그는 젊은 시인들의 영원한 테마인 자연을 묘사하고 있었는데, 초록빛의 섬세한 농도를 정확히 표현하고자 그는 사물 그 자체를 관찰했는데(이 점에서는 그는 누구보다도 대담했다), 그것은 마침 창 밑에서 자라고 있던 월계수 덤불이었다. 보고 나서는 물론 더 이상 그는 글을 쓸 수 없었다. 자연 속의 녹색과 문학 속의 녹색은 별개의 것이다. 자연과 문학은 선천적으로 상극인 것 같다. 둘을 함께 있게 하면 그들은 서로를 찢어발겨 놓는다.

올랜도가 지금 본 초록색의 명암은 그의 시의 운과 박자를 망쳐 놓았다. 게다가 자연은 나름대로의 책략을 가지고 있다. 일단 창 밖 꽃들 사이에 있는 벌들, 하품하는 개, 지는 해를 바라보게 되면, 또 "몇 번이나 더 저 노을을 보게 될까"라는 생각을 하게 되면 (이 생각은 너무도 잘 알려진 것이라 여기 적을 가치도 없지만) 우리는 펜을 내려놓고, 외투를 들고, 방에서 성큼성큼 걸어 나가다가, 페인트칠을 한 서랍 상자에 발이 걸려 넘어지는 일 따위가 생긴다. 왜냐하면 올랜도는 약간 굼뜬 편이었으니까.

그는 조심해서 아무도 만나지 않도록 했다. 정원사 스터브스가 길을 따라 걸어오고 있었다. 그는 정원사가 지나갈 때까지 나무 뒤에 숨어 있다가, 정원 벽에 붙어 있는 작은 문으로 나왔다. 그는 모든 마구간, 개집, 양조장, 목공소, 세탁소, 수지양초 만드는 곳, 황소 도살장, 편자 제조소, 남자 가죽조끼 만드는 곳을―이 집은 각자 다양한 직업에 종사하는 사람들로 북적거리는 도시 같은 곳이었으니까―남의 눈에 띄지 않게 공원을 가로질러 언덕으로 올라가는 양치식물이 무성한 산책길로 나왔다. 인간의 기질 가운데는 서로 비슷한 것들이 있는 모양이어서, 어떤 기질에는 으레 어떤 기질이 곁들이게 된다. 여기서 전기작가는 그가 굼뜬 것이 그가 종종 고독을 사랑하는 성향과 짝을 이룬다는 사실에 주목해야 한다. 서랍 상자 따위에 걸려 넘어지는 올랜도는 당연히 고독한 장소나 광활한 전망들을 좋아했고, 자기가 영원히, 영원히, 영원히 혼자라고 느끼기를 좋아했다.

그리하여 그는 오랜 침묵을 깨고 마침내 "나는 외톨이다"라는 말을 뱉어내어, 이 전기에서 처음으로 입을 열게 되었다. 그는 고사리와 산사 덤불 사이를 사슴과 야생 새들을 놀라게 하며, 아주 빠른 걸음으로 꼭대기에 단 한 그루의 참나무가 서 있는 곳으로 올라갔다. 그곳은 대단히 높은 곳이었는데, 아주 높아서 눈 아래로 아홉 개의 주州를 내려다볼 수 있었으며, 개인 날이면 서른 개의 주, 만약 날씨가 아주 좋은 날이면 아마도 마흔 개의 주를 볼수 있었을 것이다. 때로는 밀려왔다가는 물러나는 영국해협의 파도도 보였다. 강들이 보였고, 그 위를 달리는 유람선들도 보였고, 바다를 향해 나아가는 대형범선들, 그리고 연기와 함께 둔탁한 대포소리를 내는 함대, 해안가의 요새들, 초원 사이의 궁전들도 보였다. 그리고 여기에는 감시탑이, 그리고 저기에는 요새가, 그리고 올랜도의 아버지 것과 같은 또 다른 거대한 저택이 성벽에 둘러싸인 골짜기에 도시처럼 덩어리져 있는 것이 보였다. 동쪽으로는 런던의 탑들과 도시의 연기가 보였으며, 풍향이 좋을 때면 바로 지평선 위 구름 사이에 스노든의 울퉁불퉁한 정상과, 톱니모양의 가장자리들의 험준한 모습이 보였다. 올랜도는 잠시 서서 이들을 세어보고, 응시하고, 확인했다. 저건 아버지 집이었고, 저건 아저씨 집이었다. 저기 나무들 사이에 있는 세 개의 거대한 탑은 아주머니 소유였다. 히스가 무성한 황야와 수풀은 그의 집안 것이었다. 꿩, 사슴, 여우, 오소리, 그리고 나비들도.

그는 한숨을 깊이 내쉬고는 참나무 발치의 대지 위에 몸을 내던졌다─그의 동작에는 이런 표현을 쓸 만큼의 정열이 있었다. 그는 덧없이 흘러가는 여름날에 등 뒤로 대지의 척추를 느끼는 것이 좋았다. 그가 딱딱한 참나무의 뿌리를 대지의 척추라고 생각하고 있었기 때문이다. 아니면 이미지가 꼬리에 꼬리를 물고 일어나, 딱딱한 뿌리는 거대한 말의 잔등이 되거나, 아니면 뒤척이는 배의 갑판이 된다─아니 딱딱하기만 하면 그것은 그 무엇이라도 될 수 있었다. 왜냐하면 그는 떠도는 그의 마음을 붙들어 맬 무엇인가를 필요로 하고 있었기 때문이다. 그의 옆구리를 힘껏 잡아당기는 마음, 매일 저녁 산책을 나오는 이맘때쯤이면 향긋한 사랑의 질풍으로 가득 차버리는 것 같은 마음. 참나무에 그의 마음을 붙들어 매고 그 발치에 누워 있으면, 그의 마음과 주위의 동요가 서서히 진정되었다. 작은 잎사귀들은 움직임을 멈춘채 매달려 있었고, 사슴은 발걸음을 멈추었으며, 파리한 여름 구름은 제자리에 머물러 있었다. 대지 위의 그의 사지는 무거워졌고, 그는 너무도 조용하게 누워 있어서, 사슴들이 조금씩 다가왔고, 까마귀들이 그의 주위를 맴돌았으며, 제비들은 급강하했다가 원을 그리며 날아 올랐고, 잠자리들이 획하고 지나갔다. 마치 모든 여름날 저녁의 풍요로움과 사랑스러운 활동이 그의 몸을 거미줄처럼 둘러싸고 있듯.

한 시간쯤 지난 뒤 — 태양은 빨리 지고 있었고, 하얀 구름은 빨갛게 변했으며, 언덕은 바이올렛 빛으로, 숲은 보랏빛으로, 계곡은 까맣게 물들고 있었는데 — 트럼펫 소리가 들려왔다. 올랜도는 벌떡 일어났다. 날카로운 소리가 계곡으로부터 들려왔다. 그 소리는 저 아래 어두운 곳에서 들려왔다. 그곳은 세밀하게 구획되고, 건물들이 꽉 찬 곳이었다. 말하자면 하나의 미궁이었고, 도시이면서 성벽으로 둘러싸인 곳이었다. 그 소리는 계곡에 있는 그 자신의 거대한 집의 심장부에서 들려왔는데, 방금 전까지만 해도 캄캄하던 계곡은 그가 보고 있는 사이에, 트럼펫 소리가 보다 날카로운 다른 소리들에 섞여 되풀이해서 울리는 사이에, 몇 줄기 날카로운 불빛이 뚫고 들어오면서 어둠이 사라졌다. 어떤 불빛은 부름을 받고 종종 걸음으로 복도를 달려가는 하인들의 불빛 같았고, 다른 불빛은 아직 오지 않은 손님들을 맞이할 준비가 된 텅 빈 연회장에서 높이 환하게 타고 있는 듯한 불빛이었다. 그리고 다른 불빛들은 가라앉았다가 흔들리고, 내려왔다가는 올라가는 것이, 마치 마차에서 내리는 위대한 여왕을 한 떼의 시종들이 경건하게 허리를 구부리고, 무릎을 꿇었다가 다시 일어나서 맞이하고, 안으로 호위하고 안내하는 것 같았다. 마차들이 마당에서 방향을 돌렸다. 말들이 깃 장식을 치켜세웠다. 여왕 폐하의 행차였다.[4]

올랜도는 더 이상 보고 있지 않았다. 그는 언덕 아래로 달려갔다. 쪽문으로 들어갔다. 나선형 층계를 마구 뛰어올라가 그의 방에 당도했다. 그는 방 한쪽에 스타킹을 집어던지고, 다른 쪽엔 가죽조끼를 던졌다. 머리를 잠깐 물에 적시고, 두 손을 문질러 씻었다. 손톱을 깎았다. 6인치짜리 거울과 두 개의 오래된 양초의 도움만으로, 마구간 시계로 10분도 채 안 걸려, 그는 심홍색의 바지를 입고, 레이스 칼라를 달고, 태피터 조끼를 입고, 겹 달리아만큼이나 큰 장미꽃 장식이 달린 구두를 신었다. 그는 만반의 준비가 되어 있었다. 볼이 빨갛고, 흥분해 있었다. 하지만 그는 굉장히 늦어버렸다.

그러나 알고 있는 지름길로 많은 방과 층계를 지나 5에이커나 되는 저택 저편에 있는 연회장으로 갔다. 그러나 거기 가는 도중에 그는 하인들이 사는 뒤채에서 걸음을 멈추었다. 스튜클리 부인의 거실 문이 열려 있었다ㅡ틀림없이 열쇠를 모두 가지고 그녀의 안주인 시중을 들기 위해 간 것이다. 그런데 거기 하인의 저녁 식탁 옆에 커다란 맥주잔을 놓고, 종이를 마주한 채, 상당히 뚱뚱하고 초라해보이는 남자가 앉아 있었다.[5] 그의 주름 옷깃은 더러워보였으며, 갈색 무지의 거친 나사 천 옷을 입고 있었다. 손에 펜을 잡고 있었지만 글을 쓰고 있지는 않았다. 그는 어떤 생각이 마음에 드는 모양을 갖추거나 탄력이 붙을 때까지 자기 마음속

4 엘리자베스 1세(1533~1603) 여왕이 실제로 1572년 이 작품의 무대인 놀을 방문했다.
5 놀을 방문했었다고 잘못 전해진 셰익스피어를 연상시킨다.

에서 이리저리 굴리고 있는 듯이 보였다. 이상한 질감의 녹색 돌처럼 흐릿하고 둥근 그의 눈은 한 곳을 응시하고 있었다. 그는 올랜도를 쳐다보지 않았다. 서두르고 있었지만 올랜도는 갑자기 멈추어 섰다. 이 사람이 시인이었나? 시를 쓰고 있었나? "가르쳐주세요"라고 말하고 싶었다. "온 세상의 모든 것을"이라고 — 왜냐하면 그는 시인과 시에 관해서 더없이 열광적이고, 더없이 어리석고 터무니없는 생각을 가지고 있었기 때문이다 — 하지만 상대를 쳐다보지도 않는 사람에게 어떻게 말을 걸 수 있단 말인가? 상대를 바라보는 대신 귀신이나 숲의 신, 어쩌면 바다의 깊은 곳을 보고 있을 사람에게? 이처럼 올랜도가 서서 지켜보는 동안 이 사람은 펜을 손가락 사이로 이리저리 굴리고, 응시하며 사색에 잠겼다가는 재빨리 대여섯 줄을 쓰고는 고개를 쳐들었다. 그러자 올랜도는 부끄러워져서 쏜살같이 그곳을 떠나 연회장으로 달려가, 어리둥절한 가운데 고개를 숙이고 무릎을 꿇고 앉아, 겨우 위대한 여왕께 직접 장미수 한 그릇을 드릴 수 있었다.

그는 너무도 수줍어서 물에 담근 여왕의 반지 낀 손밖에는 보지 못했다. 하지만 그것으로 충분했다. 그것은 오래 기억에 남을 손이었다. 긴 손가락의 가느다란 손이었는데, 마치 보주寶珠나 홀忽을 움켜쥐고 있듯이 구부러져 있었다. 신경질적이고, 괴팍하고, 병적인, 다스리는 손이었다. 치켜들기만 해도 사람의 목 하나를 날아가게 하는 손. 짐작컨대 그 손은 장뇌樟腦를 넣어 모피를 보관하는 서랍장 냄새가 나는 늙은 몸에 붙어 있을 것이었다. 그런데 그 몸은 아직도 갖가지 비단과 보석을 화려하게 두르고 있었고, 어쩌면 좌골 신경통으로 고통을 받고 있을지도 모르는데, 몸을 꼿꼿이 세우고 앉아, 수많은 위험에 엮여 있을 터인데도 움츠러드는 법이 없었다. 여왕의 눈은 옅은 황색이었다. 그는 이 모든 것을 큼지막한 반지들이 장미수 속에서 번쩍이는 사이에 느꼈다. 그러고 나서 무엇인가가 그의 머리칼을 눌렀는데―그가 역사가에게 도움이 될 만한 것을 더 이상 보지 못한 것은 아마 그 때문이었을 것이다. 사실상 그의 머릿속은 밤과 타오르는 촛불들, 초라한 시인과 위대한 여왕, 조용한 들판과 하인들의 덜그럭거리는 소리 따위의 서로 반대되는 것들로 뒤범벅이 되어 있어, 그는 아무것도 볼 수 없었다. 손 하나 말고는.

마찬가지로 여왕 자신은 그의 머리 하나만을 볼 수 있었을 것이었다. 그러나 만약에 손 하나에서 몸을 유추해낼 수 있고, 또 거기에 딸린 위대한 여왕의 모든 속성―그녀의 괴팍함, 용기, 나약함, 그리고 두려움 등―을 추리해낼 수 있다면, 마찬가지로 머리 하나도 왕좌의 귀부인이 내려다볼 때, 마찬가지로 많은 것을 말해줄 것이 분명하다. 그 귀부인의 눈은, 웨스트민스터 사원에 있는 밀랍인형들이 믿을 만한 것이라면, 항상 활짝 뜨고 있으니까. 여왕 앞에서 그처럼 경건하고 순진하게 떨어뜨리고 있는 검은 머리와, 길고 곱실거리는 머리칼은, 귀족 젊은이의 일찍이 볼 수 없었던 멋진 한 쌍의 다리를 짐작케 했다. 그리고 제비꽃 색깔의 눈과, 아름다운 마음씨, 충성심, 그리고 남자다운 매력―이 속성들은 모두 늙은 여인이 손에 넣기 어려우면 어려울수록 더욱 더 좋아하는 것들이었다. 왜냐하면 그녀는 나이 들고 지쳐, 때 이르게 몸이 굽어 있었기 때문이었다. 그녀의 귓전에 항상 대포 소리가 들렸다. 반짝이는 독극물이 방울져 떨어지는 것이 늘 보였고, 기다란 양날 단검이 보였다. 식탁에 앉으면 귀를 기울였다. 도버 해협에서 총성이 나는 것이 들렸다. 여왕은 겁이 났다―저건 저주인가, 속삭임인가? 이런 어두운 배경 때문에 천진난만함과 단순함이 더욱 그녀에게 소중했다. 전해내려오는 말에 의하면, 바로 그날 밤 올랜도가 깊이 잠이 들었을 때, 마침내 여왕이 정식으로 양피지 문서에 서명날인해서, 대주교의 소유였다가 왕의 것이 되었던, 본래는 사원이었던 거대한 저택을 올랜도의 아버지에게 양도했다고 한다.[6]

올랜도는 아무것도 모르는 채 밤새도록 잠을 잤다. 그는 여왕이 그에게 키스를 한 것도 알지 못했다. 여인네의 마음이란 복잡해서, 어쩌면 그녀의 어린 사촌(그들은 피를 나눈 인척이었으니까)을 여왕이 생생하게 기억하고 있는 것은, 그가 아무것도 몰랐다는 사실과, 여왕의 입술이 닿았을 때 그가 움찔했기 때문인지도 몰랐다. 여하튼 2년간의 이 조용한 시골 생활이 지나기도 전에 올랜도는 아마 20편의 비극, 열두어 편의 사극, 그리고 20여 편의 소네트 밖에 쓰지 못했을 때, 화이트홀 궁전[7]에서 여왕을 모시라는 전갈이 왔다.

여왕은 그가 긴 복도를 그녀를 향해 다가오는 것을 지켜보며 "내 순진한 도련님이 오시네!"라고 말했다(그에게는 항상 순진하게 보이는 고요함이 있었는데, 이 말은 연령적으로는 이제 더 이상 그에게 어울리지 않았다).

"가까이 오라!" 그녀가 말했다. 그녀는 벽난로 옆에 몸을 곧추세우고 앉아 있었다. 그녀는 그를 한 발자국 떨어진 데 세워놓고는 위아래로 훑어보았다. 지난밤에 상상했던 것을 지금 눈앞에 보고 있는 것에 맞춰보고 있었던 것일까? 그녀의 추측이 맞았다고 생각했을까? 그의 눈, 입, 코, 가슴, 손—그녀는 이들을 훑어보았다. 바라다보는 그녀의 입술이 눈에 띄게 움찔거렸다. 하지

<hr>

6　놀관은 1538년에 대주교가 헨리 8세에게 봉헌했던 것을 1566년에 엘리자베스 1세가 사촌 동생인 토머스 색빌에게 양도했다.

7　런던의 중앙에 있는 옛 궁전. 1529년 헨리 8세가 당시의 요크 대주교로부터 몰수해, 이후 왕궁으로 사용하였다. 1698년 소실되었다.

만 그녀가 그의 다리를 보고서는 폭소를 터뜨렸다. 그는 귀족의
이미지 바로 그것이었다. 하지만 속도 그럴까? 그녀는 마치 그의
영혼을 꿰뚫기라도 하려는 듯, 매 같은 노란 눈을 그에게 번뜩였
다. 젊은이는 그답게 다마스크 장밋빛으로 물든 얼굴로 그녀의
시선을 견뎌냈다. 체력, 우아함, 로맨스, 어리석음, 시, 젊음―그
녀는 책장을 보듯 그를 읽어나갔다. 그녀는 즉시 손가락에서 반
지를 빼서(마디가 약간 부어 있었다) 그에게 끼워주면서 그를 재
무담당관과 사무장으로 임명했다. 그러고는 관직의 표시인 체인
을 목에 걸어주고, 무릎을 꿇으라고 명령한 다음, 가장 가느다란
발목 부분에 보석으로 장식된 가터 훈장[8]을 달아주었다. 그 뒤로
는 그가 마음대로 할 수 없는 것은 아무것도 없었다. 그녀가 행차
할 때 그는 여왕의 마차 문 쪽에서 말을 몰았다. 그녀는 그를 스코
틀랜드로 보내서, 불행한 메리 여왕에게 슬픈 운명을 전하게 했
다.[9] 그가 폴란드 전투에 참가하기 위해 막 출항하려고 할 때, 그
녀는 그를 불러 들였다. 그 부드러운 살이 찢기고, 물결치는 머리
칼의 목이 먼지 속에 뒹구는 것은 생각만 해도 끔찍한 노릇이었
기 때문이다. 그녀는 그를 옆에 있게 했다. 런던타워에서 대포 소
리가 요란하고, 대기는 화약으로 꽉 차서 재채기가 날 정도이고,
창 밑에서는 사람들의 만세 소리가 울려퍼지는 승리의 절정에,[10]
하녀들이 그녀를 눕혀준(그녀는 그렇게 지치고 늙었다) 쿠션으
로 그를 끌어내려, 그의 얼굴을 그 놀라운 몸뚱이에 파묻히게 했
다―그녀는 한 달 동안이나 옷을 갈아입지 않아, 그 냄새가 어김
없이 어머니가 모피 옷을 넣어두던 오래된 상자 냄새여서, 그의

---

8 영국의 최고 훈장. 왕족 이외에는 25명에게만 수여되었다.
9 엘리자베스 여왕은 1586년에 토머스 색빌을 보내 스코틀랜드 여왕 메리(1542~1587)에게
   처형될 것을 알렸다.
10 1588년, 영국은 스페인 함대를 맞아 대승을 거두었다.

소년 시절 생각이 났다. 그는 포옹으로 거의 숨이 막힐 정도가 되어 몸을 일으켰다. "이것이야말로 진짜 나의 승리야!"라고 하늘에서 터지는 불꽃에 볼이 물든 그녀가 속삭였다.

이 늙은 여왕은 그를 사랑하고 있었던 것이다. 그리고 남자를 볼 줄 아는—보통의 뜻으로가 아니라—여왕은 그를 위해 빛나는 출세 길을 계획하고 있었다. 땅도 주고, 집도 여러 채 주었다. 그는 그녀의 노년의 아들이고, 몸이 불편할 때의 수족이며, 늙은 몸을 기댈 참나무였다. 그녀는 이런 약속들을 쉰 목소리로, 권위를 부리는, 묘하게 부드러운 말투로 말하는 것이었다(그들은 지금 리치몬드에 있었다).[11] 그녀는 벽난로 옆에 수놓은 빳빳한 옷을 입고 앉아 있었는데, 벽난로에 제아무리 나무를 높이 쌓아놓아도 불길은 그녀의 몸을 따뜻하게 하지 못했다.

그러는 동안에 긴 겨울날이 다가왔다. 세인트 제임스 공원의 나무엔 모두 하얀 서리가 내려앉았다. 강물은 느릿느릿 흘러갔다. 어느 날 대지 위에는 눈이 내렸고, 검은 판자를 댄 방들은 그림자로 가득하고, 수사슴들이 공원에서 울고 있을 때, 그녀는 스파이가 두려워 항상 몸에 지니고 있는 거울 속에서, 자객을 경계해 항상 열어두는 문틈으로 한 소년이—올랜도였을까?—어떤 소녀에게 키스를 하고 있는 것을 보았는데—이 뻔뻔스러운 계집애는 도대체 누구란 말인가? 금 손잡이가 달린 칼을 움켜잡더니, 그녀는 거칠게 거울을 내려쳤다. 유리는 박살이 났다. 사람들이 달려왔다. 그녀를 들어 올려 다시 의자에 앉혔다. 그 이후 그녀는 비탄에 젖어 지냈고, 죽을 때가 가까워지자 남자의 배신에 대해 많이 한탄했다.

어쩌면 올랜도의 잘못이었을지도 모른다. 하지만 결국 우리가

11 리치몬드는 런던 서남쪽에 있는 궁정으로서, 엘리자베스 여왕은 그곳에서 별세했다.

그를 나무랄 수 있을까? 때는 엘리자베스 왕조였고, 당시의 도덕은 우리와 달랐다. 그들의 시인도, 풍토도, 심지어는 야채도 지금과는 달랐다. 기후 자체도, 여름과 겨울의 더위와 추위도 전혀 다른 것이었다고 생각한다. 찬란한 사랑의 대낮은 땅과 물이 다르듯, 밤과 확연히 구분되었다. 석양은 더 붉고 더 강렬했으며, 새벽은 더 하얗고 더 새벽다웠다. 지금의 어두컴컴한 어스름이나 머뭇거리는 황혼을 그들은 알지 못했다. 비는 억수로 퍼붓거나 아니면 전혀 내리지 않았다. 태양은 작열하던가 아니면 캄캄했다. 시인들은 언제나처럼 이것을 정신의 영역으로 옮겨, 장미가 시들고 꽃잎이 떨어지는 모양을 아름답게 노래했다. 순간은 짧고, 순간은 사라지고, 그러면 모두 긴 밤잠에 든다고 그들은 노래했다. 그들은 신선한 패랭이꽃과 장미의 수명을 늘이고 보전하기 위해, 온실이나 저장소를 이용하는 따위의 일은 하지 않았다. 보다 미지근하고 회의적인 우리 시대의 시들어버린 복잡함과 애매모호함을 그들은 알지 못했다. 과격함이 전부였다. 꽃은 피고 졌으며, 해는 뜨고 졌다. 연인은 사랑하고는 떠났다. 그리고 시인들이 시로 노래한 것을 젊은이들은 실천했다. 처녀들은 장미였고, 피어나는 그들의 계절은 꽃처럼 짧았다. 밤이 오기 전에 그들은 꺾여야 한다. 왜냐하면 낮은 짧고, 낮이 전부이니까. 따라서 만약에 올랜도가 당시의 풍토, 시인들, 그리고 시대 그 자체가 이끄는 대로, 땅 위에는 눈이 쌓여 있는데도, 여왕이 복도에서 감시의 눈을 떼지 않고 있는데도, 창가의 의자에 앉아 꽃을 꺾었다고 해도 우리는 그를 나무랄 수 없다. 그는 젊었고, 아직도 소년티가 빠지지 않았으니까. 그는 본능에 따라 행동한 것뿐이었다. 상대 처녀로 말하자면, 엘리자베스 여왕 자신과 마찬가지로 우리도 그녀의 이름을 알지 못한다. 도리스나 클로리스, 델리아, 아니면 다이애나였는지 모른다.[12] 그가 이들 모두에게 차례로 시를 써 보냈기 때문에. 마찬가지로 그녀가 궁중의 귀부인이거나, 하녀였는지도 모른다. 왜냐하면 올랜도의 취향은 폭이 넓었으니까. 그는 정원의 꽃만을 사랑하지는 않았다. 야생화, 심지어는 잡초도 항상 그에게는 매력이 있었다.

사실은 여기서 우리는 전기작가로서 그의 이상한 특징 하나를 무례함을 무릅쓰고 까밝히려고 하는데, 그것은 아마도 그의 조모에 해당하는 분이 작업복을 입고 우유통을 날랐다는 사실에서 설명이 가능할 것이다. 그의 몸에는 켄트와 서섹스의 토양이 노르망디의 섬세하고 순수한 피와 섞여 있었다. 그는 갈색 흙과 귀족의 푸른 피가 섞이는 것은 좋은 일이라고 생각했다. 확실히 그는 신분이 낮은 사람들과 섞이는 것을 좋아했는데, 마치 서로 피가 당기듯, 특히 재기가 너무 뛰어나 출세하지 못하는 문인들과의 교제를 좋아했다. 머리는 시로 넘쳐나고, 기지에 찬 멋진 시구를 떠올리지 않고는 잠자리에 드는 일이 없던 인생의 이 시기에, 그에게는 여인숙 주인 딸의 볼이 궁중의 귀부인들보다 더 신선해 보였고, 또 사냥꾼 여조카의 기지가 귀부인들보다 더 민첩해 보였다. 그리하여 밤이면 그는 목에 걸린 별모양의 훈장과, 무릎의 가터 훈장을 감추기 위해 회색 망토로 몸을 감싸고, 와핑 올드스테어스[13]나 비어 가든 따위에 자주 가기 시작했다. 거기에 가면 모래를 깔아놓은 골목길과, 볼링용 잔디와, 그런 고장에서 흔히 보는 단순한 건축물들 사이에서 술잔을 앞에 놓고, 그는 뱃사람들의 이야기에 귀를 기울이는 것이었다. 그들이 카리브 해에서 맛본 역경과, 공포와, 잔인한 행위에 대한 이야기라든가, 그들

12 이 이름들은 연애 시에 흔히 등장하는 이름이다.
13 런던 동부의 템스 강가에 있는 낮은 선착장.

의 발가락과 코가 잘린 이야기를 들었다 — 말로 듣는 이야기는 글로 쓴 것만큼 세련되거나 각색된 것이 아니었다. 특히 그는 그들이 아조레스[14]의 노래를 일제히 외쳐대는 것을 듣기 좋아했고, 그러는 사이 그들이 그쪽 지방으로부터 가지고 온 앵무새들은 그들의 귀걸이를 쪼아대고, 단단하고 탐욕스러운 주둥이로 그들이 손가락에 끼고 있는 루비 반지를 두들기고, 그들 주인 못지않은 야비한 소리를 질러댔다. 여인네들도 그 말솜씨에 있어 새들에 못지않게 대담했으며, 그 행실에 있어 자유분방했다. 여인네들은 올랜도의 무릎 위에 앉아, 그의 목을 양팔로 휘감고, 더플코트 속에 있는 그가 예사 사람이 아닐 것이라는 추측에, 올랜도 못지않게 사태의 진실을 알아보려고 열심이었다.

기회는 없지 않았다. 강은 이른 시간부터 늦은 시간까지 거룻배와 나룻배, 그리고 온갖 형상의 배들로 웅성이고 있었다. 하루도 빠짐없이 인도 제도를 향해 멋진 배들이 출항했다. 또한 이따금 털투성이의 정체불명의 사내들을 가득 실은 시커멓고 남루한 배가 힘겹게 기어와서 정박했다. 사내애나 여자애가 해가 지고 난 뒤, 배 위에서 노닥거리느라 보이지 않아도 누구 하나 신경 쓰는 사람이 없었으며, 그들이 소문대로 서로 껴안고 보물 자루 틈에서 안전하게 깊이 잠들어 있어도, 아무도 눈 하나 까딱하지 않았다. 사실상 올랜도와 수키, 그리고 컴벌랜드 백작에게 닥친 모험이 바로 이런 것이었다. 날씨는 무척 더웠다. 올랜도와 수키는 맹렬히 사랑했고, 그들은 루비 가운데서 잠이 들었다. 그날 저녁 느지막해서, 자기 운명이 스페인 투기에 달렸다시피하는 컴벌랜드 백작이 혼자 랜턴을 들고 전리품을 검사하러 왔다. 그는 술통에 불을 비추었다. 그는 외마디 소리를 지르면서 놀라 뒤로 물러

14 대서양 포르투갈령의 군도.

났다. 술통을 껴안고 두 망령이 잠들어 있었다. 천성적으로 미신을 잘 믿고, 많은 죄를 지어 양심의 가책을 느껴오던 백작은 이 두 사람이—이들은 붉은 망토를 뒤집어쓰고 있었고, 수키의 가슴은 거의 올랜도의 시에 등장하는 영원한 눈처럼 하얬는데—그를 꾸짖기 위해 익사한 수부들의 무덤에서 나온 도깨비라고 생각했다. 그는 가슴에 십자를 그었다. 그는 참회를 맹세했다. 아직도 쉰 로드에 줄지어 서 있는 구빈원들이 이 순간적 공포의 가시적인 열매이다. 그 교구의 열두 명의 가난한 여인네들이 오늘 낮에 차를 마시고, 오늘 밤 이렇게 그들 머리를 가려줄 지붕이 있는 것에 대해 하나님께 감사한다. 그리하여 보물선에서의 불륜의 사랑은—도덕적인 이야기는 덮어두자.

하지만 오래지 않아 올랜도는 이런 생활의 불편함과 근처의 짜증나는 거리들뿐만 아니라, 사람들의 거친 행동도 지겨워졌다. 범죄와 가난은 엘리자베스 시대 사람들에게는 우리에게만큼 매력적이지 않았다는 사실을 잊지 말아야 한다. 그들은 우리 현대인들처럼 학문을 수치스럽게 생각하지 않았다. 아무도 우리들처럼 푸줏간 집 아들로 태어나는 것은 축복이라는 믿음, 또 글을 읽을 줄 모르는 것이 미덕이라는 믿음을 가지고 있지 않았고, 소위 우리가 "삶"과 "현실"이라고 부르는 것이, 어디선가 무지와 잔인함과 관계가 있다는 생각 따위는 꿈에도 하지 않았다. 도대체 이 두 단어에 해당하는 말이 전혀 없었다. 올랜도가 신분이 낮은 사람들과 섞인 것은 '삶'을 추구하기 위해서가 아니었으며, 그가 그들을 떠난 것은 '현실'을 찾아서가 아니었다. 하지만 그가 스무 번도 넘게 제이크스가 코를 잃어버린 이야기며, 수키가 정조를 잃은 이야기를 들었을 때—그들의 이야기 솜씨가 대단했다는 점은 인정해야 한다—그는 반복되는 이야기에 약간 싫증을 느끼기 시작했다. 왜냐하면 코가 잘리는 것도 한 가지 방법뿐이고, 처녀를 잃는 것도 한 가지 방법밖에 없기 때문인데 ― 적어도 그에게는 그렇게 생각되었다 ― 여기에 비하면 예술과 과학은 그의 호기심을 깊이 자극하는 다양성을 가지고 있었다. 그리하여 그는 그들과의 행복한 추억을 간직한 채, 비어 가든과 볼링장 골목을 자주 찾는 일을 그만두고, 회색 망토를 장롱 속에 걸어놓고, 그의 목에는 별이 빛나게 하고, 무릎에는 가터 훈장이 반짝이게 한 채, 다시 한 번 제임스 왕[15]의 궁정에 모습을 드러냈다. 그는 젊고 부자였으며, 잘생겼다. 누구도 그보다 더 큰 환영을 받을 수는 없었다.

사실상 수많은 귀부인들이 그에게 호의를 보일 채비가 돼 있었다는 것은 확실했다. 적어도 세 사람의 이름이 거침없이 그의 결혼상대로 거명되었다 ― 클로린다, 파빌라, 유프로시네 ― 올랜도는 그의 소네트에서 그들을 이렇게 부르고 있었다.

이들에 대해 차례로 알아보자. 클로린다는 매우 온화하고 상냥한 귀부인이었다 ― 사실상 올랜도는 6개월 반 동안 그녀에게 정신없이 빠져 있었다. 그러나 그녀는 하얀 속눈썹을 가지고 있었으며, 피를 보면 감당을 못했다. 아버지의 식탁에 통째로 구운 암토끼를 올려놓자 기절했다. 또한 그녀는 성직자들의 영향을 많이 받고 있어서, 속옷을 아껴 가난한 사람들에게 보시했다. 그녀는 올랜도가 그동안 지은 죄들을 뉘우치고 새사람이 되게 하는 일을 떠맡고 나섰는데, 이 일은 그를 구역질나게 만들었다. 그래서 그는 그녀와 결혼하는 일을 단념했고, 그 뒤 얼마 안 있어 그녀가 천연두에 걸려 죽었을 때, 별로 안타까워하지 않았다.

다음 파빌라는 전혀 다른 종류의 여자였다. 그녀는 서머셋셔의

---

15 스코틀랜드의 여왕 메리 스튜어트의 아들로서, 제임스 6세로 스코틀랜드의 왕이 되었다가, 엘리자베스 여왕이 서거하자 영국 왕을 겸했다(1603~1625).

가난한 신사의 딸이었는데, 오로지 근면하고 눈썰미가 있는 덕에 자신의 힘으로 궁중에서의 지위가 올랐는데, 거기서 그녀는 말 타는 솜씨와 아름다운 발등, 그리고 춤을 출 때의 우아함으로 모든 사람의 찬탄을 한몸에 받았다. 그러나 한번은 너무나 경솔하게 그녀의 실크 스타킹을 물어뜯은 스패니얼 개를 올랜도의 창문 아래에서 죽기 일보 직전까지 매질을 한 적이 있었다(파빌라는 스타킹이 거의 없었고, 있는 것도 대부분이 거친 모직 스타킹이었다는 사실을 말해두는 것이 공정하겠다). 동물을 무척이나 좋아하던 올랜도는 이제 그녀의 치아가 구부러진 것, 두 개의 앞니가 안으로 굽은 것을 알아보고, 이것은 여인에게 있어 틀림없는 비뚤어지고 잔인한 성격을 나타내는 것이라고 말하고는, 그날 밤으로 약혼을 깨끗이 파기해버렸다.

세 번째 유프로시네는 그의 연정의 가장 진지한 대상이 된 여인이었다. 그녀는 아일랜드의 데스몬드 가 출신으로서, 그녀의 가문은 올랜도의 가문만큼이나 오래되고 유서가 깊었다. 그녀는 아름답고, 화려하고, 약간 무기력해보였다. 그녀는 이탈리아 어가 유창했고, 아래턱 치아는 약간 변색돼 있었으나, 위턱의 치아는 완벽했다. 그녀는 늘 무릎에 휘핏 강아지나 스패니얼 강아지를 올려놓고, 자신의 접시에서 흰 빵을 먹였다. 또한 하프 시 코드에 맞추어 감미롭게 노래를 불렀으며, 몸매에 무척 신경을 쓰고 있었기 때문에, 한낮이 되기 전에는 결코 정장을 하는 법이 없었다. 한마디로 말해 그녀는 올랜도와 같은 귀족에게는 더할 나위 없는 아내감이었다. 일은 착착 진행되어, 양쪽의 변호사들이 계약조항, 미망인 부여재산권, 부동산 상속, 가옥, 보유지 재산권 등을 챙기느라 바빴고, 한 재산가가 다른 재산가와 결합할 때 필요로 하는 모든 것을 준비하느라 바쁠 때, 영국 기후답게 급하고 혹

독하게 대한파가 몰려왔다.[16]

역사가들에 의하면, 이 대한파는 영국을 엄습한 것 가운데서 가장 혹독한 것이었다고 한다. 새들이 공중에서 얼어 돌처럼 땅위에 떨어졌다. 노리치에서는 사람들이 젊고 건장한 젊은 시골 여인이 길을 건너다가, 길모퉁이에서 차가운 돌풍을 만나, 순식간에 가루로 변하더니, 한줌의 먼지가 되어 지붕 위로 날아가는 것을 보았다. 양과 가축의 사망률이 대단했다. 시체가 얼어붙어 시트를 떼어낼 수가 없었다. 한 떼의 돼지가 길 위에 얼어붙어 꼼짝도 하지 못하는 것은 드문 광경이 아니었다. 들에는 양치기, 농사꾼, 말떼, 그리고 새 쫓는 어린 소년들이 동작 도중에 순간 냉동되어, 어떤 이는 손을 코에 대고 있었고, 또 다른 이는 병을 입술에 댄 채, 그리고 또 다른 이는 1야드밖에 안 떨어진 울타리 위에 박제처럼 앉아 있는 까마귀에게 돌을 던지려는 자세로 얼어붙어 있었다. 한파가 너무 지독해서 때때로 일종의 석화현상이 일어났다. 더비셔의 어느 지방에서 바위가 갑자기 많아진 것은 화산 폭발 때문이 아니라 — 화산 폭발은 없었으니까 — 실은 불행한 행인이 문자 그대로 선 채로 돌로 변했기 때문이라고 흔히 믿고 있다. 이런 상황에서 교회는 별 도움이 되지 못했으며, 지주들 가운데는 이 유물들을 축성케 한 사람들도 있었으나, 대다수는 그들을 경계표시나, 양의 등 긁기로, 또는 그 모양이 허락하면 가축의 물통으로 쓰거나 했다. 오늘날까지도 이와 같은 목적으로 더할 나위 없이 잘 쓰이고 있었다.

그러나 시골 사람들이 극도의 결핍에 허덕이고, 나라의 경제가 정체된 동안에 런던에서는 더할 나위 없이 화려한 축제를 즐기고 있었다. 궁정은 그리니치에 있었고, 새로 등극한 왕은 그의 대

16 1608년 1월의 대한파.

관식을 기회로 시민들의 환심을 사려고 했던 것이다. 그는 좌우 편 6,7마일 길이에, 20피트 이상 두껍게 얼어붙은 강을 쓸고 장식을 하게 하고, 자기 비용으로 공원이나 유원지처럼 정자와 미로, 오솔길과 술 파는 매점 등을 만들게 했다. 왕 자신과 신하들을 위해서는 궁정 출입문 바로 맞은편에 특별히 장소를 확보해두었다. 명주 끈 한 가닥으로 일반 대중의 출입을 막은 이 장소는 당장 영국 제일의 화려한 사교 중심지가 되었다. 콧수염을 기르고 주름장식을 단 정치가들이 왕실 천막의 진홍빛 차양 밑에서 국사를 척척 해치웠다. 육군 장성들은 꼭대기를 타조털로 장식한 줄무늬가 있는 정자에서 무어인들을 정복하고 터키를 멸망시킬 계략을 짰다. 해군 제독들은 술잔을 손에 들고 지평선을 훑어보고, 또 서북항로와 스페인 무적함대 이야기를 하면서 좁은 통로를 성큼성큼 오갔다. 연인들은 담비 모피를 깔아놓은 긴 소파 위에서 노닥거렸다. 여왕과 귀부인들이 밖에서 거닐 때 얼어붙은 장미가 폭포처럼 쏟아져 내렸다. 색색의 풍선이 공중에 움직이지 않은 채 떠 있었다. 사방에 삼목과 참나무로 모닥불을 피우고, 소금을 듬뿍 뿌려 불꽃이 녹색, 오렌지색, 보라색으로 타올랐다. 하지만 제아무리 맹렬하게 불길이 타올라도 그 열기는 얼음을 녹이기에는 충분하지 않았는데, 얼음은 보기 드물게 투명하면서도 강철처럼 단단했다. 정말 너무도 투명해서 수 피트나 되는 깊은 곳에 얼어붙은 돌고래와 도다리가 여기저기에 보였다. 뱀장어 떼가 혼수상태에 빠져 꼼짝하지 않고 있었는데, 그것들이 죽은 것인지, 아니면 일시적으로 마비됐다가 따뜻해지면 다시 살아날 것인지 학자들도 어리둥절하게 만들었다. 20패덤[17] 가량이나 두껍게 얼어붙은 런던 브리지 근처에 작년 가을에 사과를 가득 싣고 난파한 거

17 1패덤은 약 6피트, 약 1.8미터.

롯배가 강바닥에 가라앉아 있는 것이 아주 분명하게 보였다. 과일을 써리 강 건너편으로 가지고 가던 나이 든 행상 아주머니가 격자무늬의 숄을 걸치고 스커트를 입고, 무릎에는 사과를 잔뜩 안고, 손님에게 막 과일을 팔 자세로 앉아 있었다. 그러나 그녀 입가의 푸르스름한 빛이 사실을 말해주고 있었다. 이것은 제임스 왕이 특히 즐겨보는 광경이어서, 그는 신하들을 한 떼 이끌고 가서 그것을 바라다보곤 했다. 간단히 말해 대낮에 이곳보다 더 빛나고 즐거운 곳은 없었다. 그러나 잔치의 즐거움이 절정에 달하는 것은 밤이었다. 얼음은 녹지 않았고, 밤은 완전히 고요했으며, 하늘에 달과 별들은 다이아몬드처럼 단단하게 박혀 빛나고 있었으며, 신하들은 플루트와 트럼펫의 멋진 곡에 맞춰 춤을 추었다.

사실 올랜도는 코란토와 라볼타[18] 스텝을 경쾌하게 밟을 수 있는 타입의 사람은 아니었다. 그는 굼떴고 약간 멍청한 데가 있었다. 그는 이런 괴상한 외국 박자보다는 어릴 때 추었던 평범한 제 나라 춤이 훨씬 더 좋았다. 올랜도가 1월 17일 저녁 여섯 시 경에 카드리유인지 미뉴에트인지를 추고 나서 발을 모았을 때, 그는 모스크바 대사관의 천막에서 나오는 한 사람을 눈여겨보았는데, 러시아 풍의 느슨한 반코트와 바지 때문에 성별을 알아보기 힘든 이 사람에게 극도의 호기심을 느꼈다. 그 사람은 이름과 성별은 어찌 되었든, 키는 중키였고, 몸매가 매우 날씬했으며, 가장자리에 생소한 녹색 털로 단을 댄 진줏빛의 벨벳으로 전신을 싸고 있었다. 그러나 이런 소소한 것들은 몸 전체에서 유별나게 배어 나오는 매혹적인 분위기 때문에 뿌옇게 보였다. 더없이 과격하고 터무니없는 이미지와 비유가 그의 마음속에서 엉키고 꼬였다. 단 3초 동안에 그는 그녀를 멜론, 파인애플, 올리브 나무, 에메랄드,

---

18 둘 다 르네상스 시기의 춤.

눈 속의 여우라고 불렀다—그가 그녀의 목소리를 들었는지, 그녀의 맛을 보았는지, 그녀를 보았는지, 아니면 셋 다인지 알 수 없었다(한순간이라도 이야기를 도중에 중단해서는 안 되지만, 여기서 급하게 한 마디 해둬야 할 것이 있는데—이때 그의 이미지는 모두 그의 감각에 어울리게 극히 단순했고, 그가 어렸을 때 즐겨 맛보던 것들로부터 가져온 것이었다. 그러나 그의 감각이 단순하긴 하지만, 동시에 극도로 강렬한 것이었다. 따라서 여기서 이야기를 중단하고 그 원인을 알아본다는 것은 말도 안 된다). … 멜론이야, 에메랄드야, 눈 속의 여우야—라고 그는 헛소리를 하며 쳐다보았다. 그 소년이, 유감스럽게도 소년이 틀림없었으니까—어떤 여인이 그처럼 빠르고, 그처럼 기운차게 스케이트를 탈 수 있단 말인가—거의 발끝으로 그의 옆을 지나갔을 때, 올랜도는 그 사람이 자기와 동성이므로 그를 안아본다는 것은 말도 안 된다는 분한 생각에 머리칼을 쥐어뜯을 지경이었다. 그러나 스케이트를 타는 사람이 더 가까이에 왔다. 다리, 손, 몸가짐은 소년의 것이었지만, 어떤 소년도 그와 같은 입을 가질 수는 없었다. 저 가슴은 소년의 가슴이 아니었다. 바다의 밑바닥에서 건져 올린 것 같은 눈도 소년의 눈이 아니었다. 마침내 스케이트 속도를 늦추고, 때마침 시종의 팔에 매달려, 발을 끌며 지나가고 있던 왕에게 이루 말할 수 없는 우아한 절을 하면서 그 미지의 사람이 멈춰 섰다. 바로 눈앞에 있었다. 여자였다. 올랜도는 멍하니 바라보았다. 몸이 떨렸다. 몸이 뜨거워지더니, 오한이 왔다. 여름 대기 중으로 뛰어나가고 싶었다. 도토리를 밟아 으깨고 싶었고, 자작나무와 참나무를 끌어안고 싶었다. 그러나 실제로는 작고 흰 치아 위로 입술을 끌어당겨, 마치 물기나 하려는 듯 반 인치쯤 열었다가, 물고 난 뒤처럼 다물었을 뿐이었다. 유프로시네가 그의 팔에 매달려 있었기 때문이었다.

나중에 알게 된 그 낯선 여인의 이름은 마루샤 스타니로브스카 다그마르 나타샤 일리아나 로마노비치 공주였고, 그녀는 대관식에 참석하기 위해 모스크바 대사 일행으로 와 있었는데, 대사는 아마도 그녀의 아저씨거나, 아니면 아버지였을 것이다. 러시아 사람들에 관해서는 알려진 바가 거의 없었다. 커다란 수염을 기르고, 털모자를 쓴 채, 그들은 거의 아무 말도 하지 않고 앉아 있었다. 뭔가 검은 액체를 마시고는 이따금 얼음 위에 그것을 내뱉었다. 영어를 하는 사람은 아무도 없었고, 그나마 몇 사람이 알고 있는 프랑스 말은 그 당시 영국 궁정에서는 거의 사용되지 않았다.

올랜도와 공주가 알게 된 것은 다음과 같은 우연한 기회를 통해서였다. 그들은 거대한 차양 밑에 명사들을 접대하기 위해 마련한 큰 테이블에 마주앉아 있었다. 공주는 젊은 두 귀족 사이에 앉아 있었는데, 한쪽은 프란시스 비어 경이었고, 다른 쪽은 머리 백작이었다. 두 사람은 나름대로 훌륭한 청년들이었으나, 프랑스 어가 갓난애와 마찬가지인 이들은 곧 공주 때문에 난처한 입장에 처하게 되어, 보기에도 우스웠다. 정찬이 시작될 무렵 공주는 백작에게 그가 황홀해질 만큼 우아한 말투로 말했다. "작년 여름 폴란드에 갔을 때, 친척되시는 분을 만났던 것 같아요"라든가, "영국 궁중의 아름다운 귀부인들은 저를 황홀하게 만들어요. 여기 왕비님보다 더 우아한 분은, 그리고 왕비님이 하신 것보다 더 예쁜 머리장식은 없을 거예요"라고 프랑스 어로 말했을 때, 프란시스 경과 백작은 더없이 당황했다. 프란시스 경은 그녀에게 고추냉이 소스를 듬뿍 떠주었고, 백작은 휘파람으로 강아지를 불러 등골뼈를 달라고 조르게 했다. 사태가 이 지경에 이르자, 공주는 도저히 웃음을 참을 수가 없었고, 올랜도도 돼지머리와 속을 채

위 넣은 공작 요리 너머로 그녀를 쳐다보면서 웃었다. 그는 웃었다. 웃긴 했지만 그의 웃음은 입술 위에서 얼어붙으면서 놀라움으로 변했다. 지금까지 그는 누구를 사랑해왔던가, 무엇을 사랑해왔던가, 라고 그는 격한 감정 속에서 자문했다. 뼈와 가죽뿐인 늙은 여인을 사랑했던 것이라고 그는 대답했다. 헤아릴 수조차 없이 많은, 볼이 붉은 매춘부들, 슬픈 목소리로 우는 수녀, 냉철하고 입이 험하며 뭔가를 노리는 여자 모험가, 한 무더기 레이스로 몸을 감싸고, 고개를 주억거리는 여인네들. 사랑이란 그에게 있어 톱밥과 재에 불과했다. 그가 맛본 사랑의 맛은 극도로 진부했다. 하품도 하지 않고 어떻게 그것을 견뎌냈는지가 놀라웠다. 그녀를 바라보았을 때, 그의 진한 피는 녹았고, 혈관 속에서 얼음이 포도주로 변했기 때문이다. 그는 물이 흐르는 소리를 들었고, 새들이 지저귀는 소리도 들었다. 황량한 겨울 풍경 위로 봄이 넘쳐났다. 올랜도는 남자를 느꼈다. 손에 칼을 잡고, 폴란드 인이나 무어인보다 더 대담한 적을 향해 돌진했다. 그는 깊은 물속으로 뛰어들어, 바위틈들 사이에서 자라고 있는 위험한 꽃을 보았다. 그는 팔을 내뻗었는데 —실은 공주가 "소금 좀 건네주시겠어요?" 라고 말했을 때, 그의 가장 정열적인 소네트 가운데 하나를 읊조리고 있었다.

그의 얼굴은 홍당무가 됐다.

"더없는 영광입니다, 마담"이라고 그는 완벽한 발음의 프랑스 어로 대답했다. 천만다행하게도 그는 프랑스 어를 모국어와 똑같이 말할 수 있었으니까. 어머니의 하녀가 그에게 프랑스 어를 가르쳐주었던 것이다. 그러나 어쩌면 그가 프랑스 어를 배우지 않았더라면, 그래서 그녀의 말에 대답을 할 수 없었더라면, 그래서 그 눈빛을 따를 수 없었더라면, 더 좋았을는지 모른다…….

공주는 말을 계속했다. 제 옆에 앉아 있는 마부 수준의 예절밖에 모르는 이 촌뜨기들은 누구지요? 저들이 제 접시에 부어놓은 구역질나는 이 혼합물은 뭐지요? 영국에서는 개와 사람이 같은 식탁에서 식사를 하나요? 5월제 기둥(서툴게 장식한 막대기)처럼 머리 장식을 하고 식탁의 끝머리에 앉아 있는 저 우스꽝스러운 사람이 정말로 왕비인가요? 그리고 왕은 늘 저렇게 침을 흘리나요? 저 두 수다쟁이 가운데 누가 조지 빌리어[19]지요? 처음엔 이런 질문들에 올랜도가 약간 당황했으나, 아주 장난기 서리고 우스꽝스럽게 물어서 그는 웃지 않을 수 없었다. 그리고 주위 사람들의 멍청한 표정으로 보아, 아무도 한 마디도 알아듣지 못한다는 것을 알고는 그는 그녀의 질문에 대해 그녀 못지않게 자유롭고, 완벽한 프랑스 어로 대답했다.

이렇게 두 사람은 가까워졌고, 그들의 관계는 곧 궁정의 스캔들이 되고 말았다.

오래지 않아 사람들은 올랜도가 이 모스크바 여인에게 단순한 예절 이상의 신경을 쓰고 있는 것을 목격하게 되었다. 그녀 옆을 떠나는 일이 거의 없었고, 그들이 주고받는 말은 비록 남들이 알아듣지는 못했으나, 매우 활기찬 대화에 그들 얼굴이 빨개지도록 웃곤 했으므로, 아무리 둔한 사람이라도 화제는 짐작이 갔다. 게다가 올랜도 자신의 변화는 엄청났다. 아무도 그가 이처럼 활기에 넘쳐 있는 것을 본 적이 없었다. 단 하룻밤 사이에 그는 소년티를 벗어버렸다. 그는 귀부인들의 방에 들어갈라치면, 테이블 위의 장식물을 반이나 떨어뜨리던 시무룩한 애송이에서, 지극히 우아하고 남성다운 예절을 갖춘 귀족으로 변해 있었다. 그가 모스크바 여인(사람들은 그렇게 불렀는데)의 손을 잡아 썰매에 태울

19 1592~1628, 제임스 왕의 총신. 뒤에 버킹엄 공작이 되었다.

때의 모습, 아니면 춤을 추기 위해서 그녀에게 손을 내미는 모습, 그것도 아니면 그녀가 떨어뜨린 점박이 손수건을 집어 드는 모습, 아니면 최상의 귀부인이 요구하기도 전에 연인이 서둘러 행하는 갖가지 의무 중 어느 하나를 수행하는 모습은 노인들의 둔한 눈에 불을 켰으며, 젊은이의 가슴의 고동을 더 빠르게 했다. 그러나 이 모든 것 위에는 구름이 덮여 있었다. 노인들은 어깨를 으쓱했으며, 젊은이들은 소리 죽여 웃었다. 모두들 올랜도가 다른 여인과 약혼한 사실을 알고 있었다. 마거릿 오브라이언 오데어 오레일리 티어코넬 부인(이것이 소네트에서 노래한 유프로시네로 등장하는 여인의 본래 이름이다)은 왼손 두 번째 손가락에 올랜도가 선물한 찬란한 사파이어 반지를 끼고 있었다. 그녀에게는 올랜도의 보살핌을 요구할 최상의 권리가 있었다. 그런데 그녀가 옷장에 있는 손수건을 모두(그녀는 셀 수 없이 많이 가지고 있었는데) 얼음 위에 떨어뜨리는 일이 있어도, 올랜도는 결코 허리를 굽혀 집어주려 하지 않았다. 썰매까지의 안내를 받기 위해 20분이나 기다리다가, 결국은 흑인 머슴의 도움에 만족해야 했다. 스케이트를 탈 때도, 상당히 서툴렀는데도, 누구 하나 옆에서 격려해주는 사람이 없었고, 넘어질 때도—꽤 심하게 쿵하고 넘어졌는데—누구 하나 그녀를 일으켜 세우고, 속치마에 묻은 눈을 털어주는 사람이 없었다. 천성이 점액질이어서 화를 잘 내지 않았고, 외국 여인 따위가 올랜도의 애정을 빼앗아갈 수 있다고 믿고 싶지 않았지만, 그래도 레이디 마거릿조차도 마침내는 뭔가 자기의 마음의 평화를 흔들어놓는 불길한 일이 생기려 한다는 느낌을 갖게 되었다.

사실상 시간이 지나면서 올랜도는 점점 더 그의 감정을 숨기려 하지 않았다. 이런저런 핑계를 대면서 식사를 마치자마자 일행에서 빠져나왔고, 스케이트를 타던 사람들이 카드리유 춤을 추기 위해 조를 짜고 있을 때, 그는 몰래 없어지곤 했다. 다음 순간엔 모스크바 여인도 보이지 않았다. 그러나 무엇보다도 궁중 사람들을 화나게 하고, 그들의 가장 민감한 부분인 허영심에 상처를 입힌 것은, 두 사람이 템스 강의 일반구역과 왕실특별구역을 구분하기 위해 쳐놓은 비단 밧줄 밑으로 빠져나와 대중들 속으로 사라지는 일이었다. 그것은 공주가 갑자기 발을 구르면서 "여기서 나가요. 난 영국인 떼거리가 질색이에요"라고 말하기 때문인데, 영국인 떼거리란 영국 궁정 자체를 의미했다. 공주는 그것을 참을 수가 없었다. 궁정에는 남의 얼굴을 염탐하는 늙은 할머니들과, 남의 발을 밟아주는 오만한 젊은이들 투성이라고 했다. 냄새도 고약하다고. 저들의 개가 자기 다리 사이로 뛰어다닌다고. 조롱 속에 갇혀 있는 느낌이라고도 했다. 러시아의 강들은 그 폭이 족히 10마일은 되어, 여섯 마리의 말이 나란히 하루 종일 질주해도 누구 하나 만나는 사람이 없다고 했다. 게다가 그녀는 런던타워, 타워의 수위들, 템플 바[20]에 걸어놓은 죄수들의 잘린 머리들, 런던의 보석 상점들을 보고 싶어 했다. 그리하여 올랜도는 그녀를 시티[21]에 데리고 가서, 붉은 제복의 런던타워 수위들과 모반자들의 잘린 머리들을 보여주고, 왕립 거래소[22]에서 그녀 마음에 드는 것이라면 무엇이든지 다 사주었다. 그러나 이것으로는 충분치 않았다. 두 사람은 그들을 신기해하거나 응시하는 사람이 없는 곳에서, 오붓하게 둘이만 있고 싶은 욕망이 더해갔다. 그들은 런던으로 가는 대신 반대 방향으로 향해, 곧 군중을 벗어나, 템스 강이 얼

20 런던의 중심부 시티의 서쪽 끝 템플 가까이 있는 문. 1878년에 이전.
21 런던의 상업, 금융 중심지.
22 1565년 런던 중심부인 시티에 개설됨.

어붙은 구역으로 갔다. 그곳에는 바다 새들과 물 한 동이를 길어 보려고 헛되이 얼음을 깨거나, 땔감으로 쓸 나무 조각이나 낙엽을 줍고 있는 늙은 시골 여자 외엔 누구 하나 그쪽에 오는 사람이 없었다. 가난한 사람들은 집에 틀어박혀 있었으며, 형편이 좀 괜찮은 사람들은 온기와 즐거움을 찾아 시내로 나갔던 것이다.

그리하여 올랜도와 사샤는—그는 그녀를 그렇게 줄여서 불렀는데, 그것은 그가 어릴 때 기르던 러시아 여우의 이름을 딴 것으로, 몸이 눈처럼 폭신했던 그 여우는 강철 같은 이빨로 그를 너무 지독하게 물어, 그의 아버지가 죽여버리게 했다—이리하여 그들만이 강을 독점하게 되었다. 스케이트 타는 일과 사랑으로 몸이 뜨거워진 그들은, 노란 버들이 강둑을 장식하고 있는 후미진 곳에 몸을 던지고는, 커다란 모피 외투를 뒤집어 쓴 채, 올랜도는 그녀를 팔에 안고, 평생 처음으로 사랑의 기쁨을 맛보노라고 중얼거렸다. 그리고 황홀한 시간이 지나고 그들이 혼미한 상태로 얼음 위에 누워 있을 때, 올랜도는 그녀에게 지금까지의 연인들에 대한 이야기를 했는데, 그녀와 비교하면 그들은 나무토막이거나, 포대나, 타다 남은 재 같은 것이라고 말했다. 그의 심한 표현을 듣고 웃으면서, 그녀는 안긴 채 다시 한 번 그를 향해 돌아눕고는, 뜨겁게 다시 한 번 그를 포옹했다. 그러고는 그들은 자기들의 열기에도 얼음이 녹지 않는 것을 기이하게 생각했고, 얼음을 녹일 이런 자연적인 수단을 갖지 못해, 차가운 강철 도끼로 얼음을 깰 수밖에 없는 가난한 늙은 여인들을 동정했다. 담비 모피로 몸을 감싼 그들은 하늘 아래 온갖 화제에 대해 이야기했다—경치, 여행, 무어인, 이교도, 그리고 이 남자의 수염, 저 여자의 피부, 그녀가 식사 때 먹이를 주는 쥐, 그녀 집의 넓은 방에서 항상 흔들거리고 있는 아라스 벽걸이, 어떤 얼굴이나 깃털에 대해서도 이야기 했다. 제아무리 사소한 것도, 제아무리 거창한 것도 이야기 거리가 안 되는 것이 없었다.

그때 올랜도가 갑자기 늘 겪는 우울증에 빠졌다. 얼음 위를 절름거리며 걷고 있는 그 늙은 여인을 본 탓인지도 모르며, 아니면 아무 이유 없이 그랬는지도 모른다. 그는 얼음 위에 엎드려 얼어붙은 얼음 속을 들여다보면서 죽음을 생각했다. 행복과 우울은 종이 한 장 상관이라고 했던 그 철학자[23]의 말이 옳다. 철학자는 이 둘을 쌍둥이로 생각하고, 따라서 모든 극단적인 감정은 광기와 마찬가지라는 결론을 얻고, 따라서 참된 교회(그의 생각으로는 재세례파 교회)에 위안을 구하라고 이른다. 참된 교회야말로 세파에 시달리고 있는 자들에게 유일한 피난처이고, 항구이며, 정박지 등등이라고 말했다.

올랜도는 몸을 곧추세우고 앉아서, 얼굴에는 수심이 가득한 채 "모든 것은 죽음으로 끝난다"고 말하곤 했다(왜냐하면 도중에 멈춰서는 일 없이 생에서 죽음으로, 격하게 오르내리는 그의 마음 상태가 그러했기 때문이다. 따라서 전기작가도 멈춰서는 안 되며, 될 수 있는 대로 빨리 달려, 올랜도가 인생의 이 시기에 탐닉하고 있었다고 믿을 수밖에 없는, 경솔하고 격정적이며 어리석은 행동과 갑작스러운 말투를 따라잡아야 하기 때문이다).

올랜도는 얼음 위에 꼿꼿이 앉아, "모든 것은 죽음으로 끝난다"라고 말하곤 했다. 그러나 사샤는 영국 피가 전혀 섞이지 않았고, 러시아에서는 해가 영국보다 더디 가라앉으며, 새벽은 덜 갑작스럽고, 문장을 어떻게 끝내야 하는지 몰라, 번번이 말을 하다 마는 러시아에서 온 사샤가 그를 찬찬히 뜯어보고 있었는데, 그것은 아마도 어쩌면 비웃는 것인지도 몰랐다. 왜냐하면 그녀에게 그

---

23 로버트 버턴(1577~1640), 『우울증의 해부The Anatomy of Melancholy』(1621)의 저자.

는 어린아이처럼 보였을 것임에 틀림없으니까. 그래서 그녀는 아무 말도 하지 않았다. 그러나 마침내 얼음 때문에 궁둥이가 차가워졌고, 그것이 싫은 사샤는 그를 끌어당겨 세워놓고는, 매우 매혹적으로, 매우 재치 있게, 매우 현명하게 말했기 때문에(그러나 유감스럽게도 늘 프랑스 어로 말했는데, 그것은 번역하면 맛이 엉망이 되고 만다), 그는 얼어붙은 물도, 밤이 다가오는 것도, 늙은 여인이고 뭐고 다 잊어버리고, 그녀를 무엇에 비유할 수 있는가를―한때 그에게 영감을 주었던 여인네들처럼 시들어버린 수많은 이미지들 사이를 첨벙거리며 이리저리 뛰어다니면서―그녀에게 말해주려고 애썼다. 눈, 크림, 대리석, 체리, 설화석고雪花石膏, 황금색 철사? 전부 아니다. 그녀는 한 마리의 여우와도 같았다. 아니면 올리브 나무, 높은 곳에서 내려다볼 때 보이는 바다의 파도, 에메랄드, 아직 구름에 덮인 푸른 언덕 위의 태양과도 같았다―지금까지 그가 영국에서 보고 들은 어느 것과도 같지 않았다. 아무리 뒤져도 적절한 말을 찾아낼 수가 없었다. 그는 다른 풍경, 그리고 다른 언어가 필요했다. 영어는 사샤를 표현하기에는 너무 솔직하고, 명쾌하고, 달콤한 언어였다. 왜냐하면 그녀가 하는 말은 제아무리 개방적이고 요염하다 할지라도, 거기에는 무엇인가 가리는 것이 있었고, 그녀가 하는 일은 제아무리 담대해 보여도, 거기에는 무엇인가 숨기는 것이 있었기 때문이다. 그리하여 에메랄드에는 초록빛 불길이 숨겨져 있는 듯했고, 언덕 안에는 태양이 갇혀 있는 듯했다. 투명해 보이는 것은 외양뿐이고, 속에는 불길이 이리저리 흔들리고 있었다. 불길은 잠시 보였다가 사라졌다. 사샤는 영국 여인네들처럼 꾸준하게 빛나는 법이 없었다―그러나 이때 올랜도는 레이디 마거릿과 그녀의 속치마 생각이 나서, 격한 감정에 얼음 위의 사샤를 낚아채고는 더욱 빠르게 달리면서, 그 불길을 잡겠노라, 보석을 찾아 물속으로 뛰어들겠노라는 등 소리치며 점점 더 빨리 달렸는데, 그의 말은 숨이 차서 헐떡거리는 그의 입에서, 고통에 차서 시를 토해내는 시인의 정열을 담아 튀어나오는 것이었다.

그러나 사샤는 아무 말도 하지 않았다. 올랜도가 그녀를 한 마리의 여우, 한 그루의 올리브 나무, 아니면 푸른 언덕배기라는 말을 하고 난 뒤, 이번에는 집안 내력을, 그의 집이 영국에서 가장 오래된 것 중 하나라는 것, 또 조상은 시저 등과 함께 로마에서 왔다는 것, 그리고 수실 장식이 달린 가마를 타고 코르소(로마의 가장 큰 거리)를 걸어 내려갈 권리를 가지고 있었다는 것, 그리고 그것은 황족들에게만 허용된 권한이라는 말을 하고는(왜냐하면 그에게는 교만해서 뭐든 잘 믿는 데가 있었는데, 그것은 밉지 않았다), 잠시 말을 멈췄다가, 그녀에게 묻기를, 집은 어디에 있으며, 아버지는 무얼 하는 사람이며, 남자 형제는 있으며, 왜 여기에 아저씨하고만 왔는가를 물었다. 그때 사샤는 선뜻 대답을 했지만, 그들 사이에는 왠지 어색함이 감돌았다. 처음에 그는 사샤의 지위가 그녀가 원하는 것만큼 높지 않든지, 혹은 자기 나라 사람들의 거친 행실이 부끄러워져서 그런가 하는 생각을 했는데, 까닭은 전에 그가 모스크바 여자들은 수염을 기르고, 남자들은 하반신이 털투성이고, 남녀가 추위를 막기 위해 몸에 소기름을 바른다거나, 손가락으로 고기를 찢는다는 말, 그리고 영국 귀족이라면 외양간으로도 쓰지 않을 오두막에서 산다는 이야기를 들었기 때문이었다. 그래서 그는 더 이상 그녀를 채근하지 않았다. 그러나 생각해보면 그녀가 침묵하는 것은 그런 이유 때문이 아니라는 결론에 이르렀다. 그녀는 턱에 전혀 털이 없었으며, 벨벳 옷을 입고, 진주를 몸에 지니고 있었으며, 매너는 분명히 외양간에서 자란 여인의 것이 아니었기 때문이다.

그렇다면 그녀가 그에게 무엇을 숨기고 있는 것일까? 그의 격렬한 감정 밑에 놓여 있던 의혹은 마치 기념비 밑에 있다가 갑자기 움직여서 기념비 전체를 뒤흔드는 토사와 흡사했다. 그러면 그는 갑작스러운 고뇌에 빠진다. 그러면 그가 무섭게 화를 내곤 해서, 그녀는 그를 진정시킬 수가 없었다. 어쩌면 그녀는 그를 진정시키고 싶지 않았을지도 모른다. 아니 오히려 그가 화를 내는 것이 재미있었는지도 모르며, 그녀는 일부러 그를 화나게 했는지도 모른다 ― 모스크바 여인의 불가사의한 기질이란 그런 것이었다.

이야기를 계속해보자 ― 그날 그들은 늘 가던 곳보다 더 먼 곳으로 스케이트를 타고 나아가, 강 한가운데에 배들이 닻을 내린 채 얼어붙어 있는 곳으로 갔다. 그 가운데는 중심 돛대에 쌍두 독수리 깃발이 휘날리고 있는 모스크바 배도 있었는데, 돛대에는 길이가 몇 야드나 되는 색색 가지의 고드름이 매달려 있었다. 사샤는 옷가지 몇 개를 갑판 위에 남겨 놓았었기 때문에, 배에 아무도 없으리라고 생각하고, 그들은 갑판 위로 기어올라 옷가지를 찾아보았다. 올랜도는 과거의 어떤 시기가 생각나서, 설사 어떤 선량한 시민이 그들보다 먼저 이 피난처에 와 있더라도 놀라지는 않았을 것이었다. 그런데 그것이 사실로 드러났다. 얼마 들어가지 않아, 말아놓은 밧줄 뒤에서 개인적인 일을 하던 한 말쑥한 젊은이가 벌떡 일어났다. 그러고는 자기는 이 배의 선원이며, 공주가 찾는 일을 기꺼이 돕겠다는 뜻의 말을 하고 ― 그가 하는 말은 러시아 어였다 ― 양초 조각에 불을 켜고, 그녀와 함께 아래쪽 선창으로 내려갔다.

시간은 흘렀고, 올랜도는 그의 꿈에 싸여, 인생의 기쁨, 그가 찾아낸 보석 같은 사샤 ― 만나기 어려운 여인에 대해, 그녀를 돌이

킬 수 없게, 확고하게 자기 것으로 만들 궁리만을 하고 있었다. 극복해야 할 장애와 어려움이 있었다. 그녀는 얼어붙은 강과 야생마들과, 그녀 말대로라면 서로의 목을 칼로 가르는 사내들이 사는 러시아를 절대로 떠나지 않을 작정이었다. 소나무와 눈 일색의 경치, 정욕과 살육의 풍속에 그의 마음이 끌리지 않는 것은 확실했다. 그는 스포츠와 정원 가꾸기의 쾌적한 전원생활을 버리거나, 그의 공직을 떠나거나, 토끼 대신에 사슴 사냥을 하거나, 카나리 와인 대신 보드카를 마시거나, 소매 속에 까닭도 모른 채 칼을 품고 다닐 생각은 없었다. 그래도 이 모든 것을, 아니 그보다 더한 것이라도 그녀를 위한 것이라면 그는 할 용의가 있었다. 레이디 마거릿과의 결혼은 1주일 뒤 오늘로 잡혀 있지만, 그 일은 너무나 웃기는 일이어서 생각도 하지 않았다. 그녀의 친척들은 지체 높은 여인을 버린다고 그를 비난할 것이며, 그의 친구들은 한낱 코사크 여인과 눈 덮인 황야 때문에 세상에서 가장 좋은 미래를 저버린 그를 비웃을 것이었다―미래 따위는 사샤 자신에 비하면 아무것도 아니었다. 달이 안 뜨는 첫날밤에 도망갈 것이다. 배를 타고 러시아로 가리라. 그는 골똘히 생각했다. 그는 갑판을 오르내리며 그런 계획을 짰다.

그는 서쪽을 향하다가, 성 바울 성당의 십자가 위에 오렌지처럼 매달려 있는 태양을 보고서 정신이 들었다. 태양은 핏빛이었고, 빠르게 지고 있었다. 거의 저녁나절이 된 게 분명했다. 사샤가 내려간 지 한 시간도 더 지났다. 그녀에 대한 가장 확고한 생각마저 그늘지게 하는 어두운 예감에 사로잡혀, 그는 두 사람이 내려간 배의 선창으로 돌진했다. 어둠 속에서 상자와 술통에 걸려 넘어지면서 나아가자, 그는 모퉁이에 있는 희미한 불빛에 의해 그들이 거기에 앉아 있다는 사실을 알게 되었다. 순간 그들이 눈에 들어왔다. 사샤가 뱃사람 무릎 위에 앉아 있는 것이 보였다. 올랜도의 분노로 불이 빨간 구름이 되어 꺼지기 전에, 그는 그녀가 그 사내 쪽으로 몸을 굽히고 포옹하는 것을 보았다. 괴로운 나머지 올랜도가 울부짖는 엄청난 소리가 배 전체에 메아리쳤다. 사샤가 두 사람 사이에 몸을 던졌는데, 그러지 않았다면 선원은 그의 단도를 꺼내기도 전에 목이 졸려 죽었을 것이다. 그러자 올랜도는 심한 욕지기가 나서, 그 두 사람은 그를 마루에 눕히고 브랜디를 마시게 해서 소생시켜야만 했다. 올랜도가 회복하고, 갑판의 부대 더미 위에 앉아 있을 때, 사샤는 그에게 몸을 기대고, 현기증이 나는 그의 눈앞을 그를 물었던 여우처럼 부드럽고 나긋나긋하게 지나가면서, 그를 어르고 달래서 그는 자기가 본 것을 의심하게 되었다. 촛농이 흐른 것인가? 그림자가 흔들렸던 것은 아닌가? 상자가 무거웠노라고 그녀가 말했다. 그래서 그 사내가 상자 움직이는 것을 도왔노라고. 올랜도는 한순간 그녀를 믿었다―흥분한 나머지 그가 가장 두려워했던 환상을 본 것이 아니라고 누가 단언할 수 있겠는가―그러나 다음 순간에는 그녀의 속임수에 한층 더 격렬하게 화가 났다. 그러자 사샤의 얼굴이 창백해지며, 갑판 위에서 발을 구르며, 그날 밤으로 떠나겠다고 말하고, 로마노프 가의 한 사람인 그녀가 만약 천한 뱃사람 팔에 안겼다면, 하늘이여, 저를 죽여주십시오, 라고 소리쳤다. 사실 두 사람을 한데 세워놓고 보면(그에게는 힘든 일이었지만) 올랜도는 그처럼 연약한 여인이 저 털복숭이의 바다짐승에게 안겼다고 생각하게 만든 그의 더러운 상상력에 화가 치밀었다. 그 사내는 덩치가 컸다. 양말만 신고도 키는 6피트 4인치는 되었고, 귀에는 흔한 쇠줄 귀걸이를 하고 있었으며, 생김새는 나르던 굴뚝새나 울새가 내려 앉은 짐 끄는 말처럼 보였다. 그래서 그가 양보했다. 그녀를 믿기로 하고, 용서를 빌었다. 그러나 그들이 사다리로 뱃전을 내려가고 있을 때, 사샤는 다시 한 번 사랑스러운 자세로 손을 사다리에 얹고 걸음을 멈추더니, 광대뼈가 나온 이 황갈색 괴물에게 올랜도가 알아들을 수 없는 러시아 어로 한바탕 인사와, 농담과, 다정한 말을 퍼부었다. 그러나 그녀의 말투에서(러시아 어의 자음 탓일지 모른다) 그는 며칠 전에 보았던 장면이 떠올랐다. 그는 사샤가 마루에서 주운 양초 조각을 방구석에서 몰래 갉아먹고 있는 것을 보았다. 확실히 분홍색이었고, 금박을 입힌 것이었다. 그것은 왕의 식탁에서 사용하는 것이었다. 그러나 그것은 소기름이었고, 그녀는 그것을 갉아먹고 있었던 것이다. 올랜도는 그녀의 손을 잡아 얼음 위에 내려놓으면서, 그녀에게는 어딘가 고약한 냄새를 풍기고, 어딘가 거칠고, 어딘가 촌스러운 데가 있지 않았던가, 하는 생각을 했다. 그리고 지금은 갈대처럼 날씬하고, 종달새처럼 쾌활하지만, 마흔이 되었을 때 볼품없이 퍼지고, 우둔해진 그녀를 상상했다. 그러나 다시 그들이 런던을 향해서 스케이트를 타고 달렸을 때, 그의 가슴에서 그런 미심쩍은 생각들은 모두 봄눈처럼 녹아버리고, 그는 코가 꿰인 거대한 물고기에 의해, 내키지는 않지만, 자신의 동의하에 물속을 맹렬한 속도로 끌려가고 있는 느낌이었다.

눈이 부시게 아름다운 저녁이었다. 해가 지자 런던의 모든 둥근 지붕들, 첨탑들, 작은 탑들, 그리고 뾰족탑들이 무섭게 타오르는 석양 구름을 배경으로 먹물처럼 까맣게 솟아올랐다. 여기는 채링 크로스의 뇌문무늬 십자가, 저기는 세인트폴 대성당의 둥근 지붕, 저기 묵직하고 네모지게 자리 잡은 건물들은 런던타워이며, 꼭대기를 제외하고는 이파리가 다 떨어진 나무처럼 보이는 것이 템플 바의 기둥 위에 매달아놓은 처형당한 자들의 목이었다. 웨스트민스터 사원의 창문들에 불이 켜져, (올랜도가 상상하기에) 하늘에서 온 천사들의 색깔 있는 방패처럼 타올랐다. 이제 서쪽 전체가(다시금 올랜도가 상상하기에) 천상의 층계를 끊임없이 오르내리는 천사들로 가득한 금빛 창 같았다. 이러는 동안 내내, 그들은 끝이 없는 대기의 깊숙한 곳에서 스케이트를 타고 있는 듯했다. 얼음은 그렇게나 푸르러졌고, 너무도 유리처럼 매끄러워, 그들은 런던을 향해 더욱 빠르게 달려갔다. 그들 주위를 하얀 갈매기들이 돌면서, 그들이 스케이트로 얼음 위에 그리는 바로 그 곡선을 공중에 날개로 그리고 있었다.

사샤는 마치 그를 안심시키려는 듯, 평소보다 더 다정하게 굴었고, 더 애교가 있었다. 그녀의 과거에 관한 이야기를 그녀는 좀처럼 하지 않았는데, 이때는 러시아에서 겨울에 광활한 초원을 가로질러 들려오는 늑대 소리를 듣곤 했던 이야기를 들려주고는, 세 번이나 그에게 늑대 우는 소리를 해보였다. 다음엔 올랜도가 자기 고향에서 길 잃은 수사슴이 추위를 피해 큰 홀에 들어왔을 때, 노인이 큰 양동이로 오트밀 죽을 먹인 이야기를 했다. 그러자 그녀가 그를 칭찬해주었다 — 짐승을 사랑한다고, 기사도 정신이 훌륭하다고, 다리가 잘생겼다고. 올랜도는 그녀의 칭찬에 황홀해지고, 또 그녀가 천한 선원의 무릎에 앉아 있었다거나, 나이 마흔에 살이 찌고 무기력해지리라고 상상함으로써 그녀를 헐뜯었던 생각이 부끄러워져서, 그는 그녀를 칭찬할 마땅한 말을 찾지 못하겠노라고 말했다. 그러나 곧 그는 그녀가 봄과 같고, 푸른 잔디나, 뿜어나오는 물과 같다는 생각이 들어, 그녀를 보다 꼭 붙잡고는 강을 반이나 건너도록 내달리자, 기러기와 가마우지 새들도 함께 내달렸다. 마침내 숨이 차 달리기를 멈추고, 약간 헐떡이면서 사샤는 올랜도가 100만 개의 촛불과 노란 전구로 장식한 크리스마스트리 같다고 말했다(러시아에서는 그렇게 한다). 온 거리를 환하게 비출 만큼 눈이 부시다고 말했다(그렇게 번역할 수 있을 것이다). 그의 빛나는 볼하며, 그의 까만 곱슬머리하며, 심홍색의 외투 등으로 해서, 그는 마치 몸 안에 불을 켜고 스스로가 타고 있는 것처럼 보였다.

올랜도의 뺨의 붉은색을 제외하고는 모든 색깔이 곧 사라졌다. 밤이 되었다. 석양의 오렌지빛이 사라지면서 횃불, 모닥불, 화톳불, 그리고 강물을 밝히는 다른 기구들로부터 나오는 놀라운 하얀 불빛이 그 뒤를 잇자, 더없이 기이한 변화가 일어났다. 다양한 교회와, 하얀 석조 대문의 귀족의 대저택들이, 마치 공중에 떠 있는 것처럼 줄무늬와 얼룩으로 보였다. 특히 성 베드로성당은 금빛 십자 외엔 아무것도 보이지 않았다. 웨스트민스터 사원은 줄기만 남은 나뭇잎 같았다. 모든 것이 수척해지고 변했다. 두 사람이 축제가 벌어지고 있는 곳 근처에 다가갔을 때, 그들은 소리굽쇠를 두드리는 것 같은 낮은 소리를 들었는데, 그것은 점점 더 커지더니 함성으로 변했다. 때때로 불꽃이 하늘로 날아오를 때 커다란 환호가 뒤따랐다. 서서히 두 사람은 거대한 군중으로부터 떨어져 나와, 강 표면 위에서 모기처럼 이리저리 뱅글뱅글 도는 작은 사람들의 모습을 알아볼 수 있었다. 이 빛나는 원 위와 주위에, 겨울밤의 짙은 암흑이 마치 어둠의 사발처럼 짓누르고 있었다. 그리고 이 암흑 속으로 불꽃들이 간격을 두고 터지면서, 그 사이 잠시 사람들을 기대 속에 긴장하게 만들고, 또 입이 벌어지게 만들었다. 불꽃은 초승달이나 뱀, 왕관 모양이었다. 한순간 숲과 멀리에 있는 언덕들이 여름날처럼 초록색으로 보이는가 하면, 다음 순간에는 모든 것이 다시 겨울이 되고, 암흑이 되었다.

이때쯤 올랜도와 공주는 왕실 구역 가까이에 왔는데, 될 수 있는 대로 명주 끈 가까이에 가려고 몰려든 많은 시민들 때문에 더 이상 갈 수 없었다. 둘만 가졌던 시간을 빼앗기고, 그들을 감시하는 날카로운 눈들과 마주치고 싶지 않아, 두 사람은 머뭇거리고 거기 서 있었는데, 그러는 사이 도제들, 양복쟁이들, 여자 생선장수들, 말 매매꾼들, 사기꾼들, 배고픈 학생들, 베일을 뒤집어쓴 하녀들, 오렌지 파는 소녀들, 마부들, 성실한 시민들, 음란한 바텐더들, 그리고 사람들이 모이는 곳이면 항상 그 주변에 몰려들어, 사람들 다리 사이로 기어오르며 소리 지르는 부랑아들에게 떠밀리며 서 있었는데 — 거기에는 정말로 런던의 어중이떠중이들이 모두 모여, 장난치고, 팔꿈치로 밀고, 여기서 주사위를 던지는가 하면, 운수를 보고, 떠밀고, 간지럼 태우고, 꼬집고, 또 여기서 소란을 피우는가 하면 저기서는 시무룩해 있었다. 어떤 녀석은 입을 한 자나 벌리고 있고, 다른 녀석들은 지붕 꼭대기의 갈까마귀만큼이나 안하무인인데 — 이 모두가 그들의 지갑과 신분이 허용하는 한, 차리고 꾸미고 있었다. 여기 어떤 이는 모피와 검은 나사 옷을 입었고, 저기 다른 사람들은 누더기를 걸치고, 발에는 행주만을 감고 얼음 위에 서 있었다. 사람들이 가장 많이 모인 곳은 오늘날의 펀치와 주디 무대[24] 비슷한 점포 맞은편인데, 거기서는 어떤 공연이 진행 중이었다. 흑인 한 사람이 양팔을 흔들면서 고함을 지르고 있었다. 거기에는 하얀 옷을 입은 한 여인이 침대 위에 누워 있었다.[25] 공연은 거칠었지만, 배우들이 두 개의 층계를 뛰어오르고 내리다가, 때로 넘어지면, 군중은 발을 구르고 휘파람을 불었다. 그러다가 싫증이 나서 귤껍질을 얼음 위에 던지면 개가 덤벼들었는데, 놀랍고 복잡한 대사의 선율이 음악처럼 오랜

---

24 남편 펀치와 그의 아내 주디가 등장하는 인형극.
25 지금 올랜도가 보고 있는 것은 셰익스피어의 『오셀로』.

도의 마음을 뒤흔들었다. 놀랍도록 빠르게, 대담하며 날렵한 혀놀림으로 뱉어내는 대사는 워핑의 비어 가든에서 노래하던 선원들을 생각나게 했는데, 뜻 없는 대사마저도 그에게는 포도주처럼 감미로웠다. 그러나 이따금 그의 마음 깊숙한 곳에서 찢겨져 나온 것 같은 한 구절이 얼음 위를 지나 그에게 들려온다. 무어인의 광기는 그에게 자신의 광기로 보였으며, 무어인이 그녀의 침대에서 그 여인의 목을 졸랐을 때, 그것은 그가 직접 죽인 사샤였다. 드디어 연극은 끝났다. 사방이 캄캄해졌다. 그의 얼굴에 눈물이 흘러내렸다. 하늘을 올려다보니 거기도 어둠 밖에 없었다. 폐허와 죽음이 모든 것을 덮고 있다고 그는 생각했다. 인간의 생애는 무덤에서 끝난다. 벌레들이 우리를 먹어버린다.

　　이제 해와 달의 거대한 일식이 시작되고
　　공포에 떠는 대지가 갈라지며
　　입을 크게 벌릴지니——[26]

　　그가 이렇게 말하는 동안에 창백한 별 하나가 그의 기억에 떠올랐다. 그날 밤은 어두웠다. 칠흑같이 캄캄했다. 그러나 두 사람이 오랫동안 기다려왔던 것은 바로 이런 밤이었다. 그들이 도망가려고 계획했던 것은 이런 밤이었다. 모든 것이 생각났다. 때가 온 것이다. 격정이 분출하는 대로 그는 사샤를 자기 쪽으로 끌어당기고서는 그녀의 귀에다 대고 "생애 최고의 날이 왔노라!"[27]라고 속삭였다. 이것이 그들의 신호였다. 밤 열두 시에 그들은 블랙프라이어스 근방의 여관에서 만나기로 되어 있었다. 거기서 말이

26　셰익스피어의 『오셀로』 5막 2장, 99~101행.
27　"Day of my life!" 크레시 전쟁(1346) 때의 색빌가의 구호.

기다리고 있었다. 그들의 도주를 위한 만반의 준비가 돼 있었다. 그래서 그들은 헤어져, 각각의 천막으로 돌아갔다. 아직 약속 시간까지는 한 시간이 남아 있었다.

올랜도는 밤 열두 시가 되기 훨씬 전부터 기다리고 있었다. 밤은 먹물을 풀어놓은 듯 캄캄해서, 코를 베어가도 모를 지경이었다. 그것은 다행한 노릇이었으나, 또한 더없이 조용해서, 반 마일 떨어진 곳에서 나는 말발굽 소리나, 어린애 우는 소리가 들릴 정도였다. 작은 마당에서 거닐고 있던 올랜도는 자갈길을 걷는 조랑말의 규칙적인 발자국 소리나, 여인의 옷자락 끄는 소리에 여러 차례 가슴을 졸였다. 그러나 지나가는 사람은 늦은 시간에 귀가하는 상인이거나, 별로 깨끗하달 수 없는 일로 나다니는 근처 여자뿐이었다. 그들이 지나가자 거리는 전보다 더 조용해졌다. 그러고는 도시의 가난한 사람들이 다닥다닥 붙어사는, 작은 지역의 주택 아래층에서 타고 있던 불빛들이 침실로 올라가고는 하나씩 꺼졌다. 이 고장 가로등은 기껏해야 몇 개 되지 않았는데, 야간 경비원의 부주의로 새벽이 아직 먼 시간인데도 꺼져 있었다. 어둠은 전보다 훨씬 더 깊어졌다. 올랜도는 그의 등불의 심지를 살피고, 안장 띠를 돌보고, 권총을 장전하고, 권총 케이스를 점검하는 일을 적어도 열 번 이상은 되풀이해, 더 이상 신경 쓸 일이 없어졌다. 밤 열두 시까지는 아직 20분이나 남았지만, 여관 안의 휴게실로 들어갈 생각은 하지 않았다. 그곳에서 여관집 여주인이 몇 사람의 선원들에게 백포도주와 싸구려 카나리 술을 팔고 있었는데, 그들은 차례로 노래를 하거나, 드레이크[28]나 호킨스[29]와

---

28 영국의 항해가, 해적(1540?~1596). 영국 최초로 세계 일주 항해. 스페인 무적함대를 격파한 영웅.

29 영국의 해군 제독(1532~1595), 스페인 무적함대를 격파한 영웅.

그렌빌[30]에 대한 이야기를 하다가, 마침내는 의자에서 굴러 떨어져 모래 깔린 마룻바닥에서 잠이 들었다. 어둠은 그의 부풀고 격렬한 가슴에 보다 동정적이었다. 그는 모든 발자국 소리에 귀를 기울이며, 소리 하나하나에 여러 가지 추측을 했다. 술주정뱅이가 외치는 소리, 산고의 고통이나 다른 괴로움을 울부짖는 소리들은 하나같이 그것이 그의 모험에 대한 흥조인 듯, 그의 가슴을 에는 것 같았다. 그러나 그는 사샤에 대해서는 두려움이 전혀 없었다. 그녀의 용기 앞에서 이 정도의 모험은 아무것도 아니었다. 그녀는 남자처럼 장화를 신고, 망토와 바지를 입고 혼자 올 것이었다. 그녀는 발자국 소리가 가볍기 때문에, 이 고요함 속에서도 거의 들리지 않을 것이었다.

　그렇게 그는 어둠 속에서 기다렸다. 그런데 갑자기 그의 얼굴 한쪽을 뭔가 부드럽지만 묵직한 것으로 얻어맞았다. 기대로 잔뜩 긴장해 있었기 때문에 그는 깜짝 놀라 칼에 손을 가져갔다. 이마와 뺨을 여러 차례 얻어맞았다. 건조한 한파가 너무 오래 계속된 터여서, 이것이 빗방울이라는 것을 알기까지는 시간이 걸렸다. 그러니까 비가 얼굴을 때리고 있었던 것이다. 처음에는 빗방울이 천천히 하나씩 찬찬히 떨어졌다. 그러나 곧 여섯 방울이 예순 방울이 되고, 육백 방울이 되었다. 그러고는 폭포처럼 쏟아졌다. 마치 단단하게 뭉쳐 있던 하늘이 하나의 거대한 분수가 되어 쏟아져 나오는 듯했다. 5분 동안에 올랜도는 살 속까지 흠뻑 젖었다.

　말들이 비를 맞지 않게 서둘러 외양간으로 옮겨놓고, 그는 마당이 보이는 처마 밑에서 비를 피했다. 공기는 전보다 더 축축해졌으며, 쏟아지는 비에서 나는 쌕쌕거리는 소리와 둔탁한 소리 때문에 사람이나 짐승의 발자국 소리는 들리지 않을 것이었

30 영국의 해군 제독(1542~1591), 스페인 무적함대를 격파한 영웅.

다. 큰 구멍이 난 길은 물에 잠겨 아마 건널 수 없을 것이다. 하지
만 이 사실이 그들의 도주에 어떤 영향을 미치게 될 것인가에 대
해서는 그는 거의 생각하지 않았다. 온 신경을 집중하여 그는 자
갈 깔린 길을—그 길은 등잔 빛을 받아 희미하게 빛나고 있었는
데—응시하며 사샤가 오는 것을 기다리고 있었다. 이따금 그는
어둠 속에서 사샤가 온몸에 비를 맞고 있는 모습을 본 듯했다. 그
러나 환영은 사라졌다. 갑자기 끔찍하고 불길한 소리로, 올랜도
의 영혼을 고뇌로 머리칼이 솟게 만들 공포와 경악에 찬 소리로,
성 바울 성당에서 밤 열두 시를 알리는 첫 번째 종이 울렸다. 냉
혹하게 네 번 더 울렸다. 연인의 미신적인 본능으로 올랜도는 여
섯 번째 종소리가 울리면 그녀가 올 것이라고 작정했다. 하지만
여섯 번째 종소리는 메아리쳐 사라졌고, 일곱 번째, 그리고 여덟
번째 종소리가 울려 퍼졌는데, 근심에 찬 그의 마음에 그 소리는
처음에는 죽음과 불행을 예고하고, 이어 선언하는 소리로 들렸
다. 열두 번째 종소리가 울렸을 때, 그는 이제 그의 운명이 끝났다
는 사실을 알았다. 사샤가 늦게 올지도 모른다, 방해가 생겼는지
도 모른다, 길을 잃었는지도 모른다, 따위의 이성적 추리는 무리
였다. 올랜도의 정열적이고 감성적인 마음은 진실을 직감했다. 다
른 시계들도 차례차례 시끄럽게 울려댔다. 온 세상이 그녀의 배
신을 알리며, 그의 어리석음을 알리고 있는 것 같았다. 그의 마음
밑바닥에 움트고 있던 오래된 의혹이 숨어 있던 곳에서 밖으로
뛰쳐나온 것이다. 그는 한 떼의 독사에게 물린 것이다—보다 더
독한 뱀에게 차례로. 그는 엄청나게 쏟아지는 빗속에 꼼짝하지
않고 문간에 서 있었다. 시간이 지나면서 그의 무릎이 조금 내려
앉았다. 폭우는 계속해서 쏟아졌다. 한참 폭우가 쏟아지는데 거대
한 대포 소리가 들리는 듯했다. 참나무들을 잡아 찢는 듯한 엄청

난 소리가 들려왔다. 또한 마구 외쳐대는 소리와, 사람의 목소리 같지 않은 무시무시한 신음 소리가 들려왔다. 그러나 성 바울 성당의 시계가 2시를 알리자, 올랜도는 무서운 자조에 휩싸여 이를 모두 드러낸 채 "생애 최고의 날이 왔노라!"고 외치면서 등불을 땅에다 세차게 내던지고, 말에 올라타고는 아무데로나 달려갔다.

이미 이성을 잃은 그를, 어떤 맹목적인 본능이 바다쪽으로 난 강둑으로 내몰았음에 틀림이 없다. 새벽이 밝아왔을 때 — 그 새벽은 보통 때와는 달리 갑작스럽게 다가왔는데 — 하늘은 옅은 황색으로 변했고, 비는 거의 그쳤는데, 정신이 들고 보니 그는 와핑 건너편의 템스 강둑에 서 있는 것을 알았기 때문이다. 여기서 아주 놀라운 자연 광경을 목격했다. 석 달이 넘도록 돌처럼 영원하리라고 생각되었던, 그렇게나 두텁고 단단하던 얼음이 있었고, 그 보도 위에 하나의 화려하고 거대한 도시가 있던 곳에, 지금은 사나운 흙탕물이 내달리고 있었다. 밤 사이에 강이 풀린 것이다. 그것은 마치 유황 샘물이(많은 학자들이 이런 생각을 하고 있는데) 지하의 화산맥에서 분출하여, 얼음을 맹렬한 힘으로 산산조각내어, 거대하고 묵직한 파편들을 사방으로 맹렬하게 쓸어버린 듯했다. 물은 바라보기만 해도 현기증이 났다. 모든 것이 소란과 혼란의 극치였다. 강은 온통 얼음 덩어리였다. 빙산 중 어떤 것은 볼링장만큼 넓었고, 집채만큼 높다랗고, 다른 것들은 겨우 남자 모자 크기 밖에 안 되는 것도 있었으나, 괴이하게 일그러져 있었다. 이제 얼음 덩어리의 대 선단이 밀려오면서, 거추장스러운 것을 모두 가라앉힐 것이었다. 이제 괴로워 몸을 뒤트는 뱀처럼, 강은 마구 소용돌이치며 얼음 덩어리들 사이를 돌진하면서, 이 둑에서 저 둑으로 얼음 덩어리들을 집어던지고 있는 것 같았으며, 부두와 기둥에 부딪히는 소리가 들렸다. 그러나 가장 무섭고, 가장 끔찍한 공포를 자아내는 광경은 밤 사이에 갇혀, 극도의 괴로움 속에 빙빙 도는 불안한 섬 위를 오가는 사람들이었다. 그들이 물속으로 뛰어들든지, 얼음 위에 남아 있든지, 그들의 운명은 매한가지였다. 때로는 이런 불쌍한 사람들이 떼로 흘러왔는데, 어떤 이는 무릎을 꿇고 있었고, 또 다른 이들은 아기에게 젖을 물리고 있었다. 한 늙은이가 성경을 소리 내어 읽고 있는 것 같았다. 그런가 하면 이번에는 아마도 가장 처참한 운명일 터인데, 홀로 외로운 사람이 그의 작은 집 위에 올라타고 있었다. 바다로 쓸려 내려가면서, 어떤 이들은 헛되이 도움을 외쳐대면서, 개과천선할 것을 필사적으로 약속하고, 그들의 죄를 고백하고, 만약 하나님이 그들의 기도를 들어주신다면 재산을 모두 바치고 제단을 헌당하겠노라고 맹세했고, 또 어떤 이들은 너무 공포에 질려, 꼼짝 못하고 앉아 말없이 앞을 멀거니 바라보고 있었다. 차림으로 보아 뱃사공이나 마부로 보이는 한 떼의 젊은이들이, 술집에서 부르는 야한 노래를 마치 허세를 부리듯 고함치며 부르다가, 나무에 부딪치자 욕을 하면서 가라앉았다. 한 늙은 귀족이 ─ 털 가운과 금줄로 알 수 있었는데 ─ 올랜도가 서 있는 곳에서 멀지 않은 곳을 흘러내려가면서, 이런 극악무도한 짓을 꾸민 아일랜드 모반자들에게 복수해야 한다고 소리치며 숨을 거두었다. 많은 사람들이 은주전자나 다른 보물을 가슴에 움켜쥐고 죽어갔고, 적어도 20여 명의 불쌍한 인간들이 욕심 때문에 강둑으로부터 홍수 속으로 몸을 던졌는데, 그들은 금 술잔이 떠내려가거나, 그들이 보는 앞에서 모피 가운이 사라지는 것을 차마 볼 수 없었던 것이다. 가구와 귀중품들과 모든 종류의 재산이 얼음 덩어리 위에 실려 갔기 때문이다. 신기한 광경 가운데 하나는 새끼에게 젖을 물리고 있는 고양이, 20명분의 식사를 호화롭게 차려놓은 식탁, 침대에 누워 있는 한 쌍의 남녀, 엄청난 수의 요리 도구들 등이었다.

너무나 놀라고 어리둥절하여 올랜도는 한동안 그의 옆을 지나가는 무서운 물살을 바라볼 수밖에 없었다. 마침내 그는 정신이 든 듯, 타고 있던 말에 박차를 가하고는 바다 쪽을 향해 강둑을 따라 달리기 시작했다. 강굽이를 돌아 그는 그 강 입구 반대편에 왔는데, 거기는 채 이틀도 되기 전에 대사들의 배들이 얼어붙은 듯 꼼짝 않고 있던 곳이었다. 서둘러서 배들을 세어 보았다. 프랑스 배, 스페인 배, 오스트리아 배, 터키 배. 프랑스 배의 정박용 장치가 떨어져 나가고, 터키 배는 옆구리가 크게 찢어져서 물이 빠르게 차고 있었지만, 그래도 모두 아직은 떠 있었다. 그러나 러시아 배는 아무 데서도 보이지 않았다. 순간 올랜도는 틀림없이 물이 차서 바다에 가라앉았다고 생각했으나, 등자를 신은 채 몸을 일으키고, 매와 같은 그의 눈을 손으로 빛을 가린 채 바라보자, 수평선 위에 떠 있는 한 척의 배를 알아볼 수 있었다. 검은 독수리가 그려져 있는 깃발들이 돛머리에서 휘날리고 있었다. 모스크바 대사관 배는 바다를 향하고 있었다.

말에서 뛰어내리자, 격노한 올랜도는 마치 홍수를 밀어내기라도 하려는 듯이 앞으로 나아갔다. 무릎까지 물이 차는 곳까지 들어가서, 그는 지금까지 세상의 여자에게 퍼부었던 있는 욕이란 욕은 모조리 이 배신한 여인에게 퍼부었다. 그는 그녀를 배신자, 변덕쟁이, 바람둥이, 악마, 간음녀, 사기꾼, 등등으로 불러댔다. 소용돌이치는 물살이 그가 하는 말을 집어삼키고, 그의 발치에 부서진 옹기 하나와 지푸라기 하나를 던져놓았다.

제2장

지금 전기작가는 하나의 문제에 봉착했는데, 적당히 넘어가기보다는 차라리 고백하는 것이 나을 것이다. 올랜도의 이야기를 해나감에 있어, 지금까지는 개인적이거나 역사적인 자료들 덕분에 전기작가로서의 첫 번째 의무를 수행할 수 있었다. 그 의무란 이런저런 눈치 보지 않고, 지워버릴 수 없는 진리의 발자국을 더듬어가는 것이며, 꽃에 유혹되거나 그늘을 거들떠보는 일 없이, 고지식하게 앞으로만 나아가다가, 마지막에는 무덤으로 풍덩 빠져, 머리맡의 비석에 "끝"이라고 쓰는 것이다. 그러나 지금 우리가 가는 길 앞에 하나의 에피소드를 만나게 되는데, 이것을 무시할 수는 없다. 그런데 그 에피소드라는 것은 모호하고, 신비스러우며, 증거도 없다. 따라서 설명할 길도 없다. 이것을 해명하려면 책을 써도 여러 권을 쓸 수 있을 것이고, 그것이 의미하는 바를 근거로 종교의 모든 체계를 수립할 수도 있을 것이다. 우리의 의무는 그저 알려진 범위 내의 사실을 있는 그대로 기술하고, 나머지는 독자들의 판단에 맡기는 것뿐이다.

그 겨울의 대재앙이 있었던 해 ― 한파가 엄습하고, 홍수가 나

고, 수천 명의 사람들이 목숨을 잃은 해 —여름에 올랜도의 희망
은 완전히 사라져버렸다. 왜냐하면 그가 궁정에서 추방되었기 때
문이다. 당시의 최고 권력을 가진 귀족들과 불화를 일으켰던 것
이다. 아일랜드의 데스몬드 가는 당연히 격노하고 있었다. 왕은
아일랜드 사람들과 이미 충분히 골치를 앓고 있던 터여서, 더이
상 악화되기를 원치 않았으니까 —그해 여름 올랜도는 시골에
있는 그의 거대한 저택으로 은퇴해, 거기서 완전한 고독 속에 살
고 있었다. 어느 6월 아침 —그날은 18일 토요일이었는데 —그가
늘 일어나던 시간에 일어나지 않아, 하인이 그를 부르러 가보니
까, 그는 깊이 잠들어 있었다. 깰 수도 없었다. 그는 혼수상태에 빠
진 듯 숨소리도 거의 내지 않은 채 누워 있었다. 그의 창 밑에서 개
를 짖게 하고, 그의 방에서 계속해서 심벌즈와 드럼과 캐스터네
츠를 두들겨대고, 그의 베개 밑에 가시금작화[1]를 한 다발 밀어 넣
고, 발에다 겨자를 고약처럼 발라도 그는 7일 동안 내내 일어나
지 않았고, 음식을 먹거나 살아 있는 조짐이 보이지 않았다. 이레
째 되는 날, 그는 늘 일어나던 시간에 잠이 깨어(정확히 8시 15분
전에), 떠들어대는 여편네들, 그리고 마을의 점쟁이들을 모두 그
의 방에서 내쫓아버렸다. 이것은 당연한 일이었지만, 이상한 것
은 그가 혼수상태에 있었다는 의식이 전혀 없었고, 마치 하룻밤
의 잠에서 깨어난 듯, 옷을 입고 말을 대령시켰다. 그러나 그의 머
리 내부에서 틀림없이 어떤 변화가 일어났다고 생각되는 것은,
비록 그의 행동거지가 완벽하게 이성적이며, 전보다 더 엄숙하
고, 더 침착해 보이기는 했지만, 그의 과거 인생에 대한 기억이 불
완전해 보였다. 그는 사람들이 대한파에 대해 이야기하거나, 스
케이팅이나 카니발에 관한 이야기를 할 때 열심히 듣기는 했지

1 마귀를 쫓는 것으로 알려져 있다.

만, 마치 구름이라도 걷어내려는 듯, 손으로 이마를 훔치는 것 말고는, 그가 그 일들을 직접 목격했다는 조짐을 보이는 일은 결코 없었다. 지난 6개월 동안에 있었던 사건들이 화제에 오르면, 그는 고통스러워 보인다기보다는 어리둥절해 보였다. 그것은 마치 오래전에 사라진, 뒤얽힌 기억들에 의해 혼란스러워졌거나, 다른 사람이 한 이야기를 회상하려고 애쓰고 있는 것 같았다. 만약에 러시아나 공주나 배 이야기가 나오면, 그는 으레 불안한 마음에 우울해져, 자리에서 일어나 창밖을 내다보든가, 아니면 개를 불러오거나, 칼을 꺼내 삼나무 조각을 깎든가 하는 것을 볼 수 있었다. 그러나 예나 지금이나 매한가지로, 어리석은 의사들은 휴식을 취하라거나, 운동을 하라거나, 굶으라거나, 영양을 취하라거나, 사람들을 만나라고 하는가 하면, 혼자 있으라고도 하고, 하루종일 침대에 누워 있으라고 하는가 하면, 점심과 저녁 사이에 40마일가량 승마를 하라고 하는 등, 기분 내키는 대로 정해진 진정제나 자극제를 주고, 아침에 일어날 때는 도롱뇽의 침을 섞은 우유를, 그리고 잠자리에 들 때는 공작새 쓸개즙으로 변화를 준 뒤, 그를 내버려두고 나서는, 그가 일주일간 잠들어 있었다는 소견을 내놓았다.

그러나 만약에 그것이 잠이라면 어떤 성격의 잠인가, 라고 우리는 묻지 않을 수 없다. 잠은 치료를 위한 하나의 방편일까—더없이 화가 나게 하는 기억들, 인생을 망쳐버릴 것 같은 일들을 검은 날개로 문지르고, 가장 추하고 천한 것들마저 까칠한 부분을 문지르고 금박을 입혀, 광택과 광채가 나게 하는 최면상태인가? 인생이 산산조각이 나지 않도록 하기 위해서는, 때때로 죽음의 손가락이 삶의 소용돌이 위에 놓여야 하는 것인가? 우리는 매일 소량씩 죽음을 복용하지 않으면 삶을 이어나갈 수 없게 만들어진 것일까? 그렇다면 우리의 가장 비밀스러운 통로로 뚫고 들어와, 우리가 가장 소중하게 여기는 것들을 우리의 뜻과는 상관없이 바꿔버리는 이 이상한 힘의 정체는 무엇인가? 올랜도는 극심한 고통 때문에 지칠대로 지쳐, 일주일 동안 죽었다가 다시 살아난 것인가? 만약 그렇다면 죽음의 본질은 무엇이며, 삶의 본질은 무엇이란 말인가? 이들 질문에 대한 해답을 반시간도 훨씬 넘게 기다렸는데도 아무 해답이 나오지 않으니, 그냥 이야기를 계속하도록 하자.

이제 올랜도는 극도로 고독한 생활에 자신을 맡겨버렸다. 궁정에서 당한 모욕과 격렬한 슬픔이 부분적인 이유이기는 했으나, 자신을 방어하려는 노력도 전혀 하지 않았고, 누구를 초대하는 일도 거의 없어서(기꺼이 초대에 응할 친구는 많았지만), 선조들의 거대한 저택에서 혼자 있는 것이 그의 기질에 잘 맞는 것처럼 보였다. 그는 고독을 선택한 것이다. 그가 시간을 어떻게 보냈는가에 관해서는 아무도 잘 알지 못했다. 하인은 전부 그대로 거느리고 있었는데, 그들이 하는 일의 대부분은 빈 방을 청소하고, 결코 아무도 들어가 잔 적이 없는 침대들의 홑이불을 매만지는 일이었는데, 어두워진 저녁에 그들이 앉아 먹고 마시고 있을 때, 빛이 화랑을 따라 가다가 연회장들을 지나 층계를 올라가 침실들로 들어가는 것을 보고는, 주인이 혼자서 집에서 돌아다니고 있다는 것을 알았다. 그러나 아무도 그를 따라갈 생각은 하지 못했는데, 왜냐하면 그 집에는 갖가지 귀신이 출몰했을 뿐만 아니라, 집이 하도 크다보니, 잘못하다가는 길을 잃거나, 비밀 층계에 걸려 넘어지거나, 문을 열었다가 만약에 바람이 불어서 문이 닫히게 되면, 영원히 갇힐 수 있기 때문이었다―이런 일이 드물지 않다는 것은, 아주 괴로운 자세로 죽은 사람이나 동물들의 해골이 자주 발견되는 것으로도 분명히 알 수 있었다. 그리고 불이 완전히 꺼지면, 가정부였던 그림스디치 부인이 목사인 더퍼 씨에게, 주인께 나쁜 일이 일어나지 않았으면 좋겠다는 말을 했다. 그러면 더퍼 씨는 주인께서는 틀림없이 남쪽으로 반마일 떨어진 빌리어드 테이블 코트 안에 있는 조상 묘역에 무릎 꿇고 계실 거라는 의견을 내놓았다. 그분은 양심에 가책을 받는 죄를 지셨기 때문일 거라고 더퍼 씨가 말하면, 그림스디치 부인은 매우 날카롭게 죄야 누구나 다 짓지요, 라고 응수하는 것이었다. 그러면 스튜클리 부인과, 필드 부인과, 늙은 카펜터 유모가 모두 목소리를 높여 주인을 칭송하곤 했고, 하인과 청지기들은 이렇듯 훌륭한 귀족이 여우 사냥을 하거나 사슴을 쫓아다니지 않고 우울하게 집 안에만 계시는 것은 유감천만이라고 강한 어조로 말했고, 심지어는 빨래일을 하는 하녀들이나, 주방일을 하는 주디와 페이스조차도 맥주잔과 케이크를 돌리면서, 주인의 기사도 정신에 대해 소리 높여 증언하는 것이었다. 올랜도보다 더 친절한 신사는 없었다거나, 또는 리본을 사거나 머리에 꽂을 꽃을 사는데 쓸 은전을 올랜도만큼 후하게 주는 사람은 없었다면서. 마지막에는 사람들이 기독교인으로 만들려고 그레이스 로빈슨이라고 불렀던 흑인 여자까지도, 그들이 하는 이야기의 뜻을 알아차리고는, 주인은 잘생기고 상냥하며, 멋진 신사라는데 동의하기 위해 자기가 할 수 있는 유일한 방법으로, 즉 그녀의 이를 모두 드러내놓고 히죽 히죽 웃어 동의를 표하는 것이었다. 요는 하인들은 남녀의 구별 없이 모두 그를 높이 존경했고, 그를 이 지경으로 만든 그 외국 공주(실제로는 이보다 더 험한 말을 썼는데)를 저주했다.

그러나 더퍼 씨가 주인이 묘역에 안전하게 계실 테니 찾아 나설 필요가 없다고 한 것은 그가 겁이 많았거나, 아니면 그가 따끈

한 맥주에 정신이 없었기 때문이겠으나, 그의 생각은 틀리지 않았던 것 같다. 이제 올랜도는 죽음과 쇠락에 대해 생각하는 것에 이상한 희열을 느끼고 있었다. 그는 손에 초를 들고 긴 회랑과 무도회장들을 걸어다니면서, 마치 그가 찾아낼 수 없는 어떤 사람의 모습을 열심히 찾고 있기나 한 것처럼, 그림 하나하나를 들여다보고는, 가족 예배석으로 올라가, 박쥐나 해골 면상 나방이와 함께 여러 시간 동안 깃발이 움직이고 달빛이 흔들거리는 모습을 바라보곤 했다. 하지만 그에게 이것만으로는 충분하지 않아, 그는 10대에 걸친 조상의 관들이 겹겹이 쌓여 있는 지하 납골당으로 내려가야 했다. 그곳은 찾는 사람이 거의 없어, 쥐들이 마음대로 관의 납 장식을 갉아먹어, 그가 지날 때 넓적다리뼈가 외투에 걸리기도 하고, 또 말리즈 경이라는 사람의 해골이 발치에 걸리면, 밟아 으깨기도 했다. 그곳은 섬뜩한 묘지였다. 그것은 정복왕과 더불어 프랑스에서 온 가족의 초대 영주가, 모든 영화는 부패 위에 만들어진다는 것, 육체 밑에는 해골이 있다는 것, 지상에서 춤추고 노래하는 우리는 땅 속에 잠들어야 한다는 것, 진홍의 벨벳도 흙이 되고 만다는 것, 반지도 루비를 잃을 것이고(이때 올랜도는 그가 들고 있던 등을 아래로 향하게 하고는 한 귀퉁이에 떨어져 있던 알이 빠진 둥근 금 고리를 주워들곤 했다), 그처럼 윤나던 눈도 더 이상 빛나지 않게 된다는 것을 증명하기 원했던 양, 납골당은 집의 기초 밑을 깊이 파서 만들어졌다. "이 귀공자들에게서 남은 것은 아무것도 없다"라고 올랜도는 그들의 신분을 약간 과장하는 일을 즐기면서 말하는데, 그것은 크게 탓할 일은 아니었다. 그는 해골의 손을 잡고는 마디를 이리저리 구부려보면서, "이 손가락 하나말고는"이라고 말했다. "누구의 손이었을까?"라고 그는 계속해서 물었다. "오른손일까, 아니면 왼손일까?

남자 손, 아니면 여자 손, 늙은이 손, 아니면 젊은이 손? 이 손으로 전쟁용 말을 몰았을까, 아니면 바느질을 했을까, 장미를 꺾었을까, 아니면 차가운 칼을 움켜쥐었을까? 이 손이?" 하지만 여기서 그의 상상력이 끝이 났던가, 아니면 이쪽이 더 가능성이 있는데, 손이 할 수 있는 일의 예가 너무 많이 떠올라서, 늘 그랬듯이, 그는 창작의 기본적인 작업, 즉 삭제를 피하고 만 것이다. 그는 이런 주제에 관해서는 노리치의 의사이면서 문필가인 토머스 브라운[2]의 글이 무척 재미있었다는 생각을 떠올리면서, 그 손을 다른 뼈들과 함께 놓았다.

그리고 등불을 집어 들고는 뼈들이 제자리에 놓인 것을 확인했는데, 왜냐하면 그가 낭만적이기는 하나 유별나게 꼼꼼해서, 마룻바닥에 조상의 해골은 고사하고, 실 한 꾸러미라도 떨어져 있는 것을 지독하게 싫어했기 때문인데, 다시 갤러리를 묘하게 우울한 표정으로 걸으면서, 그림들 사이에서 무엇인가를 찾고 있다가, 마침내 어떤 무명 화가가 그린 네덜란드의 겨울 경치 그림을 보고는, 한참 동안이나 몸을 떨면서 흐느끼기 시작했다. 그때 그에게 인생은 살 만한 가치가 없다고 생각되었다. 그는 조상의 뼈도 잊고, 무덤 위에서 생이 영위되었다는 사실도 잊은 채, 거기서 몸을 떨며 흐느끼고 서 있었는데, 이 모두가 러시아 바지를 입고, 눈꼬리는 치켜 올라간데다, 뿌루퉁한 입에, 목에 진주 목걸이를 했던 그 여자에 대한 그리움 때문이었다. 여자는 가버렸다. 그를 버린 것이다. 그는 두 번 다시 그녀를 보지 못할 것이다. 그래서 올랜도는 다시 흐느꼈다. 그러고 나서 그는 자기 방으로 돌아갔다. 그림스디치 부인은 그의 방 창문의 불빛을 보고는 맥주잔

---

2 영국의 의사, 문장가(1605~1682). 『의사의 종교*Religio Medici*』와 『호장론*Urn Burial*』(壺葬論)의 저자. 그의 글을 울프가 찬탄해 마지않았고, 그녀의 수필에 자주 언급된다.

을 입술에서 내려놓고, 주인이 안전하게 돌아오신 것에 대해 하나님께 감사했다. 왜냐하면 그녀는 줄곧 그가 무참하게 살해됐다고 생각하고 있었기 때문이다.[3]

올랜도는 테이블 쪽으로 의자를 당기고 앉아, 토머스 브라운 경의 책들을 펼쳐들고, 이 의사의 기다랗고, 놀랍도록 뒤엉킨 고찰에 대해 검토하기 시작했다.

그런데 이런 이야기는 길게 늘어놓아야 전기작가에게 득이 될 것이 없지만, 여기저기 떨어져 있는 얼마 안 되는 힌트에서 살아 있는 인물의 전모를 그려내는 독자의 역할을 다한 분들, 우리가 소곤대기만 해도 살아 있는 목소리를 들을 수 있고, 이쪽에서 아무 말 하지 않아도 번번이 그 인물의 정확한 용모까지 볼 수 있고, 단 한 마디 힌트가 될 말을 하지 않아도 그 인물의 생각을 알아내는 독자들 — 우리가 글을 쓰는 것도 그와 같은 독자들을 위한 것인데 — 그와 같은 독자들에게는 — 올랜도가 우울, 나태, 정열, 고독 탐닉 증에 더해, 이 책의 첫 쪽에서 언급했던 일그러지고 미묘한 그의 기질, 즉 죽은 흑인을 칼로 쳐서 떨어뜨리고, 기사도 정신을 발휘하여 그의 손이 닿지 않을 곳에 다시 매다는가 하면, 책을 들고 창가 의자 있는 곳으로 가는 기질 따위의 기묘하게 혼합된 여러 기질의 소유자라는 것이 너무나 분명하다. 책을 좋아하는 것은 어릴 때부터의 습성이다. 어릴 때 자정까지 책을 읽고 있는 그를 이따금 시종이 발견하곤 했다. 사람들이 촛불을 뺏어 가면 그는 반딧불이를 길러 등불 대신으로 사용하였다. 사람들이 반딧불이를 뺏어 가자, 그는 하마터면 부싯깃으로 집을 태울 뻔했다. 주름진 명주를 펴고, 그 안에 들어 있는 뜻을 밝혀내는 일은 소설가에게 맡기고 간추려 말한다면, 올랜도는 문학에 신들린 귀

3 『햄릿』 1장 5절 27행을 빗대고 한 말.

족이었다. 그가 살던 시대의 많은 사람들, 특히 그와 마찬가지 계급에 있던 더 많은 사람들은 이 병에 감염되지 않고, 내키는 대로 뛰거나, 말을 타거나, 사랑에 빠졌다. 그러나 몇몇 사람은 아스포델[4] 꽃가루에서 자라고, 그리스와 이탈리아에서 날아왔다는 이 균에 감염되었는데, 이 균은 치명적인 성격의 것이어서, 치려고 치켜든 손을 떨리게 하고, 사냥감을 노리는 눈을 흐리게 하며, 사랑을 고백하려는 혀를 더듬게 만들었다. 환상으로 현실을 바꿔치기 하는 것이 이 병의 치명적인 특성이어서, 운명의 여신이 그에게 준 모든 선물들—접시, 리넨, 집들, 남자 하인들, 양탄자, 수많은 침대 등의 풍족한 선물들—은 올랜도가 책을 펼치기만 하면 모두 안개로 사라지고 말았다. 9에이커나 되는 그의 석조 건물이 사라지고, 150명의 집안 하인들이 사라지고, 80필의 말이 보이지 않게 되었다. 독기를 맡고 바다의 안개처럼 사라져버린 카펫, 소파, 장식 마구, 사기그릇, 접시, 양념통, 보온 기구, 그리고 대개 금박으로 된 가구류들을 세자면 한이 없을 것이다. 그리하여 올랜도는 홀로 앉아 가진 것 하나 없이 책을 읽고 있는 것이었다.

병은 고독한 올랜도를 맹렬하게 파고들었다. 밤이 깊어질 때까지 6시간씩이나 책 읽는 일이 있었고, 가축의 도살이나 귀리 추수에 관한 지시를 받으려고 사람들이 찾아오면, 그의 2절판 책을 밀어놓고, 그들이 한 말을 알아듣지 못한 듯한 표정을 지었다. 이것은 정말 보통 일이 아니어서, 매 사냥꾼 홀, 마부 자일스, 가정부 그림스디치 부인, 집안의 목사 더퍼 씨 등의 가슴을 아프게 했다. 저런 훌륭한 신사에게 책 따위는 필요가 없다고 그들은 말했다. 책은 그가 아니고 반신불수 환자나 죽어가는 사람들이나 읽게 하라고 그들은 말했다. 그러나 이것이 끝이 아니었다. 왜냐하

---

4 그리스 신화에 나오는 불멸의 꽃. 신들은 아스포델 꽃밭에서 살았다.

면 일단 독서병에 걸리면, 몸의 기관이 약해져서 쉽사리 다른 재앙에 빠지게 되는데, 그것은 잉크 병 안에 숨어 있고, 깃털 펜 속에서 곪고 있는 것이다. 불쌍한 병자는 글을 쓰기 시작한다. 이것은 가진 것이라고는 비가 새는 지붕 아래 놓인 의자 하나와 테이블뿐이어서, 잃을 것이 별로 없는 가난뱅이에게도 문제려니와, 집이 있고, 가축이 있고, 하녀들이 있고, 나귀들과 리넨이 있으면서 글을 쓰는 부자의 경우에는 그 입장은 참으로 딱하다. 이런 물건들을 즐길 수 없다. 그는 온몸에 뜨거운 인두질을 당하고, 해충에게 물리게 된다. 그는 작은 책 하나를 쓰고 유명해지기 위해, 전재산을 탕진한다(그만큼 이 해충은 질이 나쁘다). 그러나 페루의 금을 모조리 다 쓴다고 해도, 그는 한 줄의 멋진 표현이라는 보석을 살 수 없다. 그리하여 그는 탈진해서 병이 들고, 권총으로 뇌를 날려버리거나, 절망 끝에 얼굴을 벽으로 향한다. 어떤 자세를 하고 있었는가는 문제가 아니다. 그는 이미 죽음의 문을 지나 지옥의 불길에 태워진 뒤니까.

다행히 강인한 체질이어서, 다른 친구 귀족들처럼 병에 쓰러지지 않았다(앞으로 알게 될 이유 때문에). 그러나 그는 결과가 말해주듯이, 매우 중태였다. 한 시간가량 토머스 브라운 경의 책을 읽고, 수사슴의 울음소리와 야경꾼이 외치는 소리로 지금이 한밤중이고 또 모두 잠들었다는 것을 알게 되자, 그는 방을 가로질러 건너가, 호주머니에서 은제 열쇠를 꺼내, 구석에 서 있는 거대한 자개 캐비닛 문들을 열었다. 그 안에는 50개가량의 삼목 서랍이 있었는데, 하나하나에 올랜도의 필적으로 단정하게 쓴 종이가 붙어 있었다. 어느 것을 열까, 잠시 망설였다. 어떤 서랍에는 "아이아스의 죽음"이라고 쓰여 있고, 다른 하나에는 "피라무스의 탄생", 또 다른 것에는 "아우리스의 이피게니아", 또 다른 것에는 "히폴리투스의 죽음", 또 다른 것에는 "멜리거", 또 다른 것에는 "오디세우스의 귀환"이라고 쓰여 있었다—사실상 그의 일생의 중대 국면에 임했을 때 신화의 인물 이름이 적혀 있지 않은 서랍은 없었다. 각각의 서랍에는 올랜도의 필적으로 된 상당한 양의 원고가 들어 있었다. 사실 그는 이처럼 오랫동안 병으로 고생하고 있었던 것이다. 올랜도는 어릴 때부터 보통 애들이 사과를 원하는 것보다 더 종이를 갖고 싶어 했고, 애들이 과자를 원하는 것 이상으로 잉크를 원했다. 잡담이나 게임을 하는 자리에서 몰래 빠져나와, 커튼 뒤나, 신부들의 비밀 장소나, 그의 어머니 침실 뒤의 찬장에 숨어들어—그곳 바닥에 큰 구멍이 나 있었고, 찌르레기 똥 냄새가 지독했다—한 손엔 잉크병을, 다른 한 손에는 펜을 들고, 또 무릎에는 한 두루마리의 종이를 올려놓고 몸을 숨겼다. 그리하여 그가 25세가 되기 전에 약 47개의 희곡, 사극, 로맨스와 시를 썼는데, 어떤 것은 산문으로, 어떤 것들은 운문으로, 또 어떤 것은 프랑스 어로, 다른 것들은 이탈리아 어로 썼는데, 모두가 낭만적이고, 모두가 길었다. 그중 하나를 치프사이드의 세인트폴 사원 맞은편에 있는 페더스와 코로넬 인쇄소의 존 볼에게 부탁해 활자화했다. 책이 나온 것을 보고 무척 기뻤으나, 결코 그것을 어머니에게조차 보이지 않았다. 왜냐하면 책을 쓴다는 것, 더군다나 출판한다는 것은 귀족에게는 용서받지 못할 치욕이라는 것을 알고 있었기 때문이다.

그러나 지금 한밤중에 홀로 있던 그는 진열장에서 『크세노필라의 비극』인가 뭔가 하는 제목의 원고와, 『참나무』라는 얄팍한 원고를 집어 들고(많은 원고들 가운데서 이것만이 단음절 제목이었다), 잉크병 있는 데로 가서, 깃털 펜을 만지작거리는 등, 글 쓰는 악행에 중독된 사람들이 글 쓰는 의식을 시작할 때 으레 하는 손놀림을 했다. 그러나 그는 손을 멈췄다.

그가 이처럼 멈칫한 것은 그의 생애에 있어서 사람들을 무릎 꿇게 하고, 수많은 강을 피로 물들게 하는 수많은 행동보다 한층 더 중요하기 때문에, 우리는 왜 그가 멈칫했는가를 묻고, 잘 생각해보고 난 뒤에, 다음과 같은 이유 때문이었노라고 대답해야만 한다. 자연은 인간에게 많은 해괴한 농간을 부리는데, 이를테면 어울리지 않게 우리를 진흙과 다이아몬드로 만드는가 하면, 무지개와 화강암으로 만들고, 그것들을 더없이 어울리지 않는 하나의 상자에 채워 넣는다. 그리하여 시인이 푸줏간 주인의 얼굴을 하고 있는가 하면, 푸줏간 주인이 시인의 얼굴을 하고 있다. 자연은 혼란과 신비를 좋아해서, 지금도(1927년 11월 1일) 우리는 왜 이 층으로 올라가는지, 왜 또다시 내려오는지 모르는 것이다. 우리의 가장 일상적인 동작들은 미지의 바다 위에 떠 있는 배의 항해와도 같다. 돛대 꼭대기의 선원들은 쌍안경을 지평선에 향한 채, 저기에 육지가 있는가, 없는가, 라고 묻는다. 그것에 대해 만약 우리가 예언자라면 "있다"라고 대답할 것이고, 만약 우리가 정직하다면 "없다"라고 답할 것이다. 볼품사납게 길어진 이 문장으로도 충분치 않을 만큼 할 말이 많은 자연은, 우리 안에 쓰레기 주머니를 넣어줄 뿐만 아니라—경찰의 바지 쪼가리가 알렉산더 왕비의 면사포와 함께 들어 있다—이 모든 잡동사니들을 한 가닥의 실로 가볍게 엮으려 함으로써 일을 가일층 혼란스럽게 만든다. 추억은 재봉사이고, 게다가 변덕스럽다. 추억은 바늘을 안팎으로, 위아래로, 이리저리 누빈다. 우리는 다음이 어떻게 되는지, 뒤에 뭐가 오는지 알지 못한다. 그리하여 테이블을 향해 앉거나, 잉크병을 자기 쪽으로 끌어당기는 것과 같은, 이 세상에서 가장 평범한 동작이 수많은 무관한 조각들을 흔들어놓아, 이들은 마치 강풍 속의 빨랫줄에 매달려 있는 열네 식구 가족의 속내의처럼, 때로는 밝게, 때로는 어둡게 늘어져 있는가 하면, 위아래로 깔딱거리고, 밑으로 잠기는가 하면 휘날리기도 한다. 우리의 일상적인 행위들은 아무도 부끄러워할 필요가 없는 단 하나의 분명하고 단순한 일이 아니라, 거기에는 날개의 퍼덕임과 떨림, 그리고 빛의 명멸이 수반된다. 그리하여 올랜도가 잉크병에 펜을 담그면서 사라진 공주의 비아냥거리는 얼굴을 보자, 즉시 독에 담근 화살과 같은 질문을 스스로에게 해댔다. 그녀는 어디 있단 말인가? 왜 그녀는 그를 버렸나? 대사는 그녀의 아저씨였나, 아니면 연인이었나? 그들이 꾸민 짓이었나? 그녀는 강요당했던 것인가? 그녀는 결혼했었나? 죽었나? ─이 모든 것이 그의 체내에 독을 마구 부어넣어, 그는 그의 고뇌를 어딘가에 토해내기라도 하려는 듯, 펜을 잉크병에 깊숙이 찔러 넣자 잉크가 테이블 위에 튀었다. 이 행위에 의해서, 글쎄 어떻게 설명해야 하나(아마 설명은 불가능할 것이다 ─ 기억이라는 것은 설명할 수 없는 것이니까), 금방 공주의 얼굴이 아주 엉뚱한 다른 얼굴로 변해버렸다. 그런데 누구의 얼굴이란 말인가, 라고 그는 물었다. 마치 하나의 슬라이드에 다른 슬라이드가 반쯤 비춰보이듯, 옛 얼굴 위에 겹쳐 보이는 새 얼굴을 30초가량 바라다보며 기다리고 난 뒤에야, "이것은 오래전에 엘리자베스 여왕께서 여기 식사하러 오셨을 때, 트위체트의 방에 앉아 있던 약간 살찌고 누추해 보이던 그 사내다"라고 중얼거렸다.[5] "나는 아래층으로 내려가다가 그가 식탁에 앉아 있는 것을 얼핏 보았는데, 그는 일찍이 본 적이 없는 놀라운 눈을 가지고 있었다"라고 올랜도는 채색된 작은 추억의 한 가닥을 붙잡으며 계속했다. "그런데 도대체 그가 누구란 말인가?"라고 올랜

5 셰익스피어를 암시하고 있다.

도가 자문했을 때, 기억의 여신이 맨 처음에는 그의 이마와 눈에 조잡하고 기름때가 묻은 주름 깃을, 그다음에는 갈색 웃옷을, 그리고 마지막에는 치프사이드 시민들이 신는 두터운 장화를 보태 주었다. "그러고 보면 귀족은 아니군. 우리 패거리는 아니야"라고 올랜도가 말했다(소리 내어 말한 것은 아니다. 그는 더없이 예절 바른 신사였으니까. 그러나 귀족 출신이라는 것이 인간 정신에 미치는 영향과, 또한 부수적으로 귀족이 작가가 된다는 것이 얼마나 어려운가를 보여준다). "아마 시인일 거야." 보통 같았으면 기억의 여신이 그의 마음을 실컷 뒤흔들어놓고는 모든 것을 깨끗이 지워버리거나, 아니면 다른 바보 같고 엉뚱한 추억 ─ 고양이를 뒤쫓는 개라든가, 빨간 무명 손수건에 코를 푸는 늙은 여인의 추억 ─ 따위를 불러들여, 변덕스러운 기억과 보조를 맞추는 일을 포기하고, 진지하게 종이에 대고 펜을 날렸어야 했다(왜냐하면 우리는 결심만 한다면 기억이라는 말괄량이와, 그 밑에 딸려 있는 불한당들을 모두 쫓아낼 수 있으니까). 그러나 올랜도는 동작을 멈추었다. 기억의 여신은 아직도 그 앞에 크고 빛나는 눈을 가진 초라한 사람의 모습을 보여주고 있었다. 그는 펜을 손에 쥔 채 여전히 지켜보고 있었다. 이처럼 글 쓰는 일을 중단할 때 우리는 파멸한다. 반란군이 요새 안으로 들어오고, 우리 군이 반란을 일으키는 것은 이때다. 전에 한번 그가 중단한 적이 있었는데, 그때 사랑이 무서운 폭도들과 함께, 피리와 심벌즈를 울려대며 어깨에서 피 묻은 머리 타래를 풀어헤치고 쳐들어왔다. 올랜도는 사랑 때문에 지옥의 고통을 맛보았다. 이제 다시 한 번 손을 놓자, 이때 생긴 틈으로 심술쟁이 노파 야망과, 마녀 시와, 매춘부 명예욕이 뛰어들어와, 이들은 합세해서 그의 심장을 그들의 무도장으로 만들었다. 자기 방에서 홀로 곧바로 서서, 그는 자기 종족의 일급 시인이 되어 그의 이름에 불멸의 빛을 가져오겠노라고 맹세했다. 그는(조상들의 이름과 업적을 낭송하면서) 보리스 경은 전쟁에 나가 회교도들을 죽이고, 가웨인 경은 터키인들을, 마일즈 경은 폴란드인들을, 앤드루 경은 프랑크족을, 리처드 경은 오스트리아인들을, 조던 경은 프랑스 사람들을, 허버트 경은 스페인 사람들을 죽였다고 말했다. 그러나 이 모든 살육과 싸움, 마시고 사랑하고, 돈을 쓰고 사냥하고, 말을 달리고, 먹고 나서 남은 것은 무어란 말인가? 해골 하나와 손가락 하나. "그런데"라고 올랜도는 테이블 위에 놓여 있던 토머스 브라운 경의 책을 돌아보며 말하다가—다시 입을 다물었다. 마치 방 구석구석에서 밤바람과 달빛과 함께 일어나는 주문처럼, 토머스 경이 한 말들의 신성한 멜로디가 방 안에 흐르기 시작했다. 그러나 그 내용을 밝히면, 이 책의 빛이 바랠 것이기 때문에 그대로 묻어둘 것인데, 그렇다고 죽은 것은 아니고, 오히려 빛이 신선하고, 호흡이 건강하도록 향유에 채워둘 것이다—올랜도는 그의 작품을 조상의 업적과 비교하고는 소리쳤다. 조상들과 그들의 공적은 초개와 같고, 토머스 경과 그의 작품은 불멸이라고.

그러나 곧 그는 마일즈 경 등이 영토를 손에 넣기 위해 무장한 기사들과 싸운 전투는, 영어를 상대로 불후의 명성을 얻기 위해 그가 지금 벌이고 있는 싸움과는 상대가 안 된다는 것을 알게 되었다. 다소간에 글 쓰는 일의 혹독한 어려움을 경험한 사람에게는, 여기 새삼스럽게 자세한 이야기를 할 필요가 없을 것이다. 그는 글을 썼고, 마음에 들었다가, 읽어보니 형편없다는 느낌이 들어 고쳐보고는 찢어버렸다. 빼고, 보태고, 무아경에 빠졌는가 하면 절망한다. 기분 좋게 잤는가 하면 불쾌한 아침을 맞는다. 갑자기 좋은 생각이 떠올랐는가 하면 곧 사라져버린다. 완성된 그의 책이 눈앞에 선명하게 보였는가 하면 사라져버린다. 등장인물이 되어 밥을 먹고, 길을 걸으면서도 등장인물이 되어 말을 하고, 우는가 하면 웃고, 이런저런 문체를 놓고 고민하며, 영웅적이고 화려한 문체를 썼는가 하면 이번에는 평범하고 소박한 문체를 택한다. 어떤 때는 템페 골짜기[6]에 있는가 하면, 그다음에는 켄트나 콘월의 들판에 있다. 그러고는 자기가 비범하기 이를 데 없는 천재인지, 아니면 세계 제일의 바보인지 알 수가 없었다.

그가 여러 달 동안 필사적으로 글을 쓰고 난 뒤, 다년간의 고독을 깨고 바깥세상과 섞이기로 작정한 것은 이 마지막 질문에 대한 해답을 얻기 위해서였다. 그에게는 런던에 친구가 한 사람 있었는데, 그는 노퍽 출신의 자일스 아이셤이라는 사람[7]으로서, 귀족 태생이었지만 작가들과 교분이 두터웠고, 그 사람이라면 틀림없이 그를 그 축복받고, 진실로 성스러운 문필가 동맹의 누군가에게 소개시켜줄 수 있을 터였다. 지금과 같은 형편의 올랜도에게는 책을 쓰고 출판한 사람에게는, 혈통과 출신 성분의 영광 따위는 문제가 되지 않을 영광에 싸인 것처럼 보였다. 그는 그와 같은 본능을 간직한 그들의 몸마저 신성한 생각의 화신이라고 상상했다. 그들은 틀림없이 머리칼 대신 후광을 가졌고, 숨결은 향기이고, 입술 사이에서는 장미가 자랄 것이다 — 이것은 그에게나 더퍼 씨에게는 있을 수 없는 일이었다. 커튼 뒤에 숨어서 그들이 하는 이야기를 엿듣게 해주는 것 이상의 행복을 생각할 수 없었다. 그들이 하는 대담하고 다양한 이야기를 상상만 해도 그와 그의 궁정 친구들이 늘상 하던 이야기 — 개, 말, 여자, 카드놀이 — 는 극도로 야비하게 생각되었다. 그는 자기가 늘 아는 체한

---

6 그리스 중부에 있는 계곡. 많은 시인들이 그 아름다움을 노래하고 있다.
7 자일스 아이셤 경(1903~1976), 울프의 육촌, 사촌 밀리선트의 아들. 셰익스피어 배우가 되었다.

다는 말을 듣고, 고독과 책을 사랑한다고 조롱받던 일이 자랑스럽게 생각났다. 그는 말재주가 없었다. 귀부인들의 거실에 있을 때 그는 말뚝처럼 서서, 얼굴이 빨개지고, 척탄병처럼 성큼성큼 걷곤 했다. 멍청하게 딴생각을 하다가 그는 두 번이나 낙마를 했다. 또 한번은 시를 골똘히 생각하다가 레이디 윈칠시의 부채를 망가뜨린 일이 있었다. 자기가 사교계의 생활에 어울리지 않는다는 이런저런 사건들을 열심히 회상하고 있을 때, 그의 젊은 시절의 모든 소용돌이, 서투름, 수줍음, 긴 산책, 그리고 시골을 좋아하는 것이, 그 자신도 귀족이 아니라 그 성스러운 족속에 속한다는 사실을, 그가 귀족이 아니라 타고난 작가라는 사실을 증명한다는 형언할 수 없는 희망이 그를 사로잡았다. 대홍수가 있었던 밤 이후 처음으로 그는 행복했다.

이제 올랜도는 노력의 아이섬 씨에게 부탁해서 클리퍼드 여관에 머물고 있는 니콜라스 그린(닉 그린은 당시 매우 유명한 작가였으니까)에게 편지를 전하게 해서, 자기가 그의 작품을 숭배한다는 말과, 교분을 맺고 싶다는 말을 했다. 그와 교분을 맺고 싶다는 말을 할 용기는 감히 내지 못했는데, 그 이유는 그가 대신 드릴 것이 아무것도 없기 때문이라고 했다. 하지만 황송하게도 니콜라스 그린이 그를 찾아주신다면 사두마차를 그린 씨가 지정한 시간에 언제든지 페터 레인의 모퉁이에서 대기시켰다가, 저희 집까지 안전하게 모실 것이라고 했다. 그 뒤에 이어지는 말은 쉽게 짐작할 수 있을 것이며, 오래지 않아 그린 씨가 이 귀족의 초대를 받아들인다는 뜻을 밝힌 뒤, 마차를 타고 4월 21일 월요일 7시에 시간을 맞춰 본관 남쪽에 있는 홀에 도착했을 때 올랜도가 느낀 기쁨은 상상하기 어렵지 않다.

그곳에서는 수많은 왕, 여왕, 그리고 대사들을 영접했었다. 족

제비 털로 된 법복을 입은 법관들도 그곳에 서 있었다. 영국에서 가장 아름다운 귀부인들이 그곳에 왔고, 더없이 근엄한 무사들도 거기 있었다. 플로든[8]과 아쟁쿠르[9]에서 휘날린 깃발들이 거기 걸려 있었다. 또한 그곳에는 사자와 표범, 그리고 작은 관이 그려진 채색된 문장紋章들이 전시돼 있었다. 또 긴 테이블 위에는 금과 은으로 된 접시들이 놓여 있었다. 또 거기에는 정교하게 세공한 이탈리아 대리석으로 만든 거대한 벽난로가 있었는데, 그곳에서는 밤마다 참나무를 통째로, 무수한 잎과, 까마귀와, 굴뚝새 둥지도 함께 태워 재로 만들었다. 시인 니콜라스 그린은 지금 거기에 한 손에는 작은 가방을 들고, 차양이 축 처진 모자를 쓰고, 검은 상의의 수수한 차림으로 서 있었다.

서둘러 그를 맞이한 올랜도가 약간 실망한 것은 어쩔 수 없는 노릇이었다. 시인은 중키도 채 되지 않았고, 몸매는 빈약한 데다, 마르고 약간 구부정했으며, 들어오다가 개에 걸려 넘어지면서 개한테 물렸다. 게다가 인간에 대해 제법 알고 있다고 자부하는 올랜도도 이 시인의 신분을 자리매김하는데 당혹감을 느꼈다. 그의 분위기에는 하인도, 지주도, 그렇다고 귀족도 아닌 그 무엇이 있었다. 둥근 이마와 매부리코는 그런대로 괜찮았지만, 턱은 밑으로 당겨져 있었다. 눈은 빛났지만, 입술은 헤벌레 했으며, 군침을 흘리고 있었다. 그러나 문제는 얼굴 전체의 표정이었다. 귀족의 얼굴을 보기 좋게 만드는 그 위엄 있는 침착성은 전혀 없었고, 잘 훈련된 하인 얼굴에서 볼 수 있는 위엄 있는 순종미도 전혀 없었으며, 그의 얼굴은 깁고, 주름지고, 이어붙인 얼굴이었다. 그는 시인이었으나, 좋은 말을 하기보다는 야단치는 것에, 소곤거리기

8　1513년에 영국이 스코틀랜드를 격파한 전투.
9　북부 프랑스에 있는 작은 마을. 1415년에 영국군이 프랑스군을 대파했다.

보다는 싸우는 것에, 말을 편하게 달리기보다는 말을 차고 나가는 것에, 느긋하게 쉬기보다는 다투는 것에, 사랑하는 것보다는 미워하는 것에 더 익숙한 듯이 보였다. 이것은 그의 민첩한 동작과, 어딘가 격하고 의심에 찬 그의 눈빛에서도 알 수 있었다. 올랜도는 약간 당황했다. 그러나 그들은 식탁으로 향했다.

여기서 올랜도는 보통 때는 당연하게 생각했던 많은 수의 하인과 화려한 식탁에 왜 그런지 처음으로 부끄러운 생각이 들었다. 더욱 이상한 것은, 그가 소젖 짜는 일을 했던 증조할머니 몰을 자랑스럽게 떠올렸다는 사실이다 — 보통 때 같았으면 불쾌했을 생각이다. 그가 이 비천한 여인과, 그녀의 우유통에 대해 이야기하려고 했을 때, 시인은 그린이라는 흔한 이름의 자기 가문이, 정복자 윌리엄과 함께 프랑스에서 영국으로 건너왔고, 프랑스에서는 최고의 명문 출신이었다는 사실이 이상하다는 말로 올랜도의 말을 가로막았다. 불행하게도 그 뒤 그들은 쇠락해서, 지금은 그리니치의 칙허勅許 자치시에 그 이름을 남기는 것 이상의 일을 하지 못했다고 했다. 그는 계속해서 이런 따위의 이야기, 빼앗긴 성곽들, 문장들, 북부에서 준남작을 지낸 사촌들, 서부에서의 귀족 가문들 사이의 결혼, 그린 가의 사람들 가운데는 이름 뒤에 'e'를 붙이는 사람과 그렇지 않은 사람이 있다는 등의 이야기가 식탁에 사슴고기 요리가 올라올 때까지 계속되었다. 그러자 올랜도는 증조할머니 몰과 그녀의 암소들에 관한 이야기를 궁리해내서, 오리고기 요리가 나올 즈음에는 그의 마음속의 짐을 얼마간 덜어낼 수 있었다. 그러나 그린 일가나 암소 이야기보다 더 중요하다고 생각할 수밖에 없는 화제 — 즉 시라는 성스러운 주제 — 에 대해 올랜도가 감히 입에 올린 것은 맘지 포도주[10]를 아낌없이 주

10 남부 유럽에서 생산되는 달고 독한 포도주.

거니 받거니 하고 난 뒤였다. 시라는 말을 처음으로 입에 올리자마자 시인의 눈은 불을 뿜어냈고, 그는 지금까지 걸치고 있던 훌륭한 신사의 태도를 집어던지고는, 유리잔을 테이블에 쾅하고 내려놓고, 자기의 희곡과 다른 시인, 그리고 비평가에 대해, 버림받은 여인의 입에서나 나올, 올랜도가 일찍이 들어본 적이 없을 만큼 더없이 길고, 더없이 복잡하고, 더없이 격정적이고, 더없이 악의에 찬 이야기를 늘어놓기 시작했다. 시 자체의 본질에 관해서 올랜도는 단지, 시는 산문보다 팔기 힘들다는 것, 그리고 시는 산문보다 짧지만 쓰는데 더 시간이 걸린다는 사실만을 전해들을 수 있었다. 이처럼 이야기는 끝도 한도 없이 가지를 치며 계속되어, 마침내 올랜도는 용기를 내서 그 자신도 경솔하게 글 쓰는 일에 손을 댔다는 말을 했다―그러나 이때 시인은 의자에서 벌떡 일어섰다. 널 속에서 쥐 우는 소리를 들었다고 말했다. 실은 그의 신경이 너무 약해서 쥐 우는 소리만 듣고도 2주 동안 신경이 혼란해진다고 말했다. 확실히 그의 집에는 쥐가 득실거렸지만, 올랜도는 그 소리를 들은 적이 없었다. 그러자 시인은 지난 10년 동안의 그의 건강 상태에 관해 남김 없이 이야기했다. 건강이 너무 나빠 그가 아직 살아 있다는 것이 놀라울 지경이라고 했다. 그는 중풍, 통풍, 학질, 수종, 그리고 세 종류의 열병을 연달아 앓았는데, 이에 더해 그는 심장이 부었고, 비장이 비대해졌으며, 간도 앓고 있다고 했다. 그러나 무엇보다도 척추에 형언할 수 없는 통증을 느끼고 있노라고 올랜도에게 말했다. 위에서 세 번째 뼈가 불덩이처럼 화끈거리고, 밑에서 두 번째 뼈는 얼음덩어리처럼 차다고 했다. 어떤 날은 아침에 일어날 때 머리가 납덩어리처럼 무겁고, 또 다른 날에는 사람들이 천 개나 되는 양초에 불을 켜놓고, 그의 몸 안으로 불꽃을 던지는 것 같다는 말도 했다. 그는 매트리스 밑에 있는 장미꽃잎을 느낄 수 있으며, 포장도로의 자갈 느낌만으로도 런던의 길을 거의 다 알 수 있다고 했다. 요는 그가 매우 정교하게 만들어지고, 또 매우 오묘하게 조립된 하나의 기계여서(이때 그는 우연히 양손을 치켜들었는데, 그 손은 상상할 수 있는 가장 아름다운 모양의 손이었다), 그의 시집이 500부밖에 팔리지 않았다는 것은 당황스러운 노릇이며, 그것은 물론 주로 그에 대한 음모의 결과라고 말했다. 그가 할 수 있는 말은, 시 예술이 영국에서는 죽었다는 것뿐이라고 주먹으로 테이블을 내리치며 결론을 내렸다.

셰익스피어, 말로[11], 벤 존슨[12], 브라운[13], 던[14] 등이 현재 글을 쓰고 있거나, 최근까지도 쓰고 있는데, 어째서 시가 죽었다고 할 수 있는지 나는 모르겠다고 올랜도는 그가 좋아하는 영웅들의 이름들을 거침없이 주워섬기며, 도무지 생각할 수도 없는 일이라고 말했다.

그린은 비웃었다. 셰익스피어는 몇 장면 괜찮게 쓴 것이 있다는 사실을 인정했는데, 그나마 주로 말로의 것을 베낀 것이고, 말로는 괜찮은 애였으나 나이 삼십에 죽은 젊은이한테 할 말이 뭐 있겠는가. 브라운으로 말하자면, 그는 산문으로 시를 쓰는 일에 열중했었는데, 사람들은 곧 그와 같은 기교에는 싫증을 냈다. 던은 사상의 빈곤을 어려운 말로 감싸려던 야바위꾼이었다. 어수룩한 사람들은 속지만, 앞으로 1년만 지나면 그런 문체는 유행에 뒤처지고 말 것이라고 했다. 벤 존슨은 — 벤 존슨은 내 친구니까, 친구 이야기를 나쁘게 하고 싶지는 않다고 했다.

11 크리스토퍼 말로(1564~1593), 영국의 극작가.
12 벤 존슨(1572~1637), 영국의 극작가.
13 토마스 브라운 경(1605~1682), 영국의 의사 작가.
14 존 던(1572~1631), 영국의 형이상학파 시인.

그렇지요, 라고 닉(그린)이 결론을 내렸다. 문학의 위대한 시대는 지나가버렸지요. 문학의 위대한 시대는 그리스 시대였어요. 엘리자베스 시대는 모든 점에서 그리스 시대에 뒤집니다. 그 당시 사람들은 영광이라고 부를 수 있는 성스러운 야망에 차 있었습니다(그가 Gloire(글르와르(영광))를 Glawr(글로르)라고 잘못 발음해서 올랜도는 처음에는 그 뜻을 알아듣지 못했다). 지금은 젊은 작가들이 모두 책방에 고용되어, 팔리기만 한다면 무슨 쓰레기라도 마구 써댑니다. 이 방면의 주범은 셰익스피어인데, 그는 이미 그 죄과를 치르고 있어요. 지금 시대에서는 지나치게 꾸민 기교와 엉뚱한 실험이 왕성한데—그 어느 것도 그리스사람들은 잠시도 참지 못했을 것이라고 말했다. 이런 말 하기는 가슴이 아프지만—왜냐하면 그는 문학을 목숨처럼 사랑했으니까—이 시대에서 건질 거란 아무것도 없으며, 미래도 전혀 희망이 없다고 말했다. 그러고는 자기 잔에 다시 한 번 포도주를 채웠다.

올랜도는 이와 같은 주장에 쇼크를 받았다. 그러나 막상 비평가 본인은 전혀 풀이 죽지 않았다고 생각할 수밖에 없었다. 오히려 그가 자신의 시대를 비난하면 할수록 그는 더욱 침착해졌다. 그는 플리트 가街에 있는 코크 선술집에서 킷 말로(킷은 말로의 애칭)와 그밖에 몇몇 사람이 있던 날 밤이 생각난다고 했다. 킷은 술이 약한 탓에, 그날은 상당히 술에 취해, 신이 나서 주책없는 말을 할 기분이었다. 킷이 자기 술잔을 일행에게 휘두르고, 딸꾹질을 하면서(셰익스피어에게) "이봐, 빌, 큰 파도가 밀려오고 있고, 자네가 그 꼭대기야"라고 말하던 것이 눈에 선하다고 했다. 이 말은 그린의 설명에 의하면, 그들이 이제 막 시작하려는 영국 문학의 위대한 시대의 문턱에 서 있으며, 셰익스피어가 상당히 중요한 시인이 되리라는 뜻이었다. 말로 자신에게 다행스러운 것은,

그는 이틀 밤 뒤에 술을 마시고 싸움을 하다가 살해되었기 때문에, 그의 예언의 결말을 보지 않아도 되었다. "가엾은 친구 같으니, 철없이 그런 말을 하다니! 확실히 위대한 시대라니 ─ 엘리자베스 시대가."

"그래서 말인데요, 백작님"하고 그린은 의자에 편하게 자리 잡고 앉아 손가락으로 유리잔을 문지르며 계속했다. "우리는 어떻게든 이 시대를 감내하고, 과거를 소중히 여기고, 옛사람들을 본받아, 돈 때문이 아니라 글로르(영광)를 위해 글을 쓰는 작가들 ─ 그런 사람들이 아직 좀 남아 있습니다 ─ 을 존경해야 합니다." (올랜도는 그가 발음을 좀 더 잘해주었으면 했다.) "글로르는"이라고 그린이 말했다. "고상한 정신의 박차지요. 만약 내가 300파운드의 연금을 한 해 네 번으로 나누어 받을 수 있다면, 나는 글로르만을 위해 살 것입니다. 매일 아침 잠자리에 누워 키케로[15]를 읽겠지요. 그의 문체를 모방해서 내 것과 구별이 안 되게 할 수도 있어요. 그의 글이야말로 명문이라는 것입니다"라고 그린이 말했다. "그게 글로르라는 것이지요. 그러나 그러려면 연금이 있어야 됩니다."

이제 올랜도는 이 시인과 자신의 작품을 논할 희망을 완전히 포기했으나, 지금은 그것이 문제가 아니었다. 이제 화제는 셰익스피어와 벤 존슨, 그리고 기타의 작가들의 생활과 성격에 이르게 되었는데, 그린은 그들에 관해 속속들이 알고 있었으며, 그들에 관해 더없이 재미있는 수없이 많은 일화들을 말해주었기 때문이다. 올랜도는 평생 이렇게 많이 웃어본 적이 없었다. 그가 신으로 여겼던 작가들이란 그런 인간들이었던 것이다! 그들 중 반은 술주정뱅이고, 모두가 호색가들이었다. 그들 대부분이 마누라와

---

15 로마의 정치가, 웅변가, 저술가(B.C. 106~43).

싸움을 했으며, 하나같이 거짓말쟁이거나 비열한 음모가였다. 그들은 인쇄소에서 심부름 온, 문간에 세워둔 견습공 머리를 책받침 삼아, 시를 세탁소 고지서 뒷장에다 갈겨썼다. 『햄릿』도 이런 식으로 인쇄되었고, 『리어왕』이나 『오셀로』도 마찬가지였다. 그린이 말했듯이 이들 희곡에 결점이 있는 것은 놀랄 일이 아니다. 그들은 나머지 시간을 선술집이나 비어 가든에서 술을 마시고, 법석대거나 연회 놀음으로 허송했다. 그린이 신이 나서 이야기하는 이 모든 것들이 올랜도를 최고로 기쁘게 했다. 그린은 흉내 내는 재주가 있어, 죽은 사람을 산 것처럼 만들었고, 책은 300년 전에만 쓰인 것이면 그 책에 관해 최고의 찬사를 늘어놓을 수 있었다.

시간은 이렇게 흘러갔고, 올랜도는 그의 손님에 대해 호의와 경멸, 존경과 연민이 묘하게 섞인, 어떤 하나의 이름으로 부르기에는 너무 막연한, 그러나 뭔가 무섭지만 매력적인 인상을 받았다. 그린은 자신에 관해 끊임없이 이야기하였으나, 같이 있기 유쾌한 사람이어서, 그가 앓았다는 통풍 이야기를 끝도 한도 없이 들어줄 수 있었다. 그는 때로 매우 기지에 찬 말을 하는가 하면, 때로는 매우 불경한 이야기를 했다. 그는 신과 여자 이야기를 함부로 했으며, 이상야릇한 재주를 잔뜩 가지고 있었고, 머릿속에는 매우 신비한 지식을 가지고 있어, 샐러드 조리법은 300가지나 알고 있었고, 포도주 칵테일에 관해서는 모르는 것이 없었으며, 대여섯 개의 악기를 다룰 수 있었고, 커다란 이탈리아 벽난로에서 치즈를 구운 것은 그린 이전에도, 이후에도 없을 것이었다. 그는 제라늄과 카네이션을 구별하지 못했고, 참나무와 자작나무를, 마스티프[16]와 사냥개를, 두 살짜리 암양과 다 자란 암양을, 밀

16 영국 원산의 털이 짧은 대형의 개.

과 보리를, 경작지와 휴한지를 구별하지 못했고, 작물의 윤작이 무엇인지도 몰랐고, 오렌지가 땅 밑에서 자라고, 무는 나무에 매달린다고 알고 있었으며, 시골 풍경보다는 도시 풍경을 더 좋아했다—이 모든 것과 그 밖의 더 많은 것이 올랜도를 놀라게 했는데, 그는 그린과 같은 사람을 일찍이 만나본 적이 없었다. 그를 경멸하는 하녀들마저도 그의 농담에 킥킥거리며 웃었고, 그를 싫어하는 남자 하인들도 그의 이야기를 듣기 위해 주위를 서성거렸다. 사실 그의 집이 그린이 있는 지금처럼 활기에 차본 적은 없었다—이 모든 것이 올랜도에게 많은 것을 생각하게 했고, 지금의 생활을 옛날 생활과 비교하게 만들었다. 지금까지의 화제라면, 스페인 왕이 뇌졸중을 일으켰다든가, 암캐 짝짓기 시키는 이야기 따위였다. 그는 하루를 마구간과 옷장을 오가면서 보낸 일, 귀족들이 포도주를 퍼마시고 코를 골며 자던 일, 그리고 누가 와서 깨우면 화를 내던 일이 생각났다. 귀족들이 육체적으로는 무척 활동적이고 씩씩하지만, 정신적으로는 아주 나태하고 소심하다는 것을 떠올렸다. 이런 생각에 괴로워지고, 정신의 안정을 얻을 수 없게 된 올랜도는, 다시는 그로 하여금 편하게 잠을 잘 수 없게 만들 악령을 집 안에 불러들였다는 생각을 하게 이르렀다.

같은 시간에 닉 그린은 정반대의 결론에 도달했다. 어느 날 아침 더할 나위 없이 부드러운 시트를 덮고, 더할 나위 없이 보드라운 베개에 누운 채, 삼백 년 동안 민들레 한 포기, 소루쟁이 잡초 한 가닥 자란 일이 없는 잔디를 벽에서 튀어나온 창문으로 내다보면서, 어떻게든 여기서 빠져나가지 못하면 산 채로 숨이 막혀 죽을 것만 같았다. 일어나 비둘기 우는 소리를 듣고, 옷을 입고, 분수 떨어지는 소리를 들으면서, 그는 플리트 가의 자갈길을 지나가는 짐차의 그 요란한 소리를 듣지 못하면, 단 한 줄도 쓰지 못하리라고 생각했다. 그는 하인이 옆방에서 난롯불을 손보고, 식탁 위에 은 식기를 배열해놓는 소리를 들으면서, 이 상태가 더 오래 계속되면, 나는 잠이 들어(그는 이때 엄청나게 큰 하품을 했다) 자다가 죽게 될 것이라고 생각했다.

그래서 그는 올랜도의 방으로 가서, 너무 조용해서 밤새 한잠도 잘 수 없었다고 말했다(사실 그 집은 둘레가 15마일이나 되는 공원과 10피트나 되는 담에 에워싸여 있었다). 그는 무엇보다도 침묵이 그의 신경을 압박한다고 말했다. 괜찮으시다면 오늘 아침 떠나고 싶다고 말했다. 올랜도는 이 말을 듣고 내심 안도했지만, 다른 한편으로는 그를 보내기가 싫었다. 그가 떠나고 없으면 이 집은 매우 무미건조해질 거라고 생각했다. 헤어질 때(결코 지금까지 이 말을 하고 싶지 않았으므로) 그는 만용을 부려 그가 쓴 희곡『헤르쿨레스의 죽음』을 시인에게 내밀고 그의 의견을 물었다. 시인이 그것을 받아들더니 글로르(영광)와 키케로에 관해 뭐라고 중얼거리는 것을 올랜도가 가로막고, 4분기로 나누어 연금을 지불하겠다는 약속을 했다. 그러자 그린은 잔뜩 애교를 떨고는 마차 속으로 뛰어 들어가 사라졌다.

마차가 떠난 뒤의 큰 홀은 전에 없이 크고, 화려하고, 텅 비어 보였다. 올랜도는 다시는 이탈리아 벽난로에서 치즈를 구울 용기를 내지 못할 것을 알고 있었다. 또한 그에게는 이탈리아 그림에 관해 농담을 할 재치도 없었고, 펀치를 제대로 섞는 기술도 없었다. 수많은 짜릿한 경구나 기묘한 표현을 더 들을 수 없을 것이었다. 그러나 불만투성이의 그의 목소리를 듣지 않게 된 것은 얼마나 다행스러운 일이며, 다시 홀로 있는 사치를 누릴 수 있게 된 것은 얼마나 기쁜 일인가. 그는 시인만 보면 물려고 해서 지난 6주 동안 줄곧 묶어두었던 마스티프 개를 풀어주면서 그렇게 생각하지 않을 수 없었다.

닉 그린은 바로 그날 오후 페터 레인의 한 모퉁이에서 마차를 내렸고, 집은 그가 떠날 때와 거의 그대로였다. 즉, 그린 부인은 방에서 마침 애기를 낳는 중이었고, 톰 플레처는 다른 방에서 진을 마시고 있었다. 마루에는 온통 책들이 널려 있었고, 그리고 애들이 진흙 파이를 만들고 있던 사이드 테이블에는 변변치 못한 대로 식사 준비가 돼 있었다. 그러나 그린은 이것이야말로 글을 쓸 수 있는 분위기라고 느꼈다. 이런 데서는 글을 쓸 수 있다. 그리고 실제로 글을 썼다. 주제는 이미 정해져 있었다. 「집에 있는 귀족」, 아니면 「시골에 있는 귀족을 찾아서」—그는 이런 제목으로 시를 쓸 참이었다. 그는 꼬마 아들이 고양이 귀를 간질이던 펜을 집어 들고는, 잉크병 대신으로 쓰고 있던 삶은 계란 받침대에 푹 담갔다가, 그 당장 매우 생기 넘치는 풍자시 하나를 단숨에 써 냈다. 나무랄 데 없는 작품이어서, 도마 위에 올라 있는 젊은 귀족이 올랜도라는 것은 누가 보아도 분명했다. 올랜도의 남모를 언행, 그의 열광하는 모습과 어리석은 행동들에서 비롯하여, 그의 머리칼 색깔과, 또 그가 'r'자를 외국인들처럼 굴려서 발음하는 버릇에 이르기까지 생생하게 그려져 있었다. 그리고 만약에 거기에 약간의 의문이라도 있는 경우를 위해 그린은, 거의 드러내놓고 그 귀족이 쓴 비극 『헤르쿨레스의 죽음』의 구절들을 인용했는데, 그 작품은 그가 예상했던 대로 극도로 장황하고 허황된 것이었다.

출판 즉시 여러 판이 나가서, 그린 부인의 열 번째 출산 비용을 댄 이 팸플릿은 그런 일을 좋아하는 친구들에 의해 곧 올랜도 자신에게 보내졌다. 올랜도는 처음부터 끝까지 무섭도록 침착하게 읽고는, 종을 울려 하인을 불러서는 부젓가락 끝으로 책을 집어주면서, 그것을 경내의 가장 더러운 퇴비 더미 가운데서도 가장 더러운 곳에 갖다버리라고 일렀다. 그러고는 돌아서 가려는 하인을 불러 세우고는 다음과 같이 일렀다. "마구간에서 가장 빠른 말을 골라 타고 하위치로 쏜살같이 달려가, 노르웨이 행 배를 타거라. 그리고 노르웨이 왕의 사육장에서, 최고 혈통의 사슴 사냥개[17]를 한 쌍 사서 지체 없이 나에게 가져오너라." 그는 책을 향하면서 "왜냐하면 이제 인간하고는 끝장이니까"라고 들릴 듯 말 듯하게 말했다.

자기 할 일을 완벽하게 터득하고 있는 하인은 인사를 하고 사라졌다. 그는 맡은 일을 능률적으로 완수하여, 그날부터 3주 후에 손에 쥔 끈으로 최고의 사슴 사냥개를 끌고 왔는데, 그중 암놈은 바로 그날 밤에 식탁 밑에서 여덟 마리의 멋진 새끼를 낳았다. 올랜도는 새끼들을 방 안으로 데리고 오도록 했다.

"왜냐하면 이제 인간하고는 끝장이니까"라고 말했다.

그럼에도 불구하고 그는 4분기마다 연금은 지급했다.

이렇게 해서 나이 서른 안팎의 이 젊은 귀족은 인생이 제공할 수 있는 모든 것을 경험했을 뿐만 아니라, 이들 모두의 허무함도 깨달았다. 사랑과 야망, 여인과 시인은 꼭 같이 허망된 것이었다. 문학은 하나의 광대놀음이었다. 「시골에 있는 귀족을 찾아서」를 읽은 날 밤 그는 「참나무」라는 시만 남기고 57편의 시를 모두 활활 태워버렸는데, 「참나무」는 그의 소년기의 꿈이었으며, 매우 짧은 시였다. 이제 그가 믿을 수 있는 것은 두 가지뿐이었는데, 그것은 개와 자연이었다. 즉, 사슴 사냥개와 장미 덩굴이었다. 다양하기 이를 데 없는 이 세상, 복잡하기 짝이 없는 인생이 이렇게 축

17 노르웨이 원산의 사냥개.

소되었다. 개와 장미 덩굴이 그 전부였다. 이처럼 거대한 산과 같은 환상에서 해방되어 그 결과 벌거벗은 느낌으로, 그는 사냥개들을 불러 모으고는 경내를 성큼성큼 걸었다.

올랜도는 글을 쓰면서 너무나 오랫동안 은둔생활을 했기 때문에, 자연의 쾌적함을 거의 다 잊어버렸는데, 6월의 자연은 대단하다. 날이 좋을 때 잉글랜드의 절반과, 덤으로 웨일즈와 스코틀랜드의 일부가 보이는 높은 언덕에 오면, 그는 그가 좋아하는 참나무 밑에 몸을 던지고는, 앞으로 여자건 남자건 살아 있는 다른 사람에게 말을 건넬 필요가 없다면, 개들이 말을 하게 되지 않는다면, 다시는 시인이나 공주를 결코 만나는 일이 없다면, 그는 여생을 그런대로 만족스럽게 지낼 수 있을 거라는 느낌이 들었다.

그리하여 그는 이곳에 날이면 날마다, 주마다, 달마다, 해마다 찾아왔다. 그는 너도밤나무가 단풍이 드는 것을 보았고, 어린 고사리 잎이 오므렸던 몸을 펴는 것을 보았으며, 달이 초승달이 되었다가 보름달이 되는 것을 보았다. 또한 그는—그러나 아마도 현명한 독자께서는 다음에 이어질 문장을 짐작할 수 있을 것이다. 주변의 초목들이 처음에는 하나같이 녹색이었다가 뒤에는 황금빛이 되는 모습이, 달이 뜨고 지는 모습이, 겨울이 지나면 봄이 오고 또 여름이 지나면 가을이 오는 모습이, 낮에 잇대어 밤이 오고, 태풍이 지난 뒤 맑은 하늘이 찾아오는 모습이, 여러 가지 일들이 200년, 혹은 300년 동안 대부분 변하지 않고 그대로 있는 모습이—약간의 먼지와 몇 가닥의 거미줄은 끼지만, 그까짓 것은 할머니가 30분만 쓸면 모두 없어진다—그려져 있었다. 그러나 이것은 그저 "시간이 흘렀다"(여기다 정확한 햇수를 괄호 안에 써넣어도 좋다), 그리고 아무 일도 일어나지 않았다, 라고만 했다면 더 빨리 결론에 도달했을 것이라는 느낌을 지울 수 없다.

그러나 불행하게도 시간은 동물과 식물에 대해서는 놀라울 정도로 정확하게 꽃피고 시들게 만들지만, 인간의 정신에 대해서는 그처럼 단순하게 작용하지 않는다. 게다가 인간의 정신은 시간이라는 실체에 대해 마찬가지로 묘하게 작용한다. 한 시간은 일단 그것이 인간 정신의 기묘한 영역에 머물게 되면, 시계상 길이의 50배나 100배로 늘어날 수 있다. 그런가 하면 한 시간은 정신의 시계로는 정확히 1초로 나타낼 수도 있다. 시계의 시간과 정신의 시간의 이와 같은 터무니없는 괴리는 제대로 알려져 있지 않으며, 앞으로 보다 충분한 검토를 요한다. 그러나 앞서 말한 것처럼, 그 관심이 극히 제한된 우리 전기작가들은 하나의 간단한 진술에 만족해야 한다. 즉, 인간은 올랜도처럼 나이 서른이 되면, 생각하는 시간은 터무니없이 길어지고, 한편 행동하는 시간은 터무니없이 짧아진다는 사실이다. 그리하여 올랜도는 이런저런 지시를 내리고, 거대한 영지의 사무를 순식간에 해치웠다. 그러나 그가 언덕 위의 참나무 아래 혼자 있게 되자마자, 1초 1초가 부풀어 오르고 속이 차서, 절대로 흩어지지 않을 것처럼 보였다. 게다가 그 시간들은 가장 이상하고 다양한 물체로 자신들을 채웠다. 왜냐하면 올랜도는 지금까지 가장 현명한 현자들마저 괴롭혔던 문제들, 이를테면 사랑이란 무엇인가? 우정이란 무엇인가? 진리란 무엇인가? 따위의 문제에 스스로 직면하고 있다는 것을 알았을 뿐만 아니라, 이런 문제들에 대해 생각하자마자 터무니없이 길고 다양하게 생각되었던 그의 과거 전부가 흩어지는 시간 속으로 돌진해 들어가, 그것을 본래 크기의 12배로 부풀리고, 갖가지 색으로 채색하고, 우주의 온갖 잡동사니로 가득 채워놓았기 때문이다.

이와 같은 생각(아니면 뭐라고 부르던 간에)에 잠겨, 그는 자기 인생의 몇 달, 몇 해를 보냈다. 아침을 먹고 나갈 때에는 30세의 남자였던 그가, 저녁을 먹으러 돌아올 때는 적어도 55세의 남자가 되곤 했다고 말해도 과언이 아닐 것이다. 불과 몇 주간의 시간이 그의 나이에 100세를 더했는가 하면, 다른 몇 주는 고작 3초를 더했을 뿐이었다. 전체적으로 보아 인간의 일생의 길이를(동물에 대해서는 이야기하지 않기로 하자) 가늠하는 것은 우리 능력 밖의 일이다. 왜냐하면 우리가 긴 세월이라는 말을 하는 순간, 우리는 그것이 장미꽃 한 잎이 땅에 떨어지는 시간보다 짧다는 것을 알기 때문이다. 번갈아서, 게다가 더욱 혼란스럽게도, 동시에 불행한 우리 얼간이들을 지배하는 장단長短 두 개의 힘 가운데서, 올랜도는 때로는 코끼리 걸음을 하는 신의 영향을 받는가 하면, 때로는 재빠른 파리 날개를 단 신의 영향에 휘둘렸다. 그에게 인생은 터무니없이 길어 보였다. 그러나 그때도 그것은 번개처럼 지나갔다. 그러나 인생이 늘어날 대로 늘어나고, 순간이 더없이 부풀어 오르고, 그가 끝없이 광대한 사막에 홀로 방황하는 것 같은 때에도, 사람들 틈에서 살아온 30년 동안의 그의 세월, 빼곡히 써서 그의 가슴과 머릿속에 쑤셔 넣은 양피지의 주름을 펴서 읽을 시간은 없었다. '사랑'에 대한 생각이 정돈되기 훨씬 전에(그러는 사이 참나무는 열두 번이나 잎이 돋고 떨어졌다) '야심'이 그것을 밀어냈고, 그 뒤 그것도 '우정'과 '문학'에 밀려났다. 그리고 사랑은 무엇인가? 라는 첫 번째 문제가 아직 해결되지 않았으므로, 조금만 핑계가 있어도, 아니 없어도, 되돌아와 '책'이니, '은유'니, 혹은 '인간은 무엇을 위해 사는가?' 따위를 서둘러 가장자리로 밀어내고는, 다시 기회를 잡아 무대로 뛰어오를 때까지 기다리고 있다. 이 과정이 한층 더 길어지는 것은, 삽화가 풍성하게 들어가기 때문인데, 이를테면 늙은 엘리자베스 여왕이 장밋빛 비단옷을 입은 채 융단 의자에 눕고, 손에는 상아로 된 코담배갑을 들고, 옆에는 금 손잡이가 달린 칼을 든 그림 따위인데, 그림뿐만 아니라 향기와—여왕은 짙은 향수를 사용했다—소리까지 들어 있기 때문이었다—그해 겨울엔 리치몬드 공원에서 수사슴이 울어대고 있었다. 그리하여 사랑에 대한 생각은 눈과 겨울, 타오르는 통나무, 러시아 여인, 금빛 검, 수사슴 울음소리, 침 흘리는 늙은 제임스 왕, 불꽃, 엘리자베스 조의 범선 선창에 있는 보물 자루 등으로 호박빛이 된다. 이들을 그의 마음속에서 걷어내려고 하자, 올랜도는 이들 하나하나가, 마치 1년 동안 바다 밑바닥에 있던 유리 덩어리 위에, 뼈 조각이며, 잠자리며, 동전이며, 물에 빠져 죽은 여인의 머리칼 따위가 들러붙은 것처럼 다른 물건들과 뒤엉켜 있다는 것을 알았다.

이런 생각을 하다가 그는 "맙소사, 또 은유다!"라고 소리쳤다 (이것은 그의 정신 작용이 무질서하고, 방황한다는 것을 말해주고 있으며, 어찌하여 그가 '사랑'에 관해 어떤 결론에 이르기까지 참나무가 그처럼 여러 번 꽃을 피우고 졌는가를 설명해준다). "은유를 써서 좋은 점이 무엇인가?"라고 그는 자문한다. "왜 분명하고 간결하게 말하지 못하는가——"라고 말하고는 30분 동안—아니면 2년 반이었던가—사랑이 무엇인가에 대해 분명하게 말해보려고 애쓴다. "그와 같은 비유는 명백하게 잘못된 것이다"라고 그는 논증한다. "왜냐하면 아주 특별한 예외적 상황이 아니라면 잠자리는 바다 밑바닥에서 살 수 없으니까. 그리고 만약에 문학이 '진리'의 '신부'가 아니고 '잠자리 벗'이 아니라면 무엇이란 말인가? 빌어먹을!"하고 그는 소리쳤다. 이미 '신부'라고 했는데 '잠자리 벗'이라는 말을 왜 꺼내는가? 왜 할 말을 간단하게 말하고 그치지 않는가?"

그래서 그는 잔디는 푸르고, 하늘은 파랗다고 말해, 비록 아주 멀어지기는 했으나, 그가 존경해 마지않는 엄격한 시의 정신을 달래보려고 했다. "하늘은 파랗고, 잔디는 푸르다"라고 그는 말했다. 그리고 하늘을 올려다보니, 하늘은 그와 반대로 마치 천 명의 마돈나가 그들의 머리칼을 늘어뜨린 베일과 같았고, 풀은 마법의 숲에서 털투성이의 호색한 사티로스 신의 포옹에서 도망친 소녀들처럼 어두워지다 사라진다. "맹세코 말하건대"라고 그가 말했다(소리 내서 말하는 나쁜 습관이 들었기 때문에), "나는 어느 것이 더 좋은지 정말 알 수 없다. 둘 다 새빨간 거짓말이다." 그리고 그는 시는 무엇이고, 진리는 무엇인가를 해결하는 문제에 절망하고 깊은 시름에 빠졌다.

그가 잠시 독백을 쉬는 동안에 다음과 같은 생각을 해보는 것도 유익할 것이다. 6월 어느 날 올랜도가 팔꿈치에 기댄 채 몸을 눕히고, 그처럼 유능하고 건장한—그의 볼과 팔다리를 보라—멋진 친구가—서슴없이 돌격대의 선두에 서고, 결투를 마다하지 않았을 이 친구가—생각에 잠겨 무기력해지고, 너무 예민해져서, 시의 문제나, 시에 대한 그의 능력의 문제에 이르면, 자기 어머니 오두막 대문 뒤에 숨는 어린 소녀처럼 수줍어하는 모습을 보이는 것은 참으로 희한한 일이다. 우리 생각엔 그의 비극 작품을 그린이 조롱한 것은 공주가 그의 사랑을 조롱한 것만큼이나 그에게 상처를 입힌 것이었다. 그러나 본론으로 돌아와서—

올랜도는 생각을 계속했다. 올랜도는 계속해서 잔디와 하늘을 바라보면서, 런던에서 시를 출판할 정도의 진정한 시인이라면, 이 잔디와 하늘에 대해 무어라고 말할까, 생각해보려고 애썼다. 그러는 동안에 기억의 여신은(그의 습관에 대해서는 이미 언급한 바가 있다) 그의 눈앞에 니콜라스 그린의 얼굴을 내보이는 것이었다. 마치 그 냉소적이고 입술이 두툼한 사내가, 비록 배신자임이 드러났음에도 불구하고, 그가 살아 있는 뮤즈이며, 올랜도가 그에게 경의를 표해야만 하는 것 같았다. 그래서 올랜도는 그해 여름에 그에게 평이하거나, 표현을 비틀거나 한 다양한 구절들을 바쳤더니, 닉 그린은 계속해서 머리를 좌우로 흔들거나 비웃으며, 글로르(영광)가 어쩌고, 키케로가 어쩌고, 우리 시대의 시는 죽었다는 등의 말을 중얼거렸다. 마침내 몸을 일으키면서(때는 겨울이었고, 날씨는 몹시 차가웠다) 올랜도는 평생 가장 무서운 맹세를 했는데, 그 맹세는 그를 더없는 가혹한 고역에 묶을 것이었다. "앞으로 내가 닉 그린이나 시의 여신을 위해 단 한 글자라도 더 쓰거나, 쓰려고 노력한다면 귀신한테 물려가도 좋다. 서툴건 잘됐건, 그도 저도 아니건 간에, 오늘부터는 내 자신을 즐겁게 하기 위해 글을 쓸 것이다"라고 그는 말했다. 여기서 그는 한 무더기의 종이다발을 반 동강으로 찢어, 입술이 두툼한 비웃는 사내의 면전에 던지는 시늉을 했다. 그러자 마치 이쪽에서 돌을 던지려고 몸을 구부리면 강아지가 몸을 홱 숙이듯이, 기억의 여신이 닉 그린의 모형을 홱 치워버리고, 그 대신 ― 그러나 아무것도 보이지 않았다.

그러나 올랜도는 여전히 생각에 잠겨 있었다. 사실 그는 생각할 거리가 많았다. 왜냐하면 그가 양피지를 찢을 때, 그는 화려하게 장식 된 두루마리 족자를 단숨에 찢었기 때문이다. 그 족자는 그가 자기 방에 홀로 있을 때 자기 좋은 대로 만들었던 것인데, 왕이 대사를 임명하듯이 자기를 민족 최고의 시인으로, 당대 제일의 작가로 임명하고, 자기 영혼에 불멸의 생명을 부여하고, 자기 육체에는 월계수와 국민의 숭배라는 보이지 않는 깃발에 둘러싸인 묘를 영구히 수여했던 것이다. 이들 모두가 명문이었는데, 그는 지금 그것을 찢어 쓰레기통에 던져버린 것이다. "명성이란 말하자면"이라고 그가 말했다(이제 닉 그린의 만류도 없고 보니, 그는 마음 놓고 이미지를 차례로 주워섬겼는데, 그중 얌전한 것으로 한두 개 예를 들면), "사지의 자유로운 운신을 방해하는 끈 장식이 달린 코트, 가슴을 옥죄는 은 재킷, 허수아비를 가리는 색칠한 방패다" 등등. 그가 하려는 말의 요점은, 명성은 우리를 방해하고 구속하는데 비해, 무명은 우리를 안개처럼 둘러싸며, 무명은 어둡고, 넉넉하며, 자유롭다는 것이다. 무명은 우리로 하여금 갈 길을 거침없이 가게 해준다. 무명인의 머리 위에는 어둠의 자비가 풍족하게 내린다. 그가 어디로 가고 오는지 아무도 모른다. 그는 진리를 탐구하고, 그것에 대해 말할 수 있다. 그만이 자유롭고, 그만이 진실되며, 그만이 평화롭다. 그리하여 그는 참나무 아래서 조용한 기분에 잦아들 수 있었으며, 땅 위로 노출된 참나무의 단단한 뿌리가 그에게는 오히려 편안해 보였다.

그는 오랫동안 깊은 바다로 되돌아오는 파도처럼, 세상에 알려지지 않는 것의 가치와 무명의 즐거움에 대해 생각했다. 무명은 인간의 시샘과 앙심의 짐을 벗겨주고, 우리의 혈관 속으로 관용과 아량이 자유롭게 흘러넘치게 하며, 고맙다는 말이나 칭찬하는 말없이도 주고받는 것을 가능케 해준다는 생각을 했다. 그는 모든 위대한 시인들이 틀림없이 그처럼 살아왔을 것이라고 생각했다(비록 그의 그리스어 지식이 이를 뒷받침할 수 있을 정도는 아니었지만). 셰익스피어가 틀림없이 그렇게 작품을 썼을 것이고, 교회를 짓는 사람들도 그렇게 지었을 것이기 때문이다. 남모르게, 고맙다는 말을 듣거나, 이름이 알려질 필요도 없이, 오로지 낮에는 일을 하고, 밤에는 아마도 약간의 맥주를 마시고—"얼마나 멋진 인생인가"라고 그는 참나무 아래서 사지를 뻗으면서 생각했다. "그렇다면 당장 이런 생활을 즐기지 않을 이유가 없다"라는 생각이 총알처럼 그의 머리를 스쳤다. 야망은 다림추처럼 떨어져나갔다. 사랑이 배신당하고, 허영심이 비난당했을 때의 쓰린 가슴을 비롯해서, 그가 명성에 대한 야망으로 들떠 있을 때, 그를 찌르고 괴롭혔던 인생의 쐐기풀 묘판 — 영광 따위에 관심이 없는 사람은 더 이상 괴롭힐 수 없는 — 이 사라지자, 올랜도는 눈을 크게 뜨고 — 눈은 줄곧 크게 뜨고 있었으나, 생각만을 바라다보고 있었는데 — 발밑의 우묵한 곳에 놓여 있는 그의 집을 내려다보았다.

그의 집은 이른 봄의 햇빛을 받고 서 있었다. 그것은 한 채의 집이라기보다는 하나의 도시와도 같았는데, 사람들이 원하는 대로 각양각색으로 지어진 도시가 아니고, 하나의 생각을 염두에 둔 한 건축가에 의해 용의주도하게 건설된 도시처럼 보였다. 회색, 붉은색, 자두색 안마당과 건물들이 질서 정연하게 대칭을 이루고 서 있었다. 장방형의 안마당이 있는가 하면, 네모난 안마당이 있었다. 안마당 안에는 분수가 있었고, 동상이 있었다. 나지막한 건물도 있었고, 뾰족한 건물도 있었다. 여기 예배당이 있는가 하면, 저기에는 종탑이 있었다. 그들 사이에 더없이 푸른 잔디의 공간이 있었고, 한 무더기의 히말라야 삼목이 있었고, 선명한 꽃이 피는 화단이 있었다. 이 모두가 한데 묶여 묵직한 담으로 둘러싸여 있었는데, 설계가 절묘하여 모든 부분이 조화롭게 더 퍼져나갈 여지가 있어 보였다. 한편 수없이 많은 굴뚝에서 뱉어내는 연기가 끊임없이 똘똘 말리면서 하늘로 올라갔다. 올랜도는 천 명의 사람들과, 아마도 2천 필의 말을 수용할 수 있는 거대한, 그러나 질서 정연한 이 건물은 이름도 모를 노무자들에 의해 세워진 것이라는 생각을 했다. 이 집에서 내가 셀 수 없을 정도로 여러 세기 동안 무명의 집안 사람들이 여러 세대에 걸쳐 살아온 것이다. 리처드니, 존이니, 앤이니, 엘리자베스니 하는 조상들이 누구 하나 자신의 흔적을 남긴 사람은 없으나, 다 함께 가래질과 바느질을 하고, 사랑을 하고, 애를 낳고 하면서 이 집을 남겨놓은 것이다.

이때보다 더 이 집이 고상하고 인정미 있어 보인 적은 없었다.

그런데 그는 왜 그들보다 앞서려고 했던 것일까? 지금은 사라진 무명의 사람들이 힘들여 이루어 놓은 창조물을 능가하려고 애쓰는 것은 극도로 허망하고 교만하게 보였다. 유성처럼 빛나고, 먼지 하나 남기지 않는 것보다 무명인채로 살고, 뒤에 아치 문 하나 남기거나, 헛간을 하나 남기거나, 복숭아가 영그는 담 하나를 남기는 것이 더 나을 것이다. 그는 발아래 잔디밭에 자리 잡고 있는 집을 내려다보면서, 결국 저기 살았던 무명의 영주와 귀부인들은 자손들을 위해, 비가 샐지도 모를 지붕을 위해, 쓰러질지도 모를 나무를 위해 뭔가 남겨두는 것을 잊지 않았다고 상기된 얼굴로 말했다. 부엌에는 늘 나이 든 양치기를 위한 따뜻한 모퉁이가 마련돼 있었고, 배고픈 사람들을 위해서는 언제나 먹을 것이 있었다. 그들의 술잔은 그들이 병들어 누워 있을 때도 반들거리게 닦여 있었고, 그들이 죽어가고 있을 때에도 창엔 불이 켜져 있었다. 영주이면서 그들은 두더지잡이나 석공들하고 어울려 무명으로 살아가는 것에 만족했다. 무명의 귀족들이여, 잊혀진 건축가들이여 ― 라고 올랜도가 그들을 불렀다. 그 목소리는 올랜도를 냉정하다, 무관심하다, 게으르다고 했던 비평가를 무색하게 만드는 것이었다(사실 사람의 품성이란 우리가 찾는 반대편에 있는 경우가 많으니까). 이처럼 그는 그의 집과 혈족을 더할 나위 없이 감동적으로 유창하게 불렀다. 그러나 연설의 결말에 이르자 ― 결론이 없는 웅변이 있을 수 있겠는가? ― 그는 말을 더듬었다. 그는 그들의 발자취를 따라 그들의 건물에 돌 하나를 보태고 싶다는 취지의 화려한 말로 끝을 맺고 싶었을 것이다. 그러나 그 건물은 이미 9에이커나 차지하고 있기 때문에, 돌 하나 더 보태는 일마저 낭비처럼 보였다. 결론에서 가구 이야기를 해도 괜찮은가? 의자며, 테이블, 그리고 침대 옆에 놓는 매트 이야기를 해도 괜찮은가? 결론에서 필요한 것이 무엇인지는 모르겠으나, 가구야말로 우리 집이 필요로 하는 것이다. 잠시 연설을 미완의 상태로 두고, 그는 앞으로는 가구를 정비하는 일에 전심하리라는 결심을 하고 다시 언덕을 성큼성큼 걸어 내려갔다. 곧 대령하라는 전갈을 듣고 늙고 선량한 그림스디치 부인 —지금은 조금 늙었는데—의 눈에 눈물이 고였다. 그들은 함께 집 안을 둘러보았다.

왕 전용 침실 수건걸이의 다리가 하나 빠졌어요("그땐 제이미 왕[18]이었지요, 백작님"이라고 말해 이 집에서 왕이 주무신 지가 퍽 오래 됐다는 암시를 했다. 그러나 그 지긋지긋한 의회정치 시대[19]는 끝나고, 영국에는 다시 왕[20]이 계신다). 공작부인의 시동侍童 대기실로 통하는 작은 방에는 물병 받침이 없었다. 그린 씨가 역겨운 파이프 담배로 양탄자 위에 얼룩을 남겼는데, 그녀와 주디가 제아무리 닦아도 지울 수가 없었다. 실제로 올랜도가 자기 집의 365개에 이르는 방 하나하나를 장식할 장미목 의자와 삼나무 캐비닛, 은 세숫대야와 도자기 그릇, 그리고 페르시아 양탄자를 계산해보고는 이것이 보통 일이 아니라는 것을 알았다. 그의 영지에서 들어오는 수입이 몇천 파운드 남아 있다고 하더라도, 그 돈은 몇몇 회랑에 벽걸이 융단을 걸고, 식당에 멋진 조각 의자 몇

---

18 제임스 1세(1566~1625).
19 청교도Puritan 혁명을 일으킨 크롬웰(1599~1658)이 찰스 1세를 처형하고 공화제Common-wealth를 수립한 1649년부터 찰스 2세가 즉위하면서 왕정이 복고된 1660년까지의 11년 동안.
20 왕정 복고 후의 찰스 2세(1630~1685).

개를 들여다 놓고, 왕족들을 위한 침실에 순은으로 된(올랜도는 순은을 지나치게 좋아했다) 거울과 의자를 가져다 놓기에도 충분치 않았다.

올랜도는 진지하게 이 일에 착수했는데, 그것은 그의 장부를 보면 확연히 알 수 있다. 이즈음에 그가 사들인 품목 명세서를 살펴보자. 이 명세서에는 가장자리에 지출의 합계가 나와 있는데ㅡ그것은 생략하기로 한다.

"50쌍의 스페인 담요, 같은 수효의 심홍색과 하얀색의 타프타 커튼, 심홍색과 하얀색의 실크로 수를 놓은 하얀 새틴의 장식천…."

"노란 새틴을 댄 70개의 의자, 그리고 60개의 등이 없는 의자, 그리고 이들 모두에게 어울리는 버크럼 커버…."

"67개의 호두나무 식탁…."

"베네치아 유리잔 5다스들이 상자 17다스…."

"길이 30야드의 매트 102매…."

"심홍색의 다마스크 천으로 만들고, 은으로 된 담록황색의 레이스를 단 쿠션 97개와, 얇은 명주 천으로 만든 걸상들과, 거기에 어울리는 의자들…."

"양초 한 다스에 쓸 나뭇가지 모양의 큰 촛대 50개…."

벌써 우리는ㅡ목록이라는 것이 대개 그렇지만ㅡ하품을 하기 시작한다. 그러나 우리가 여기서 중단한다면 그것은 오로지 목록이 지루해서이지, 목록이 끝이 나서가 아니다. 이 뒤에도 99쪽이나 더 있고, 지출 총액은 수천 파운드에 이르는데ㅡ그것은 지금 돈으로 수백만 파운드에 이른다. 올랜도 경의 낮 시간은 이렇게 지나갔고, 또 밤이면 또 다시 백만 개의 두더지 굴을 평평하게 고르는데 시간당 10펜스를 지불한다면 그 비용이 얼마가 되며, 또 공원을 둘러싸고 있는 둘레 15마일이나 되는 담을 수리하는데 한 질[21]당 5펜스 반의 못이 몇백 파운드가 필요할까, 등등의 계산을 하고 있다.

사실 이런 이야기는 지루하다. 찬장이라야 대동소이하고, 두더지 굴이라야 백만 개가 있다고 해도 별로 다를 것이 없다. 그러나 올랜도는 이 일 때문에 몇 차례 유쾌한 여행도 해야 했고, 모험도 했다. 이를테면 그는 브뤼주[22] 근처의 어떤 도시의 눈먼 레이스 여직공 전부를 동원해서, 은으로 된 차양달린 침대를 위한 커튼 꿰매는 일을 시켰다든가, 베니스에서 그에게 옻칠을 한 캐비닛을 사게 만든(칼끝을 들이대고서야) 무어인과의 모험 따위는 다른 사람이라면 충분히 재미있는 이야기로 꾸밀 수 있을 것이다. 이 일은 변화도 있었다. 서섹스에서 거대한 나무들을 여러 필의 말로 끌어 오게 하고, 톱질해서는 갤러리에 마루로 깔았다. 그리고 페르시아에서 양털과 톱밥이 가득 찬 거대한 상자가 오는데, 결국 그가 거기서 꺼내는 것은 접시 한 장뿐이거나 토파즈 반지 하나였다.

그러다 마침내 어느 날, 회랑 전체에 테이블 하나 더 넣을 자리도 없어졌고, 테이블 위에는 캐비닛 하나 더 놓을 자리도 없어졌으며, 캐비닛 안에는 장미 화분 하나 더 놓을 자리도 없어졌고, 화분 안에는 한 줌의 포푸리[23]를 넣을 공간도 없어졌다. 어디고 무엇 하나 더 놓을 자리가 없어졌다. 요는 집 안의 가구 장식이 끝난

21 0.14리터.
22 벨기에 서북부의 도시.
23 방 안을 향긋하게 하기 위하여 단지 안에 넣는 장미 꽃잎에 향료를 섞은 것.

것이다. 정원에는 아네모네, 크로커스, 히아신스, 목련, 장미, 백합, 국화, 갖가지 종류의 달리아, 배나무, 사과나무, 벚나무, 뽕나무, 엄청난 양의 꽃이 피는 희귀종 관목들, 다년생 상록수들이 서로 뿌리가 뒤엉켜 자라고 있어, 정원에는 꽃이 피어 있지 않은 공간과, 그늘이 없는 풀밭은 하나도 없었다. 뿐만 아니라 그는 화려한 깃털이 달린 야생 조류를 수입했으니, 두 마리의 말레이산 곰도 들여왔는데, 그는 곰들의 무뚝뚝한 태도 뒤에는 믿음직스러운 마음이 도사리고 있다고 믿고 있었다.

이제 모든 것이 갖추어졌다. 저녁이 되면 헤아릴 수 없이 많은 은촛대에 불이 켜지고, 끊임없이 회랑 주변을 흐르는 미풍이 청록색의 아라스 천으로 된 벽걸이를 흔들어, 마치 사냥꾼들이 말을 달리고, 다프네[24]는 도망가는 것처럼 보일 때, 은 식기가 빛나고, 옻칠이 어둠 속에서 빛나고, 장작불이 타고, 조각 장식을 한 의자들이 팔을 내뻗고, 돌고래들은 잔등이에 인어를 업은 채 벽위에서 헤엄을 칠 때, 이 모든 것과 그 이상의 훨씬 더 많은 것들이 그의 취향에 맞게 완성되었을 때, 올랜도는 사슴 사냥개들을 이끌고 관내를 돌아보고는 만족했다. 이제 그는 연설의 종결부에 채워 넣을 소재가 생긴 것이다. 어쩌면 연설을 처음부터 다시 시작하는 편이 나을 것이었다. 하지만, 회랑들을 돌아보면서 그는 아직도 뭔가가 부족하다는 느낌이 들었다. 제아무리 화려하게 금도금을 하고 조각을 한 의자와 테이블도, 휘어진 백조의 목을 밟고 있는 사자발이 받치고 있는 소파도, 더없이 보드라운 백조 깃털을 채워 넣은 침대도 그것들만으로는 충분치 않았다. 사람들이 거기 앉고, 누움으로써 비로소 빛이 나는 것이다. 그래서 올랜도는 이웃의 귀족과 신사들에게 여러 차례 화려한 연회를 베풀었

24 아폴로에게 쫓겨 월계수가 된 요정.

다. 365개의 침실이 한 달 내내 차 있었다. 52개의 계단에서는 손님들이 서로 밀쳤다.[25] 300명의 하인들은 부산하게 식료품 저장고를 들락거렸다. 연회는 거의 매일 밤 열렸다. 이리하여 몇 년이 못 가서 올랜도의 벨벳은 닳아버렸고, 재산은 절반이나 써버렸다. 그러나 그는 이웃들에게 좋은 평판을 받았고, 그 고장에서 20개가량의 직함을 갖게 되었으며, 해마다 그에게 감사하는 시인들이 엮어온 찬사를 담아 열 권 이상의 시집을 그에게 헌정하는 것이었다. 비록 그가 그 당시에는 작가들과 어울리려 하지 않았고, 외국 여인들과도 항상 거리를 두려고 했지만, 그래도 그는 여인들과 시인들한테 지나치게 너그러워, 여인들과 시인들이 그를 숭배했기 때문이었다.

그러나 연회가 절정에 달하고 손님들이 한껏 즐기고 있을 때, 그는 곧잘 자기만의 방으로 홀로 사라지곤 했다. 거기서 문을 닫고, 자기가 혼자라는 사실을 확인하고는, 어머니의 바느질 상자에서 훔친 견사로 꿰매져 있고, 동글동글한 어린 학생의 필체로 「참나무, 한 수의 시」라는 제목이 붙여진 한 권의 낡은 공책을 꺼내곤 했다. 여기에다 그는 자정을 알리는 종소리가 나고도 한참이 지난 뒤까지 써넣곤 했다. 그러나 그는 써넣은 만큼 많이 지워버리기 때문에 일 년이 지난 다음의 전체 행수는, 처음 시작할 때보다 오히려 줄어드는 수가 종종 있어서, 시를 써나가는 동안에 시가 완전히 사라질 것처럼 보였다. 이것은 그의 문체가 놀랍도록 바뀌었다는 사실과 관계가 있다는 점을 문학사가들은 지적해야 한다. 현란함은 다듬어지고, 그의 장광설은 억제되었으며, 산문의 시대가 따뜻한 샘을 얼어붙게 하고 있었다. 바깥의 경치 그자체도 장식하는 화환의 수가 줄었고, 찔레꽃들도 가시가 줄었

25 방과 계단의 수는 일 년의 날짜와 주의 수를 따른 것임.

고, 덜 얼크러져 있었다. 우리들 오감도 더 무뎌졌는지. 꿀과 크림도 예전처럼 입에 당기지 않았다. 거리의 배수가 더 잘 되고, 집집의 조명도 더 밝아졌다는 사실이 그의 문체에 영향을 미쳤음이 틀림없었다.

어느 날 그가 「참나무, 한 수의 시」에 힘들여 한두 줄 보태나가고 있을 때, 그림자 하나가 그의 눈꼬리에 잡혔다. 그는 곧 그것이 그림자가 아니라, 승마용 모자를 쓰고, 망토를 입은 키가 아주 큰 부인이 그의 방에서 내다보이는 안뜰을 말을 타고 가로질러 간 것이라는 것을 알았다. 이곳은 저택 가운데서도 가장 은밀한 곳이고, 이 부인은 그가 모르는 사람이었기에, 올랜도는 그녀가 어떻게 그곳에 들어왔는지 이상하게 생각했다. 사흘 후 같은 모습이 다시 나타났고, 수요일 정오에도 또 나타났다. 이번에는 올랜도가 그녀를 따라가보려고 작심을 했는데, 그녀 편에서는 발각된 사실에 대해 겁을 먹고 있는 것 같지도 않았다. 그가 다가가자 그녀는 걸음을 늦추고, 그를 정면으로 쳐다보았기 때문이다. 귀족의 사저에서 이런 식으로 들키면, 보통 여자라면 누구라도 겁을 먹었을 테고, 그 얼굴에, 그 두건에, 그 외관이라면 어떤 여자라도 베일을 어깨 너머로 던져 몸을 감추었을 것이다. 이 부인은 무엇보다도 토끼를 닮았다. 토끼치고도 놀란 토끼, 그러나 고집이 센 토끼, 겁이 많으면서도 터무니없이 어리석고도 대담한 토끼, 똑바로 앉아서 추적자를 크고 튀어나온 눈으로 노려보고 있는 토끼, 귀는 쫑긋 세웠으나 떨고 있었고, 뾰족한 코는 씰룩거리고 있었다. 더욱이 이 토끼는 키가 6피트나 되었고, 게다가 고풍스러운 모자를 쓰고 있어, 그녀를 더 커보이게 했다. 올랜도와 마주치자 그녀는 소심함과 대담함이 아주 묘하게 섞인 눈으로 그를 쳐다보았다.

우선 그녀는 예의바르기는 하나 약간 어색하게 무릎을 굽혀 인사를 하고는, 무단으로 들어온 것을 용서해달라고 했다. 그러고는 틀림없이 6피트 2인치는 돼 보이는 키를 일으켜 세우고는 말을 계속했는데 ─신경질적으로 낄낄거리고 웃는가 하면, 너무 히히, 하하거리고 웃어서, 올랜도는 그녀가 틀림없이 정신병원에서 도망쳐 나왔을 거라고 생각했다─ 그녀는 자기가 루마니아 영토인 핀슈테르-아혼과 스캔드 오브 붐의 대공부인 해리엇 그리젤다라고 했다. 그녀는 무엇보다도 그와 사귀고 싶다고 말했다. 그래서 그녀는 댁의 대문 근처에 있는 제과점 위층에 거처를 정했노라고 했다. 올랜도의 초상화를 보았는데, 그것은 자기 여자 형제를 쏙 빼닮았는데 ─여기서 그녀는 한바탕 크게 웃었다─ 그 동생은 오래전에 죽었다고 했다. 그녀는 지금 영국 왕실을 방문하는 중이라고 했다. 왕비는 그녀의 사촌이었다. 왕은 사람은 좋지만 술에 취하지 않은 상태로 잠자리에 드는 일이 드물다고 했다. 여기서 그녀는 또 히히, 하하거리고 웃었다. 결국 그녀에게 들어오라고 해서 포도주 한 잔을 권할 수밖에 없었다.

방 안에 들어오자 그녀의 태도는 루마니아 대공부인에 걸맞은 거만함을 되찾았다. 그녀가 여자들에게는 드문 포도주에 대한 지식을 드러내지 않고, 또 총이나 자기 나라 사냥꾼들의 관습에 관해 제법 재치 있는 말을 하지 않았더라면, 대화는 자연스럽게 흘러가지 못했을 것이었다. 마침내 그녀는 벌떡 일어나더니 이튿날 또 들르겠다고 하고 다시 한 번 무릎과 허리를 굽혀 거창하게 인사하고는 가버렸다. 이튿날 올랜도는 말을 타고 멀리 나갔다. 그다음 날은 모른 척했고, 세 번째 날에는 커튼을 내려버렸다. 넷째 날에는 비가 왔는데, 숙녀를 비를 맞게 내버려둘 수는 없는 일이고, 또 말상대가 아주 싫지도 않아 그녀에게 들어오라고 해서, 조상이 소유했던 한 벌의 갑옷이 자코비가 만든 것인지, 톱이 만든 것인지에 대해 그녀의 의견을 물었다. 그는 톱 쪽으로 기울어 있었지만, 그녀는 아니라고 했다─어느 쪽이라도 별로 상관은 없었지만. 그러나 자기의 주장을 뒷받침하기 위해─묶는 끈의 조작과 관련된 것인데─해리엇 대공부인이 금으로 된 정강이 덮개를 올랜도의 다리에 댄 사실이 우리 이야기의 진행과 무관하지 않다.

올랜도의 다리가 지금까지의 어떤 귀족의 다리보다도 미끈하게 잘생겼다는 사실에 관해서는 이미 말한 바 있다.

어쩌면 그녀가 복사뼈 버클을 조여 맨 방식 탓일까, 아니면 구부리는 자세 때문일까. 그것도 아니라면 올랜도의 오랜 은둔 생활 탓일까. 이성 간에 생기는 자연스러운 공감 탓일까, 부르고뉴 포도주 탓일까, 난롯불 탓일까─이 가운데 어느 하나의 탓이었는지 모른다. 올랜도처럼 자란 귀족이 자기 집에서 부인을 대접하고 있고, 그 부인이 여러 해나 연상이고, 1야드는 족히 될 긴 얼굴에, 노려보는 듯한 눈매에, 따뜻한 계절인데도 망토와 승마복으로 우스꽝스럽게 옷을 입고 있다면─그와 같은 귀족이 그처럼 갑작스럽고 격한 감정에 사로잡혀 방을 나갈 수밖에 없었다면, 분명히 그 어느 것에 책임이 있을 것이다.

그러나 그것이 어떤 종류의 감정이었느냐고 물어볼 수 있다. 그리고 대답은 '사랑'이 그렇듯, 두 얼굴을 가지고 있다. 왜냐하면 '사랑'은─그러나 '사랑'의 문제를 잠시 덮어두기로 한다면, 실제로 일어난 일은 다음과 같다.

해리엇 그리젤다 대공부인이 버클을 잠그려고 허리를 구부렸을 때, 올랜도는 갑자기 멀리서 '사랑'이 날개 치는 까닭 모를 소리를 들었다. 먼 곳에서 들려오는 그 부드러운 깃털의 움직임이 그의 마음속에 수많은 급류의 기억, 눈 속의 아름다움, 그리고 홍수 속의 배신을 생각나게 했다. 날개 치는 소리는 점점 더 가까워졌다. 올랜도는 낯을 붉히고 몸을 떨었다. 다시는 이렇게 동요하는 일이 없을 것이라고 생각하리만큼 동요했던 것이다. 그가 두 손을 올려 그 아름다운 새가 어깨에 내려앉게 하려고 했을 때— 맙소사! —마치 까마귀들이 나무 위에서 떨어질 때 내는 것과 같은 시끄러운 소리가 울려 퍼지기 시작했다. 대기는 거칠고 검은 날개로 어두워진 듯했고, 깍깍거리는 소리가 들려오면서, 지푸라기며 나뭇가지들, 그리고 깃털들이 떨어졌다. 그러자 그의 어깨 위에 더없이 무겁고, 더없이 더러운 새가 내려앉았다. 독수리였다. 그리하여 그는 방에서 뛰쳐나가, 하인을 시켜 해리엇 대공부인을 그녀의 마차가 있는 데까지 배웅토록 했다.

다시 이야기를 되돌려도 좋을 것 같은데, '사랑'은 두 개의 얼굴을 가지고 있어, 하나는 희고 다른 하나는 까맣다. '사랑'은 몸도 두 개를 가지고 있어서, 하나는 매끄럽고, 다른 하나는 털투성이다. 또 손도 둘이고, 발도 둘이고, 발톱도 둘이다. 사실 모든 기관이 둘이고, 각각은 정확하게 상대방의 정반대이다. 그러나 철저하게 연결돼 있어, 서로 떼어놓을 수 없다. 이번 경우, 올랜도의 사랑이 흰 얼굴을 그에게 향하고, 매끈하고 아름다운 몸매를 전면에 내놓고 그에게로 날아오기 시작했다. 그것은 순수한 기쁨의 향기를 앞세우고 점점 그에게로 가까이 다가왔다. 그러다 갑자기(아마 대공부인을 보았기 때문일 것이다) 그것은 몸을 돌려 반대방향을 향하더니, 검고 털투성이의 야성적인 모습을 드러냈다. 그리하여 그의 어깨 위에 펄썩 주저앉은 더럽고 혐오스러운 것은 '사랑의 극락조'가 아니라 '탐욕의 독수리'였던 것이다. 그래서 그가 뛰쳐나갔던 것이고, 그래서 하인을 오게 했던 것이다.

그러나 그 정도로 이 하피[26]를 쫓아낼 수는 없었다. 대공부인은 계속해서 제과점에 머물고 있었을 뿐만 아니라, 올랜도는 매일, 밤이고 낮이고 더없이 더러운 허깨비들의 시달림을 받았다. 언제라도 똥투성이의 새가 그의 글 쓰는 테이블 위에 내려앉을 수 있는 것을 볼 때, 그의 집을 은으로 장식하고, 벽에는 아라스 천 벽걸이를 건 것도 모두 헛된 일처럼 생각되었다. 대공부인은 제집처럼 여기저기 의자에 털썩 주저앉았고, 올랜도는 볼썽사납게 어기적거리며 회랑을 가로질러 걸어 다니는 그녀의 모습을 보았다. 그런가 하면 이번에는 벽난로의 불 가리개 위에 무겁게 앉아 있다. 그녀를 쫓아내면 다시 돌아와서 유리창이 깨질 때까지 쪼아대는 것이었다.

이런 사정으로 그는 집에서는 더 이상 살 수 없다는 것을 알고, 지체 없이 이 사태에 종지부를 찍어야겠다는 생각에, 어떤 젊은이라도 그의 입장에 있었다면 취했을 조치를 취했다. 그는 찰스왕[27]에게 그를 콘스탄티노플에 특사로 보내달라고 청했다. 왕은 화이트홀[28]을 거닐고 있었다. 넬 그윈[29]이 그의 팔에 기대고 있었다. 그녀는 그에게 개암을 던지고 있었다. 그 사랑스러운 여인은 그처럼 멋진 다리를 가진 분이 영국을 떠난다는 것은 말할 수 없이 유감스러운 일이라고 한탄했다.

그러나 '운명'의 여신은 가혹하여, 그녀는 올랜도가 배를 타고 떠나기 전에 그녀의 어깨 너머로 키스를 보내는 것이 고작이었다.

---

26 그리스 신화에 나오는 얼굴과 몸은 여자이고, 날개와 날카로운 손톱을 가진 욕심 사나운 괴물.
27 찰스 2세.
28 런던 중심부에 있던 옛 궁전.
29 영국의 여배우(1650~1687), 찰스 2세의 애첩.

제3장

올랜도가 조국을 위한 공직 생활에서 중요한 역할을 담당했던 이 시기의 그의 생애에 관한 정보가 거의 없다는 것은 정말 불행하고, 몹시 아쉬운 일이다. 우리는 그가 임무를 훌륭하게 수행한 사실을 알고 있다―그가 바스 훈장[1]을 받았고, 공작의 작위를 부여받은 것만 보아도 알 수 있다. 우리는 그가 찰스 왕과 터키인들과의 관계의 미묘한 교섭에 간여했다는 것을 알고 있다―이와 같은 사실은 런던의 공문서 지하 보관소의 기록이 입증하고 있다. 그러나 그의 재직 중에 일어난 혁명과 잇따른 화재로, 믿을 만한 기록을 얻을 수 있는 서류가 모두 훼손되고 파기됐기 때문에, 우리가 내놓을 수 있는 정보는 한탄스러울 정도로 불완전하다. 종종 서류의 가장 중요한 문장의 한가운데가 불에 그을려 짙은 갈색으로 변해 있었다. 백 년 동안이나 역사가들을 궁금하게 만들었던 비밀 하나를 이제야 밝혀낸다고 생각한 바로 그때, 원고에는 손가락이 쑥 들어갈 만큼 큰 구멍이 나 있었다. 우리는 타다 남은 서류의 조각들을 이어 맞춰, 빈약한대로 결론을 얻어내기

---

1 영국의 기사단 훈장. 군사적인 공로나 모범적인 시민의 공훈에 대한 보상으로 수여했음.

위해 최선을 다했으나, 번번이 억측하고, 추측하고, 심지어는 상상력을 동원하는 수밖에 없었다.

올랜도의 하루 일과는 대개 다음과 같았다고 생각된다. 7시경에 일어나 기다란 터키 외투를 걸치고, 양끝을 자른 시가에 불을 붙인 다음, 난간에 팔꿈치를 기댄다. 이처럼 서서 넋을 잃은 모습으로 발아래 펼쳐져 있는 도시를 응시하곤 했다. 이 시간대에는 안개가 너무 짙게 끼어서, 산타 소피아 성당의 둥근 지붕들과 다른 건물들이 떠다니는 것처럼 보였다. 서서히 안개가 걷히면서 건물들이 모습을 드러냈다. 거품이 단단하게 뭉치는 것이 보인다. 강이 나타난다. 저기에 갈라타 다리²가 있고, 또 저기에는 녹색 터번을 쓴, 눈이나 코가 없는 순례자들이 동냥을 다니고 있고, 또 저기에는 집 없는 개들이 쓰레기를 뒤지고 있는 것이 보인다. 숄을 걸친 여인들, 수많은 당나귀들, 긴 장대를 들고 말을 타고 있는 남정네들이 보였다. 오래지 않아 도시 전체가 채찍 소리, 징 소리, 울부짖는 기도 소리, 노새 매질하는 소리, 그리고 놋쇠를 감은 바퀴들의 덜거덕거리는 소리로 웅성거리게 된다. 한편 발효시키는 빵에서 나는 시큼한 냄새와 향과 향신료 냄새가 페라³의 정상까지 올라오는데, 그것은 색색의 옷을 입고 시끌벅적하게 떠드는 조잡한 주민들의 입 냄새 같았다.

지금 햇볕을 받아 반짝이고 있는 풍경을 응시하면서 그는 서리 주와 켄트 주, 혹은 런던과 턴브리지 웰스⁴와 이처럼 다를 수도 없을 거라는 생각을 했다. 오른쪽과 왼쪽에는 돌투성이의 황폐한 아시아의 민둥산들이 우뚝 솟아 있었고, 거기에는 도둑 두

---

2 이스탄불 시 중심부의 골든 혼 강에 있는 오래된 다리. 스탐불 지역과 페라 지역을 연결한다.
3 이스탄불의 한 구역인 베이오르의 옛 이름.
4 영국 남동부, 켄트 주의 도시. 17~18세기에 광천 휴양지로 번창했다.

목의 황폐한 성이 한둘 있을 것이었다. 그러나 목사관은 없었고, 영주의 저택도, 오두막도, 참나무도, 느릅나무도, 오랑캐꽃도, 담쟁이넝쿨도, 야생 장미도 그곳에는 없었다. 그 위에서 양치식물이 자랄 수 있는 울타리도 없었으며, 양들이 풀을 뜯어먹을 수 있는 들판도 없었다. 집들은 계란 껍데기처럼 희고 매끈거렸다. 철두철미한 영국인인 그가 이 야생의 파노라마를 마음속 깊이 즐기고 있으며, 염소와 양치기만이 가보았을 저 산길들과 저 멀리에 있는 봉우리들을 언젠가 혼자 가보리라 계획하고 있다는 사실이, 그리고 계절에 맞지 않는 밝은 꽃들에 대해 격렬한 애정을 느낀다는 사실이, 그리고 집에 있는 사슴 사냥개들보다 너저분한 이곳 집 없는 개들을 더 사랑한다는 사실이, 그리고 거리의 시큼하고 강렬한 냄새를 열심히 들이마시고 있다는 사실이 그를 놀라게 했다. 그는 혹시 조상 가운데 누군가가 십자군 원정 때 체르케스[5]의 한 시골 아낙네와 친해진 것이 아닌가 하는 생각이 들었다. 가능한 일이라고 생각했다. 자기 피부가 약간 검다는 생각이 들었다. 그러고는 집 안으로 다시 들어가, 목욕을 했다.

한 시간 뒤에 제대로 향수를 뿌리고, 머리에 컬을 넣고, 기름을 바르고는, 그의 금제 열쇠만이 열 수 있는 빨간 상자들을 차례로 들고 오는 비서들과 다른 고위 간부들을 영접하곤 했다. 상자 안에는 더할 나위 없이 중요한 서류들이 들어 있었는데, 그것들 가운데서 지금은 단지 화려한 장식체로 쓴 글씨, 타다 남은 실크 조각에 단단하게 붙어 있는 밀랍 도장 자국들만이 남아 있다. 그 내용에 대해서는 알 수 없지만, 다만 말할 수 있는 것은, 올랜도가 밀랍으로 도장을 찍느라, 색색의 리본을 서로 다르게 다느라, 자기 직함을 크게 쓰고, 대문자를 화려한 장식체로 쓰느라 바빠 지

5 코카서스 산맥 북쪽의 흑해 연안 지역.

내다가, 점심을 들게 된다는 사실인데 — 호화판 식사는 아마도 30코스는 되었을 것이다.

점심이 끝난 뒤, 제복을 갖춰 입은 하인들이 육두마차가 문 앞에 대령하고 있다는 보고를 하면, 그는 커다란 타조 날개로 만든 부채를 머리 위에 흔들면서 구보로 달려가는 보랏빛 정장의 터키 왕실 친위대를 앞세우고, 다른 대사들이나 국가의 주요 인사들을 방문하러 갔다. 방문 형식은 늘 똑같았다. 안뜰에 도착하면 왕실 친위대원들이 부채로 정문을 두드린다. 그러면 즉시 문이 열리면서 화려한 가구로 장식된 큰 방이 나타난다. 거기에는 두 사람이 앉아 있는데, 대개 남자와 여자 두 사람이다. 서로 깊이 머리를 숙이거나 무릎을 구부려 인사를 한다. 첫 번째 방에서는 날씨 이야기만이 허용되었다. 날이 개였다느니 비가 온다느니, 아니면 덥다느니 춥다느니 하는 말을 하고서는 대사는 다음 방으로 가는데, 거기서도 두 사람이 일어나 그를 맞는다. 여기서는 주거지로서의 콘스탄티노플을 런던과 비교하는 일만 가능했다. 대사는 당연히 콘스탄티노플을 더 좋아한다고 말했고, 그를 맞은 주인들은 가본적도 없는 런던이 더 좋다고 말한다. 다음 방에서는 찰스 왕과 황제의 건강에 대한 이야기가 오래도록 이어진다. 다음 방에서는 대사의 건강과 안주인의 건강이 화제가 되지만, 그것은 간단히 끝난다. 다음 방에서는 대사가 주인의 가구를 예찬하고, 주인은 대사의 복장을 칭찬한다. 다음 방에서는 과자가 나오고, 주인은 그 맛이 별것 아니라고 한탄하면 대사는 그 맛을 격찬한다. 마침내 의식은 물담배를 피우고, 한 잔의 커피를 마시는 것으로 끝이 났다. 비록 담배를 피우고 커피를 마시는 동작이 예의범절을 갖춰 진행되었지만, 파이프에는 담배가 없었고, 잔에는 커피가 없었다. 정말로 피우고 마신다면 몸이 견뎌내지 못할 것이었다. 왜냐하면 대사가 이런 방문을 하나 마치면, 곧이어 다른 곳을 방문해야 했으니까. 똑같은 의식들이 다른 중요한 관리들 집에서도 같은 순서로 예닐곱 번 치러져야 했으므로, 대사가 귀가하는 것은 늦은 밤일 때가 많았다. 비록 올랜도가 이런 일들을 훌륭하게 수행했고, 이런 일들이 어쩌면 외교관의 의무 가운데서 가장 중요한 일일지도 모른다는 사실을 결코 부인하지는 않았지만, 틀림없이 그는 이런 일들로 인해 지쳐 있었고, 극도로 우울해져서 식사는 개들을 데리고 혼자 하는 것을 좋아했다. 실제로 그가 강아지들에게 자기 나라말로 말하는 것을 들을 수 있었을 것이다. 그리고 그가 때때로 밤늦게 보초들도 알아보지 못할 정도로 변장을 하고 대문을 빠져나가곤 했다는 말이 들렸다. 그러고는 갈라타 다리 위에서 군중들에 섞여 상점가를 어슬렁거리거나, 구두를 벗어버리고 모스크 사원에 들어가 예배 보는 이들에 합류하곤 했다. 한번은 그가 열병에 걸려 앓고 있다는 소문이 나 있던 때에, 시장에 염소들을 가지고 나오는 양치기들이 산꼭대기에서 영국 귀족을 만났고, 그가 그의 신에게 기도하는 소리를 들었다고 했다. 이것은 바로 올랜도였다고 생각되었고, 그 기도를 했다는 것은 틀림없이 시를 소리 내어 읽은 것을 말하는 것일 텐데, 그는 아직도 그의 외투 속에 지운 흔적투성이의 원고를 소중하게 간직하고 다닌다는 것이 알려져 있었기 때문이다. 그리고 하인들은 대사가 방 안에 홀로 있을 때, 이상야릇한 단조로운 가락으로 뭔가를 읊조리는 것을 엿들었다.

이 당시의 올랜도의 생활과 사람 됨됨이를 묘사하기 위해서는 이런 조각 자료들을 가지고 최선을 다해야 한다. 콘스탄티노플에서의 올랜도의 생활에 관해서는 오늘날까지 확증되지 않은 떠다니는 소문, 전해 들은 이야기, 일화 등이 전해오고 있는데 — (우리는 그 가운데 몇 개만을 인용했을 뿐이다) 그것은 인생의 절정기에 달한 올랜도가 우리의 상상력을 자극하고, 눈을 떼지 못하게 하는 힘을 가지고 있었다는 것을 말해주는데, 그 힘은 기억을 유지하기 위한 보다 지속적인 자질이 모두 잊혀진 오랜 뒤까지, 기억을 신선하게 보존해준다. 이 능력은 아름다움, 출생, 그리고 우리가 매력이라고 밖에 달리 부를 수 없는 드문 천부적 자질로 구성돼 있다. 사샤가 말했듯, 그가 단 하나의 양초에 불을 붙이는 수고도 하지 않았는데, "백만 개의 초"가 그의 내부에서 타고 있었다. 그는 다리에 대해 생각할 필요도 없이 수사슴처럼 돌아다녔다. 그는 보통으로 말했는데, 그의 목소리는 은으로 만든 종소리처럼 메아리쳤다. 그래서 그의 주위에는 여러 소문이 떠돌았다. 그는 많은 남녀 사이에 숭상의 대상이 되었다. 그에게 직접 말을 건넬 필요도 없었고, 심지어는 그를 볼 필요도 없었다. 특히 경치가 낭만적이라든가, 아니면 해가 지고 있을 때, 그들은 눈앞에 실크 스타킹을 신고 있는 귀족의 모습을 떠올렸다. 가난하고 교육을 받지 못한 사람들에게도, 그는 부유한 사람들에게와 꼭 같은 능력을 발휘했다. 양치기, 집시, 나귀 몰이꾼들은 아직도 "에메랄드를 우물 속에 던진" 영국의 귀족에 관한 노래를 부르고 있는데, 이것은 틀림없이 올랜도를 가리키는 것이다. 한번은 그가 몹시 화가 났는지, 아니면 취해서 그랬는지, 옷에 달린 보석들을 떼어내어 샘물 속에 던진 일이 있었던 것 같다. 거기서 한 심부름하는 소년이 그것들을 건져냈다. 그러나 이와 같은 낭만적인 힘이 종종 극도로 소심한 성격과 공존한다는 것은 잘 알려진 사실이다. 올랜도는 친구를 사귀지 못했던 것 같다. 알려진 바로는 누구를 좋아한 적도 없었던 것 같다. 어떤 귀부인이 그와 가까이 있고 싶어, 영국에서 먼 길을 마다 않고 찾아와서 그에게 성가시게 굴었지만, 자기가 맡은 바 임무를 지칠 줄 모르고 계속 수행했기 때문에, 호른에서 대사노릇을 한 지 2년 반도 되기 전에, 찰스 왕은 귀족 반열에서 가장 높은 지위로 그를 끌어올리겠다는 의사를 밝혔다. 샘이 많은 사람들은 이것이 넬 그윈이 올랜도의 잘생긴 다리에 대한 기억에 바친 찬사 덕분이라고 말했다. 그러나 그녀는 그를 딱 한 번 보았을 뿐이고, 그때도 그녀는 왕에게 개암 껍질을 던지느라 정신이 없었으므로, 그가 공작의 지위를 획득한 것은 종아리 때문이 아니라, 그가 지닌 장점들 때문이었을 가능성이 높았다.

이쯤에서 우리는 잠시 쉬어가야 하는데, 까닭은 그의 생애에서 중요한 순간에 도달했기 때문이다. 공작 작위의 수여는 대단히 유명하고, 정말로 많은 논란을 불러일으킨 사건인데, 이제 우리는 이 사건을 타다 남은 서류와 작은 리본 조각들을 헤집으며, 가능한 한 잘 묘사해야 한다. 바스 훈장과 작위 특허장이 아드리언 스크로프 경이 지휘하는 소형 구축함에 도착한 것은 라마단[6]의 대大단식 마지막 날이었다. 올랜도는 이것을 콘스탄티노플에서 전대미문의 화려한 연회를 베풀 기회로 삼았다. 잘 개인 날 밤, 엄청난 사람들이 밀려왔고, 대사관 창문에는 환하게 불이 켜졌다. 그런데 여기서도 모든 기록이 불에 타 없어져서 자세한 것을 알 수 없고, 가장 중요한 부분은 희미해진, 감질나게 하는 조각들만이 남아 있기 때문이다. 그러나 손님 중의 한 사람이었던 영국 해군 장교 존 페너 브리그의 일기에서, 우리는 각국에서 온 사람들이 안뜰에 "통 속에 꽉 채워 넣은 청어들"처럼 득실거렸다는 것을 짐작할 수 있다. 견디기 힘들게 사람들이 밀고 당겨서, 브리그는 행사의 진행 과정을 더 잘 보기 위해 곧 박태기나무 위로 올라갔

6 이슬람력의 9번째 달로, 이달 중에는 신도들이 해 뜰 때부터 해질 때까지 금식하며 속죄한다.

다. 그 고장 사람들 사이에는 어떤 기적이 행해질 것이라는 소문이 돌고 있었다(상상력을 강하게 불러일으키는 올랜도의 신비스러운 힘에 대한 또 하나의 증거인데). "그리하여"라고 브리그는 쓰고 있는데(그의 원고는 불에 탄 자국들과 구멍투성이어서, 어떤 문장은 전혀 읽을 수가 없다), "불꽃이 하늘로 날아오르기 시작했을 때, 우리들 사이에는 혹시 원주민들이 흥분해서 … 모두에게 불쾌한 결과로 가득한 … 회중 가운데 있는 영국 부인들에게 … 그래서 실은 내 손이 단도로 갔다는 사실을 실토한다. 다행히"라고 그의 약간 장황한 문체는 계속된다. "이런 두려움은 당장은 근거 없는 것으로 생각되었고, 터키인들의 태도를 관찰하건데 … 나는 우리나라의 뛰어난 불꽃 제조술을 과시한 것은 그들에게 … 영국민의 탁월성을 … 깊이 각인시켰다는 이유만으로도 가치 있는 일이라는 결론에 도달했다 … 사실 그 광경은 이루 말할 수 없을 정도로 장관이었다. 나는 … 을 베풀어주신 하나님께 감사하는가 하면, 번갈아 가엾고 그리운 우리 어머님이 제발 … 하고 빌고 있었다. 대사의 명령에 따라 동양 건축의 … 많은 면에서 잘 모르긴 하지만 … 한 두드러진 특징인 긴 창문들을 활짝 열어젖혔다. 안에서는 영국의 신사 숙녀들이 활인화[7]를 하거나 … 의 가면극을 공연하고 있는 것이 보였다 … 말은 들리지 않았으나 최고로 우아하고 돋보이게 차려입은 내 동포 남녀들이 … 나를 감동시켰는데 … 비록 어쩔 수는 없었지만, 그것이 부끄럽지 않았으며 … 나는 어떤 귀부인의 놀라운 몸가짐을 열심히 관찰하고 있었는데 … 그것은 모든 사람들의 시선을 그녀에게 집중시키고, 여성 전반과 영국을 욕되게 하는 것인데, 그때" — 불행하

---

7 활인화(活人畵, tableau vivant). 배경 앞에서 분장한 인물이 정지하여 그림처럼 보이게 하는 것으로서, 역사상의 유명한 인물 등을 제재題材로 한다.

게도 박태기나무 가지가 부러져서 브리그 중위가 넘어졌고, 이야기의 나머지 기록은 하나님에 대한(하나님은 일기에서 매우 중요한 역할을 담당하고 계시다) 감사와 부상에 관한 자세한 설명뿐이었다.

다행히도 하트톱 장군의 딸 페네로프 하트톱 양이 방 안에서 이 광경을 보고, 편지에 그 사정을 적고 있는데, 편지는 많이 훼손된 채로, 결국 턴브리지 웰스[8]에 있는 여자 친구에게 도착했다. 페네로프 양도 정중한 장교님 못지않게 찬사를 보내고 있다. "황홀해"라는 말을 한쪽에 열 번이나 하고 있다. "놀라워, … 말로 다할 수 없어 … 금 접시 … 가지달린 촛대 … 플러시 바지를 입은 흑인들 … 피라미드 모양의 얼음 … 니거스 술[9] … 군함 모양의 젤리 … 수련 모양으로 놓은 백조들 … 금빛 조롱에 든 새들 … 옆구리를 길게 튼 심홍색 벨벳 저고리를 입은 신사들 … **적어도** 높이가 6피트는 되는 여인네들의 머리장식들 … 오르골 … 페레그린 씨가 내가 **참** 예쁘다고 한 말을 친애하는 내 친구인 너에게 그저 전할 뿐이야. 왜냐하면 … 너희들이 모두 여기 같이 있었으면 얼마나 좋았을까! … 펜타일[10]에서 본 어떤 것보다 더 좋아 … 술은 바다처럼 넘쳐나고 … 어떤 신사 분은 곤드레가 됐고 … 레이디 베티는 황홀해 … 가엾은 레이디 보냄은 의자도 없는 곳에 앉는 실수를 저지르셨어 … 하나같이 정중한 신사 분들은 … 너와 배시가 여기 오지 않은 것을 그처럼 애석해 하셨지만 … 그러나 뭐니 뭐니 해도 모든 사람들의 시선과 주목의 중심이 된 것은 … 모두가 인정했듯이 … 그것을 부정할 만큼 비열한 사람은 없었

8 놀에서 멀지 않은 켄트 주의 마을.
9 포도주를 더운물에 타고 설탕과 레몬 등을 넣은 음료.
10 턴브리지 웰스의 프롬나드.

으니까 … 대사님 바로 그분이었어. 저 멋진 다리! 저 용모!! 저 기품 있는 몸가짐!!! 대사님이 방에 들어오실 때의 모습이라니! 다시 나가시는 모습하며! 그리고 그분 표정에는 뭔가 **관심을 끄는** 구석이 있는데, 왠지는 모르지만 그가 **고통**을 받고 있다는 느낌을 갖게 해! 여인 때문이라고들 해. 인정머리 없는 괴물 같은 여자 같으니!!! **상냥하다고 알려진 우리 여자들** 가운데 어쩌면 그런 뻔뻔스러운 사람이 다 있담!!! 대사님은 독신이고, 이 고장 여인들 반 이상이 그가 좋아 정신이 없어 … 톰과 게리와 피터와 귀여운 뮤(아마도 그녀의 고양이인 듯)에게 듬뿍 사랑의 키스를 보내줘."

당시의 관보에서 우리는 다음과 같은 사실을 알 수 있다. "시계가 열두 시를 알리자, 대사는 고가의 양탄자들이 걸려 있는 중앙 발코니에 모습을 나타냈다. 키가 모두 6피트가 넘는 여섯 명의 터키 왕실 친위대원들이 그의 좌우편에 횃불을 들고 서 있다. 그가 나타나자 불꽃이 하늘로 솟아오르고, 사람들 사이에서 커다란 함성이 일어나고, 대사는 그것에 대한 답례로 깊이 고개 숙여 인사를 했으며, 몇 마디 터키어로 감사를 표했다. 터키어를 유창하게 할 수 있는 것이 대사의 장기 가운데 하나였다. 다음으로 영국 해군 제독의 정장을 한 아드리언 스크로프 경이 앞으로 나왔다. 대사가 한쪽 무릎을 꿇었다. 제독이 올랜도의 목에 바스 최고 훈장의 목걸이를 걸고, 그의 가슴에는 별 모양의 훈장을 달아주었다. 그러고 나서 외교관 단의 또 다른 신사가 위엄 있게 앞으로 걸어 나와, 그의 어깨 위에 공작 예복을 얹어주고, 진홍색 쿠션 위에 올려놓은 공작관[11]을 건네주었다.

마침내 더없이 위엄 있고 우아한 동작으로, 우선 깊숙이 고개

---

11 딸기 잎 장식이 있는 관.

를 숙이고, 다음에는 자랑스럽게 몸을 꼿꼿이 세우고 올랜도는 딸기 잎 장식이 달린 관을 들고서, 본 사람이라면 아무도 잊을 수 없는 동작으로 그것을 머리 위에 올려놓았다. 첫 번째 소란이 시작된 것은 바로 이때였다. 사람들이 기적을 기대했던 탓인지—어떤 사람들은 하늘에서 금 소나기가 내린다는 예언이 있었다고 했는데—그 일은 일어나지 않았다—아니면 그것을 공격 개시의 신호로 정했던 것인지는 아무도 모른다. 그러나 관을 올랜도의 이마 위에 올려놓는 순간 거대한 소요가 일어났다. 종이 울리기 시작했고, 예언자들의 거친 외침이 사람들의 함성보다 더 크게 들렸다. 많은 터키인들이 땅에 납작하게 엎드리고, 이마를 땅에 갖다 대었다. 문이 활짝 열렸다. 원주민들이 연회장 안으로 밀려 들어왔다. 여인네들은 비명을 질렀다. 올랜도라면 죽고 못 산다던 어떤 귀부인은 촛대를 움켜잡더니 땅에다 내려쳤다. 만약에 아드리언 스크로프 경과 푸른 제복의 영국 수병 분대가 없었다면, 어떤 일이 일어났을지 아무도 장담할 수 없었다. 그러나 제독은 나팔을 불도록 명령했다. 즉각 100명의 수병이 부동자세를 취했다. 소란은 진압되었고, 현장은 적어도 당분간은 조용하게 되었다.

여기까지는 비록 조금 빈약하기는 하나, 그래도 확인된 굳건한 사실에 근거하고 있다. 그러나 그날 밤 늦게 어떤 일이 일어났는지 정확히 아는 사람은 아무도 없다. 보초들과 그 밖의 다른 사람들의 증언에 의하면, 대사관은 손님이 모두 돌아간 뒤 늘 하던 대로 새벽 두 시에는 문을 잠갔던 것 같다. 대사가 공작 휘장을 그대로 단 채, 자기 방으로 가서 문을 닫는 모습이 눈에 띄었다. 어떤 이는 그가 문을 걸어 잠갔다고 하는데, 이것은 그가 하지 않던 일이었다. 다른 사람들은 양치기들이 연주하는 시골풍의 음악 소리를 그날 밤 늦게 대사의 창문 아래 안뜰에서 들었다고 주장한다. 치통 때문에 잠을 이루지 못했던 여자 세탁부는, 외투인지 실내복인지를 입은 한 남자가 발코니에 나온 것을 보았다고 말했다. 그리고 나서 온통 옷을 뒤집어쓰기는 했으나, 분명히 시골 농사꾼으로 보이는 여자가 그 사내가 내려둔 밧줄에 매달려 발코니로 끌려 올라갔다고 그 세탁부는 말했다. 거기서 그들은 "마치 연인들처럼" 정열적으로 포옹을 하고, 함께 방으로 들어간 다음, 커튼을 내려서 그 이상은 볼 수 없었다고 세탁부는 말했다.

　이튿날 아침 비서들은 공작이 — 이제는 그렇게 불러야 하니까 — 마구 구겨진 잠옷을 입고, 깊은 잠에 빠져 있는 것을 발견했다. 방은 엉망이었고, 공작관은 마루에 굴러다니고 있었고, 망토와 각반이 의자 위에 한 무더기로 내던져져 있었다. 테이블에는 서류들이 지저분하게 흩어져 있었다. 전날 피로가 너무 심했으므로 처음에는 아무 의심도 하지 않았다. 그러나 오후가 되어도 그가 계속 잠을 자자, 의사를 불러왔다. 의사는 전번에 썼던 약들, 고약, 쐐기풀, 토하는 약 등을 써보았지만 아무런 효과가 없었다. 올랜도는 계속 잤다. 그러자 비서들은 테이블 위에 있는 문서들을 검토하는 것이 자기들의 할 일이라는 생각이 들었다. 시를 끼적거려놓은 것이 많았는데, 그 안에는 참나무에 대한 언급이 자주 있었다. 여러 가지 정부 문서와 또 영국에 있는 그의 재산에 관한 개인적인 서류들도 있었다. 그러나 마침내 그들은 이들보다 훨씬 더 중요한 문서를 발견했다. 그것은 다름 아닌 결혼문서였는데, 가터 훈장을 받았고, 그 밖의 가지가지 직함을 가진 올랜도 경과 로시나 페피타라는 댄서 사이에 작성되고, 서명되고, 증인의 서명을 받은 것이었다. 페피타의 아버지에 관해서는 알려진 바 없지만, 집시라는 소문이 있었고, 어머니도 알려지지는 않았지만, 갈라타 다리 맞은편 시장에서 고철을 팔고 있었다는 소문이 있었다. 비서들은 어찌할 바를 몰라 서로를 쳐다보았다. 그래도 올랜도는 계속 잠을 잤다. 그들은 아침저녁으로 그를 지켜보았지만, 그의 숨결이 규칙적이고, 양볼이 예전처럼 아직도 짙은 장밋빛이라는 것 말고는 그가 살아 있다는 조짐은 보이지 않았다. 그를 깨우기 위해 모든 지식과 재주를 동원해보았다. 그러나 그는 계속해서 잠을 잘 뿐이었다.

올랜도가 혼수상태에 빠진지 이레째 되는 날(5월 10일 목요일), 브리그 중위가 그 첫 번째 징조를 알아차렸던 그 끔찍하고 잔인한 반란의 첫 번째 포성이 울렸다. 터키인들이 군주에 대항해 들고 일어나, 도시에 불을 지르고, 외국인은 눈에 띄는 대로 모조리 잡아다 칼로 치거나 발바닥을 곤장으로 쳤다. 몇몇 영국인들이 간신히 피신했지만, 예상했던 대로 영국 대사관 직원들은 중요 서류를 담아두는 빨간 상자를 지키다 죽거나, 극단적인 경우, 이교도들에게 열쇠 뭉치를 넘겨주느니 차라리 그것을 삼키려고 했다. 폭도들은 올랜도의 방으로 쳐들어왔지만, 아무리 보아도 죽은 듯 누워 있는 올랜도는 건드리지 않은 채, 공작의 관과 가터 훈장 예복만을 훔쳐갔다.

여기서 다시 한 번 사실은 어둠이 내려앉는 바라건대 어둠이 더 깊었으면 좋겠다! 어둠이 너무 짙어 그 어둠 속을 뚫고 아무것도 보이지 않았으면 좋겠다고 마음속으로 소리치고 싶다! 바라건대 이쯤에서 우리가 펜을 들고 작품에 "끝"이라고 쓸 수 있으면 얼마나 좋을까! 바라건대 독자들이 번거롭지 않게 이 뒤에 일어난 일을 간단히, 올랜도는 죽어서 매장되었다, 라고만 할 수 있다면 얼마나 좋으랴! 그러나 맙소사, 여기 계속 전기작가의 잉크병 옆에서 작가를 지켜보며 감독하는 '진실', '진솔', 그리고 '정직'

이라는 엄한 신들이 "아니야!"라고 외친다! 그들은 입에 일제히 은 나팔을 대고 '진실!'을 요구하며 나팔을 분다. 다시 한 번 '진리'를 외친다! 그리고 세 번째로 일제히 '진실을', 오로지 '진실만을!'이라고 불어댄다.

바로 이때 —신을 찬양할지어다! 숨 돌릴 여유를 주시니까— 문이 더없이 온화하고 정결한 봄바람이 제쳐놓은 듯, 조용히 열리면서 세 여인이 들어온다. 맨 먼저 '순결' 여사가 들어온다. 이마에는 새하얀 양털로 만든 머리띠를 하고, 머리칼은 흩날리는 눈사태 같으며, 손에는 처녀 거위의 흰 털로 만든 펜이 쥐어져 있다. 그 뒤로, 그러나 보다 위엄 있는 걸음걸이로 '정절' 여사가 들어오는데, 이마에는 타오르나 꺼질 줄 모르는 불길의 탑처럼 보이는 고드름 왕관을 쓰고 있으며, 눈은 순수한 별이고, 그녀의 손가락이 우리를 건드리면 뼛속까지 얼릴 것 같았다. 바로 그 뒤엔 보다 당당한 언니들의 그늘에 숨어, 셋 중 가장 여리고 가장 아름다운 '겸손' 여사가 들어오는데, 얼굴은 마치 가는 낫 모양의 초승달이 구름 사이에 숨어 있을 때처럼, 어쩌다가 보일 뿐이다. 이들은 각각 올랜도가 아직도 잠자고 있는 방 한가운데로 걸어 나온다. 그러고는 호소하듯, 명령하듯 '순결' 여사가 제일 먼저 말한다.

"나는 자고 있는 새끼 사슴의 수호신이오. 나에게 소중한 것은 눈과 떠오르는 달, 은빛 바다. 나는 내 옷으로 반점이 있는 암탉의 알과 줄무늬 난 바다 조가비를 덮는다. 나는 악덕과 가난을 덮는다. 여리고 어둡고 의심스러운 모든 것 위에 내 베일이 내려앉는다. 그러니 말하지 말라, 밝히지 말라. 용서하시라, 제발!"

이때 나팔이 울린다.

"'순결'이여 사라져라! '순결'이여 물러가라!"

그러자 '순결' 여사가 말한다.

"내가 만지면 얼어붙고, 내가 쳐다보면 돌로 변한다. 나는 춤추는 별을 멈추게 했고, 부서지는 파도도 멈추었다. 알프스의 최고봉이 내가 사는 거처이고, 내가 걸을 때 머리칼 속에서 번개가 번쩍이고, 내 눈길이 닿는 것은 무엇이든지 죽는다. 올랜도를 깨우느니 뼛속까지 얼어붙게 하겠다. 용서하시라, 제발!"

이때 나팔이 울린다.

"'정절'이여 사라져라! '정절'이여 물러가라!"

그러나 '겸손' 부인이 거의 들리지 않는 낮은 목소리로 말한다.

"나는 사람들이 '겸손'이라고 부르는 여자이다. 나는 처녀이고, 영원히 그럴 것이다. 열매를 맺는 들판도, 비옥한 포도 농장도 나와는 상관이 없다. 번식은 내게는 혐오스러운 것이고, 사과들이 싹트거나, 양이 새끼를 낳으면 나는 멀리멀리 달아난다. 망토가 흘러내리고. 머리칼은 눈을 가려 아무것도 보이지 않는다. 용서하시라, 제발!"

또다시 나팔이 울린다.

"'겸손'이여 사라져라! '겸손'이여 물러가라!"

슬픔과 한탄에 잠겨 세 자매는 손을 잡고 천천히 춤을 추며, 베일을 젖히고, 노래하며 떠나간다.

"'진실'이여, 그대의 무시무시한 소굴로부터 나오지 말라. 무서운 '진실'이여, 더 깊숙이 숨어라. 그대는 모르는 편이, 하지 않는 편이 더 나은 것들을 무자비한 태양 아래 들춰내기 때문이다. 그대는 부끄러운 것들의 베일을 벗기고, 어두운 것을 밝혀놓기 때문이다. 그러니 숨어라! 숨어라! 숨어라!"

여기서 그들은 마치 포장으로 올랜도를 덮는 시늉을 한다. 그러는 동안 나팔은 여전히 불어댄다.

"'진실'을, '진실'만을."

그러자 자매들은 소리를 죽여보려고 나팔에다 그들의 베일을 씌워보지만 허사이다. 있는 대로 나팔이 울리기 때문이다.

"지긋지긋한 자매들이여, 물러가라!"

당황한 자매들은 여전히 돌면서, 베일을 아래위로 흔들면서 일제히 소리친다.

"전에는 이렇지 않았다! 그러나 남자들은 더 이상 우리를 필요로 하지 않고, 여인네들은 우리를 혐오한다. 우리는 간다, 가고말고. 나는('겸손' 여사의 말) 닭장으로. 나는('정절' 여사의 말) 서리 주의 처녀봉으로. 나는('겸손' 여사의 말) 담쟁이넝쿨과 커튼이 넉넉하게 있는 아늑한 곳이면 어디로나.

"왜냐하면 이곳이 아니라 그곳에서는 아직도 우리를 사랑하는 사람들이(모두가 손을 잡고 올랜도가 잠자고 있는 침대를 향해 작별과 실망의 동작을 해보이며) 보금자리와 귀부인의 침소, 사무실이나 법정에 살고 있기 때문이다. 또한 우리를 존경하는 처녀와 도시인들, 변호사와 의사들, 금지하는 사람들, 부정하는 사람들, 이유도 모르고 존경하는 사람들, 알지도 못하면서 칭송하는 사람들, 아직도(고맙게도) 상당히 많은 수의 점잖은 부류의 사람들이 있는데, 이들은 보고 싶어 하지 않으며, 알고 싶어 하지 않으며, 어둠을 사랑하고, 아직도 우리를 숭배하는데, 거기에는 까닭이 있다. 왜냐하면 우리가 그들에게 부와 번영과 안위와 평안을 주었기 때문이다. 우리는 당신들을 떠나 그들에게 갈 것이다. 자매들이여, 어서 가자! 여기는 우리가 있을 곳이 못된다."

그들은 마치 차마 볼 수 없는 어떤 것을 가리려는 듯, 휘장을 흔들면서 서둘러 나간 다음 문을 닫는다.

그리하여 우리는 이제 잠자는 올랜도와 나팔수들과 함께 오롯이 방 안에 남겨졌다. 나팔수들은 질서 정연하게 나란히 줄을 선 채, 요란한 소리로 나팔을 불어댄다.

"진실을!"

그 소리에 올랜도가 잠에서 깨어났다.

그는 기지개를 켰다. 그는 몸을 일으켰다. 그는 완전히 벌거벗은 채로 우리 앞에 곧바로 섰고, 나팔수들이 진실! 진실! 진실! 하고 외치는 동안 우리는 고백하지 않을 수 없다―그가 여자였다는 사실을.

* * * * *

나팔 소리가 잠잠해지고, 올랜도는 완전히 벗은 채로 서 있었다. 이 세상이 시작된 이래 그 어느 인간도 그보다 더 매혹적일 수는 없었다. 그의 모습은 남자의 힘과 여자의 우아함을 동시에 지니고 있었다. 그가 거기 서 있는 동안, 은으로 만든 나팔이 마치 그들의 소리가 불러낸 이 아름다운 모습을 떠나기 싫은 양, 여운을 남겼다―'정절'과 '순결'과 '겸손'이 분명히 '호기심'의 사주를 받아 문가에서 들여다보다가, 벌거벗은 몸을 향해 옷을 수건 던지듯 던졌는데, 불행히도 몇 인치 못 미치는 곳에 떨어졌다. 올랜도는 긴 거울 속에 자기 몸을 위아래로 비추어 보았으나, 불편해 보이는 기색은 없었다. 그러고는 아마 욕실로 간 것 같다.

이야기가 잠시 중단된 이 틈을 이용해서 몇 가지 해둘 말이 있다. 올랜도는 여자가 되었다―이것은 부인할 수 없다. 그러나 그 밖의 모든 점에서는 올랜도가 남자였던 이전과 꼭 같았다. 성의 변화가 비록 그들의 미래를 바꿔놓기는 했으나, 그들의 정체성은 전혀 바뀌지 않았다. 그들의 얼굴은 초상화를 보면 알겠지만 똑

같다. 그의 기억은—그러나 앞으로는 관례대로 '그의' 대신 '그녀의'라고, 그리고 '그' 대신 '그녀'라고 해야겠지만—당시 그녀의 기억은 과거의 생애 중에 일어났던 모든 사건들을 되돌아보는데 하등의 지장이 없었다. 마치 깨끗한 기억의 웅덩이 속으로 몇 방울의 검은 물방울이 떨어진 듯, 약간 흐려졌을 수는 있다. 어떤 것들은 좀 희미해지기도 했다. 그러나 그것이 전부였다. 변화는 올랜도 그녀 자신도 전혀 놀라지 않을 정도로 고통 없이, 그리고 완전하게 이루어진 것 같았다. 이와 같은 변화가 자연에 위배된다고 믿는 많은 사람들은 위와 같은 점을 참작하여, 다음과 같은 사실들을 힘들여 증명하려고 했다. (1)올랜도는 처음부터 여자였다. (2)지금 이 순간도 올랜도는 남자다. 이 문제의 결정은 생물학자와 심리학자들에게 맡기기로 하자. 그러나 우리로서는 그저 올랜도가 30세까지는 남자였다가 여자가 되었고, 그 뒤로는 쭉 여자였다고 말하기만 하면 된다.

그러나 인간의 성과 성적 특성에 관한 서술은 다른 사람들에게 맡기고, 우리는 그런 불쾌한 주제에서 어서 서둘러 떠나는 것이 좋다. 이제 올랜도는 몸을 씻고, 남녀 겸용의 터키풍 윗저고리와 바지를 입었다. 그러고는 그녀의 입장에 대해 생각해보지 않을 수 없었다. 지금까지 올랜도의 이야기를 이해심을 가지고 들어온 독자들은 틀림없이 먼저 그녀의 입장이 몹시 불확실하고 당혹스러울 것이라는 생각을 갖게 될 것이다. 젊고, 고귀하고, 아름다운 그녀가 깨어나 보니 지체 높은 젊은 귀부인에게는 더 이상 생각할 수 없는 미묘한 입장에 놓여 있었던 것이다. 그녀가 하인을 불렀다거나, 비명을 질렀다거나, 혹은 기절을 했다고 해도 우리는 그녀를 나무라지 않았을 것이다. 그러나 올랜도는 그렇게 당황하는 기색을 전혀 드러내지 않았다. 그녀의 행동은 모두가 극도로 용의주도했고, 어쩌면 계획적이라는 생각마저 들 정도였다. 우선 그녀는 테이블 위에 있는 서류를 주의 깊게 검토했다. 시를 쓴 원고처럼 보이는 것은 집어 들어 품에 넣었다. 그러고는 지난 7일 동안 거의 굶어 죽게 되면서도 침대 곁을 떠나본 적이 없는 살루키 사냥개를 불러 먹을 것을 주고, 빗질을 해주었다. 그러고는 허리춤에 권총을 두 자루 찔러 넣었다. 마지막으로 대사 시절의 의상의 일부였던 에메랄드와 최고의 동양산 진주 줄을 몸에 감았다. 이것이 끝나자 그녀는 창밖으로 몸을 내밀고 낮게 한 번 휘파람을 불고는 휴지 바구니들과 조약 문서들, 급송 공문서들, 봉인들, 봉랍 등등이 어지럽게 흩어진 망가지고 핏자국이 묻어 있는 계단을 내려가서는 안뜰로 들어갔다. 그곳엔 커다란 무화과나무 그늘 아래에 늙은 집시 한 사람이 당나귀를 타고 기다리고 있었다. 그는 또 한 마리의 당나귀 고삐를 잡고 있었다. 올랜도는 나귀에 올라탔다. 이처럼 술탄 궁정의 대영제국 대사는 야윈 개를 거느리고, 집시와 함께, 나귀를 타고 콘스탄티노플을 떠났던 것이다.

그들은 여러 날을 밤낮으로 여행하면서 다양한 모험을 했는데, 어떤 모험은 사람에 의한 것이고, 어떤 모험은 자연에 의한 것이었으며, 올랜도는 그때마다 용감하게 행동했다. 그들은 일주일 만에 부르사[12] 외곽의 고지에 도착했는데, 이곳은 올랜도와 이전부터 관계를 가져온 집시족의 중심 야영지였다. 그녀는 대사관의 발코니에서 자주 이 산들을 바라보았다. 거기에 가고 싶다는 생각을 자주 했다. 늘 가고 싶었던 곳에서 자신을 발견한다는 것은 내성적인 사람에게는 많은 생각할 거리를 제공해준다. 그러나 한동안 그녀는 변화가 너무 기뻐서 그것을 사색으로 망치려 하

12 오스만 제국의 수도. 지금의 부르사.

지 않았다. 봉인을 하거나 서명을 해야 할 서류가 없다는 기쁨, 화려한 장식 문자를 써야 할 필요도 없고, 어디 방문해야 할 일도 없다는 기쁨만으로도 족했다. 집시들은 초원을 따라 다녔다. 가축이 풀을 다 먹으면 그들은 다시 이동했다. 올랜도는 목욕할 일이 있으면 개울에서 씻었다. 아무도 그녀에게 빨간색이건, 파란색이건, 녹색이건 간에 서류 상자를 들고 오는 일이 없었다. 야영지에는 금 열쇠는 고사하고 어떤 열쇠도 없었다. "방문"에 대해 말한다면, 여기서는 그런 말조차 없었다. 그녀는 염소젖을 짰고, 섶나무 가지들을 모았다. 때로는 암탉이 낳은 계란을 훔치기도 했으나, 늘 그 자리에 동전 한 닢이나 진주 한 알을 놓아두었다. 그녀는 가축을 돌보았고, 포도 넝쿨을 훑었고, 포도를 밟았다. 염소 가죽 주머니에 물을 채워 놓고 마셨다. 그리고 지금쯤이면 빈 커피 잔을 들고 커피를 마시는 흉내를 내거나, 담배가 들어 있지 않은 빈 파이프를 물고 담배 피우는 시늉을 하고 있어야 할 때라는 생각을 하고는 크게 웃고, 자기가 먹을 빵 한 조각을 크게 자르고는, 늙은 러스텀의 파이프를 한 모금 피우자고 졸랐다. 비록 소똥을 채운 파이프이기는 했지만.

분명히 혁명 이전부터 올랜도가 비밀리에 접촉을 가져온 것이 틀림없는 집시들은 그녀를 자기 족속의 일원으로 생각하고 있는 것 같았고(이것은 어떤 민족이 보일 수 있는 최고의 경의이다), 그녀의 검은 머리칼과 검은 피부색은 그녀가 태생은 집시인데, 갓난아기 때 어떤 영국 공작이 호두나무에서 그녀를 납치해, 사람들이 너무 여리고 병약해서 바깥 공기를 쏘일 수 없어, 집 안에서만 박혀 사는 야만국으로 데리고 갔다는 믿음을 뒷받침했다. 그리하여 그녀가 여러 가지 면에서 열등하기는 하지만, 그들이 기꺼이 그녀를 도와 보다 자기들과 비슷하게 만들 용의가 있었다. 그녀에게 치즈 만드는 법, 바구니 짜는 법, 도둑질 하는 법, 그리고 새 덫 놓는 법을 가르쳤고, 심지어는 그녀를 그들 가운데 한 사람과 결혼시킬 준비까지 했다. 그러나 올랜도는 영국에서 몇 가지 습관이랄까, 혹은 질병에(어느 쪽이라도 상관없다) 걸려 있었는데, 그것은 치료가 불가능해 보였다. 어느 날 저녁, 그들이 모닥불 주위에 둘러앉아 있고, 저녁노을이 테살리아 언덕[13] 위에서 붉게 타오르고 있을 때 올랜도가 외쳤다.

"너무 먹음직스럽다!"

(집시들은 '아름다운'에 해당하는 단어를 갖고 있지 않았다. 이것이 가장 가까운 표현이었다.)

모든 젊은 남녀가 한바탕 웃음을 터뜨렸다. 하늘이 먹음직스럽다니, 참! 그러나 그들보다는 더 많은 외국인을 보아온 연장자들은 의심을 품기 시작했다. 그들은 올랜도가 종종 여기저기를 바라다볼 뿐, 전혀 아무것도 하지 않고 여러 시간 동안 앉아 있곤 하는 것을 알아차렸다. 그들은 염소들이 풀을 뜯어 먹고 있건, 길을 잃고 헤매고 있건 상관없이, 산꼭대기에 앉아 정면을 응시하고 있는 올랜도와 맞닥뜨리곤 했다. 그들은 그녀가 그들과는 다른 신앙을 가지고 있다는 의심이 들었고, 나이가 많은 사람들은 아마도 그녀가 모든 신 가운데서도 가장 잔인한 자연이라는 신의 손아귀에 붙잡혔다고 생각했다. 그들의 생각은 그다지 틀린 것이 아니었다. 자연 사랑이라는 영국병은 올랜도가 타고난 병으로서, 자연이 영국보다 훨씬 더 크고 더 강력한 이 고장에서, 그녀는 전에 없이 자연의 손에 푹 빠지고 만 것이다. 이 병은 유감스럽게도 너무 잘 알려지고 재삼 설명된 바 있어, 극히 간단히 설명하는 것 말고는 새로이 설명할 필요가 없다. 산이 있었고, 골짜기가 있

13 부르사 서쪽, 그리스 북부에 있음.

었고, 냇물이 있었다. 그녀는 산을 오르고, 골짜기를 배회했고, 냇가 언덕 위에 앉아 있었다. 그녀는 언덕을 성벽이나, 비둘기 가슴이나, 암소 옆구리에 비유했다. 그녀는 꽃을 에나멜에 비유했고, 잔디는 닳아버린 터키 양탄자에 비유했다. 나무는 시들어버린 추한 노파였으며, 양은 회색의 둥근 돌이었다. 사실상 모든 것이 모두 다른 것이었다. 그녀는 산꼭대기에서 작은 호수를 발견하고는, 그 밑바닥에 숨겨져 있다고 생각하는 지혜를 찾기 위해 거의 몸을 던질 뻔했다. 그리고 산꼭대기에서 저 멀리 마르마라 해 넘어 그리스의 평야를 보고, 그녀가 파르테논일 거라고 생각한 한두 가닥의 하얀 줄이 있는 아크로폴리스를 알아보았을 때(그녀의 시력은 놀라울 정도였다), 그녀의 영혼은 눈동자와 더불어 부풀어 올랐으며, 그녀는 모든 자연 신봉자들이 그렇듯, 언덕의 장엄을 나눠 받고, 평야의 고요함을 향유할 수 있는 것 등등을 기원했다. 그리고 시선을 떨어뜨려, 빨간 히아신스와 보랏빛 붓꽃을 보고는, 자연의 우수함과 아름다움에 황홀해진 나머지 소리를 질렀다. 다시 위로 눈길을 주자, 그녀는 솟아오르는 독수리를 보았고, 그 환희를 상상하고는 자기도 황홀경에 빠지는 것이었다. 집에 돌아오는 길에 그녀는 별들과 봉우리들과 횃불들 하나하나에 마치 그것들이 자기에게만 신호를 보내는 양 인사를 하는 것이었다. 마침내 그녀가 집시 천막의 매트 위에 몸을 던졌을 때, 그녀는 다시 한 번 소리치지 않을 수 없었다. 얼마나 먹음직스러운가! 얼마나 먹음직스러운가! (인간의 의사소통 수단은 이처럼 불완전해서, "아름답다"를 "먹음직스럽다"로, 또는 그 반대로 밖에 말할 수 없지만, 그들은 어떤 경험을 혼자 간직하고 있기 보다는 조소와 오해를 감내하고라도 말을 한다는 것은 우리의 호기심을 자극하는 일이기 때문이다.) 젊은 집시들은 모두 웃었다. 그러나 올랜도를 콘스탄티노플에서 나귀 등에 태워 데리고 나온 러스텀 엘 사디 노인은 조용히 앉아 있었다. 그의 코는 언월도 같았고, 볼은 마치 오랜 세월 동안 쇠 우박을 맞은 듯 깊은 주름이 잡혀 있었다. 그의 피부는 갈색이었고, 눈빛은 예리했으며, 물담뱃대를 당기면서 자리에 앉고는 올랜도를 유심히 관찰했다. 그는 올랜도가 섬기는 신은 '자연'이라고 깊이 의심하고 있었다. 어느 날 러스텀은 올랜도가 울고 있는 것을 보았다. 이것은 그녀의 신이 그녀를 벌준 탓으로 해석하고, 그녀에게 이것은 놀라울 일이 아니라고 말했다. 그는 그녀에게 동상으로 오므라든 그의 손가락들을 보였고, 떨어지는 바위에 으깨진 그의 오른발을 보였다. 이것은 올랜도의 신이 인간에게 한 짓이라고 말했다. "그러나 너무 아름다워요"라고 올랜도가 영어로 말하자, 그는 고개를 흔들었다. 그리고 그녀가 그 말을 되풀이하자 그는 화를 냈다. 그는 그녀가 자기가 믿는 것을 믿지 않는다는 것을 알았고, 비록 그가 나이 든 현명한 사람이었으나 그것은 그를 화나게 하기에 충분했다.

이와 같은 의견의 차이는 지금까지 완전무결하게 행복했던 올랜도를 당황하게 했다. 그녀는 자연이 아름다운가, 아니면 잔인한가에 대해 생각해보기 시작했다. 그러고는 아름다움이라는 것이 과연 무엇인가에 관해 자문해보았다. 아름다움이란 사물 자체에 내재되어 있는 것인가, 아니면 그녀 내면에만 존재하는 것인가. 이와 같이 그녀는 실재의 본질에 관한 생각을 하기 시작했고, 이어 그 생각은 진리에, 그다음으로는 '사랑', '우정', '시'에 이르렀다(고향에 있는 높은 언덕에서 그랬던 것처럼). 그녀가 이와 같은 명상을 한 마디도 말로 나타낼 수 없게 되자, 그녀는 전에 없이 펜과 종이를 열망하게 되었다.

"아! 글을 쓸 수 있다면!"하고 그녀는 외쳤다(그녀에겐 글로 쓴 것은 모두의 공유물이라는 글 쓰는 사람들 특유의 묘한 자부심이 있었기 때문이었다). 그녀는 잉크가 없었다. 종이도 거의 없었다. 그러나 그녀는 과일 열매와 포도주로 잉크를 만들어,「참나무」원고의 얼마 안 되는 여백과 빈 곳에, 일종의 속기법으로 경치를 기다란 무운시로 묘사하고, 이 '아름다움'과 '진실'에 관한 자기와의 대화를 간결하게 써넣을 수가 있었다. 이 작업은 여러 시간 계속해서 그녀를 몹시 행복하게 해주었다. 그러나 집시들은 의심하기 시작했다. 첫째, 그들은 그녀의 젖 짜는 일과 치즈 만드는 일이 전만큼 능숙하지 못하다는 것을 알아차렸다. 다음으로 그녀는 대답하기 전에 자주 쭈뼛거렸다. 한번은 잠을 자고 있던 집시 소년이 그녀가 자기를 바라보고 있다는 무서운 느낌에 놀라 잠에서 깨어난 적이 있었다. 때로는 이와 같은 불안을 수십 명에 달하는 종족 전체의 남녀들이 느끼는 것이었다. 이 불안은 그들이 하고 있는 일이 무엇이건 그것이 그들의 손 안에서 재처럼 부스러질 것이라는 느낌에서 오는 것이었다(그들의 감각은 매우 예민했으며, 말보다 훨씬 더 발달해 있었다). 바구니를 만드는 늙은 여인이나 양의 껍질을 벗기는 소년이 일을 하면서 기분이 좋아 노래를 부르거나 흥얼대고 있을 때, 올랜도는 야영지로 들어와 불 옆에 펄썩 주저앉고는 불을 응시하곤 했다. 그녀는 그들을 쳐다볼 필요도 없었으나 그들은 여기 의심을 품은 자가 있다고 느꼈다. (집시들의 말을 적당히 번역하면) 여기에 일 그 자체를 위해 일하지 않고, 보기 위해서만 보지 않고, 양가죽이나 바구니의 존재를 믿지 않고, 대신 다른 것으로 보는(여기서 그들은 격정스러운 표정으로 천막을 둘러본다) 사람이 있다는 것이다. 그러면 막연한, 그러나 몹시 불쾌한 감정이 소년과 늙은 여인의 마음속에서 꿈틀거리기 시작하는 것이었다. 그러면 그들은 가느다

란 버드나무 가지를 부러뜨리고, 손가락을 벴다. 그들의 마음속
에 커다란 분노가 차올랐다. 그들은 올랜도가 천막을 떠나, 다시
는 그들 곁에 오지 않기를 바랐다. 그러나 그들은 그녀의 성격이
쾌활하고 적극적이라는 사실은 인정했다. 그리고 그녀가 가진 진
주들 가운데 하나면 부르사에서는 최상의 염소 한 무리를 충분
히 살 수 있었다.

그녀는 서서히 자기와 집시들 사이에 상당한 차이가 있음을
느끼기 시작했으며, 이 차이가 때로 여기서 결혼하고 아주 정착
한다는 생각을 주저하게 만들었다. 처음에 그녀는 그것이 자기는
오래되고 문명화된 종족 출신이고, 한편 이들 집시들은 야만인보
다 별로 나을 것이 없는 무지한 사람들이기 때문이라고 그 차이
를 설명하려 했다. 어느 날 밤 그들이 영국에 관해 그녀에게 질문
을 하고 있었을 때, 그녀는 자기가 태어난 집의 침실이 365개나
되고, 자기 가족이 사오 백 년 동안 이 집을 소유하고 있다는 말
을 약간 자랑스럽게 하지 않을 수 없었다. 자기 조상들은 백작, 아
니 공작이었던 적도 있었다는 말도 했다. 그녀는 이 말에 집시들
이 불안해지는 것을 알아차렸다. 그러나 전에 그녀가 자연을 칭
송할 때만큼 화를 내지는 않았다. 이번에는 그들이 정중했다. 그
러나 좋은 집안에서 태어난 사람들이, 낯모르는 사람이 비천한
신분이나 가난을 실토했을 때처럼 불안해했다. 러스텀은 천막 밖
으로 혼자 그녀를 따라나와, 설사 그녀의 아버지가 공작이고, 또
지금 그녀가 말한 것 같은 침실과 가구를 소유하고 있더라도, 마
음에 둘 필요는 없다고 말했다. 그렇다고 그것 때문에 그녀를 나
쁘게 생각할 사람은 그들 가운데 한 사람도 없다고 말했다. 그러
자 올랜도는 전에 느껴보지 못한 수치심에 사로잡혔다. 러스텀과
다른 집시들은 사오 백 년 정도의 가문 따위는 가소롭게 생각하

고 있다는 것이 분명했다. 그들의 가문은 적어도 이삼 천 년은 거슬러 올라갔다. 조상들이 예수 탄생 수백 년 전에 피라미드를 건립한 집시들에게 하워드 가나 플랜태저넷 가[14]의 족보는 스미스와 존스 가의 것보다 나을 것도 못할 것도 없었던 것이다. 둘 다 하찮은 존재였다. 게다가 양치기 소년이 그런 오래된 집안 출신이라고 해서, 오래된 출신이라는 사실이 특별히 기억할 일도, 바람직한 일도 아니었다. 부랑자나 거지들 모두 오래된 집안 출신이었다. 그리고 그때 러스텀은 너무 점잖아서 차마 내놓고 말하지는 않았으나, 집시들은 세상이 온통 내 것인 마당에(말하는 사이에 그들은 언덕 위에 왔다. 밤이었다. 산이 그들을 둘러싸고 있었다) 침실을 수백 개씩이나 소유한다는 것은 더없이 저속한 야심이라고 생각하고 있는 것이 분명했다. 집시의 입장에서 볼 때, 공작은 땅이나 돈을 대수롭지 않게 생각하는 사람들로부터 그것들을 강탈한 부당이득자거나 강도이고, 침실은 하나면 족하며, 없으면 더 좋은데, 그것을 365개나 지은 할 일 없는 사람들이라는 것을 올랜도는 이해할 수 있었다. 올랜도는 자기 조상들이 밭과 집과 명예를 모으고 또 모아왔다는 사실을 부인할 수 없었다. 그러나 그들 가운데는 어느 한 사람 성자가 되거나 영웅이 되거나 인류에 큰 은혜를 베푼 사람이 없었다. 그녀의 조상들이 삼사백 년 전에 한 일을 지금 누가 한다면—누구보다도 너희 집안 사람들이 가장 요란하게—천박한 벼락부자, 협잡꾼, 졸부라고 떠들어댔을 거라는 그의 주장(물론 러스텀은 신사니까 실제로 그렇게 주장하지는 않았으나, 올랜도는 알고 있었다)을 반박할 수가 없었다.

이와 같은 주장에 대해 올랜도는 집시의 생활 그 자체가 조잡

---

14 두 가문 모두 영국의 오래된 명문가. 플랜태저넷 가는 왕실이고, 하워드 가는 귀족.

하고 야만스럽다는 증거를 찾는 흔히 사용하는, 그러나 정정당당하지 못한 방법으로 대응하려고 했다. 그리하여 곧 그들 사이에는 악감정이 싹트게 되었다. 사실상 이와 같은 의견의 차이는 피 튀기는 싸움과 혁명을 야기하기에 충분한 것이다. 도시들은 그보다도 못한 의견의 차이 때문에 약탈당하고, 그리고 무수한 순교자들이 여기서 다툰 논쟁거리의 어느 하나에서 한 치의 양보를 하느니 차라리 화형을 감내했다. 인간의 가슴속에 다른 사람들로 하여금 자기와 같은 생각을 갖게 하고 싶은 것만큼 큰 욕망은 없다. 자기가 높이 평가하는 것을 다른 사람이 깎아내리는 느낌만큼 우리의 행복을 뿌리째 뽑아버리고 우리를 분노로 채우는 것은 없다. 휘그당과 토리당[15], 자유당과 노동당이 ― 그들의 위신 때문이 아니면 무엇 때문에 싸운다는 것인가? 어느 한 지역을 다른 지역과 대적시키고, 어느 교구가 다른 교가 망하기를 원하는 것은, 진리를 사랑해서가 아니라 남에게 이기려는 욕망 때문이다. 사람마다 진리의 승리나 미덕의 찬양보다 마음의 평화와 다른 사람의 복종을 원한다 ― 그러나 이처럼 골치 아픈 이야기는 도랑물처럼 따분하기에 당연히 역사가들의 영역에 속하고, 따라서 그들에게 맡겨두는 것이 좋겠다.

"476개의 침실은 집시들에게는 아무 의미도 없다"고 올랜도는 한숨지었다.

"올랜도는 염소 떼보다는 저녁노을을 더 좋아한다"고 집시들은 말했다.

올랜도는 어찌하면 좋을지 몰랐다. 집시들을 떠나서 다시 한 번 대사가 되는 일은 견딜 수 없을 것 같았다. 그러나 잉크도 종이도 없고, 탤벗 가에 대한 존경심도, 수많은 침실에 대한 배려도 없

---

15 18세기 영국에서 정치적 입장을 달리한 두 정당.

는 곳에 영원히 남아 있는 것도 마찬가지로 견딜 수 없는 노릇이었다.

어느 갠 날 아침 올랜도는 아토스 산[16] 비탈에서 양을 지키면서 이런 생각을 하고 있었다. 그때 그녀가 신봉하는 '자연'이 그녀에게 속임수를 썼거나, 아니면 기적을 행했는데 — 이번에도 의견이 너무 분분해서 어느 쪽이라고 말할 수가 없다. 올랜도는 그녀 앞에 있는 가파른 언덕을 약간 울적한 마음으로 응시하고 있었다. 때는 한여름이었고, 풍경을 굳이 어떤 것에 비유해야 한다면, 앙상하게 마른 뼈, 양의 해골, 무수한 독수리들이 하얗게 되도록 파먹은 거대한 해골에 비유할 수 있을 것이었다. 더위는 찌는 듯했고, 올랜도는 작은 무화과나무 아래 누워 있었는데, 나무는 그녀의 가벼운 망토에 무화과 잎의 무늬를 찍어놓을 뿐이었다.

그림자를 드리울 것이 아무것도 없었는데, 느닷없이 맞은 편 벌거숭이 산허리에 그림자가 나타났다. 그 그림자는 짙어지더니, 이전엔 불모의 바위가 있던 곳에 금방 녹색의 웅덩이가 나타났다. 그녀가 보고 있는 사이에 웅덩이는 깊어지고 넓어지더니, 산허리춤에 거대한 공원과도 같은 공간이 열렸다. 안에 물결치는 파란 잔디가 보였다. 여기저기 참나무가 보였고, 나뭇가지 사이에서 지빠귀들이 뛰어다니는 것이 보였다. 사슴들이 그늘에서 그늘로 우아하게 걸어 다니는 것이 보였고, 심지어는 곤충이 웅성거리는 소리와 영국 여름날의 작은 한숨 소리와 전율마저도 들을 수 있었다. 한동안 넋을 잃고 바라보고 있노라니 눈이 오기 시작했고, 곧 세상은 노란 햇빛 대신 보랏빛 그늘로 덮이고 말았다. 이제 그녀는 무거운 짐마차가 통나무를 싣고 길을 따라오고 있는 것을 보았는데, 올랜도는 이 나무들이 톱으로 잘려 땔감으로

16 그리스의 북동부에 있다. 올랜도는 어느새 터키에서 이곳으로 날아온 셈이다.

쓰일 거라는 것을 알고 있었다. 그러고는 올랜도 자신의 집 지붕과 종탑과 탑과 안뜰이 나타났다. 눈은 꾸준히 내리고 있었으며, 그녀는 눈이 지붕을 타고 미끄러져 내려와 땅에 떨어지면서 내는 소리를 들을 수 있었다. 수많은 굴뚝에서 연기가 피어올랐다. 모든 것이 너무도 명확하고 세밀해서, 그녀는 떼까마귀가 눈에서 벌레를 쪼아먹는 것도 볼 수 있었다. 그러고는 보랏빛 그늘은 점점 더 짙어져, 짐마차와 잔디밭, 그리고 거대한 저택마저도 덮어버렸다. 그늘은 모든 것을 삼켜버렸다. 이제 풀 웅덩이에 남아 있는 것은 아무것도 없었으며, 파란 잔디밭 대신 무수한 독수리들이 쪼아대서 벌거벗겨 놓은 것 같은 작열하는 산등성이만이 있을 뿐이었다. 이 광경을 보자 그녀는 격렬한 울음을 터뜨리고는, 집시들의 캠프로 성큼성큼 다시 걸어가서, 내일 바로 영국으로 배를 타고 떠나지 않으면 안 되겠다고 말했다.

그렇게 한 것이 다행이었다. 이미 젊은이들은 그녀의 죽음을 모의한 터였다. 그들은 명예를 위해 불가피하다고 말했다. 이유는 그녀의 생각이 그들과 다르다는 것이었다. 그러나 그녀의 목을 잘라야 했다면 몹시 안쓰러웠을 것이었다. 그리하여 그들은 그녀가 떠난다는 소식이 반가웠다. 운 좋게도 영국 상선 한 척이 영국으로 돌아가려고 항구에서 이미 돛을 올린 상태였다. 올랜도는 목걸이에서 진주 하나를 떼내어 그것으로 뱃삯을 지불하고도 지갑에는 지전 몇 장이 남았다. 이 돈을 집시들에게 주고 싶었다. 그러나 그들이 돈을 경멸한다는 것을 알고 있는 터여서, 그녀는 포옹으로 만족할 수밖에 없었는데, 그 포옹은 그녀로서는 진지한 것이었다.

제4장

그녀의 목걸이에서 열 번째 진주를 떼내어 팔고 남은 몇 기니로, 올랜도는 당시 여인들이 입는 복장 일습을 샀으며, 올랜도는 지체 높은 영국의 젊은 여인네들의 복장으로 '매혹된 귀부인'호 갑판 위에 앉아 있었다. 이 순간까지 그녀가 자신의 성에 대해 생각해본 적이 거의 없었다는 것은 이상한 노릇이지만 사실이었다. 아마도 지금까지 입고 있던 터키 바지 때문에 별로 신경을 쓰지 않았는지 모르며, 집시 여인들은 한두 가지 중요한 부분을 제외하고는 집시 남자들과 별로 다르지 않다. 어쨌거나 양다리에 스커트가 말려 올라가는 것을 느끼고, 선장이 그럴 수 없이 정중하게 그녀를 위해 갑판에 차양을 치게 할까요, 라고 물었을 때에야 비로소 그녀는 깜짝 놀라 자기 입장의 유리한 점들과 불리한 점들을 깨달았다. 그러나 이 놀라움은 우리가 보통 상상할 수 있는 종류의 것이 아니었다.

다시 말해 그 놀라움은 단순히, 그리고 오로지 그녀의 순결에 대한 생각, 그리고 그녀가 그것을 어떻게 지켜야 하는가에 대한 생각에 의해 야기된 것이 아니었다. 보통이라면 홀로 된 사랑스러운 젊은 여인은 그 이외의 것은 아무것도 생각하지 않았을 것이다. 여인의 신분이라는 구조물 전체가 바로 이 순결이라는 초석 위에 세워져 있다. 순결은 여성의 보물이고, 중심적 존재이며, 여성은 이것을 미친 듯이 보호하고, 그것을 빼앗겼을 때에는 목숨을 끊는다. 그러나 만약 30년가량 남성이었으며, 게다가 일국의 대사를 지냈다면, 그리고 만약 여왕을 품에 안아본 적이 있고, 또 소문대로라면, 신분이 낮은 여인네 한둘을 안아보았고, 또 로시나 페피타라는 여인과 결혼을 해본 일 등등이 있다면, 아마도 이 일에 그처럼 놀라지는 않을 것이다. 올랜도의 놀라움은 그 성격이 매우 복잡해서 대번에 요약할 수 있는 것이 아니다. 사실 아무도 올랜도가 사물을 순간적으로 파악하는 지나치게 빠른 머리의 소유자라고 탓한 적이 없다. 올랜도는 그 놀라움의 뜻을 도덕적으로 고찰하는데 항해의 전 과정이 소요되었다. 그러므로 우리도 그녀와 보조를 맞출 것이다.

"맙소사", 마침내 그녀는 놀라움에서 깨어나 정신을 차리고, 차양 아래에서 기지개를 켜면서 생각했다. "이건 확실히 유쾌하고 나태한 생활 방식이다. 그러나", 그녀는 다리를 걷어차면서 생각했다. "발꿈치를 휘감는 이 치마는 성가신 물건이다. 그러나 옷감은(꽃무늬가 있는 튼튼한 비단이었는데) 예쁘기 그지없다. 내 피부가 지금처럼 돋보인 적은 결코 없었다(여기서 그녀는 손을 무릎에 올려놓았다). 그러나 내가 난간을 뛰어넘어 이런 옷으로 헤엄칠 수 있을까? 그럴 수는 없지! 따라서 나는 수부들의 보호에 몸을 맡기지 않으면 안 된다. 그게 싫다는 건가? 정말로 그런가?" 지금까지 술술 풀리던 논의의 실타래가 처음으로 엉키자 그녀는 생각에 잠겼다.

그것이 풀리기도 전에 저녁 식사가 들어왔는데, 올랜도를 대신해 그 실타래를 풀어준 것은 그녀에게 엷은 콘비프 한 쪽을 권했던 뛰어난 용모의 선장—니콜라스 베네딕트 바르톨러스 바로 그 사람이었다.

"기름진 살점 하나 드시겠습니까, 부인?"하고 그가 물었다. "부인 손톱만큼만, 아주 작은 조각을 잘라드리지요." 이 말을 듣자 감미로운 전율이 그녀의 몸을 뚫고 지나갔다. 새들이 노래를 불렀고, 시냇물은 세차게 흘렀다. 이것은 수백 년 전에 올랜도가 사샤를 처음 보았을 때 느낀 그 형언할 수 없는 기쁨을 상기시켰다. 그때에는 그녀가 따라다니는 몸이었고, 지금은 도망가야 하는 신세다. 어느 쪽이 더 행복한가? 남자일까, 아니면 여자일까? 어쩌면 똑같지 않을까? 아니야, 가장 감미로운 것은(선장에게 감사하면서도) 거절하고, 그가 난처해하는 것을 보는 것이라고 생각했다. 글쎄, 원하신다면 아주 얇고 작은 조각 하나만 먹지요. 이처럼 양보하고 그가 미소 짓는 것을 보는 것이야말로 최고의 즐거움이다. "세상에" 그녀는 갑판 위의 긴 의자에 다시 앉아 논의를 계속하면서, "저항하고는 양보하고, 양보하고는 저항하는 것만큼 멋진 것은 없다. 확실히 그것은 다른 어떤 것보다도 정신을 황홀하게 만든다. 따라서 내가 단순히 수부에게 구조되는 기쁨 하나 때문에 난간 너머 몸을 던지지 않는다고 장담할 수는 없어"라고 그녀는 계속했다.

(올랜도가 방금 놀이터나 장난감 찬장을 소유하게 된 어린애와 같다는 사실을 기억해둘 필요가 있다. 그녀의 주장은 평생 그런 주장을 해온 성인 여성들의 마음에 들지 않을 것이다.)

"그러나 '라리 로즈'호의 청년사관실의 우리 젊은 친구들은 선원에게 구조되는 즐거움을 위해 바다로 뛰어드는 여자를 뭐라고 했더라?"라고 그녀가 말했다. "뭐라고 했는데. 아! 생각이 난다…" (그러나 그 말은 생략해야 한다. 귀부인의 입에 올리기에는 너무 무례하고, 좀처럼 들을 수 없는 말이다.) "아! 아!"라고 그녀는 여러 가지로 생각한 끝에 소리쳤다. "그렇다면 앞으로는 제아무리 터무니없어도 남정네들의 의견을 존중해야 한다는 말인가? 내가 스커트를 입고 있다면, 내가 수영을 할 수 없다면, 내가 선원의 구조를 받아야 한다면, 맙소사! 그래야만 하지!"라고 그녀가 소리쳤다. 그러자 마음이 우울해졌다. 천성적으로 솔직하고, 말을 얼버무리는 것이라면 질색이어서, 거짓말을 해야 하는 것이 지겨웠다. 말을 돌린다는 것이 에두르는 길처럼 느껴졌다. 그러나 그녀는 생각했다. 만약에 꽃무늬가 그려진 비단—선원에게 구조되는 기쁨—만약 이런 것들이 우회적인 방법에 의해서만 얻을 수 있다면 우회적으로 나갈 수밖에 없다고 생각했다. 올랜도는 자기가 젊은 남자였을 때, 여자는 순종해야 하고, 순결해야 하며, 향기로워야 하고, 세련된 차림을 해야 한다고 주장했던 생각이 났다. "앞으로는 그런 요구들을 내가 몸소 감내해야 한다"고 그녀는 생각했다. "왜냐하면 여자들은(여성으로서의 나의 짧은 경험으로 판단하건대) 타고나기를 순종적이지 않으며, 순결하거나 향기롭거나 세련된 차림을 하지도 않기 때문이다. 그들은 그것 없이는 인생의 즐거움 어느 하나 향락할 수 없는, 이 미덕들을 지겨운 훈련을 통해 얻을 뿐이다. "머리 손질만 해도"라고 그녀는 생각했다. "아침 한 시간은 족히 잡아먹지. 거울 들여다보는데 또 한 시간, 코르셋의 안을 받치고, 레이스를 달아야 하고, 얼굴을 씻고, 분을 바르고, 실크 옷을 레이스로 갈아입고, 레이스를 꽃무늬 견직물 옷으로 갈아입고, 해마다 순결을 지켜야 하고…" 여기서 짜증이 난 그녀는 다리를 툭 차올리면서 종아리를 한두 인치 보였다. 마침 그때 우연히 아래를 내려다보고 있던 돛대 위의 선원이 너무 놀라 미끄러지는 바람에, 하마터면 목숨을 잃을 뻔했다. "만약에 내 발목을 보이는 것이 틀림없이 먹여 살려야 할 처자식이 있는 정직한 사람에게 죽음을 의미한다면, 나는 무슨 일이 있어도 그것을 가려야 한다"고 올랜도는 생각했다. 그러나 다리는 그녀의 가장 중요한 아름다운 부분 중의 하나였다. 선원이 돛대 꼭대기에서 떨어지지 않도록 여자의 모든 아름다움을 가려야 한다니, 참 묘한 노릇이라고 생각하기 시작했다. "빌어먹을!" 보통 같았으면 어린애 때 진작 배웠을 것, 다시 말해 여성의 신성한 책임을 처음으로 통감하면서 그녀는 소리쳤다.

"일단 영국 땅을 밟는 날엔 다시는 그런 욕은 못하겠지"라고 그녀는 생각했다. "다시는 다른 남자의 머리를 찰싹 때리거나, 새빨간 거짓말을 한다고 욕을 하거나, 칼을 빼서 상대방을 푹 찌른다거나, 친구들 틈에 앉거나, 관을 쓰거나, 행진을 하거나, 사형 선고를 내리거나, 군을 지휘하거나, 화이트홀을 말을 타고 신나게 행진하거나, 가슴에 72개의 서로 다른 훈장을 다는 일은 없을 것이다. 일단 영국 땅에 발을 디디고 난 다음에 내가 할 일은, 오로지 차를 따르고, 남정네 귀족들에게 차 맛이 어떠신가요, 라고 묻는 것뿐이다. 설탕을 넣으시나요? 크림을 넣으시나요?" 말을 예쁘게 하면서 올랜도는 한때 자기도 그 일원이었던 것을 자랑스럽게 생각했던 상대방의 성, 즉 남성을 하찮게 보고 있다는 사실에 전율을 느꼈다. "여자의 발목을 보았다고 해서 돛대 꼭대기에서 떨어지거나, 여자의 칭찬이 듣고 싶어 가이 포크스[1]처럼 차려입고 길거리를 행진하거나, 조롱받기가 싫어서 여자에게 글을 가

---

1 가톨릭교에 대한 탄압에 항거하여 가이 포크스 등이 1605년 당시의 왕 제임스 1세와 의원들을 살해할 목적으로 의회 폭파를 계획했다. 그러나 음모는 사전에 발각되고, 가이 포크스는 처형된다. 가이 포크스 기념일(11월 5일)에는 음모자를 상징하는 인형을 만들어 끌고 다니다가 태워버린다. 이때 관례적으로 인형에게 괴이한 복장을 입힌다.

르치지 못하게 하거나, 약하디 약한 계집아이한테 절절매는 주제에, 밖에서는 마치 창조주 같은 얼굴을 하고 돌아다닌다 ― 맙소사!"라고 그녀는 생각했다. "저들은 우리를 얼마나 우습게 아는가! 그리고 우리는 얼마나 어리석은가!" 올랜도가 사용하고 있는 말투가 애매해서, 그녀가 남성과 여성 그 어디에도 속하지 않는 양 공평하게 비난하고 있는 것처럼 보일 것이다. 그리고 사실상 한동안은 그녀 자신이 흔들리는 것 같았다. 그녀는 남자였고, 여자였다. 그녀는 각각의 비밀을 알고 있었고, 약점을 공유하고 있었다. 이것은 몹시 당황스럽고 어지러운 상태였다. 모르는 것이 약이라는 혜택은 그녀와는 전혀 상관없는 것이었다. 그녀는 강풍에 날리는 한낱 깃털이었다. 그녀가 하나의 성을 다른 성에 대비시켜 놓고, 각각 모두 가장 통탄스러운 결점이 있다는 것을 알고, 또 자기가 그 어느 것에 속하는지도 확실치 않았을 때 ― 다시 터키로 돌아가서 집시가 되겠다고 소리치려고 했던 것은 이상할 것이 하나도 없다. 그때 닻이 크게 물을 튀기며 바다에 내려졌고, 돛들이 갑판 위에 쏟아져 내렸다. 그녀는 배가 이탈리아 연안에 정박했다는 것을 알았다(올랜도는 너무도 골똘히 생각에 잠겨 있어, 며칠 동안 아무것도 보지 못했던 것이다). 즉시 선장이 사람을 보내서 상륙정을 타고 해안까지 그녀와 동행할 수 있는 영광을 허락하겠는지를 물어왔다.

이튿날 아침에 돌아오자, 그녀는 차양 아래 긴 의자 위에 몸을 쭉 뻗은 채 눕고는, 주름 잡힌 치맛단으로 발목을 더할 나위 없이 단정하게 감쌌다.

"남자에 비하면 우리는 무식하고 가난하지만"하고 올랜도는 일전에 하다만 말을 계속했다. "남자들은 온갖 무기로 무장하고 있으면서, 우리 여자에게는 알파벳도 못 가르치게 한다"(시작하는 말투로 보아 분명히 밤새 그녀의 마음을 여성 쪽으로 기울게 하는 무슨 일이 일어났던 것이다. 왜냐하면 그녀가 남자라기보다는 여자 말투로 말하고 있었으며, 결국 그것에 만족하고 있었으니까) —"그런데도 그들은 돛 꼭대기에서 떨어진다." 여기서 그녀는 크게 하품을 하고는 잠이 들었다. 잠에서 깨어났을 때, 배는 순풍을 타고 해안에 너무 가까이 항해하고 있었기 때문에, 절벽 끝에 있는 마을들은 큰 바위나 오래된 올리브 나무의 뒤틀린 뿌리가 막아주지 않으면 바다로 미끄러져 들어갈 것 같았다. 열매가 잔뜩 달린 수많은 나무로부터 오렌지 향기가 갑판 위에 있는 그녀에게까지 흘러왔다. 스무 마리나 되는 푸른 돌고래들이 꼬리를 비틀면서 이따금 공중으로 뛰어올랐다. 양팔을 뻗고서(양팔은 다리만큼 결정적인 효과가 없다는 것을 그녀는 진작부터 알고 있었는데), 그녀는 자기가 군마를 타고 화이트홀을 행진하거나, 어떤 이에게 사형 선고를 내리지 않아도 되는 것을 하늘에 감사했다. "여성의 검은 의상인 가난과 무식의 옷을 입고 있는 편이 더 낫다"라고 그녀는 생각했다. "이 세상의 규칙과 규율을 남자들에게 맡기는 것이 낫다. 군사적 야심이나 권력욕, 그 밖의 모든 남성적 욕망 따위에서 벗어나는 편이 낫다. 그리하여 인간 정신이 누릴 수 있는 가장 고양된 환희를 즐길 수 있다면"이라고 말하고, 깊은 감동을 받았을 때 늘 그렇듯이 그녀는 "명상, 고독, 사랑을 만끽할 수 있다면"이라고 외쳤다.

"내가 여자인 것이 얼마나 다행인가!" 그녀는 소리치고, 하마터면 자기 성에 대해 자만하는, 극도로 바보 같은 짓을 할 뻔했는데 —남녀 간에 이보다 더 한탄스러운 것은 없다— 그녀는 이상한 단어 하나 때문에 주춤했다. 그 단어는 우리의 노력에도 불구하고 슬며시 빠져나와 앞 문장 끝에 들어왔다. '사랑'. "사랑"이라고 올랜도가 말했다. 그러자마자 ─사랑은 그처럼 성급하다─ 사랑이 인간의 모습을 하고 나타났는데 ─사랑은 그처럼 자존심 이 강하다. 다른 관념들은 추상적인 상태로 불만 없이 남아 있는 데, 사랑은 살아 있는 인간이 되어 케이프와 페티코트, 그리고 스 타킹과 가죽조끼를 입어야 하기 때문이다. 그런데 올랜도의 모든 애인들이 여자였고, 인간의 몸은 관습에 익숙해지는 것이 꽤 씸할 정도로 느리기 때문에, 비록 그녀가 여자이긴 했으나, 올랜도가 사랑한 것은 여전히 여자였다. 동성이라는 의식이 오히려 그녀가 남자였을 때 가졌던 감정을 한층 더 활기차고 깊게 만들었다. 남 자였을 때는 알지 못했던 무수한 암시나 수수께끼가 지금은 분 명해졌다. 남녀를 구분하고, 무수한 불순물들을 어둠 속에 고이 게 만들던 애매함이 사라졌다. 그리고 진리와 아름다움에 대해 시인[2]이 하는 말에 어떤 의미가 있다면, 올랜도가 여자에 대해서 느끼는 이 애정은 거짓 속에서 잃었던 것을 아름다움 속에서 얻 은 것이다. 이제야 사샤의 실체를 알았다고 그녀가 소리치고, 이 새로운 발견에 흥분하고, 이제야 정체가 드러난 갖가지 보물들을 쫓아다니는데 너무 황홀하고 넋이 나가, "부인, 실례합니다"라고 하면서 남자의 손이 그녀를 일으켜 세웠을 때는 마치 귓전에서 포탄이 터진 느낌이었다. 가운뎃손가락에 돛이 셋 달린 범선의 문신이 새겨진 남자 손가락들이 수평선을 가리키고 있었다.

"부인, 도버 해협의 절벽입니다"라고 선장이, 하늘을 가리켰던 손을 들어 경례를 했다. 올랜도는 두 번째로 놀랐는데, 첫 번째보 다 더욱 심하게 놀랐다.

"맙소사!" 그녀가 소리쳤다.

---

2 키츠(1795~1821), 영국의 낭만파 시인. 그의 「그리스 납골 단지에 바치는 노래*Ode on a Grecian Urn*」에는 "Beauty is truth, truth beauty,"─that is all이라는 심미주의적 구 절이 있다.

다행히도 오래 떠나 있던 고국 땅의 모습을 보고, 펄쩍 뛰고 감탄했노라는 것이 납득이 되었다. 아니었으면 그녀는 지금 마음속에서 부글부글 끓고 있는, 분노하고 갈등하는 감정들을 바터로스 선장에게 설명하기가 궁했을 것이다. 지금 그의 팔에 안겨 떨고 있는 자신이, 한때 공작이었고, 대사였다는 말을 어떻게 할 수 있단 말인가? 겹으로 된 비단으로 백합처럼 싸여 있는 자기가, 한때 사람의 목을 쳤고, 백합이 피어나고 벌들이 윙윙거리는 여름날 저녁, 와핑 올드 스테어스의 앞바다에서 해적선 창고의 보물 자루들 사이에서, 막된 여자들과 잠자리를 같이했다는 사실을 어떻게 설명할 수 있겠는가? 선장의 단호한 손이 영국 섬의 절벽들을 가리켰을 때, 왜 그처럼 크게 놀랐는지 심지어는 자기 자신에게도 설명할 수 없을 것이었다.

"거절하다가 굴복하는 것은 얼마나 즐거운가"라고 그녀는 중얼거렸다. "쫓아가서 정복하는 것은 얼마나 엄숙한가, 이해하고 추론하는 것은 얼마나 숭고한가." 이렇게 짝으로 묶고 보니, 어느 말 하나 잘못된 것처럼 들리지 않았으나, 백악질의 절벽이 점점 가까이 모습을 드러낼수록 올랜도는 죄를 짓고, 상스럽고, 순결하지 못하다는 느낌이 들었는데, 이런 감정은 이런 문제를 한 번도 생각해보지 않은 사람에게는 이상한 느낌이었다. 그들이 점점 더 가까이 가자, 절벽 중턱에서 미나리를 따고 있는 사람들이 육안으로 선명히 보였다. 그들을 지켜보고 있을 때 올랜도는 자기 안에서 뭔가가 쿵덕거리는 것을 느꼈다. 그것은 마치 조롱하다가 다음 순간 치마를 치켜들고는 유령처럼 사라지는 잃어버린 사샤, 추억 속의 사샤―그녀의 실체를 놀랍게도 방금 밝혀냈던―그 사샤가 절벽에서 미나리 따는 사람들에게 얼굴을 찡그리고 조롱하고, 온갖 망측스러운 몸짓을 해보이는 것을 느꼈다. 그리고 선원들이 "스페인의 귀부인들이여, 안녕"[3]을 부르기 시작하고, 그 노랫말이 올랜도의 슬픈 가슴에 메아리칠 때, 뭍으로 올라가는 것이 제아무리 큰 평안과 풍요와 지위와 신분을(왜냐하면 그녀는 틀림없이 어느 귀공자를 하나 찾아내서, 그의 배우자로서 요크셔의 반을 지배하게 될 테니까) 의미한다고 해도, 만약에 그것이 인습과 노예적 굴종과 기만과 사랑의 부정과 수족이 묶이고 입술을 오므리고 입을 봉하는 것을 의미한다면, 그녀는 이 배를 탄 채 뒤로 돌아서 다시 한 번 집시들한테 가고 싶었다.

그러나 이처럼 바쁜 생각 속에 잠겨 있을 때, 미끈하고 흰 대리석 돔과 같은 것이 솟아올랐는데, 그것이 진실이건 환상이건 간에 올랜도의 들뜬 상상력에 매우 인상적이었다. 마치 한 떼의 잠자리들이 연약한 식물을 보호하기 위해 덮어놓은 종 모양의 유리 위에 날개를 떨면서, 보기에도 만족스럽게 내려앉듯, 올랜도는 그 위에 내려앉았다. 그 모양은 엉뚱한 상상력의 도움으로 아주 오래 되었으나 끈질긴 기억을 살려냈다―트위체트의 거실에 앉아 있던 이마가 넓은 사내, 앉아서 글을 쓰고 있던 사내, 아니면 보고 있었다고 해야 할까, 그러나 올랜도를 보고 있던 것은 아니었다. 아름답게 성장하고 거기 움직이지 않고 서 있던, 비록 당시는 틀림없이 아름다운 소년이었으나, 그녀를 보고 있는 것 같지는 않았다―그리고 그 남자를 생각할 때마다, 그 생각은 거친 바다 위에 떠오른 달처럼 퍼져나가, 일대가 고요한 은빛으로 변한다. 올랜도는 한 손을 가슴에 가져갔는데(다른 한 손은 아직 선장이 잡고 있었다), 거기에는 그녀의 시 원고가 소중히 간직돼 있었다. 그것은 그녀에게는 부적과 같았을지 모른다. 자기의 성이 무엇이고, 그것이 의미하는 것은 무엇인가에서 오는 혼란은 가라

3 선원들이 닻을 올릴 때 흔히 부르는 노래.

앉았다. 이제 그녀는 시의 영광만을 생각했고, 말로, 셰익스피어, 벤 존슨, 밀턴의 위대한 시 구절들이 마치 올랜도의 정신세계라는 성당 탑 안에서 금으로 만든 종의 추가 금제 종을 때리듯이 울리기 시작했다. 올랜도의 눈에 처음에는 너무 희미하게 나타나서 시인의 이마처럼 보여,[4] 갖가지 쓸데없는 생각을 낳게 했던 대리석 돔의 모습은 상상의 산물이 아니라 현실이었다. 배가 템스 강을 순풍을 등지고 나아감에 따라, 갖가지 연상을 가져왔던 이미지는 진실에 자리를 내주고, 흰 도림질 세공을 한 첨탑들 사이에 거대한 돔이 나타났다.

"세인트폴 대성당입니다"라고 옆에 서 있던 바르톨러스 선장이 말했다. "런던탑입니다"라고 그는 계속했다. "그리니치 병원입니다. 메리 왕비를 추모하기 위해 돌아가신 남편 윌리엄 3세[5]가 지은 거지요. 웨스트민스터 사원입니다. 그리고 국회의사당입니다." 선장이 말할 때마다 이들 유명한 건물들이 눈앞에 우뚝 섰다. 9월의 어느 갠 날 아침이었다. 수많은 배들이 양쪽 강기슭을 부지런히 오가고 있었다. 귀국한 여행자에게 이보다 더 화려하고 재미있게 볼 수 있는 광경은 드물 것이다. 올랜도는 경의에 차서 뱃머리에서 상체를 앞으로 내밀고 있었다. 그녀의 눈은 너무도 오랫동안 미개인들과 자연에 길들여져 있어서, 이와 같은 도시의 장관에 혼을 빼앗기지 않을 수 없었다. 그러니까 저것이 그녀가 없는 동안에 렌 씨[6]가 지은 세인트폴 대성당의 돔이었던 것이다. 근처의 큰 기둥에서 금빛 불길이 한 묶음의 머리칼처럼 삐

---

4   세인트폴 대성당의 둥근 지붕이 올랜도에게 셰익스피어의 이마를 연상시켰다.

5   1689~1702.

6   크리스토퍼 렌(1632~1723). 영국의 대표적 바로크 건축가. 세인트폴 대성당을 비롯해 수많은 유명한 건축물을 남겼다. 세인트폴 대성당은 1710년에 완성.

져나와 있었다[7] — 바르톨러스 선장이 옆에서 저것은 대화재기념탑이라고 일러주었다. 그녀가 나가 있던 사이에 페스트가 돌았고[8], 큰 화재가 났다고 설명해주었다. 아무리 참으려고 해도 눈에 눈물이 고였다. 그러다가 우는 것은 여자에게 어울린다는 생각이 들어, 눈물이 나오는 대로 내버려두었다. 여기서 대축제가 있었다는 생각이 났다. 파도가 기운차게 철썩거리는 곳에 왕실 천막이 서 있었다. 여기서 올랜도는 처음으로 사샤를 만났던 것이다. 이 근처에서 (그녀는 반짝이는 물 밑을 내려다보면서) 무릎에 사과를 올려놓은 채 얼어붙은 행상선 여인네를 보곤 했었지. 그 모든 영화와 타락은 사라졌다. 어두운 밤도, 끔찍하게 퍼부어대던 비도, 격렬한 홍수의 물결도 모두 사라졌다. 노란 빙산이 공포에 질린 한 패의 사람들을 싣고, 소용돌이치며 흐르던 곳에 한 떼의 백조들이 거만하게 물결을 타고, 멋지게 떠 있었다. 그 뒤 런던 그 자체가 완전히 변해 있었다. 그녀가 기억하기에 그 당시의 런던은 찡그린 얼굴을 한 작고 을씨년스러운 집들의 집단이었다. 당시 반란군의 잘린 목들이 템플 바의 창끝에서 웃고 있었다. 자갈이 깔린 보도에서는 쓰레기와 분뇨 냄새가 났다. 배가 와핑을 지날 때, 넓고 질서 정연한 신작로들이 흘깃 보였다. 영양이 좋은 말들이 이끄는 당당한 마차들이 집들 문 앞에 서 있었는데, 이 집들의 활모양의 내닫이창들, 판유리, 윤을 낸 문 두드리는 쇠고리는 그 안에 살고 있는 사람들의 부와 기품 있는 위엄을 드러내 보이고 있었다. 꽃무늬가 있는 비단옷을 입고 있는 귀부인들이(그

---

7 1666년 9월(2일부터 5일까지)에 런던에 큰 불이 나서, 도시의 5분의 4가 탔다. 대화재The Great Fire of London를 기념하기 위해, 불이 난지 5년 뒤에 런던 브리지 근처에 탑The Monument을 세우게 되고, 61.6미터에 달하는 높은 돌기둥 위에 놓인 항아리에서는 불길이 타오르고 있다. 이 탑도 렌의 작품.

8 1664~1665년 사이에 흑사병이 돌아, 런던 시민의 5분의 1(10만 명)이 사망했다.

녀는 선장의 망원경을 눈에 대고 있었다) 조금 높게 돋은 보도 위를 걷고 있었다. 수를 놓은 코트를 입고 있는 시민들이 가로등 아래 거리 모퉁이에서 코담배 냄새를 맡고 있었다. 그녀는 다양한 그림 간판이 미풍에 흔들리고 있는 것을 보았으며, 간판에 그려진 그림에서 재빨리 안에서 팔고 있는 담배나 직물, 실크, 금은 세공품, 장갑, 향수 따위의 수많은 다른 물품들을 짐작할 수 있었다. 배가 런던 브리지 옆의 정박지로 나아갔으므로 그녀는 커피 하우스의 창문을 잠시 보았을 뿐인데, 그곳 발코니 위에는 날씨가 좋은 탓에 점잖게 차려입은 무수한 시민들이, 앞에는 도자기 접시와 그 옆에는 사기 담뱃대를 놓고 편안히 앉아 있었는데, 그중한 사람은 다른 사람들의 웃음소리와 논평에 번번이 방해를 받으면서도, 신문 기사를 소리 내서 읽고 있었다. 저것들은 선술집인가요? 저들은 학자인가요? 저들은 시인인가요?라고 올랜도가 묻자, 선장은 정중하게 지금도 — 만약 고개를 조금 왼쪽으로 돌리시고 제 손가락이 가리키는 쪽을 보신다면 — 맞습니다 — 그들은 '코코아나무'[9]를 지나가고 있었는데 — 저기 애디슨 씨[10]가 커피를 마시고 있는 것이 보이지요 — "부인, 저기 가로등 조금 오른쪽에 한 사람은 등이 굽었고, 또 한 사람은 부인이나 저처럼 보통이지만" — 그들은 드라이든 씨[11]와 포프 씨[12]였다.[13] "한심한 친구들이지요"라고 선장이 말했다. 그들이 가톨릭 신자라는 뜻

---

9 세인트 제임스 스트리트에 있는 문인들이 자주 모이던 당시의 유명한 커피 하우스.
10 조지프 애디슨(1672~1719), 리처드 스틸(1672~1729)과 함께 『스펙테이터』지를 간행.
11 존 드라이든(1631~1700), 영국의 시인·극작가·비평가.
12 알렉산더 포프(1688~1744), 영국의 시인·비평가. 드라이든이 세상을 떠난 1744년에 포프는 불과 열두 살이었으므로, 그가 몹시 조숙하지 않았다면 그가 감히 당시 영시의 왕자라고 불리던 드라이든과 같이 있을 수는 없다.
13 어느 문학 교과서를 보아도 알 수 있듯이, 선장이 착각하고 있는 것이 분명하다. 그러나 호의에서 나온 잘못이므로, 그냥 두기로 하자. (원작자의 주)

이었다. "그렇지만 저들은 재사들입니다"라고 덧붙이고는 상륙 준비를 감독하기 위해 서둘러 갔다.

"애디슨, 드라이든, 포프." 올랜도는 마치 주문을 외우듯 이 이름들을 되풀이했다. 한순간 그녀는 부르사 위로 솟아 있는 높은 산들을 보았고, 다음 순간에는 고국 해안에 발을 내딛고 있었다.

그러나 이제 올랜도는 더없이 격렬한 흥분의 떨림도 철통 같은 법률의 표정 앞에서는 아무 소용없다는 것을 알게 되었다. 그 표정은 런던 브리지의 돌보다 더 굳고, 대포의 포구보다 더 냉엄하다는 것을 알게 되었다. 올랜도가 블랙프라이어스에 있는 그녀의 집에 돌아오자마자, 연이어 찾아오는 보우 가의 경리들[14]과 왕립재판소에서 보낸 엄숙한 표정의 직원들로부터, 자신이 부재 중에 제기된 세 건의 중대한 소송과 그 밖의 무수히 많은 자질구레한 송사에 ― 어떤 것은 세 개의 중대한 소송에서 파생한 것이고, 다른 것들은 그것들에 부차적인 것인데 ― 휘말려 있다는 것을 알았다. 그녀에 대한 주요한 고발 내용은 다음과 같았다. (1)그녀는 사망했다, 따라서 어떤 재산도 지닐 수 없다. (2)그녀는 여자이며, 따라서 결국 재산을 지닐 수 없다. (3)그녀는 로지나 페피타와 결혼했던 영국의 공작이고, 그녀에게서 세 아들을 낳았으며, 그 아들들은 현재 그들의 부친이 사망했으므로, 그의 전 재산에 대한 상속권을 요구하고 있다. 물론 이와 같이 엄중한 고소 사건은 해결하는데 시간과 돈이 들 것이다. 그녀의 전 재산은 대법원의 관할 하에 놓이게 되고, 그녀의 칭호들은 소송이 진행 중인 동안은 중지되었다. 그리하여 올랜도는 죽은 건지, 살아 있는 건지, 남자인지 여자인지, 공작인지 아무것도 아닌 존재인지 모르

---

14 Bow Street Runner. 1740년에 헨리 필딩이 창설. 일종의 사설 경찰.

는, 심히 애매한 상태에서, 법적 판결을 기다리는 동안, 익명의 남자나 여자로 (어느 쪽이든 판명이 나겠지만) 거주해도 좋다는 법적 허가를 받고 고향집으로 서둘러 갔다.

올랜도가 도착한 것은 12월의 어느 갠 날 저녁이었다. 전에 부르사의 산꼭대기에서 바라다보았을 때처럼 눈이 내리고 있었고, 보랏빛 그림자가 비스듬히 드리우고 있었다. 눈 속에 갈색과 하늘색, 장밋빛과 보랏빛을 띤 그 거대한 저택은 집이라기보다는 하나의 도시 모양을 하고 있었으며, 모든 굴뚝은 스스로의 생명에 고취된 듯, 부지런히 연기를 내뿜고 있었다. 그녀는 자기 집이 그곳에 조용히, 그리고 묵직하게 초원 위에 누워 있는 것을 보고는 소리를 지르지 않을 수 없었다. 노란 마차가 저택 안에 들어와, 나무들 사이의 차도를 미끄러지듯 굴러가자, 빨간 사슴들이 기대에 찬 표정으로 고개를 쳐들었으며, 이들 고유의 겁먹은 태도를 보이는 대신, 이들은 마차를 따라오다 마차가 멈춰 서자, 안마당 주위에서 서 있었다. 발판이 내려지고 올랜도가 내려서자, 그들 가운데 몇은 뿔을 흔들었고, 다른 것들은 땅을 발로 긁었다. 그중 한 마리는 실제로 눈 속에서 올랜도 앞에 무릎을 꿇었다고 전해진다. 그녀가 손을 뻗쳐 노커를 잡을 틈도 없이, 거대한 문의 양 날개가 활짝 열렸고, 거기에는 머리 위로 등불과 횃불을 치켜든 그림스디치 부인, 더퍼 씨, 그리고 하인 전원이 올랜도를 맞으러 나와 있었다. 그러나 이 질서 정연한 행렬은 우선 사슴 사냥개 카누트의 격렬한 행동에 의해 중단되었는데, 개가 너무도 열정적으로 여주인에게 달려드는 바람에 거의 올랜도를 땅에 넘어뜨릴 뻔했다. 다음은 그림스디치 부인의 소란이었는데, 그녀는 허리를 굽혀 절을 하려는 몸짓을 하다가 감정에 복받쳐 나리! 마님! 마님! 나리! 하고 헐떡거리기만 하다가, 올랜도가 그녀의 두 볼에 애정

어린 키스로 위로를 하고서야 가라앉았다. 이어 더퍼 씨가 양피지에 적혀 있는 인사말을 읽어나가기 시작했으나, 개들이 짖어대고, 사냥꾼들은 나팔을 불어대고, 이 와중에 안마당에 들어와 있던 수사슴들이 달을 보고 울어대는 통에 별로 진전이 없었다. 일행은 그들 여주인 주위에 모여들어, 올랜도가 돌아온 사실에 커다란 기쁨을 갖가지 방법으로 드러내보이고는 각자의 일로 되돌아갔다.

하인들 가운데 아무도 올랜도가 그들이 알고 있던 올랜도가 아니라는 의심을 해본 사람은 없었다. 설사 인간의 마음에 조금이라도 의심이 있었다고 하더라도, 사슴이나 개들의 행동이 그런 의심을 날려버리기에 충분했다. 왜냐하면 알려져 있다시피, 본인 여부와 성격을 알아보는 이들 말 없는 짐승들의 판단력이 우리 인간들보다 뛰어나기 때문이다. 게다가 그날 밤 그림스디치 부인은 중국차를 마시면서, 더퍼 씨에게 만약 주인이 이제 귀부인이라면 이보다 더 아름다운 귀부인을 여태껏 본 적이 없으며, 어느 쪽이라도 전혀 상관이 없고, 남자였을 때나 여자였을 때나 똑같이 잘생겼고, 그들은 마치 하나의 가지에 매달린 두 개의 복숭아 같다고 말했다. 그런데 이것은 비밀이라고 말하면서, 그림스디치 부인은 자기는 늘 의심해왔으며(여기서 그녀는 매우 알쏭달쏭하게 고개를 주억거렸다), 그것은 자기에게는 전혀 놀라운 일이 아니었으며(여기서 그녀는 몹시 아는 체하면서 고개를 주억거렸다), 그리고 이 사실은 자기에게는 다행스러운 노릇이라고 말했다. 왜냐하면 수선을 요하는 수건들이 수북하고, 목사관 커튼들은 가장자리에 좀이 먹어, 이제 바야흐로 집 안에 안주인이 계셔야 할 때이기 때문이라고 말했다.

"그리고 그녀 다음에 태어날 작은 도련님과 아씨들 문제도 있고"라고 더퍼 씨는 성직이 부여한 특권으로 이와 같은 미묘한 문제에 대해 생각하고 있던 것을 덧붙였다.

이처럼 나이 든 하인들이 하인방에서 잡담을 나누고 있는 동안에, 올랜도는 손에 은촛대를 들고 홀과 회랑들, 뜰과 침실들을 다시 한 번 배회했다. 조상들 가운데 옥새 실장이나 궁내 장관을 지낸 분들의 얼굴이 어스름 속에서 다시 그녀를 희미하게 내려다보고 있는 것이 보였다. 국왕전용 의자에 앉는가 하면, 천정이 달린 침대에 누워보기도 했다. 아라스 벽걸이가 크게 흔들리는 모습도 지켜보고, 사냥꾼이 말을 타고 달리고, 다프네 요정이 도망가는 것도 보았다. 어렸을 적 좋아했던 대로, 달빛이 창문에 그려진 표범 그림을 통해 떨어져서 만든 노란빛 웅덩이 속에 손을 담가보았고, 회랑의 광택 나는 판자들 위를 미끄러졌는데, 판자의 뒷쪽은 거친 나무 그대로였다. 여기서는 비단을, 저기서는 새틴을 만져보고, 조각한 돌고래들이 수영하는 것을 머릿속에 그려보고, 제임스 왕의 은제 빗으로 머리를 빗었고, 방향제 단지 안에 얼굴을 묻었는데, 그것은 수백 년 전 정복 왕 윌리엄이 그들에게 가르쳐준 대로 같은 장미로 만든 것이었다. 정원을 바라보고, 잠자는 크로커스와 졸고 있는 달리아를 상상하고, 눈 속에서 하얗게 빛나는 연약한 님프들과, 뒤에 있는 집채만큼 두껍고 검은 커다란 주목 울타리도 보았다. 또한 오렌지 온실과 거대한 모과나무도 보았다. 그녀는 이 모든 것을 보았고, 비록 우리가 그것을 대충 기록하고는 있지만, 그 광경과 소리 하나하나에 그녀의 가슴은 너무도 큰 욕망과 기쁨의 향기로 가득 차, 드디어 지친 그녀는 예배소에 들어가 조상들이 앉아 예배를 보던 낡고 빨간 안락의자에 주저앉았다. 그러고는 여송연에 불을 붙이고(이것은 그녀가 동양에서부터 배운 습관이었다) 성경을 폈다.

그것은 표지를 벨벳으로 싸고 금실로 엮은 작은 기도서였는데, 교수대에서 스코틀랜드의 메리 여왕이 들고 있던 것으로서, 신심이 깊은 사람의 눈이라면 여왕의 핏자국이라고 전해지는 갈색 얼룩을 볼 수 있었다. 그러나 모든 영적 교감 가운데서 신과의 교감이 가장 알 수 없는 것이고 보면, 그 기도서가 올랜도에게서 얼마나 경건한 생각을 불러 일으켰는지, 어떤 간악한 열정들을 잠재웠는지는 알 수 없는 노릇이었다. 소설가, 시인, 역사가, 모두가 그 문 위에 손을 얹고는 주춤거린다. 그렇다고 신자 자신도 우리에게 가르쳐주는 바가 없다. 그 사람들이라고 해서 다른 사람들보다 죽을 준비가 더 되어 있으며, 자기 재산을 남과 나눌 마음이 더하겠는가? 믿는 사람들도 남들과 마찬가지로 많은 수의 하녀들과 마차용 말을 가지고 있지 않은가? 그러면서도 자신은 재산은 허무한 것이고, 죽음이야 말로 바람직한 것으로 여기는 믿음을 가지고 있다고 말한다. 여왕의 기도서에는 핏자국과 함께 한 줌의 머리카락과 과자 부스러기도 있었다. 올랜도는 이제 이 유물들에다 담배 한 조각을 더한 것이다. 그러고는 책을 읽고 담배를 피우면서, 이 모든 인간적인 잡동사니 ─ 머리카락, 과자 부스러기, 핏자국, 담배 ─ 에 의해 감동된 그녀는 몹시 명상적인 기분이 되어, 비록 통상적인 신과는 어떤 교섭도 없었다고 알려진 그녀가 이런 상황에 어울리는 경건한 태도를 취했다. 그러나 여러 신과 여러 종교들 가운데서, 자기가 믿는 신과 종교만이 유일한 것이라고 흔히들 말하지만, 이것만큼 교만한 것도 없다. 올랜도는 자기 나름의 신앙을 가지고 있었던 것 같다. 세상의 모든 종교적 정열을 한데 모아, 그녀는 지금까지 지은 죄와 자기의 영혼 세계로 스며든 결점들에 대해 반성했다. 'S'라는 글자[15]는 시인이

---

15 serpent(뱀)의 첫 글자.

노래하는 에덴동산의 뱀이라고 생각했다. 그녀는 아무리 노력을 해도 「참나무」의 첫 번째 스탠자에는 이 죄악에 가득 찬 파충류가 너무 많았다. 그러나 그녀 생각에 'S'는 'ing'라는 접미사에 비하면 아무것도 아니었다. 이 현재 분사는 그 자체가 '악마'라고 그녀는 생각했다(지금 우리는 '악마'의 존재를 믿고 있다). 그와 같은 유혹을 피하는 것이 시인의 첫 번째 의무라고 그녀는 결론을 내렸는데, 그 이유는 귀가 영혼의 대기실이므로, 시는 우리를 욕망이나 화약보다도 더 확실하게 영혼을 오염시키고 파괴시킬 수 있기 때문이다. 그러니까 시인의 역할이 최상의 것이라고 그녀는 계속했다. 시인의 말은 다른 것들이 미치지 못하는 곳에 미친다. 말도 안 되는 셰익스피어의 노래 한 수가 이 세상의 모든 전도사나 자선가들이 해낸 것보다 가난한 사람들과 간악한 사람들에게 더 많은 도움을 주었다. 따라서 우리들의 메시지를 왜곡되지 않게 전달하기 위한 수단을 위해, 제아무리 많은 시간과 노력을 바쳐도 지나치지 않는다. 우리는 말이 우리 생각과 더없이 밀착할 때까지 가꿔야 한다. 사상은 신성하다, 등등. 이것을 보아도 올랜도가 자기만의 종교적 영역에 되돌아온 것이 분명했는데, 그녀의 종교는 그녀가 집을 비운 동안에도 시간의 흐름에 따라 강화되었으며, 급속히 신앙의 편협증을 띠어가고 있었다.

"내가 성숙해지고 있는 거야"라고 마침내 그녀는 양초를 집어들면서 생각했다. "나는 몇 가지 환상에서 벗어나고 있는 중이야"라고 그녀는 메리 여왕의 기도서를 닫으면서 말했다. "아마 다른 환상들을 품기 시작하는 거겠지"라면서 그녀는 조상들의 뼈가 누워 있는 묘소로 내려갔다.

그러나 마일스 경, 저바스 경, 그리고 그 밖의 조상들의 뼈는 아시아의 산 속에서 그날 밤 러스텀 엘 사디가 그의 손을 흔들어 보인 이래 성스러움이 상당히 손상됐다. 불과 삼사 백 년 전에 이 해골들이 현대의 여느 졸부들 못지않게 속세의 출세를 위해 저택과 관직, 훈장과 기장을 손에 넣어 출세했던 사람들이었고, 한편 아마도 시인들과 위대한 학식과 교양을 가진 사람들은 시골 생활을 선호했고, 그와 같은 선택의 대가로 극빈이라는 벌금을 지불하고, 스트랜드 가에서 소리치며 신문을 팔거나, 들판에서 양치기를 해야 한다는 사실에 그녀는 양심의 가책을 느꼈다. 그녀는 납골당에 서서 이집트의 피라미드와 그 밑에 놓여 있는 뼈 생각이 났다. 그러자 순간 그녀는 마르마라 해의 위쪽에 있는 광활하고 삭막한 언덕이 침대마다 덮개가 있고, 은접시마다 뚜껑이 있는 수많은 방이 있는 이 저택보다 더 좋은 거처로 보였다.

"내가 성숙해지고 있는 거야"라고 그녀는 양초를 집어 들면서 생각했다. "나는 새 환상들을 얻기 위해 이전의 환상들을 버리고 있는 중인지도 몰라." 그리고 그녀는 긴 회랑을 걸어 내려가 침실로 갔다. 이것은 불쾌한 동시에 성가신 변화였다. 그렇지만 이것은 굉장히 흥미롭다고 그녀는 장작이 타고 있는 난로 쪽에 두 다리를 뻗으면서(거기에는 선원이 없었으니까) 생각했다. 그러고는 과거에 있어서의 자신의 발자취를 마치 큰 건물들이 줄지어 선 대로를 보듯이 되돌아보았다.

그녀가 소년이었을 때, 그녀는 얼마나 소리를 사랑했으며, 입술에서 튀어나오는 시끄러운 음절들을 최상의 시라고 생각했던가. 그리고—아마도 사샤와 그녀에 대한 환멸 때문이겠지만—이 들뜬 광기에 검은 물방울이 떨어져 그녀의 열기를 식혀버렸다. 서서히 그녀의 내면에, 횃불이 아니면 보이지 않는 방이 여럿인 복잡한 미로가, 시가 아닌 산문으로 문이 열렸다. 그리고 그녀는 지금도 가지고 있는 노리치의 브라운 의사의 저서를 정열적으로 공부하던 생각이 났다. 그녀는 그린과의 사건 이후, 여기서 홀로 파묻혀 저항할 수 있는 정신을 길렀다, 아니 기르려고 했다—이러한 성장이 이루어지려면 오랜 세월이 걸리니까. "나는 글을 써야지, 쓰고 싶은 것을"이라고 말하고는 26권이나 갈겨썼다. 그러나 그 많은 여행과 모험과 깊은 명상과 이런저런 모색에도 불구하고 올랜도는 여전히 자기 형성의 도상에 있을 따름이었다. 앞으로 어떻게 될지는 아무도 몰랐다. 변화는 끊임없이 일어나고, 아마도 그칠 날이 없을 것이었다. 높다란 사고의 성벽, 돌처럼 단단해 보이던 습관들이 다른 정신이 와 닿자마자 그림자처럼 무너져내리고, 뒤에는 벌거벗은 하늘과 반짝이는 별들만이 남았다. 여기서 올랜도는 창가로 가서, 추운데도 창문을 열지 않을 수 없었다. 그녀는 눅눅한 밤의 대기 속으로 몸을 내밀었다. 그녀는 숲 속에서 여우가 우는 소리, 그리고 나뭇가지 사이를 옮겨 다니는 꿩의 부스럭거리는 소리를 들었다. 그녀는 눈이 지붕에서 미끄러져 땅으로 떨어지는 소리도 들었다. "결단코, 여기는 터키보다 천 배는 더 좋다. 러스텀이여"라고 마치 그 집시 노인과 논쟁을 하고 있는 것처럼 외쳤다(그리고 반박할 수 있는 사람이 없는데, 마음속에서 논쟁을 하고, 또 계속할 수 있다는 이 새로운 힘은 그녀의 영혼이 성장했다는 것을 보여주었다). "당신이 잘못 생각한 거지요. 여기는 터키보다 좋아요. 머리칼, 과자, 담배—인간은 참 괴상한 것들로 이루어져 있어요" (그녀는 메리 여왕의 기도서를 생각하고 있었다). "우리 마음은 주마등인데다, 비슷하지도 않은 것들의 잡동사니인가! 한순간 우리는 자신의 출생과 신분을 한탄하고, 고행자의 기쁨을 그리워하는가 하면, 다음 순간엔 오래된 정원의 산책길 냄새에 겨워하고, 지빠귀 소리를 듣고는 운다." 설명해야 할 것이 산더미처럼 쌓여 있고, 우리들 마음속에 메시지를 각인하면서도, 그 뜻에 대해서는 전혀 실마리를 제공해주지 않는 것에 언제나처럼 당황한 그녀는 여송연을 창밖으로 집어 던지고는 침실로 향했다.

이튿날 아침에 이 생각들을 계속하면서, 그녀는 펜과 종이를 꺼내 들고 「참나무」를 다시 써내려가기 시작했는데, 원고의 여백에다 열매를 짜서 만든 잉크로 간신히 써오다가 잉크와 종이를 넉넉히 갖게 된다는 것은 상상을 초월하는 기쁨이었다. 그리하여 그녀는 절망의 심연에서 한 구절을 생각해내기도 하고, 환희의 절정에서 한 줄을 써넣기도 할 때, 그림자 하나가 종이 위에 드리워졌다. 그녀는 서둘러 원고를 감췄다.

올랜도의 창문은 궁정의 가장 안쪽 마당으로 나 있었고, 그녀는 아무도 만나지 않겠다는 명령을 내려놓고 있었고, 아는 사람이라고는 하나도 없는데다, 법적으로는 존재하지 않는 상태여서, 그림자에 대해 처음에는 놀랐고, 다음에는 화가 났고, 그다음에는(눈을 치켜들고 그림자의 정체를 알아보았을 때) 재미나서 못 견딜 지경이었다. 그것은 낯익은 그림자, 그로테스크한 그림자, 바로 루마니아 영토인 핀슈테르-아혼과 스캔드-오브-붐의 대공부인 해리엇 그리젤다였기 때문이었다. 그녀는 예전처럼 낡은 검은색 사냥 옷과 망토를 입고, 궁정을 성큼성큼 걸어가고 있었다. 그녀의 머리칼 한 올도 변하지 않았다. 그렇다면 이 여인이야말로 그녀를 영국에서부터 쫓아낸 여인이었던 것이다! 이것이 그 추잡한 독수리의 새끼였던가—이것이 바로 그 운명의 새였던가! 그녀의 매혹을(지금 그런 건 완전히 시들어버렸지만) 피해 머나먼 터키로 달아났던 생각에 올랜도는 소리를 내어 웃었다. 그 여인의 모습에는 말로 표현할 수 없는 희극적인 데가 있었다. 그녀는 올랜도가 전에 생각했던 것처럼 터무니없이 커다란 토끼를 쏙 빼닮았다. 노려보는 두 눈, 야윈 두 뺨, 토끼 귀 같은 머리장식 등이 그랬다. 그녀는 지금 토끼가 아무도 보지 않는다고 생각할 때 밀밭에서 곧바로 앉듯, 멈춰 서서는 올랜도를 응시했고, 올랜도는 창에서 그녀를 응시했다. 이런 식으로 한동안 서로 쳐다보고 난 뒤에는 그녀를 들어오라고 하지 않을 수 없었고, 곧 두 부인은 대공부인이 망토에서 눈을 털어내는 동안 서로 인사를 주거니 받거니 하고 있었다.

"빌어먹을 여자들 같으니라고." 올랜도는 포도주 잔을 가지러 찬장으로 가면서 혼자 중얼거렸다. "여자들이란 한 순간도 남을 가만히 두지 않는다. 여자들보다 더 쑤시고 다니기 좋아하고, 뭘 알고 싶어 하고, 참견하기 좋아하는 족속은 없지. 내가 영국을 떠난 것은 5월제 기둥 같은 이 여자를 피하기 위해서였는데, 그런데 지금"—이때 그녀는 대공부인에게 쟁반을 건네려고 몸을 돌렸는데, 맙소사—그녀가 있던 자리에 검은 옷을 입은 키 큰 신사가 서 있었다. 벽난로 안에 한 무더기의 옷이 놓여 있었다. 올랜도는 남자와 단 둘이 있게 된 것이었다.

그리하여 갑자기 그녀는 지금까지 잊고 있던 자기의 성과 그의 성을 의식하게 되었는데, 이제는 그의 성이 그녀의 성과 너무 달라, 마찬가지로 당황하게 되어, 올랜도는 현기증을 느꼈다.

"어머나!" 그녀는 옆구리에 손을 갖다 대며, "어쩌면 이렇게 사람을 놀라게 해요!"라고 외쳤다.

"사랑스러운 여인이여"라고 대공부인은 한쪽 무릎을 꿇고 동시에 올랜도의 입에다 술잔을 갖다 대면서, "당신을 속인 죄를 용서하십시오!"하고 외쳤다.

올랜도는 포도주를 조금 마셨고, 대공이 무릎을 꿇고 그녀의 손에 키스했다.

요컨대 그들은 10분간 남녀의 역할을 매우 정력적으로 연기하고 나서는 자연스러운 대화를 시작했다. 대공부인은(그러나 앞으로는 대공이라고 불려야겠지) 그의 이야기를 했다—자기는 남자이고, 쭉 남자였다는 이야기를, 그리고 그가 올랜도의 초상화를 본 적이 있고, 그에게 절망적인 사랑에 빠졌다는 사실, 그의 목적을 달성하기 위해 그는 여장을 하고, 빵 가게에 투숙하고 있었으며, 올랜도가 터키로 도망갔을 때에는 그가 쓸쓸했다는 것, 그리고 그는 그녀가 여자로 변했다는 말을 듣고는 그녀에게 봉사하려고 서둘렀다는(이때 그는 히히거리는 참을 수 없는 소리를 냈다) 이야기를 했다. 해리 대공은 자기에게 그녀는 과거에도 그랬고, 앞으로도 항상 여성의 '극치'이고, '진주'이고, '이상'일 것이라고 말했다. 이 말은 만약에 도중에 히히, 호호하는 그 이상야릇한 소리가 아니었더라면 더 설득력 있게 들렸을 것이다. 올랜도는 벽난로 저쪽에 있는 대공을 보면서 "이것이 만약 사랑이라면, 사랑엔 참 우스꽝스러운 데가 있다"고 중얼거렸다.

무릎을 꿇고 앉으면서 해리 대공은 더없이 열정적인 구애를 했다. 그는 자기 성채에 2천만 다카트 가량의 금화를 튼튼한 상자 안에 가지고 있다고 말했다.

그는 영국의 어느 귀족보다도 더 많은 땅을 소유하고 있다고 했다. 사냥터도 훌륭하며, 뇌조와 들꿩을 합해 영국이나 스코틀랜드의 어떤 사냥터도 따라올 수 없는 사냥감을 약속했다. 그가 없는 사이에 꿩들이 입병을 앓았고, 암사슴들이 새끼를 조산한 것은 사실이지만, 그것은 바로잡을 수 있는 일이고, 또 둘이서 루마니아에 살게 되면, 그녀의 도움을 받아 그렇게 될 것이라고 말했다.

그가 말을 할 때 커다란 눈물방울들이 툭 튀어나온 그의 두 눈에 고여서, 길고 야윈 양볼의 거친 골을 따라 흘러내렸다.

남자도 여자와 마찬가지로 자주, 그리고 이유 없이 운다는 사실을 올랜도는 남자로서의 자신의 경험에서 알고 있었지만, 그녀는 남자들이 여자들 앞에서 자신의 감정을 드러낼 때는 여자들이 충격을 받아야 한다는 사실을 깨닫기 시작했다. 그래서 올랜도는 충격을 받았다.

대공은 사과했다. 그는 가까스로 흐트러진 자신을 바로 잡고, 오늘은 그냥 가겠지만 내일 답변을 들으러 오겠노라고 말했다.

그날은 화요일이었다. 그는 수요일에 오고, 목요일에도 오고, 금요일에도 오고, 토요일에도 왔다. 올 때마다 사랑한다는 말로 시작해서, 계속되고, 끝이 났지만, 중간에 적지 않게 침묵이 흘렀다. 그들은 벽난로의 양쪽에 앉아서, 때로 대공이 부젓가락을 넘어뜨리면 올랜도가 그것을 집어 들었다. 그러고는 대공이 스웨덴에서 엘크를 잡았던 일을 생각해내면 올랜도가 굉장히 큰 엘크였겠지요, 라고 맞장구를 치고, 대공은 그가 노르웨이에서 잡았던 순록만큼 크지는 않았다고 말한다. 그러면 올랜도가 호랑이를 잡아보신 일은 있나요, 라고 물으면 대공은 신천옹을 쏴 맞힌 적이 있다고 대답하고, 올랜도는 그 신천옹은 코끼리만큼 큰가요, 라고(반쯤 하품을 감추면서) 말하면 대공은―뭔가 재치 있는 이야기를 하지만, 책상이나 창밖이나 문을 보고 있는 올랜도 귀에는 들어오지 않았다. 그러면 대공이 "당신을 열렬히 사랑합니다"라고 말하는 바로 그 순간 올랜도는 "저것보세요, 비가 오기 시작했어요"라고 말하며, 두 사람 모두 몹시 당황해서 얼굴이 홍당무가 되고, 두 사람은 다음에 무슨 말을 해야 할지 몰라 했다. 사실 올랜도는 무슨 말을 해야 좋을지 몰라 난처했고, 만약에 머리는 별로 쓰지 않고 거액의 돈을 잃을 수 있는 파리 놀이라는 게임을 생각해내지 못했더라면, 대공과 결혼하지 않으면 안 되었을 것이라고 생각했다. 왜냐하면 그녀는 이 남자를 쫓아낼 다른 방도를 알지 못했기 때문이다. 그러나 설탕 세 덩어리와 다량의 파리만 있으면 되는 이 게임으로 대화의 어색함을 극복할 수 있었고, 결혼의 필요성도 피할 수 있었다. 우선 대공은 저 설탕 덩어리가 아니고 이 설탕 덩어리에 파리가 앉을 거라며 올랜도의 5펜스짜리 은화에 500파운드를 걸었다. 그리하여 그들은 오전 내내 파리를 들여다보는 일이 생겼으며(이 계절의 파리는 당연히 동작이 느렸고, 천정을 한 바퀴 도는데 종종 한 시간이 걸렸다), 마침내는 멋진 파리가 결정을 내리면서 게임은 끝났다. 이 게임으로 수백 파운드의 돈이 두 사람 사이를 오갔는데, 천성이 도박꾼인 대공은 이 게임이 경마와 진배없이 재미있으며, 평생 해도 진력이 나지 않을 것이라고 공언했다. 그러나 올랜도는 곧 싫증이 나기 시작했다.

"오전마다 대공과 파리를 지켜보고 시간을 보내야 한다면, 예쁘고 젊은 여인이 인생의 절정에 있은들 무슨 소용이 있단 말인가"라고 그녀는 자문했다.

올랜도는 설탕이 보기도 싫어졌다. 파리를 보면 현기증이 났다. 이 난관을 돌파할 수 있는 무슨 방법이 있을 것이라고 그녀는 생각했지만, 아직도 여성으로서의 기교가 서툴고, 남자를 때려눕히거나 단도로 찌를 수도 없으니, 이런 것밖에 더 좋은 방법을 생각해낼 수가 없었다. 그녀는 파리 한 마리를 잡아 지그시 눌러 죽인 다음(파리는 이미 반쯤 죽어 있었다. 아니었다면 말 못하는 짐승에 대한 그녀의 동정심으로 보아 그런 짓은 못했을 것이다), 그것을 아라비아고무 풀로 설탕 덩어리에 붙였다. 대공이 천정을 쳐다보고 있는 사이에 그녀는 이 설탕 덩어리를 그녀가 돈을 건 덩어리와 잽싸게 바꿔치고, "땡이다!"하고 외치면서 그녀가 이겼다고 선언했다. 그녀의 생각은, 스포츠와 경마를 잘 알고 있는 대공이 이 속임수를 알아차릴 것이며, 도박에서 속임수를 쓰는 것은 가장 가증스러운 범죄이고, 그래서 그것이 발각된 사람들은 인류 사회에서 추방되어 열대지방의 원숭이 세계로 영원히 추방되므로, 대공이 남자답게 그녀와는 영원히 상종하지 않을 것이라는 것이 그녀의 계산이었다. 그러나 그녀는 이 사랑스러운 귀족의 단순성을 잘못 판단했다. 그는 파리들을 제대로 식별하지 못했다. 그에게는 죽은 파리나 살아 있는 파리나 다 똑같아 보였다. 그녀는 그에게 스무 번이나 이 속임수를 써서, 그는 올랜도에게 17,250파운드 넘게 돈을 뺏겼는데(이것은 요즘 돈으로는 40,885파운드 6실링 8페니가 된다[16]), 올랜도가 너무 지나치게 속였으므로 그는 더 이상 속지 않게 되었다. 마침내 그가 그 사실을 알게 되었을 때, 괴로운 장면이 뒤따랐다. 대공은 벌떡 일어섰다. 얼굴은 새빨개졌다. 눈물이 양 볼에 방울져 흘러내렸다. 그녀가 그에게서 한 밑천 얻어낸 것은 아무것도 아니다―그래도 좋다. 문제는 그녀가 그를 속였다는 사실이다―그녀가 그럴 수 있다는 생각이 그에게 상처를 입혔다. 그러나 내기에서 사기를 쳤다는 것은 중대사이다. 게임에서 사기를 친 여인을 사랑하는 것은 불가능하다고 그가 말했다. 여기서 그는 완전히 무너졌다. 정신을 좀 차리고 나서 그는 본 사람이 없어 다행이라고 말했다. 결국 그녀는 한낱 여자에 불과하노라고 말했다. 간략하게 말해, 그는 기사도 정신으로 그녀를 용서할 준비를 하고 있었고, 그가 난폭한 언어를 사용한 것을 용서해달라며 몸을 굽혔을 때, 올랜도는 그가 교만한 머리를 숙인 틈에 그의 피부와 셔츠 사이에 두꺼

16 1파운드는 20실링, 1실링은 12페니이므로 6실링 8페니는 1/3파운드가 된다.

비를 한 마리 떨어뜨려 문제를 간단히 끝내고 말았다.

올랜도에게 공평을 기하기 위해 그녀가 장검으로 결판내기를 한없이 원했을 것이라는 사실을 밝혀두어야 한다. 끈적거리는 두꺼비를 오전 내내 몸에 감추고 있을 수는 없다. 그러나 검을 쓸 수 없다면 두꺼비라도 써야 한다. 게다가 두꺼비와 웃음은 이따금 그들 사이에서 차디찬 강철이 해내지 못할 일을 한다. 그녀는 웃었다. 대공은 낯을 붉혔다. 그녀가 또 웃었다. 대공은 욕을 했다. 그녀가 또 웃었다. 대공은 문을 쾅 닫고 나가버렸다.

"살았다!" 올랜도는 여전히 웃으면서 소리쳤다. 그녀는 무서운 속도로 안뜰을 달려나가는 마차 바퀴 소리를 들었다. 그녀는 바퀴들이 도로를 따라 덜컹거리는 소리를 들었다. 소리는 점점 더 약해졌다. 이제 소리는 완전히 사라졌다.

"이젠 혼자다." 듣는 사람이 아무도 없었으므로 올랜도는 소리 내어 말했다.

소음 뒤의 고요가 더 깊게 느껴진다는 과학적 근거는 아직 없다. 그러나 구애를 받은 직후의 고독이 더 크게 느껴진다는 것은 많은 여인들이 단언할 것이다. 대공의 마차 바퀴소리가 사라지자, 올랜도는 자기로부터 한 사람의 대공이(그녀는 이것은 개의치 않았다), 재산이(이것도 개의치 않았다), 지위가(이것도 개의치 않았다), 결혼 생활이 가져다주는 안전과 거기 딸린 여건이(이것도 개의치 않았다) 그녀에게서 점점 더 멀어져 가는 것을 느꼈다. 그것은 인생과 연인이 떠나가는 소리였다. '인생과 연인', 그녀는 중얼거렸다. 그러고는 그녀의 테이블로 가서 펜에 잉크를 찍어 다음과 같이 썼다.

'인생과 연인'—앞의 줄과—양의 가려움증을 예방하기 위해 양을 목욕시키는 방법에 관한 것인데—운도 맞지 않고, 아무 뜻도 없었다. 다시 읽어보고는 얼굴이 빨개지면서 되뇌었다.

'인생과 연인'. 그러고는 펜을 내려놓고 침실로 들어가, 거울 앞에 서서 진주 목걸이를 목에 걸었다. 그러고는 진주는 잔가지 무늬가 들어 있는 평상복 위에서는 돋보이지 않아, 비둘기색 호박단 옷으로 갈아입고, 그다음에는 복숭아꽃 색깔의 옷을, 또 그다음에는 포도주색 양단 옷으로 갈아입었다. 어쩌면 분을 조금 바르는 게 좋을지도 몰랐고, 만약 머리칼을—그래—이마 주위에 늘어놓으면 어울릴지 몰랐다. 그러고는 끝이 뾰족한 슬리퍼를 신고, 손가락에 에메랄드 반지를 꼈다. "자," 그녀는 모든 준비를 끝내고, 거울 양편에 은제 돌출 촛대에 불을 붙이고 말했다. 그때 올랜도가 눈 속에서 불타고 있는 것을 보았다면 어느 여인인들 흥분하지 않았겠는가? 왜냐하면 거울 주위에는 온통 눈 덮인 잔디밭뿐이었고, 그녀는 불꽃, 불타는 덤불 같았으며, 머리 주변 초의 불길은 은빛 이파리 같았기 때문이었다. 아니면 다시 말해, 거울은 녹색 물 같았고, 그녀는 진주 목걸이를 한 인어, 동굴 속 바다의 요정이었고, 요정이 노래를 부르면 뱃사공들이 그녀를 안아보려고 보트에서 몸을 내밀다가 물속으로 떨어진다.[17] 그녀는 그처럼 까맣고 빛나는 머리칼을 가졌으며, 그녀는 그처럼 단단하면서도 그처럼 부드러웠고, 그처럼 놀랍도록 유혹적이어서, 이 사실을 알기 쉬운 영어로 표현할 사람이 아무도 없었다는 것이 말할 수 없이 안타까웠고, 단도직입적으로 "이게 웬일입니까, 당신은 아름다움의 화신이십니다"라고 말할 사람이 없었던 게 유감이었는데, 그것은 사실이었다. 심지어는 올랜도도(자신의 용모

---

17 호머의 서사시 오디세이의 주인공 오디세우스(=Ulysses)는 트로이 전쟁이 끝난 뒤 고향으로 돌아오는 길고 외로운 항해 도중, 그의 배가 스킬라 바위와 카리브디스의 두 섬 사이를 지나는 동안 상반신은 인간이고, 하반신은 새인 바다의 요정 사이렌siren의 유혹을 받아 선원들이 바다에 빠지는 일이 생긴다.

에 대해 전혀 자만심 따위는 없었지만) 그 사실을 알고 있었다. 왜냐하면 그녀는 무의식적으로 미소를 지었는데, 그것은 여자들이 자기 것이라고 생각되지 않는 아름다움이, 떨어지는 물방울이나 솟아나는 샘물처럼 갑자기 거울 속에서 나타난 모습을 대했을 때 짓는 그런 미소였기 때문인데—그녀는 그런 미소를 짓고, 순간 귀를 기울여 보았는데, 들리는 소리라고는 바람에 날리는 잎사귀 소리와 참새들이 지저귀는 소리뿐이어서, 그녀는 "인생, 한 연인"이라고 한숨을 쉬고는 놀랍도록 빠른 동작으로 돌아서서, 목에서 진주 목걸이를 휙 풀어내고, 등에 걸친 새틴 옷을 벗어던지고는, 보통 귀족의 단정한 검은색 실크 반바지를 입고 우뚝 서서 종을 울렸다. 하인이 왔을 때 그녀는 그에게 즉시 육두마차를 대령하라는 분부를 내렸다. 그녀는 급한 일로 런던에 호출을 받은 것이었다. 대공이 떠나고서 한 시간도 되지 않아 그녀는 마차를 타고 떠났다.

그녀가 달려가는 동안의 풍경은 특별히 묘사할 필요가 없는 단순한 영국 경치였으므로, 여기서 이 기회에 이야기를 진행해오는 과정에 여기저기서 빠뜨린 한두 가지 문제에 대해 특별히 독자의 주의를 환기코자 한다. 예를 들어 올랜도가 글쓰기를 방해받았을 때, 그녀가 원고를 감춘 것을 눈여겨보았을 것이다. 다음으로 그녀가 오랫동안 열심히 깊게 거울을 들여다보고 있던 일. 그리고 지금 그녀가 런던으로 달려가는 동안에도, 말들이 조금 빠르게 달린다 싶으면, 놀라 소리 지르고 싶은 것을 억지로 참고 있다. 자기 글에 대한 겸손, 자기 용모에 대한 자부심, 자신의 안전에 대한 공포 따위 이 모두가, 조금 전에 남자로서의 올랜도

올랜도   165

와 여자로서의 올랜도 사이에는 아무런 차이도 없다고 했던 조금 전의 말이, 전적으로 진실일 수 없다는 것을 암시했다. 그녀는 여자들이 대개 그렇듯이 자기 두뇌에 대해서는 보다 겸손해지고 있었으며, 용모에 대해서는 조금 더 자신감이 생겼다. 어떤 감수성은 더 강해졌고, 다른 감수성은 약해졌다. 옷의 변화가 이와 관계가 있다고 말하는 철학자도 있을 것이다. 사소하게 보일는지 모르지만, 옷은 보온이라는 기능보다 더 중요한 기능을 갖는다고 사람들은 말한다. 옷은 우리가 세상을 보는 눈을 바꾸고, 세상이 우리를 보는 눈을 바꾼다. 예를 들어 바르톨러스 선장이 올랜도의 스커트를 보았을 때, 그는 그녀를 위해 당장 차양을 치게 했고, 고기 한 쪽을 더 들라고 강요했으며, 기다란 배를 타고 그와 함께 상륙하자고 제안했었다. 만약 그녀의 스커트가 길고 넉넉한 모양이 아니라, 바지 모양으로 다리에 착 달라붙게 마름질되어 있었더라면, 이러한 배려는 없었을 것이다. 배려를 받았으면 보답하는 것이 당연하다. 올랜도는 무릎과 허리를 굽혀 인사를 했다. 공손하게 행동했다. 그리하여 착한 선장의 기분을 즐겁게 해주었는데, 이것도 만약 선장의 단정한 반바지가 여인네의 스커트였다면, 그리고 끈을 꼬아 장식한 그의 코트가 여인네의 새틴 보디스였다면 가능치 않았을 일이었다. 우리는 옷이 팔이나 가슴의 형태를 갖도록 만들지만, 옷은 우리의 가슴, 두뇌, 혀를 그들의 입맛에 맞게 만든다. 이리하여 스커트를 입은 지 상당한 시간이 지난 지금, 올랜도는 눈에 띄게 변해, 심지어는 얼굴마저 달라져 있었다. 남자 때의 올랜도와 여자 때의 올랜도를 비교해보면, 두 사람은 틀림없는 동일 인물이지만, 어딘가 다르다. 남자 올랜도는 아무 때나 칼을 뽑을 수 있도록 손이 비어 있는 반면에, 여자 올랜도의 손은 새틴 숄이 어깨에서 미끄러져 내리지 않도록 잡아주어야만 한다. 남자는 세상이 마치 그가 사용하도록 만들어지고, 또한 그의 기호에 맞게 만들어지기라도 한 것처럼 세상을 정면으로 직시한다. 여자 올랜도는 비스듬히 미묘하게, 심지어는 의심이라도 하듯 세상을 본다. 그들이 만약 같은 옷을 입었더라면, 그들의 태도도 같았을는지 모른다.

이것이 몇몇 철학자들과 현인들의 견해이지만, 대체로 보아 우리의 생각은 이들과 다르다. 양성 간의 차이는 다행히도 매우 깊은 곳에 있다. 옷이란 깊은 곳에 숨겨져 있는 어떤 것의 상징에 불과하다. 올랜도로 하여금 여자 옷을 선택하게 하고, 여자임을 자처하게 한 것은 그녀 자신에게 일어난 변화이다. 그리고 여기서 올랜도는 대부분의 사람들이 그런 일이 있어도 분명히 말하지 않는데 비해 보통 이상으로 분명히 말하고 있는 것에 지나지 않는지 모른다―그녀는 태어나길 솔직한 사람이니까. 여기서 다시금 우리는 딜레마에 빠진다. 두 성은 서로 다르지만, 서로 섞여 있다. 모든 사람에게 있어 양성은 유동적이며, 남자답거나 여자답게 보이게 하는 것은 옷뿐이고, 그 속의 성은 겉과는 정반대인 경우가 흔히 있다. 이로써 생기는 분규와 혼란은 누구나 경험한 바 있다. 여기서 우리는 일반적인 문제는 제쳐두고, 올랜도 자신의 특정한 경우에, 그것이 미친 기이한 영향에 대해서만 알아보겠다.

이따금 그녀의 처신에서 예상치 못한 성향이 나타나는 것은, 그녀의 내면에 남자와 여자가 혼재해 있어, 하나의 성이 전면에 나서는가 하면 다음에는 다른 성이 우위에 서기 때문이었다. 예를 들어 만약에 같은 여자로서 호기심이 많은 사람이라면, 올랜도가 옷을 차려입는데 10분도 걸리지 않는 것은 어째서인지 물을 것이다. 옷을 아무렇게나 골라 입고, 또 때로는 누추하게 입은 것은 아니었던가? 나아가 그들은 올랜도에게는 남성 특유의 형식적인 데나, 권력 지향적인 데가 없다고 말할 것이다. 그녀는 지나치게 마음이 여렸다. 당나귀가 매를 맞거나, 고양이 새끼가 물에 빠지는 광경을 차마 볼 수 없었다. 그러면서 그녀는 집안일을 싫어해서, 여름이면 동이 트기도 전에 일어나서 밭에 나갔다. 농사일은 어느 농부보다도 더 잘 알고 있었다. 그녀는 술고래들과 맞서 술을 마실 수 있었고, 아슬아슬한 게임을 즐겼다. 그녀는 말을 잘 탔고, 육두마차를 런던 브리지 위로 전속력으로 몰기도 했다. 그러나 이처럼 남자처럼 용감하고 활동적이면서도, 누군가가 위험에 빠진 것을 목격하면 더없이 여자답게 가슴이 팔딱거리는 것이었다. 그녀는 조그마한 일에도 울음을 터뜨리곤 했다. 그녀는 길눈이 어두웠으며, 수학을 질색했고, 남자들보다는 여자들에게서 더 흔히 볼 수 있는 엉뚱한 데가 있었는데, 이를테면 남쪽으로 가는 것은 고갯길을 내려가는 것이라고 알고 있는 따위였다. 그러니까 올랜도가 남자인지, 여자인지는 정확하게 말하기가 어렵고, 지금 결정할 수는 없다. 왜냐하면 지금 그녀의 마차가 자갈길 위를 덜커덩거리며 달리고 있기 때문이다. 그녀는 시내에 있는 자신의 집에 도착했다. 발판이 내려지고 있었고, 철문들이 열리고 있었다. 그녀는 블랙프라이어스에 있는 그녀 아버지 집에 들어서고 있었는데, 그 집은 비록 유행의 중심에서는 벗어나고 있었지만, 아직도 쾌적하고 널찍한 저택이었으며, 강까지 뻗어 있는 정원들과 산보하기에 쾌적한 개암나무 숲이 있었다.

그녀는 이곳에 숙소를 정하고, 그녀가 찾고자 한 대상—즉시 인생과 연인을 찾기 위해 주위를 둘러보기 시작했다. 첫 번째 대상에 대해서는 약간의 의구심이 있었으나, 두 번째 것은 도착한

지 이틀 후에 힘도 안 들이고 찾아냈다. 올랜도가 런던에 온 것은 화요일이었다. 목요일에 그녀는 당시 상류 계급 사람들이 늘 그렇게 하듯, 세인트 제임스 공원으로 산보를 나갔다. 그녀가 가로수가 있는 길에서 한두번 왕복을 하기도 전에, 잘난 사람들을 몰래 구경하려고 나온 한 떼의 천민의 눈에 띄었다. 올랜도가 그들 옆을 지나치자 가슴에 아이를 안고 있던 하류층의 한 여인이 앞으로 걸어 나와, 올랜도의 얼굴을 무례하게 노려보고서는, "이런, 세상에, 올랜도 마님 아니야!"라고 소리쳤다. 그녀의 일행이 주위에 몰려들었고, 한순간 올랜도는 그 유명한 소송 사건의 여주인공을 구경하려고 안달이 난 시민들과 장사치아낙네들 한가운데에 둘러싸였다. 이 사건이 대중들의 마음속에 불러일으킨 흥미는 이처럼 대단했다. 정말 그녀는 장신의 한 신사가 성큼 앞으로 걸어 나와, 자기 팔을 잡으라고 말해 그녀를 보호해주지 않았더라면, 군중의 압력으로 심히 난처할 뻔했다 — 그녀는 숙녀들이 공공장소에서 홀로 걸어 다니면 안 된다는 것을 잊고 있었다. 그 사람은 대공이었다. 그녀는 대공을 보고 큰 고민에 빠지기는 하였으나, 재미있기도 했다. 이 관대한 귀족은 그녀를 용서해주었을 뿐만 아니라, 그가 그녀의 경박한 두꺼비 장난에 원한을 품고 있지 않다는 것을 보여주기 위해, 두꺼비 모양으로 만든 보석을 가지고 와서, 그녀를 도와 마차에 태우면서 구혼을 되풀이하며 그것을 그녀의 손에 쥐어주었다.

모여든 무리 때문에, 대공 때문에, 그리고 보석 때문에 그녀는 그 이상 고약할 수 없는 기분이 되어 집으로 돌아갔다. 그러니 산책을 나가면 반쯤 질식 상태에 빠지고, 에메랄드 세팅이 된 두꺼비를 선물로 받고, 대공의 청혼을 받지 않고는 못 배긴단 말인가? 이튿날 아침 식탁 위에 이 고장의 최상류 부인들 — 레이디 서포크, 레이디 솔즈베리, 레이디 체스터필드, 레이디 태비스톡 등—
로부터 대여섯 통의 편지를 받고는, 전날 사건에 대해 약간 마음
이 누그러졌는데, 그 편지에는 그들 가족과 올랜도 집안 사이의
오래된 인연이 언급되고, 그녀와 친교를 맺을 수 있는 영광을 바
란다는 내용이 지극히 정중한 말투로 적혀 있었다. 이튿날은 토
요일이었지만 이들 명문가의 많은 부인들이 몸소 찾아왔다. 화요
일 정오경에는 이들의 하인들이 가까운 장래에 있을 여러 사교
파티와 정찬, 그리고 사교적 모임에 대한 초대장을 가지고 왔다.
그리하여 올랜도는 지체 없이 런던 사교계의 바다로 물과 거품
을 튀기며 화려하게 출항했던 것이다.

　당시의, 아니 사실 어느 때건 상관없이, 런던 사교계의 진실을
묘사한다는 것은 전기작가나 역사가의 능력 밖의 일이다. 진실에
대한 필요나 존경심을 거의 가지고 있지 않은 사람들—시인이
나 소설가들—만이 그 일을 할 수 있는데, 왜냐하면 사교계란 진
실이 존재하지 않는 곳 가운데 하나이기 때문이다. 존재하는 것
은 아무것도 없다. 전부가 독기이고—신기루다. 분명하게 말하
자면—올랜도는 이들 사교 파티에서 새벽 세 시나 네 시에, 볼은
크리스마스트리처럼 환하고, 눈은 별처럼 반짝이면서 집으로 돌
아오곤 했다. 그녀는 레이스 하나를 풀고는 방을 스무 번가량 돌
아다니고, 또 하나의 레이스를 풀고 걸음을 멈추고, 그러고는
또다시 방을 걸어 다니곤 했다. 그만 자야겠다는 생각이 들 때는
태양이 서더크[18]의 굴뚝들 위에 빨갛게 빛나기가 일쑤였고, 침대
에 누우면 한 시간, 혹은 그 이상 가량 몸을 뒤척이면서, 웃고 한
숨짓다가야 잠이 들었다. 이 모든 동요는 무엇 때문이었던가? 사
교계 때문이었다. 그렇다면 분별 있는 한 귀부인을 이토록 흥분

18　템스 강 남쪽의 번화한 상업지구.

시키기 위해 사교계가 무슨 말을 하고, 무엇을 했다는 말인가? 분명하게 말해 아무것도 하지 않았다. 아무리 머리를 쥐어짜보아도, 이튿날 올랜도는 의미 있는 단어 하나도 생각해낼 수가 없었다. O 경은 용맹스러웠다. A 경은 정중했다. C 후작은 매력적이었고, M 씨는 재미있었다. 그러나 그녀가 그들의 어떤 점이 용맹스럽고, 정중하고, 매력적이고, 재치 있었는가를 생각해내려고 하면, 어김없이 그녀는 기억이 도움이 안 된다는 것을 알았다. 어느 것 하나 생각나지 않았기 때문이다. 늘 그랬다. 하루 지나고 나면 아무것도 남아 있는 것이 없는데도, 그 순간의 흥분은 강렬했다. 그렇다면 사교계란 노련한 주부들이 크리스마스 때 따끈하게 내어놓는 음료의 일종이라고 결론지을 수 있는데, 그 맛은 10여 가지의 서로 다른 성분들을 제대로 섞어 흔들어서 얻는 것이다. 하나하나의 성분 그 자체는 맛이 없다. O 경이나, A 경이나, C 경이나 혹은 M 씨를 따로 떼놓고 보면 별 매력이 없다. 이들을 모두 한데 넣고 흔들어 섞으면, 더없이 사람을 취하게 하는 맛과 더없이 매혹적인 향기를 풍긴다. 그러나 이 도취, 이 매혹을 분석한다는 것은 우리의 능력을 벗어난다. 따라서 사교계는 최고의 것인 동시에 최저의 것이다. 사교계는 이 세상에서 가장 강력한 제품이지만, 전혀 존재하지 않는 존재이다. 이런 괴물은 시인이나 소설가만이 다룰 수 있다. 그들의 작품은 대단하면서 아무것도 아닌 이런 것으로 가득 차, 엄청난 크기로 부풀어 오른다. 그리하여 우리는 그것을 기꺼운 마음으로 그들에게 맡기겠다.

따라서 우리는 선인들의 선례에 따라, 앤 여왕 치하[19]의 사교계가 비할 데 없이 찬란했다고만 말해두겠다. 그 사교계에 들어가는 것이 모든 상류사회 사람들의 목표였다. 우아함은 극에 달

19 1702~1714.

해 있었다. 아버지들은 아들들을, 어머니들은 딸들을 가르쳤다. 남성, 여성 가릴 것 없이, 몸가짐에 대한 지식, 허리나 무릎을 굽혀 인사하기, 검과 부채 다루는 법, 치아 관리, 두 다리의 처리, 무릎의 유연성, 제대로 방에 드나드는 적절한 예법을 비롯하여, 사교계에 있어본 사람이면 누구에게나 당장 머리에 떠오를, 그 밖의 수많은 것들을 포함하지 않은 어떤 교육도 완전하지 못했다. 올랜도는 소년일 때, 장미물이 담긴 대접을 건네주는 모습이 예쁘다고 엘리자베스 여왕의 칭찬을 받은 적이 있으므로, 충분히 기준에 합격할 만큼 숙련돼 있었다고 보아야 할 것이다. 그러나 그녀에게는 때때로 그녀를 난처하게 만드는 멍청한 데가 있었던 것이 사실이다. 그녀는 태피터 천을 생각하고 있어야 할 때에 시를 생각하는 일이 많았고, 그녀의 걸음걸이는 어쩌면 여자치고는 좀 컸고, 동작도 거칠어서, 때로 찻잔을 아슬아슬하게 만들었다.

이와 같은 약간의 결점만으로 찬란한 그녀 몸가짐 전체가 상쇄되었는지, 아니면 그녀가 영국 사람들의 핏속에 흐르고 있는 흑담즙[20]을 한 방울 덜 상속했든지 간에, 사교계에 스무 번도 채 나가지 않아, 그녀가 스패니얼 강아지 피핀 밖에 듣는 사람이 아무도 없는 데서, "도대체 내가 왜 이러는 거지?"라고 혼잣말 하는 것을 확실히 들을 수 있었다. 그것은 1712년 6월 16일 화요일의 일이었다. 올랜도는 알링턴 하우스에서 개최된 대무도회에서 방금 돌아왔는데, 하늘에는 동이 트고 있었고, 그녀는 스타킹을 벗고 있었다. "내 생전 아무도 만나지 못한대도 상관없어"라고 소리치고는 올랜도는 울음을 터뜨렸다. 그녀에게 연인은 얼마든지 있었

20 중세 의학은 인간의 기질을 네 가지 체액humor, 즉, 피blood, 담phlegm, 황 담즙choler, 흑 담즙black choler의 배합으로 이해했다. 이 가운데 피가 승한 사람은 다혈질sanguine 이며, 담이 승한 사람은 냉담phlegmatic하고, 황 담즙이 승한 사람은 신경질적choleric이고, 흑 담즙이 승한 사람은 우울melancholic하다고 생각되었다.

지만, 인생은 따지고 보면 나름대로 매우 중요한데도 그녀를 비켜갔다. "이것이?"라고 그녀가 물었다─대답해주는 사람은 아무도 없었다─그런데도 "이것이 이른바 인생이라는 것인가?"라고 말을 마쳤다. 피핀은 공감의 표시로 앞발을 치켜들었다. 피핀은 혀로 올랜도를 핥았다. 올랜도는 손으로 피핀을 쓰다듬어주었다. 올랜도는 피핀에게 입을 맞추었다. 간단히 말해, 그들 사이에는 한 마리의 개와 여주인 사이에 있을 수 있는 더없이 진실한 공감이 존재했으나, 개가 말을 못한다는 사실이 섬세한 의사 전달에 커다란 장애가 된다는 것은 부인할 수 없다. 강아지는 꼬리를 흔들고, 몸의 앞부분을 땅에 대고, 엉덩이를 치켜들어 인사를 하고, 구르고, 뛰어오르고, 앞발로 긁고, 칭얼대는가 하면 짖고, 침을 흘리는 등, 강아지들은 나름대로 모든 종류의 의식과 기교를 가지고 있지만, 말을 못하는 그들에게는 이 모든 것이 소용이 없다. 자기가 얼링턴 하우스의 잘난 사람들을 못마땅하게 생각하는 것도 바로 이런 것이라고 강아지를 살며시 마루 위에 내려놓으면서 생각했다. 그들도 꼬리를 흔들고, 절을 하고, 구르고, 깡충 뛰어오르고, 앞발로 긁고, 침을 흘리지만 말은 하지 못한다. "내가 사교계에 나와 있던 이 3개월 동안" 올랜도는 스타킹 한 짝을 방 건너로 집어 던지면서 말했다. "나는 피핀이 했을 법한 말밖에는 들어본 적이 없다. 추워요. 만족해요. 배가 고파요. 생쥐를 잡았어요. 뼈를 묻었어요. 내 코에 키스해줘요." 이것으로는 충분치 않았다.

어찌하여 그처럼 짧은 시간 안에 올랜도의 기분이 심취에서 혐오로 옮아갔는가를 설명할 수 있는 한 가지 가능한 길은, 이른바 사교계라고 불리는 이 신비스러운 구성물은 그 자체가 절대적으로 좋거나 나쁜 것이 아니며, 그 안에는 날아가기 쉬우나 매우 강력한 성분이 들어 있어서 올랜도가 그랬듯이 유쾌하다고 생각하면 우리를 취하게 만들고, 올랜도가 그랬듯이 역겹다고 생각하면 두통이 난다. 그 어느 쪽이든 언어능력이 크게 관계가 있다고는 믿기 어렵다. 종종 말없이 있는 시간이 가장 황홀한 시간이고, 반짝이는 재치는 이루 말할 수 없이 지루할 수 있다. 그러나 이런 문제는 시인들에게 맡기고, 우리 이야기를 계속해나가자.

올랜도는 첫 번째 스타킹에 이어 두 번째 스타킹을 집어던지고, 사교계와는 영원히 결별하리라 결심을 하고, 침울한 기분으로 잠자리에 들었다. 그러나 다시 알게 된 사실은, 그녀의 결론이 너무 성급했다는 것이다. 바로 이튿날 아침 그녀는 잠에서 깨어나, 테이블 위에 늘 있는 초대장들 가운데서, 어느 지체 높은 귀부인, 즉, R 백작부인한테서 온 것을 발견했기 때문이다. 다시는 사교계에 발을 들여놓지 않겠다고 결심한지 하룻밤밖에 지나지 않았는데, 올랜도가 이 같은 행동을 취한 것은―그녀는 부리나케 R―가에 메신저를 보내, 세상의 더없는 영광으로 알고 그녀의 파티에 참석하겠노라고 알렸다―그녀가 아직도 템스 강을 향해 올라올 때, '매료된 귀부인' 호의 갑판 위에서 니콜라스 베네딕트 바르톨러스 선장이 그녀의 귀에 떨어뜨린 꿀 같은 세 단어의 영향에서 그녀가 벗어나지 못하고 있다고밖에 설명할 길이 없다. 선장은 '코코아나무' 찻집을 손가락으로 가리키면서 애디슨, 드라이든, 포프라고 말했고, 애디슨, 드라이든, 포프는 그 이후 그녀의 머릿속에서 하나의 주문과도 같이 울리고 있었다. 이런 바보 같은 짓을 누가 믿을 수 있겠는가? 그러나 실제로 그랬다. 닉 그린 씨와의 경험에서 올랜도가 배운 것은 아무것도 없었다. 그런 이름들은 지금도 그녀를 매료시켰다. 어쩌면 우리는 무엇인가의 존재를 믿어야만 하는지도 모르며, 올랜도는 앞서 말했듯이, 보통의 신들을 전혀 믿지 않았기 때문에, 위인들을―물론 대단한 위인들을─믿게 되었다. 제독, 군인, 정치가들에게는 관심이 없었다. 그러나 위대한 작가는 생각만 해도 흥분이 되어, 그가 보이지 않는 존재라고 믿을 만큼 믿음의 절정에 이르러 있었다. 그녀의 본능은 건전했다. 어쩌면 인간은 눈으로 볼 수 없는 것만을 전적으로 믿을 수 있는 것인지도 모른다. 그녀가 배의 갑판에서 흘깃 본 이들 시인들의 모습은 환상 비슷한 것이었다. 그 찻잔은 사기그릇이었고, 잡지는 종이었다는 사실마저 의심스러워진다. 어느 날 O 경이 그가 전날 밤 드라이든과 저녁을 먹었다고 한 말을 그녀는 생각할 것도 없이 믿지 않았다. 그런데 R 부인의 응접실은 천재 알현실의 대기실이라는 평판이 나 있었다. 그곳은 남녀가 모여서 벽감 속의 천재의 흉상에게 향로를 흔들고, 찬송가를 부르는 곳이었다. 때로는 하나님 자신이 잠시 몸소 납시기도 했다. 뛰어난 지성의 소유자만이 입장이 허용되었으며, 안에서는(소문에 의하면) 기지에 넘치는 말만을 한다는 것이었다.

그리하여 올랜도는 가슴을 두근거리면서 방에 들어갔다. 방에 들어와 보니, 벌써 벽난로 주위에 한 떼의 사람들이 반원을 그리고 앉아 있었다. 약간 나이가 든, 얼굴색이 검은 R 부인은 머리에 스페인풍의 검은 스카프를 쓰고, 중앙의 거대한 안락의자에 앉아 있었다. 이렇게 해서 약간 귀가 어두운 그녀는 좌우편의 대화를 좌지우지할 수 있었다. 그녀의 좌우에는 최고위층의 남녀들이 앉아 있었다. 남자는 모두가 한때 수상이었다는 것이고, 여자는 모두가 왕의 연인이었다는 소문이었다. 정말 모두가 찬란했고, 모두가 유명했다. 올랜도는 깊은 존경심을 품고 조용히 앉았다…. 세 시간이 지난 후 그녀는 허리를 깊이 숙여 인사하고 나왔다.

그러나 그 사이에 무슨 일이 일어났는가, 라고 독자는 약간 화를 내면서 물을지도 모른다. 세 시간 동안에 그런 회중이라면 세상에서 가장 재치 있고, 가장 심오하고, 가장 재미있는 이야기들을 했음에 틀림없었다. 정말 그렇게 보일 것이다. 그러나 사실은 그들이 아무 말도 하지 않은 것 같다. 그것이 여태껏 이 세상에 존재해온 가장 찬란한 사교계들 공통의 괴이한 특징이다. 나이 든 뒤 데팡 부인[21]과 그녀의 친구들은 50년 동안 쉬지 않고 이야기를 했다. 그런데 그 모든 이야기 가운데서 남은 것은 무엇인가? 아마 재치 있는 세 마디 말이라고 할 수 있다. 그러니 우리는 그들이 아무 말도 안했다거나, 재치 있는 말을 하나도 하지 않았다거나, 재치 있는 말 세 마디가 1만 8천 2백 50일 밤 동안 지속되어서 그들 가운데 어느 누구에게도 기지를 발휘할 기회를 주지 않았다고 상상해도 좋다.

　일의 진상은—이런 경우와 관련해서 감히 이런 말을 쓴다면—사교 모임에 온 모든 사람들이 마법에 걸린 것 같다. 여주인은 현대판 여자 마법사이다. 그녀는 손님들을 마법에 걸리게 하는 마녀이다. 이 집 손님들은 자신들이 행복하다고 생각하고, 저 집 손님들은 재치가 있다고 생각하며, 또 다른 집 손님들은 스스로가 심오하다고 생각한다. 이 모든 것은 환상이지만(이것은 환상을 반대한다는 말이 아닌데, 이유는 환상은 모든 것들 중에서 가장 소중하고 필요한 것이기 때문이고, 환상을 만들어낼 수 있는 그녀는 세상의 가장 위대한 은인 가운데 하나이기 때문이다), 환상은 현실과 부딪히면 박살난다는 것이 잘 알려져 있으므로, 진정한 행복, 진정한 재치, 진정한 심오성은 환상이 판을 치는 곳에서는 허용되지 않는다. 이것으로 뒤 데팡 부인이 50년 동안에 재치 있는 말을 세 마디밖에 하지 않은 사실을 설명할 수 있다. 만약

21　뒤 데팡 후작부인(du Deffand, 1697~1780). 파리의 예술가나 문인들의 후원자이며, 문재에 뛰어난 여자.

그녀가 말을 더 했더라면 그녀의 그룹은 해체되었을 것이었다. 그녀의 재담은 입술을 떠나자마자 마치 대포알이 오랑캐꽃과 데이지꽃을 쓰러뜨리듯이, 진행 중인 대화를 밟고 굴러갔다. 그녀가 그 유명한 "성 드니의 경구"²² 이야기를 했을 때, 풀은 문자 그대로 초토화됐다. 환멸과 절망이 뒤따랐다. 한 마디 말도 없었다. "부인, 제발, 다시는 그런 말씀 하지 마세요!"라고 그녀의 친구들이 일제히 외쳤다. 그래서 그녀는 그대로 했다. 거의 17년 동안 그녀는 기억에 남을 만한 말을 전혀 하지 않았고, 모든 일은 잘 되었다. 환상의 아름다운 덧씌우개는 R 부인의 그룹에서도 그랬지만, 그녀의 그룹에서도 깨지지 않은 채로 있었다. 손님들은 자기들이 행복하다고, 자기들이 재치 있다고, 자기들이 심오하다고 생각했으며, 그들이 그렇게 생각하니까 다른 사람들은 더욱 그렇다고 생각했다. 그리하여 R 부인 댁의 모임보다 더 즐거운 것은 없다는 소문이 났고, 거기에 초대받는 사람들을 모두가 부러워했다. 그리고 거기 초대받은 사람들은 남들이 그들을 부러워하기 때문에 스스로를 자랑스러워했다. 이처럼 이야기 고리는 끝이 없어 보인다—이제부터 하려는 이야기를 빼놓고는.

올랜도가 그곳에 세 번째 간 어느 날, 어떤 사건이 벌어졌다. 그녀는 그때까지도 이 세상에서 가장 찬란한 경구들에 귀를 기울이고 있다는 환상에 빠져 있었다. 그러나 실제로는 늙은 C 장군이 왼발이 통풍의 고통에서 벗어나자, 이번에는 오른쪽 발이 아프다는 이야기를 약간 장황하게 하고 있는 동안, L 씨는 누군가의 이름이 언급되기만 하면 곧 끼어들어서 "R이라구요? 아! 빌리 R이라면 내 일처럼 잘 알지요. 나의 가장 절친한 친구지요. T요? 요

---

22 성 드니가 잘린 자기 목을 들고 6마일을 걸었다는 전설에 대해 그녀가 한 말 가운데서, "거리는 문제가 아니며, 힘든 것은 첫 발자국뿐이다"라는 말이 가장 유명하다. 그 밖에 "유령 따위는 믿지 않는다. 그러나 무섭다"라는 것도 있다.

크셔에서 보름 동안 같이 지냈지요"라고 말참견을 했다. 환상의 힘은 대단해서, 이런 말들은 더없이 재치 있는 문답, 인생에 대한 더없이 날카로운 논평처럼 들려, 좌중을 크게 웃기는 것이었다. 그때 문이 열리고, 작은 체구의 한 신사가 들어왔는데, 올랜도는 그의 이름을 알아듣지 못했다. 곧 야릇하게 불쾌한 감정이 그녀를 엄습했다. 표정으로 미루어 보아 다른 사람들도 마찬가지로 느끼기 시작한 것 같았다. 한 신사는 어디서 틈새 바람이 들어온다고 말했다. C 후작 부인은 틀림없이 소파 밑에 고양이가 있는 모양이라고 겁을 냈다. 이것은 마치 유쾌한 꿈에서 천천히 깨어난 그들의 눈에 오로지 싸구려 세면대와 더러운 침대 덮개만 보이는 것과 흡사했다. 마치 맛있는 포도주의 향기가 서서히 그들을 떠나가고 있는 것과도 같았다. 장군은 여전히 말을 계속하고 있었고, L 씨는 여전히 생각이 난다고 했다. 그러나 장군의 목이 아주 붉고, L 씨의 머리가 아주 대머리라는 것이 점점 더 명백해졌다. 그들이 한 이야기란―그보다 더 지루하고 시시할 수는 없었다. 모두가 안절부절 못했고, 부채를 가지고 있던 이들은 부채로 입을 가리고 하품을 했다. 드디어 R 부인이 부채로 그녀의 거대한 의자 팔걸이를 쳤다. 두 신사는 모두 말을 중단했다.

그때 체구가 작은 신사가 말했고,
다음으로 그가 말을 했고,
마지막으로 그가 말했다.[23]

이 말 속에 참된 재치와, 참된 지혜와, 참된 심오함이 있다는 사

---

23 이 말들은 너무 잘 알려져 있어 되풀이할 필요가 없으며, 게다가 이 말들은 출판된 그의 저서 안에 고스란히 담겨 있다. (원작자의 주)

실은 부정할 길이 없다. 일동은 당황했다. 그런 대사는 하나만이라도 충분하다. 그런데 하룻저녁에 차례차례 세 개씩이라니! 어떤 사교계도 그것은 무리였다.

"포프 씨" 늙은 R 부인이 떨리는 냉소적인 목소리로 "재치 있는 말씀을 하고 나시니 기분이 좋으신가보죠"라고 말했다. 포프 씨는 얼굴이 빨개졌다. 모두 입을 다물었다. 그렇게 쥐 죽은 듯이 조용하게 20분가량 앉아 있었다. 그러자 한 사람씩 일어나 슬며시 방에서 빠져나갔다. 이런 경험을 하고 난 뒤, 그들이 다시 돌아올는지는 의문이었다. 횃불을 든 소년들이 아래 쪽 사우스 오들리가[24]에서 그들의 마차를 부르는 소리가 들려왔다. 마차 문이 쾅하고 닫히는 소리가 들렸고, 마차들은 떠나갔다. 올랜도는 층계 위에서 자기가 포프 씨 옆에 있다는 것을 알게 되었다. 포프 씨의 여윈 불구의 몸은 다양한 감정 때문에 떨고 있었다. 그의 눈에서는 악의와 격노와 승리와 재치와 그리고 공포가(그는 나뭇잎처럼 떨고 있었다) 화살처럼 튀어나왔다. 그는 마치 이마에 불타는 토파즈를 박고 엎드린 파충류처럼 보였다. 동시에 지금까지 경험해보지 못한 더없이 이상한 격정이 불행한 올랜도를 사로잡았다. 한 시간도 채 되기 전에 그처럼 철저한 충격을 주었던 환멸에 그녀의 머리는 이리저리 흔들렸다. 모든 것이 이전보다 열 배는 더 헐벗고 황량하게 보인다. 이것은 인간 정신에 대해 가장 큰 위험을 잉태한 시간이다. 이런 순간에 여자들은 수녀가 되고, 남자들은 신부가 된다. 이런 순간에 부자들은 재산기증서에 서명하고, 행복한 사내가 고기 써는 칼로 목을 가른다. 올랜도는 이 모든 것을 기꺼이 했을 것이지만 그녀가 할 수 있는 더 경솔한 일이 있었고, 그녀는 그 일을 해버렸다. 그녀는 포프 씨를 초대해서 그녀의

---

24 하이드 파크 옆에 있는 고급 주택가인 메이페어 구역에 있다.

집으로 같이 갔다.

만약 무장하지 않은 채로 사자 굴속으로 들어가는 것이 무모한 짓이라면, 노 젓는 배로 대서양을 횡단하는 것이 무모한 짓이라면, 성바오로 성당 꼭대기에서 한 발로 서는 것이 무모한 짓이라면, 시인과 단 둘이 자기 집으로 가는 것은 더욱 무모한 짓이다. 시인은 대서양과 사자를 합쳐놓은 것이다. 대서양이 우리를 삼켜버린다면 사자는 우리를 물어뜯는다. 사자의 이빨에서 빠져나온다고 해도 바다가 우리를 기다리고 있다. 환상을 깨뜨리는 사람은 야수이고 홍수이다. 환상은 영혼에 대해 지구를 둘러싸고 있는 대기와 같다. 그 부드러운 공기를 걷어내면 식물은 죽고 빛은 사라진다. 우리가 걷고 있는 지구는 타버린 재가 된다. 우리가 걷는 것은 이회토泥灰土 진흙이고, 뜨거운 자갈에 발바닥이 탄다. 진실은 우리를 파멸시킨다. 인생은 꿈이다. 깨어난다는 것은 죽음을 뜻한다. 우리에게서 꿈을 빼앗아가는 사람은 우리의 목숨을 빼앗아가는 사람이다 ― (마음만 먹으면 이런 식으로 여섯 쪽은 계속할 수 있겠지만, 글이 지루하니 여기서 그만두는 것이 좋겠다).

그러나 그렇다면 올랜도는 사륜마차가 블랙프라이어스의 그녀 집에 도착했을 즈음에는 한 더미의 재가 돼 있어야 한다. 비록 분명히 그녀가 지쳐 있기는 했으나 여전히 피와 살이 있는 인간이었던 것은 전적으로 우리가 앞서 이야기 도중에 주의를 환기했던 하나의 사실에 기인한다. 인간은 보이지 않는 것일수록 더 믿는다. 당시 메이페어와 블랙프라이어스 사이의 거리들은 조명이 아주 부실했다. 조명이 엘리자베스 시대보다 대폭으로 개선되어 있었던 것은 사실이다. 당시에는 길이 저문 나그네는 파크 레인의 자갈 구덩이를 피하고, 토트넘 코트 로드에서 멧돼지들이 먹을 것을 후벼 파고 다니는 참나무 숲을 피하기 위해서는 별에 의지하든가, 아니면 야경꾼들의 붉은 횃불에 의지해야 했다. 그렇다고 해도 현대의 효율성에는 훨씬 미치지 못했다. 기름 램프를 사용하는 가로등이 200야드 정도의 간격으로 서 있었지만, 그 사이에는 칠흑 같은 어둠이 상당히 긴 거리에 걸쳐서 뻗쳐 있었다. 그리하여 올랜도와 포프 씨는 10분 동안은 어둠 속에 있게 되었고, 다음 약 30초 동안은 다시 밝은 곳에 있게 되었다. 그 결과 올랜도는 대단히 이상한 심리 상태에 빠지게 되었다. 빛이 흐려지면 더없이 달콤한 향기가 그녀를 감싸는 것을 느끼기 시작했다. "젊은 여자가 포프 씨와 함께 마차를 타고 간다는 것은 정말 대단한 영광이지"라고 그의 코 윤곽을 바라보면서 그녀는 생각하기 시작했다. "나는 여자들 가운데서 가장 축복받은 사람이다. 반 인치밖에 떨어지지 않은 곳에 ─ 정말로 나는 그의 무릎 리본의 매듭이 내 넙적다리에 눌리는 것을 느낀다 ─ 이분은 대영제국의 가장 우수한 두뇌. 차세대들은 우리를 호기심어린 눈빛으로 바라볼 것이고, 나를 미친 듯 부러워할 것이다." 이때 다시 가로등이 들어왔다. "나라는 사람은 얼마나 어리석은가!"라고 그녀는 생각했다. "명성이나 영광 같은 것은 애시당초 존재하지도 않는다. 차세대들은 나나 포프 씨에 대하여 전혀 관심을 보이지 않을 것이다. '시대'란 정녕 무엇이란 말인가? '우리'란 무엇이란 말인가?" 두 사람이 버클리 스퀘어를 지나가는 것이, 마치 아무런 공통의 흥미나 관심도 없이 순간적으로 함께 있게 된 두 마리의 눈먼 개미가 캄캄한 사막 길을 더듬어 나아가고 있는 것처럼 보였다. 그녀는 몸을 떨었다. 그러나 또 다시 어두워졌다. 그녀의 환상이 되살아났다. "그의 이마는 참 고상하기도 하지"라고 그녀는 생각했다(쿠션 위에 있는 포프 씨 등의 혹을 어둠 속에서 이마로 잘못 알고). "저 이마 속에는 얼마나 커다란 천재가 들어 있을까! 얼마나 많은 재치와 지혜와 그리고 진리 ─ 정말이지, 저 보석들은 모두 얼마나 값진 것인가! 사람들은 기꺼이 목숨과도 바꾸려 들 것이다! 당신의 빛이야말로 영원히 타오르는 빛이다. 당신이 아니었으면 인간의 순례는 완전한 암흑 속에서 이루어졌을 것이다." (여기서 마차가 파크 레인에 있는 바퀴 자국에 빠지면서 크게 기울었다.) "천재가 없다면 우리에겐 혼란과 파멸이 있을 뿐이다. 매우 엄숙하고, 매우 밝은 빛줄기" ─ 이처럼 그녀가 쿠션 위의 혹에다 대고 말을 하고 있을 때, 그들이 버클리 광장의 가로등 밑을 지나게 되어 그녀는 자신의 잘못을 깨달았다. 포프 씨의 이마는 다른 사람의 이마보다 별반 더 크지 않았다. "불쌍한 인간 같으니"라고 그녀는 생각했다. "잘도 나를 속였네요! 나는 저 혹이 당신 이마인줄 알았어요. 잘 보면 당신은 참 야비하고, 참 경멸스러워요! 병신에다 허약하고, 당신한테 존경할 데란 아무데도 없고, 연민하고 경멸할 곳은 무더기로 있어요."

또다시 마차는 어둠 속으로 들어갔고, 그녀가 시인의 무릎밖에 볼 수 없게 되자 노여움이 누그러졌다.

"그러나 불쌍한 건 나야"라고 그들이 완전한 어둠 속으로 들어가자 그녀는 생각했다. "당신이 천한지는 모르지만 내가 더 천한 것은 아닌가? "당신이 야비한지는 모르지만 내가 더 야비한 것은 아닌가? 나를 먹이고 보호하는 것은 당신들 남자이고, 야수들을 쫓아내고, 야만인들에게 겁을 주고, 나에게 명주로 옷을 만들어주고, 양털로 양탄자를 만들어주는 것도 당신들이다. 만약 내가 경배하기를 원한다면, 당신은 나를 위해 자신의 모습을 하늘에 걸어놓지 않겠소? 도처에서 당신의 마음 씀씀이를 느낄 수 있지 않겠소? 그러니 나는 힘껏 겸손하고, 감사하고, 유순해야 되지 않겠소? 나는 당신에게 봉사하고, 당신을 존중하고, 당신에게 복종하는 것을 가장 큰 기쁨으로 알 것입니다."

이때 그들은 지금의 피카디리 광장 한 모퉁이에 있는 커다란 가로등에 이르렀다. 불빛에 눈이 부셨고, 보아하니 인기척 없는 황량한 거리에 몇 명의 밤거리 여자들 옆에 두 명의 왜소한 남자가 서 있었다. 둘 다 벌거벗은 채로, 외롭고 무력했다. 어느 한 쪽이 다른 쪽을 도와줄 힘이 없었다. 각각은 자신을 돌보는 것이 고작이었다. 포프 씨의 얼굴을 정면으로 보면서, "당신이 나를 보호할 수 있다고 생각하는 것도, 내가 당신을 경배할 수 있다고 생각하는 것도 똑 같이 부질없는 짓이에요. 진실의 빛이 우리를 적나라하게 비추고, 두 사람에게 진실의 빛은 저주스럽도록 어울리지 않아요."

이러고 있는 동안 내내, 물론 그들은 계속해서 가문 좋고 교육받은 사람들이 항용 그렇듯, 여왕의 성품과 수상의 통풍에 관해서 유쾌하게 이야기를 했고, 그러는 동안에 마차는 헤이마켓에서 스트랜드 가를 지나 프리트 가로, 밝은 곳에서 어두운 곳으로 나아갔고, 마침내는 블랙프라이어스에 있는 그녀의 집에 도착했다. 어느새 가로등 사이의 어두운 공간은 더욱 밝아져 있었고, 가로등 빛 자체는 희미해져 있었다—다시 말해 아침 해가 떠오르고 있었다. 그리하여 두 사람은 모든 것이 다 보이지만, 무엇 하나 분명하게 보이지 않는 고요하지만 혼란스러운 아침 햇빛 속에 마차에서 내렸는데, 포프 씨가 내리는 올랜도의 손을 잡아주었고, 올랜도는 허리 굽혀 인사하고는 포프 씨에게 먼저 집으로 들어가시도록 미의 세 여신[25]의 법도에 한 치도 어긋나지 않게 권해 드렸다.

---

25 그리스 신화에 나오는 아글라이아, 에우프로쉬네, 탈리아의 세 여신. 아름다움과 매력을 관장한다.

그러나 지금까지의 이야기에서 미루어 천재란(그러나 이 천재병은 테니슨 경을 마지막으로 지금은 영국에서 사라졌다) 항상 빛나는 것이라고 생각해서는 안 되는데, 만약 그렇다면 우리는 모든 것을 분명히 볼 수 있어야 하고, 그러는 사이 우리는 불에 타 죽을 것이다. 오히려 천재의 기능은 등대와 비슷해서, 한때 불빛을 보내는가 하면 한동안 빛을 발하지 않는다. 천재성이 나타나는 것은 더욱 더 변덕스럽다는 점이 다를 뿐이어서, 예닐곱 번 재빠르게 연달아 반짝했는가 하면(그날 밤의 포프 씨처럼), 일 년 혹은 영원히 어둠 속에 사라지기도 한다. 따라서 천재들이 발하는 불빛으로 항해하는 것은 불가능한 일이며, 암흑기에 들어선 천재는 보통 사람과 다를 바가 없다고 한다.

이것은 비록 처음엔 올랜도에게 실망스러웠지만, 그렇게 된 것은 그녀에게 다행스러운 일이었는데, 지금은 그녀가 천재들과 트고 지내는 사이가 됐기 때문이다. 그들은 사람들이 생각하듯이 우리와 별로 다르지 않았다. 올랜도는 애디슨과 포프, 스위프트가 차를 좋아한다는 것을 알았다. 그들은 정자를 좋아했다. 그들은 색유리 조각 모으는 일을 좋아했다. 그들은 피서용의 작은 동굴을 선망했다. 지위도 싫어하지 않았다. 칭찬해주면 좋아했다. 그들은 하루는 자두색 양복을 입는가 하면, 그다음 날은 회색 옷을 입었다. 스위프트 씨는 멋진 등나무 지팡이를 가지고 있었다. 애디슨 씨는 손수건에 향수를 뿌리고 다녔다. 포프 씨는 두통 환자였다. 가십 거리도 싫어하지 않았다. 시샘하는 마음도 없지 않았다(우리는 올랜도의 머릿속에 두서없이 떠오른 것들을 적고 있다). 처음 올랜도는 이런 사소한 것들을 알아보는 자신에게 화가 났고, 천재들의 기억할 만한 말들을 적어두려고 공책을 준비했었는데, 그것도 백지 상태로 남아 있었다. 여하튼 그녀는 다시 원기를 회복했고, 대연회의 초대장들을 찢어버리고, 저녁 시간은 비워두기로 했다. 그러고는 포프 씨와 애디슨 씨와 스위프트 씨 등의 방문을 기다리기 시작했다. 만약 독자들이 여기서 『머리 타래 훔치기』나 『스펙테이터』지[26], 『걸리버 여행기』를 찾아보신다면 이들 신비스러운 말들의 정확한 의미를 이해할 수 있을 것이다. 사실상 독자들이 이 충고를 받아들인다면, 전기작가들과 비평가들의 수고를 덜 것이다. 왜냐하면 다음 글을 읽을 때,

> 요정이 다이애나의 순결의 법도를 깰지,
>
> 깨지기 쉬운 사기 단지에 흠집이 생길지,
>
> 그녀의 명예를 더럽히거나, 아니면 새 옷을 더럽힐지,
>
> 그녀의 기도를 잊고, 가면무도회를 놓칠지,
>
> 아니면 무도회장에서 낙담하고 목걸이를 잃을지.[27]

―우리는 마치 포프 씨의 혀가 도마뱀의 혀처럼 날름거리는 모습을, 그의 눈이 반짝이는 모습을, 그의 손이 떨리는 모습을, 그가 사랑하고 거짓말을 하고 괴로워하는 모습을 직접 본 듯이 알 수 있다. 간단히 말해, 한 작가의 영혼의 모든 비밀이, 그의 인생의 모든 경험이, 그의 지성의 모든 자질이 그의 작품에 대서특필돼 있는데도, 비평가나 전기작가들이 이런저런 설명을 해주어야 한다. 전기문학이 터무니없이 번창하는 것은 오로지 사람들이 시간이 너무 많다는 사실로밖에 설명할 길이 없다.

그러니까 『머리 타래 훔치기』를 한두 쪽 읽고 나면, 우리는 왜 올랜도가 그날 오후 그처럼 재미있어 하고, 그처럼 겁에 질리고, 그

---

26 1711년 R. 스틸과 J. 애디슨이 창간한 일간지.
27 알렉산더 포프의 『The Rape of the Lock』(1712)의 II편, 104~109행.

처럼 볼이 빨개지고, 눈이 반짝였는지를 정확히 알 수 있게 된다.

　그때 넬리 부인이 노크를 하고 애디슨 씨가 마님을 찾아오셨다고 전했다. 이 말을 듣자 포프 씨가 뒤틀린 미소를 지으며 일어나서 작별 인사를 하고는 절뚝거리며 나갔다. 애디슨 씨가 들어왔다. 그가 자리를 잡을 동안 『스펙테이터』의 다음 구절을 읽어보자.[28]

　"나는 여성이 아름답고 낭만적인 동물이라고 생각하며, 따라서 모피와 깃털, 진주와 다이아몬드, 금과 실크로 치장해도 좋다고 생각한다. 여인의 목도리를 만들 스라소니의 껍질을 여인의 발밑에 던져라. 앵무새와 백조는 여인의 손을 따뜻하게 해줄 머프를 위해 이바지하라. 바다를 뒤져서 조개를 얻어오고, 바위틈을 뒤져서 보석을 찾아내고, 자연의 가장 완전한 창조물인 여자를 장식하기 위해 자연의 모든 부분은 자기 몫을 다해야 한다. 나는 이 모두를 여인들이 원하는 대로 내버려두겠다. 그러나 지금까지 말해온 페티코트는 인정할 수도 없고, 인정하지도 않을 것이다."

　우리는 삼각모 따위를 쓴 이 신사를 고스란히 우리 손아귀에 쥐고 있다고 말할 수 있다. 수정알을 다시 한 번 들여다보자. 그가 신고 있는 양말 주름까지 투명하게 보이지 않는가? 그의 위트의 잔물결, 구비 하나하나가, 그리고 그의 인자함, 그의 수줍음, 그의 세련됨과, 그가 어떤 백작부인과 결혼하고, 마침내는 상당한 신분으로 죽게 된다는 사실이 명백히 드러나 있지 않은가? 애디슨 씨가 할 말을 다했을 때, 문을 세차게 두드리는 소리가 들리고, 늘 멋대로 행동하는 스위프트 씨가 안내도 없이 들어왔다. 잠깐, 『걸리버 여행기』가 어디 있었더라? 여기 있다! 「휘이넘 국으로의 기행

---

28 실제로 여기에 인용한 부분은 『스펙테이터』 지가 아니라 R. 스틸과 J. 애디슨이 공동 편집한
　『Tatler』에서의 인용.

기」[29]에서 한 구절을 읽어보자.

"나는 몸이 아주 건강했고, 정신도 안정돼 있었고, 친구가 배반하거나 변덕스러웠던 적도 없었으며, 음양 간에 적으로부터 해를 입은 적이 없었다. 나는 높은 사람이나 그의 추종자의 비위를 맞추기 위해 뇌물을 쓰거나, 아첨을 하거나, 뚜쟁이 노릇을 하지도 않았다. 협잡이나 탄압을 막아줄 울타리가 필요하지도 않았다. 여기에는 우리 몸을 망가뜨리는 의사도 없었으며, 나를 파산시킬 변호사도 없었다. 돈을 받고 내 말이나 행동을 염탐하고, 죄를 날조하는 밀고자도 없었다. 여기엔 조롱하는 사람도, 비난하는 사람도, 험담을 하는 사람도, 소매치기도, 노상강도도, 주택 침입자도, 변호사도, 포주도, 어릿광대도, 노름꾼도, 정치가도, 재담꾼도, 까다로운 사람도, 입담꾼도 없었다…."

그러나 그 쇠붙이 같은 말의 돌팔매질은 그만해주기 바란다. 그러다가는 우리 모두와 당신마저 산채로 껍질을 벗겨 놓을 테니까! 이 난폭한 사람만큼 거친 사람도 없다. 그는 무척 조잡하면서도 무척 깨끗하다. 무척 잔인하면서도 무척 친절하다. 온 세상을 경멸하는가 하면, 어떤 소녀에게는 애기 같은 말투를 쓰고, 그러다가 정신병원에서 죽게 될 것이라는 것을 의심할 수 있는가?

그래서 올랜도는 이들 모두에게 차를 따라주었다. 그리고 날씨가 좋을 때에는 가끔 그들을 데리고 시골에 내려가서 원형 응접실에서 거하게 대접했는데, 그 방에는 그들의 초상화를 원형으로 걸어놓아, 포프 씨가 자기 그림보다 애디슨 씨 그림이 앞에 걸렸다거나, 혹은 그 반대라는 말을 할 수 없었다. 그들은 매우 위트도 있어서(그러나 그 위트는 모두 그들의 책에 있다), 그녀에게 문

---

29 4부작으로 된 조너선 스위프트(1667~1745)의 『걸리버 여행기』 가운데 하나인 「휴이넘 국(말의 나라)으로의 기행기 *A Voyage to the Country of the Houyhnhnms*」

체의 가장 중요한 부분, 즉 말할 때의 자연스러운 흐름에 대해 가르쳐주었는데, 이것은 들어보지 않고서는 아무리 재주가 있어도 심지어는 그린 씨조차 흉내 낼 수 없는 것이다. 그것은 공기 가운데서 태어나서, 파도처럼 가구 위에 부서지며 구르고 사라져서, 결코 두 번 다시 붙잡을 수가 없기 때문이다. 더욱이 반세기가 지난 뒤 제아무리 두 귀를 쫑긋 세우고 노력해도 불가능한 일이다. 그들은 말할 때의 목소리의 억양만으로 이것을 그녀에게 가르쳤다. 그 결과 그녀의 문체는 약간 변했고, 매우 유쾌하고도 위트 넘치는 시를 쓰거나, 산문으로 성격묘사를 했다. 그리고 그녀는 그들에게 포도주를 아낌없이 대접했고, 식사 때는 접시 밑에 현찰을 놓으면 그들은 그것을 기꺼이 받았으며, 그 대신 그녀는 그들의 찬사를 받고, 자신이 높은 예우를 받은 것으로 생각했다.

시간은 이렇게 흘렀고, 올랜도가 이따금 "정말 무슨 인생이 이렇담!"이라고 혼잣말을 하는 것을 들을 수 있었는데, 그 말을 듣는 사람에게 어쩌면 얼마간의 의구심을 품게 할지도 모르게 강조해서 말했다. (왜냐하면 그녀는 아직도 인생이라는 그 물건을 찾아 헤매고 있었으니까.) 그러나 곧 제반 여건이 그녀로 하여금 이 문제를 좀 더 정밀하게 생각해보지 않으면 안 되게 만들었다.

하루는 그녀가 포프 씨를 위해서 차를 따르고 있었는데, 포프 씨는 위에 언급된 운문들로 미루어 알 수 있듯이, 그는 그녀 옆에 눈을 반짝이며, 주의 깊게 그리고 의자에 구겨져 앉아 있었다.

"정녕," 그녀는 설탕 집게를 집어 들면서 생각했다. "미래의 여자들이 나를 얼마나 부러워할까! 그러나?" 그녀는 생각을 멈추었다. 왜냐하면 포프 씨가 그녀의 주의를 끌었기 때문이다. 그러나―그녀를 대신해서 그녀의 생각을 끝내자―누군가가 "다음 세대가 나를 얼마나 부러워할 것인가"라고 할 때, 그들이 현재 극도로 불안하다고 말해도 좋을 것이다. 이 생활이 전기작가가 그의 작품을 완성했을 때처럼 자극적이고 유쾌하고 영광된 것일까? 우선 첫째로 올랜도는 차가 몹시 싫었다. 다음으로 지성은 멋지고 아주 존경스러운 것이기는 하나, 세상에도 보기 흉한 송장 같은 몸뚱이에 들어 앉아, 통탄스럽게도 다른 능력들을 먹어 치우는 버릇이 있어, 지성이 가장 큰 덩치로 자란 곳에서는 마음도, 감각도, 아량도, 자비도, 인내도, 친절과 그 밖의 모든 것들이 질식 직전에 몰리게 된다. 게다가 시인들은 자신을 높이 평가하며, 다른 사람들은 하찮게 본다. 그리하여 시인들은 항시 반목하고, 상처를 입히고, 시기하며, 재치 있는 말대꾸에 바쁘다. 그것도 달변으로 한다. 그리고 탐욕스럽게 공감을 요구한다. 그래서 이런 일들 때문에 재사들이 듣지 못하게 귓속말로 말씀드리자면, 차 따르는 일이 보통 우리가 알고 있는 것보다 더 불안정하고 실제로 고된 일이 된다. 여기에 더해서(여인네들이 듣지 못하게 다시 귓속말로 하자면), 남자들은 그들 사이에 작은 비밀 하나를 공유한다. 체스터필드[30] 경이 절대로 누설하지 말라는 엄명과 함께 자기 아들에게, "여자는 덩치가 큰 애와 같다 … 지각이 있는 남자라면 그들을 적당히 상대하고, 그들과 놀아주고, 기분을 맞춰주고, 듣기 좋은 말을 해주면 된다"라고 일러주었는데, 애들은 언제나 듣지 말아야 할 것들을 듣고, 게다가 어차피 어른이 되니까, 그런데 이 말이 어쩌다 새어나가, 차를 따른다는 의식 전체가 묘한 것이 되어버린다. 어떤 재사가 한 여인에게 시를 보내고, 그녀의 판단을 칭송하고, 그녀의 비평을 간청하고, 그녀가 따라주는 차를 마시기는 해도, 결코 그가 그녀의 의견을 존경하고, 그녀의 이해력을 존중하는 것이 아니어서, 칼이 없다면 펜으로라도 그녀

---

30 필립 도머(1694~1773), 영국의 정치가.

를 찌르는 일도 마다하지 않을 것이라는 것을 여인은 알고 있다. 이런 이야기를 제아무리 작은 소리로 말해도 지금쯤은 밖으로 새나갔을 것이다. 그리하여 크림 잔을 손에 들고, 설탕 집게를 벌린 부인들이 약간 안절부절 못하고, 창밖을 살짝 내다보고, 하품을 좀 하다가 설탕 덩어리를 포프 씨의 찻잔에 풍덩 떨어뜨릴 수가 있다―지금 올랜도가 그랬던 것처럼. 아무도 포프 씨만큼 모욕을 민감하게 의심하고, 그처럼 재빨리 복수하는 사람은 없다. 그는 올랜도 쪽을 향해『여인의 성격』의 유명한 한 행을 적은 원고를 그녀에게 주었다.[31] 나중에는 이 부분에 손을 대지만, 초고의 상태로도 충분히 주목을 끌만 했다. 올랜도는 이것을 무릎 굽혀 인사하고 받았다. 포프 씨는 인사를 하고 나갔다. 올랜도는 상기된 뺨을 식히기 위해 정원 한 끝에 있는 개암나무 숲으로 천천히 걸어갔는데, 정말 그녀는 그 키 작은 사람한테 따귀라도 맞은 기분이었다. 곧 서늘한 미풍이 불어와 볼을 식혀주었다. 놀랍게도 올랜도는 혼자 있게 되어 크게 마음이 놓이는 것을 알았다. 그녀는 짐을 가득 실은 배들이 즐겁게 강을 거슬러 올라가는 것을 바라보았다. 틀림없이 그 광경이 지나간 날의 일을 한두 가지 생각나게 했다. 그녀는 멋진 버드나무 아래 앉아 깊은 명상에 잠겼다. 하늘에 별이 뜰 때까지 앉아 있었다. 그러고는 일어나 되돌아 집으로 들어가 침실에 들어가 문을 잠갔다. 그러고는 그녀가 아직 멋쟁이 청년이었던 시절 입던 옷들이 많이 걸려 있는 옷장을 열고, 베네치아 레이스로 화려하게 장식된 까만 벨벳 옷을 골랐다. 사실 그 옷은 약간 유행이 지나긴 했지만 완벽하게 몸에 맞았고 옷을 입고 나니 그녀는 어김없는 귀공자였다. 거울 앞에서 한두

---

31 포프의『Epistle to a Lady: Of the Character of WOMEN』(1735)의 "대부분의 여자는 성격이 없다 Most Women have no Character at all"라는 대목.

번 돌아보고, 속치마 때문에 행동이 부자유스럽지 않은지 확인하고는 몰래 밖으로 나갔다.

이른 4월의 화창한 밤이었다. 헤아릴 수 없이 많은 별들이 초생달의 빛과 섞이고, 거기에 가로등 불빛이 가세해서 인간의 얼굴과 렌 씨의 건축물들에 더없이 잘 어울리는 빛을 발하고 있었다. 모든 것이 그럴 수 없이 부드럽게 보였지만, 그것이 녹아 없어지려는 지점에서 은색의 불빛이 그것을 다잡아 활기를 불어넣고 있었다. 대화도 그래야 한다고 올랜도는(바보 같은 공상에 잠기면서) 생각했다. 사교계도 그래야 하고, 우정도 그래야 하고, 사랑도 그래야 한다. 도대체 알 수 없는 일이지만, 우리는 인간 상호 간의 교제에 대한 믿음을 상실하는 순간, 아무렇게나 배열된 헛간들, 나무들, 건초더미들과 마차가 손에 넣을 수 없는 것의 완전한 상징처럼 보여 우리는 또 다시 탐색을 시작한다.

올랜도는 이런 관찰을 하면서 레스터 광장으로 들어섰다. 건물들은 낮에는 볼 수 없었던 꿈 같은, 그러나 균형 잡힌 모양을 하고 있었다. 창공엔 지붕과 굴뚝들의 윤곽이 옅은 색으로 교묘하게 그려져 있었다. 한 젊은 여인이 한쪽 팔을 옆으로 늘어뜨리고, 다른 한 팔은 무릎에 올려놓은 채 실의에 빠져 광장 한가운데 있는 플라타너스 나무 아래 의자에 앉아 있는 모습은, 그대로 우아함, 단순함, 그리고 황량함 바로 그 자체로 보였다. 올랜도는 남들이 보는 데서 멋쟁이 한량이 귀부인에게 경의를 표할 때처럼 모자를 벗고 인사했다. 젊은 여인이 얼굴을 쳐들었다. 더없이 정교한 모양의 얼굴이었다. 그녀는 눈을 쳐들었다. 그것은 찻주전자에서는 가끔 볼 수 있지만, 인간의 얼굴에서는 좀처럼 보기 드문 광택을 띠고 있었다. 은빛으로 빛나는 시선으로 그 젊은 여인은 호소하듯, 희망을 가지고, 떨고 두려워하면서 그를 쳐다보았다(올랜도는 그녀에게 있어서는 남자니까). 여자는 일어나 올랜도의 팔짱을 꼈다. 왜냐하면 ─ 이 점을 강조할 필요가 있을까 ─ 그녀는 밤마다 상품에 광을 내서 공판장에 내놓고, 최고 입찰자를 기다리는 인종 중의 한 사람이었기 때문이다. 그녀는 올랜도를 제라드 가의 자기 숙소로 데리고 갔다. 그녀가 자기 팔에 가볍게 그러면서 애원하듯 매달려 있는 것을 느끼자, 올랜도는 남자다운 감정에 사로잡혔다. 올랜도는 남자처럼 보였고, 남자처럼 느꼈고, 남자처럼 말을 했다. 그러나 방금 전까지도 그녀 자신이 여자였으므로, 올랜도는 그 소녀의 수줍음과 머뭇거리는 대답, 빗장에 열쇠를 꽂느라 더듬거리는 바로 그 모습, 주름 잡힌 외투, 축 늘어진 팔하며, 이 모든 것이 자기의 남자다움을 만족시키려 꾸민 짓이 아닌가 하는 의심이 들었다. 두 사람은 이층으로 올라갔다. 이 불쌍한 아가씨가 방을 꾸미느라 애썼고, 방은 이것 하나뿐이라는 사실을 감추려고 애쓰는 것을 올랜도는 한눈으로 알 수 있었다. 이런 속임수는 올랜도의 혐오감을 불러일으켰고, 진실은 그녀의 동정심을 불러일으켰다. 속임수를 뚫고 보이는 진실이 야릇하게 뒤섞인 감정을 낳게 되어, 올랜도는 웃어야 할지, 울어야 할지 몰랐다. 그러는 동안 이름이 넬이라고 한 이 소녀는 장갑 단추를 끄르고, 터진 왼쪽 엄지손가락을 조심스럽게 가렸다. 그러고는 스크린 뒤로 가서 아마도 거기서 볼에 연지를 바르고, 옷매무새를 고치고, 목에 새 스카프를 감고 ─ 그러는 동안 여자들이 늘 그러듯, 애인을 즐겁게 해주기 위해 재잘거리고 있었는데, 올랜도는 그녀의 말투로 보아, 틀림없이 그 소녀가 딴 생각을 하고 있다는 것을 알 수 있었다. 모든 준비가 끝나자, 소녀는 준비를 하고 스크린 뒤에서 나왔는데 ─ 올랜도는 여기서 더 이상 참을 수가 없었다. 분노와 즐거움과 연민의 더없는 고통에 그녀는 남자 옷을 벗어쩌히고 스스로가 여자임을 인정했다.

이 말을 듣자 넬은 길 건너에서도 들릴 만큼 큰 소리로 웃음을 터뜨렸다.

"그래요, 손님"하고 웃음이 좀 가라앉자 소녀가 말했다. "그렇다고 해도 조금도 실망스럽지 않네요. 솔직히 말해(두 사람 모두 여자라는 사실을 알자, 놀랍도록 빨리 소녀의 태도는 바뀌고, 구슬프고 애처로운 태도는 사라졌는데), 솔직히 말해, 오늘 밤은 남자 손님을 받을 기분이 아니에요. 사실 지금 입장이 몹시 난처해요"라고 말했다. 그러면서 불을 살리고, 펀치 잔을 휘저으면서 소녀는 올랜도에게 자기 신상 이야기를 했다. 지금 우리의 관심은 올랜도이므로 다른 여인의 신상에 관한 이야기는 할 필요가 없지만, 분명히 올랜도는 지금처럼 시간이 빠르고 재미있게 지나가는 것을 경험한 적이 없었다. 비록 넬 양은 위트라고는 눈곱만치도 없었고, 이야기 도중에 포프 씨 이름이 나왔을 때는 혹시 그가 저민 가에 있는 같은 이름의 가발가게와 무슨 관계가 있느냐고 순진하게 묻기는 했지만. 그러나 올랜도에게 편안함의 매력과 아름다움의 유혹이 너무 커서, 비록 이 불쌍한 소녀의 말이 길거리의 천한 표현으로 넘쳐났지만, 세련된 표현에 익숙한 그녀에게 그것은 마치 포도주 같은 맛이었다. 그리하여 올랜도는 포프 씨의 비아냥과 애디슨 씨의 지나친 겸양과 체스터필드 경의 비밀 속에는 비록 그들 작품에 대한 올랜도의 깊은 존경심에는 변함이 없었지만, 배운 사람들과의 교제에 입맛을 잃게 하는 무엇인가가 있다는 결론을 내릴 수밖에 없었다.

넬이 프루를 데리고 오고, 프루는 키티를, 키티는 로즈를 데리고 왔는데, 이 불쌍한 아가씨들은 나름대로의 모임을 가지고 있으며, 이들이 지금 올랜도를 자기들 일행으로 넣어주었다는 것을 알 수 있었다. 각자가 지금처럼 살게 된 파란만장한 내력을 이야기했다. 몇몇은 백작의 사생아였고, 한 아가씨는 그래서는 안 될 만큼 왕과 가까운 사이라고 했다. 불쌍하고 비참하기는 했지만, 이들은 모두 자기 혈통 증명 구실을 할 반지나 손수건 따위를 호주머니에 가지고 있었다. 그리하여 그들은 올랜도가 알아서 후하게 대접한 펀치볼 주위에 몰려 앉아, 재미있는 이야기와 보고 들은 즐거운 이야기의 꽃을 피웠다. 그도 그럴 것이, 여자들이 모이면—그렇지만 쉿—그들은 자기들 말이 반 마디라도 활자화되지 않도록 문이 닫혔는지 항상 신경을 쓰고 있다. 그들이 원하는 것은 오직—다시 쉿—저건 층계를 올라오는 남자 발자국 소리가 아닌가? 그들이 원하는 것은 오로지, 라고 우리가 말하려고 할 때, 그 신사가 우리의 말을 가로챘다. 여자에게 소망 따위는 없어, 라고 그 신사는 넬의 방으로 들어오면서 말한다. 있는 척하는 것뿐이지. 소망이 없다면(넬은 신사의 주문에 응했고, 그는 갔다) 그들의 이야기가 누구한테도 재미있을 수가 없다. "알다시피 여자들은 남자로부터의 자극이 없으면 서로 할 이야기가 없다. 여자들은 혼자 있게 되면 말하지 않고 긁는다"라고 S. W. 씨[32]가 말한다. 여자들은 서로 이야기도 못하고, 그렇다고 계속해서 긁고만 있을 수도 없고, 또한 "여자는 서로에 대해 여하한 애정도 느낄 수 없고, 서로를 견딜 수 없이 싫어한다는 것은 익히 알려진 사실이므로(T. R. 씨가 증명한 바 있다)" 그들이 서로의 교제를 원할 때 무엇을 한다고 상상하는 것이 좋을까?

그러나 이것은 지각 있는 남성의 관심을 끌 질문이 아니므로,

---

32 S. W.는 평소 여자를 비방해온 O. 헨리(William Sydney Porter)일 것이라는 의견이 있었다. 한편 올랜도의 모델인 비타의 사촌 에드워드 색빌웨스트가 S. W.는 자기를 지칭하는 것이라며 소란을 피우자, 울프는 S. W.가 시드니 워터로라고 거짓말을 했다. 누구이든 너무 신경 쓸 일은 아니다.

성에 대한 면역을 즐기는 우리 전기작가나 사학가는 이 질문은 제쳐둔 채, 올랜도가 같은 여성들과의 교제를 무척 즐겼다고 공언했다는 사실만을 적어두고, 그 증명은 증명을 좋아하는 남정네들에게 맡겨 그런 증명은 불가능하다는 것을 입증하도록 하자.

그러나 이 당시의 올랜도의 생활을 정확하고 상세하게 기록한다는 것은 점점 더 불가능한 일이 된다. 당시 제라드 거리와 드루리 골목 근처의 어두컴컴하고, 포장이 불충분하고, 통풍이 안 되는 마당들을 더듬고 들여다보면, 올랜도의 모습이 잠시 보였는가 하면 곧 사라져버린다. 당시 올랜도가 이 옷 저 옷 자주 갈아입는 것이 편하다고 생각했기 때문에, 그녀의 행적을 기록하는 일은 점점 더 어려워진다. 그리하여 그녀는 당시의 회고록에 자주 아무개 "경"으로 나타나는데, 그것은 실제로는 그녀 사촌이다. 그녀의 자선 행위는 사촌이 한 것으로 여겨지고, 실제로는 그녀가 쓴 시들이 그가 쓴 것으로 알려져 있다. 올랜도에게 1인 2역을 유지하는 것은 조금도 어렵지 않았던 것 같다. 왜냐하면 그녀의 성은 옷이 한 벌밖에 없는 사람들은 상상도 못할 만큼 자주 변했기 때문이다. 또 이렇게 해서 그녀가 두 배의 소득을 얻었다는 사실도 의심할 바가 없다. 인생의 즐거움은 늘어나고 경험은 풍부해졌다. 올랜도는 바지를 입은 성실한 모습에서 페티코트를 입은 매혹적인 여성으로 변모하면서 두 성으로부터 받는 사랑을 똑같이 즐겼다.

그러니까 그녀는 남녀의 구별이 애매한 중국풍의 헐렁한 가운을 걸치고, 책에 파묻혀서 오전을 보내다가, 같은 의상으로 한두 사람의 의뢰인을 맞는다(그녀에게 수십 명의 탄원자들이 왔다). 그리고 그녀는 정원을 한 바퀴 돌고는 개암나무를 전지해주는데 ─ 그 작업을 위해서는 반바지가 편하다. 그러고는 꽃무늬가 있는 태피터로 갈아입곤 했는데, 이 옷은 리치몬드로 마차를 타고 가서, 어느 지체 높은 귀족으로부터 청혼을 받는 데 안성맞춤이었다. 그러고는 다시 도시로 돌아와서는 변호사들이 입는 황갈색 가운을 입고, 자기 소송 사건들의 진행 상황을 알아보기 위해 법원을 찾아가곤 했다ㅡ그녀의 재산은 시시각각 줄고 있었으며, 소송 사건들은 백 년 전과 마찬가지로 끝날 것 같지 않았다. 그러고는 마침내 밤이 오면, 자주 머리끝부터 발끝까지 완전한 귀족이 되어 모험을 찾아 거리를 어슬렁거렸다.

이런 모험에서 돌아올 때ㅡ그 모험에 대해서는 당시 많은 이야기가 오갔는데, 이를테면 그녀가 결투를 했다든가, 왕의 어떤 배 선장 노릇을 했다든가, 발코니에서 벌거벗고 춤추는 것을 누가 봤다든가, 어떤 부인과 눈이 맞아 북유럽으로 도피 행각을 나섰다가 그 부인 남편의 추적을 받았다는 등ㅡ그러나 그 이야기들의 진위에 대한 우리의 의견은 삼가겠다ㅡ무슨 일을 하고 있었던지 간에, 올랜도는 돌아올 때는 종종 커피 하우스의 창 밑을 지나도록 했는데, 그녀는 거기서 명사들을 남몰래 볼 수 있었으며, 그들의 몸짓으로 미루어 보아, 말 한마디 듣지 않고서도 그들이 얼마나 현명하고, 재치 있고, 심술궂은 말들을 하고 있는지 짐작할 수 있었다. 여기서 얻는 바가 컸으며, 언젠가 그녀는 볼트 코트의 어떤 집에서 차일에 비친 차를 마시는 세 사람의 모양을 30분 동안이나 서서 지켜본 적이 있었다.

이렇게 흥미진진한 연극은 없었다. 올랜도는 몇 번이고 브라보를 외치고 싶었다. 그것이 어김없는 멋진 연극이었기 때문인데ㅡ인간생활의 가장 두터운 한 권의 책에서 뜯어낸 멋진 한 쪽이었다! 입술을 삐죽이 내밀고, 의자 위에서 이리저리 몸을 뒤척이며, 불안하고 짜증스럽게 잔소리를 하는 작은 그림자가 있었다. 허리를 구부린 여인의 그림자가 있었는데, 그녀는 차가 얼마나 들어 있었는지 알아보기 위해 손가락을 구부려 컵에 넣었는데, 그녀는 장님이었다. 그리고 커다란 안락의자에서 로마인처럼 듬직한 몸집을 흔들고 있는 그림자가 있었는데, 그는 묘하게 손가락을 비틀고, 머리를 이리저리 휙휙 돌리고, 차를 꿀꺽꿀꺽 마셨다. 존슨 박사[33], 보즈웰 씨[34], 윌리엄스 부인[35]이 이들 그림자의 이름이었다. 올랜도는 너무나 넋을 잃고 이 광경을 보느라 후대의 사람들이 얼마나 자기를 부러워할 것인가를 잊고 있었다. 이와 같은 경우 아마도 그들은 부러워할 것이다. 그녀는 그저 바라다보는 것에 만족하고 있었다. 마침내 보즈웰 씨가 일어났다. 그는 붙임성 없이 무뚝뚝하게 노부인에게 인사를 했다. 그러나 로마인 같은 거대한 그림자 앞에서는 비굴하게 굴었는데, 그 그림자는 벌떡 일어서더니 선 채로 몸을 약간 흔들면서 전대미문의 명언을 토해냈다. 올랜도는 세 그림자가 앉아서 차를 마시면서 한 말을 단 한 마디도 듣지 못했지만 그렇게 생각했다.

어느 날 밤 올랜도는 이런 배회를 마치고 나서 집으로 돌아와 침실로 올라갔다. 그녀는 레이스 장식이 된 코트를 벗고 바지와 셔츠만을 입은 채 서서 창밖을 내다보고 있었다. 공중에서 뭔가가 움직이고 있어 잠들 기분이 나지 않았다. 때는 한겨울 서리가 내릴 만큼 추운 밤이어서, 도시 전체에 하얀 안개가 뒤덮여 있었고, 주위 사방에는 멋진 경치가 펼쳐져 있었다. 세인트폴 대성당이 보였고, 런던탑과 웨스트민스터 사원과 함께, 교회의 뾰족 탑

---

33 새뮤얼 존슨(1709~1784), 영국의 시인, 사전편집자, 비평가. 18세기 후반의 영국 문단의 중심인물.

34 제임스 보즈웰(1740~1795), 스코틀랜드의 법률가로서, 새뮤얼 존슨의 전기를 써서 전기작가의 일인자가 되었다.

35 안나 윌리엄스(1706~1783), 웨일스의 맹인 시인. 존슨의 보호 아래 1752년 이후 그의 집에서 살았다.

들과 둥근 지붕과 템스 강의 좌우편 둑, 공회당이나 집회소의 풍만하고 넉넉한 곡선들도 보였다. 북쪽에는 햄스테드의 매끄럽고 밋밋한 언덕이 솟아 있었고, 서쪽에는 메이페어의 거리와 광장들이 한 덩어리가 되어 빛나고 있었다. 이 고요하고 질서 정연한 경치를, 반짝이는 별들이 구름 한 점 없는 하늘에서, 확신에 차서 단호하게 내려다보고 있었다. 극도로 맑은 대기 속에서, 지붕과 굴뚝 뚜껑 하나하나의 윤곽이 선명히 보였다. 심지어는 길거리의 자갈들마저 하나하나 또렷하게 보였으며, 올랜도는 이 질서 정연한 경치를 엘리자베스 여왕 치세 하의 런던 시의 난잡하고 뒤죽박죽이었던 빈민가와 비교하지 않을 수 없었다. 당시 도시라고 할 수도 없는 런던은 혼잡했고, 집들이 블랙프라이어스의 그녀 집 창밑에 뒤죽박죽으로 덩어리져 있는 것에 불과했다. 별빛이 거리 한가운데 있는 깊은 물웅덩이에 비치고 있었다. 예전에 술가게가 있던 길모퉁이에 있는 그림자는 어쩌면 살해된 사람 시체일지도 몰랐다. 올랜도는 그녀가 어린 소년이었을 때, 밤에 패거리 싸움을 하다 다친 사람들이 외치는 소리를 유모의 품에 안겨, 마름모꼴 유리창에 붙어 서서 듣던 생각이 났다. 깡패 떼거리들이 남녀 구별 없이 볼썽사납게 뒤엉켜, 귀에는 번쩍이는 보석을 달고, 주먹에는 번뜩이는 칼을 쥐고, 낭랑한 목소리로 야한 노래를 부르면서 거리를 비틀거리고 다녔다. 그런 밤에는 하이게이트나 햄스테드의 울창하게 뒤엉킨 숲의 복잡하게 뒤틀리고 몸부림치는 윤곽이 하늘을 배경으로 떠올라오곤 했다. 런던 위에 우뚝 솟은 언덕의 여기저기에 황량한 교수대가 있어, 시체가 십자가에 못 박혀 썩거나 마르고 있었다. 위험과 불안, 육욕과 폭력, 시와 오물이 구불구불한 엘리자베스 시대의 한길에 떼 지어 몰려들어 웅성거리며 썩고 있었고—올랜도는 지금도 더운 여름날 밤, 런던의 작은 방들과 골목길에서 그것들이 내뿜고 있던 악취를 기억한다. 지금은—그녀는 창밖으로 몸을 내밀었다—모든 것이 밝고 질서 정연하고 고요했다. 자갈 위를 덜거덕거리며 굴러가는 마차 소리가 가늘게 들렸다. 멀리서 야경꾼이 외치는 소리가 들렸다—"서리 내리는 새벽 정각 열두 시오."[36] 이 말이 입 밖에 떨어지자마자 자정을 알리는 시계의 첫 번째 소리가 들려왔다. 그때 처음으로 세인트폴 대성당의 둥근 지붕 뒤에 모여 있는 작은 구름이 올랜도의 눈에 띄었다. 종소리가 울릴 때마다 구름은 커지면서 주위를 어둡게 했고, 맹렬한 속도로 퍼졌다. 동시에 가벼운 미풍이 일더니, 자정을 알리는 여섯 번째 종소리가 울릴 때쯤에는, 동쪽과 서쪽과 북쪽 하늘은 개였는데도, 하늘 전체가 불규칙하게 움직이는 어둠으로 덮여버렸다. 그러고는 구름이 북쪽으로 퍼져나갔다. 런던의 높은 지대를 차례로 구름이 삼켜버렸다. 불빛을 환하게 밝힌 메이페어만이 대조적으로 전보다 더 환하게 불타고 있었다. 여덟 번째 종소리가 울리자, 구름 조각 몇 개가 서둘러 피커딜리 위로 퍼져 나갔다. 그 구름들은 모여서 맹렬한 속도로 서쪽 끝을 향해 달려가는 것 같았다. 아홉 번째와 열 번째, 그리고 열한 번째 종소리가 울리자, 거대한 어둠이 런던 전체를 뒤덮었다. 자정을 알리는 열두 번째 소리와 함께 주위는 완전히 캄캄해졌다. 사나운 구름 덩어리가 도시를 뒤덮었다. 모든 것이 캄캄했다. 모든 것이 의심스러웠다. 모든 것이 혼란스러웠다. 18세기가 끝이 났다. 19세기가 시작된 것이다.

36 셰익스피어의 『헨리 4세』 3막 2장에도 이 대목이 나온다.

제5장

19세기 첫날, 런던뿐만 아니라 영국제도 전체에 덮여 있던 거대한 구름은 그대로 머물고 있었다. 더 정확히 말해, 구름은 간단없이 불어오는 돌풍에 시달리고 있었기 때문에, 그 그림자 밑에 사는 사람들에게 현저한 결과를 가져올 만큼 오래 머물러 있지 않았던 것이다. 영국 기후에 변화가 일어난 듯했다. 비는 자주 온다고 해도 단속적인 소나기로 내릴 뿐이어서, 끝이 났는가 싶으면 또 시작되었다. 물론 해가 났지만, 두텁게 구름에 쌓여 있고, 공기는 너무 습해서 빛줄기가 변색되어, 흐린 보라색과 오렌지색, 빨간색이 18세기의 보다 선명한 경치를 대신하고 있었다. 이 상처 입고 우울한 하늘 아래서, 양배추의 파란 색깔은 덜 선명했고, 눈의 흰색은 칙칙해 보였다. 그러나 더욱 나쁜 것은, 이제 눅눅한 습기가 모든 집에 스며들었다는 사실이다─습기라는 것은 가장 교활한 적인데, 햇빛은 커튼으로 막을 수 있고, 서리는 뜨거운 불로 녹일 수 있는데 비해, 습기는 우리가 잠든 사이에 침입하기 때문이다. 습기는 조용하고 보이지 않으며 도처에 존재한다. 습기에 나무가 불어나고, 물주전자에 백태가 끼게 하고, 쇠를 부식시키며, 돌을 못 쓰게 만든다. 이 과정은 너무도 천천히 진행되어, 우리가 서랍장이나 석탄통을 들어 올렸을 때, 우리 손 안에서 모든 것이 조각이 날 때에야 비로소 습기의 피해를 알게 된다.

그리하여 살금살금 눈에 띄지 않게, 어느 날 어느 시에 그렇게 된지도 아무도 모르는 사이에, 영국의 체질이 변해버렸다. 그 영향은 도처에서 느낄 수가 있었다. 건장한 시골 신사는 지금까지 기분 좋게 앉아 맥주와 소고기 저녁을 먹던, 애덤 형제[1]가 설계했을 고전 건축양식의 당당한 방에서 지금은 냉기를 느끼게 되었다. 그래서 양탄자가 나타났다. 턱수염도 길렀다. 발바닥에서 바지를 묶어보기도 했다. 시골 신사는 발에 느끼는 냉기를 집 탓으로 생각했다. 가구에 덮개를 씌웠다. 벽과 테이블에도 씌웠다. 씌우지 않은 것은 아무것도 없었다. 다음으로는 식생활을 바꾸는 것이 필요했다. 머핀과 크럼펫이 나왔다. 식후에 포도주 대신 커피를 마셨고, 커피라면 그것을 마실 응접실이 필요해졌고, 응접실이라면 유리장이, 유리장이라면 조화造花가, 조화라면 벽난로가, 벽난로라면 피아노가, 피아노라면 응접실용 가곡[2]이, 응접실용 가곡이라면(중간의 한두 단계를 뛰어넘기로 하고) 수많은 강아지와, 매트와, 도자기 장식이 필요해지고, 가정은―가정이 매우 중요해졌는데―완전히 변해버렸다.

집 밖에서는―이것은 또 다른 습기의 영향인데―담쟁이가 전에 없이 무성하게 자랐다. 맨 돌이었던 집들이 녹색으로 뒤덮였다. 애초에 제아무리 규모 있게 설계된 정원이라 하더라도, 지금은 제멋대로 자란 관목에 뒤덮여 마치 미로와 같았다. 아이들이 태어난 침실들을 뚫고 들어오는 얼마 안 되는 빛은 당연히 암

1   로버트 애덤(1728~1792)과 동생 제임스(1732~1794). 영국의 건축가, 가구 설계가.
2   19세기 영국의 상류사회에서 유행한 감상적인 가곡.

녹색이었고, 성인 남녀들이 지내는 객실로는 플러시 천으로 된 갈색과 보랏빛 커튼을 통해, 얼마 안 되는 빛이 들어왔다. 그러나 달라진 것은 겉만이 아니었다. 습기는 안으로 뚫고 들어왔다. 사람들은 가슴에는 냉기를, 머리에는 습기를 느꼈다. 그들은 감정을 어떻게든 따뜻하게 녹여보려는 필사적인 노력에 이런저런 꾀를 부려보았다. 사랑과 탄생, 죽음이 갖가지 미사여구에 싸였다. 남녀 두 성은 점점 더 거리가 벌어졌다. 솔직한 대화는 허용되지 않았다. 쌍방 모두에게서 핑계와 은폐가 끈덕지게 행해졌다. 그리고 밖의 축축한 대지에서 담쟁이나 상록수가 무성한 것처럼, 안에서도 마찬가지로 높은 출생률을 구가했다. 평균적인 여인의 일생은 출산의 연속이었다. 19세에 결혼해서 30세가 될 즈음에는 15명 내지는 18명의 아이를 낳았다. 쌍둥이가 많았기 때문이다. 이처럼 해서 대영제국이 탄생한 것이다. 그리고 또한 습기는—습기를 막을 재주가 없었으므로—목공예품으로 들어간 것처럼 잉크병에도 들어왔다—그 결과 문장이 불어나고, 형용사가 늘어나고, 서정시는 서사시가 되고, 한 칸 정도 길이의 에세이로 쓸 수 있었던 것이 열 권, 스무 권의 백과사전이 되었다. 그러나 이 모든 것들이 이것을 막을 재주가 없는 민감한 사람에게 미치는 영향에 대해서는 유스비우스 처브가 증인이 되어 줄 것이다. 그의 회고록 끝부분에 다음과 같은 이야기가 있는데, 그가 어느 날 아침 "온통 하찮은 것에 대해" 2절판 원고지 35매를 쓰고, 잉크병 마개를 닫은 뒤 정원을 한 바퀴 돌기 위해 나갔다. 곧 그는 자신이 관목 숲에 둘러싸인 것을 알았다. 그의 머리 위에서는 무수한 나뭇잎들이 바스락거리며 반짝이고 있었다. 그는 "발밑에서 훨씬 더 많은 잎더미를 밟고 있는 듯"했다. 정원 끝자락에 피워놓은 젖은 모닥불에서 짙은 연기가 새어나오고 있었다. 그는 이 지구상의 어떤 불로도 저 거대한 초목 더미를 모두 태울 수 없을 거라는 생각을 했다. 어디를 보아도 식물이 무성했다. 오이들의 줄기가 풀밭을 지나 "소용돌이꼴로 말리면서" 그의 발치까지 뻗어 있었다. 거대한 꽃양배추들은 층층이 쌓이며 자라나, 그의 혼돈된 상상 속에서 그것들은 느티나무들과 겨루는 듯했다. 암탉들은 별로 눈에 띄지 않는 색깔의 달걀을 끝없이 낳았다. 그때 그는 한숨을 쉬면서, 그 자신이 애가 많다는 생각과, 지금 집 안에서는 불쌍한 아내 제인이 열다섯 번째 애기 출산의 진통 한가운데 있다는 생각이 들면서, 어떻게 암탉을 나무랄 수 있겠는가, 고 자문했다. 그는 눈을 들어 하늘을 쳐다보았다. 천상 그 자체, 또는 천상의 정면, 즉 하늘은 천사들의 동의를, 사실은 선동을 나타내고 있는 것은 아닌가? 왜냐하면 하늘에는 겨울 여름 할 것 없이, 일 년 내내 구름이 고래처럼, 아니 코끼리처럼 몸을 틀고 뒹굴고 있다고 그는 생각했기 때문이었다. 아니 그것이 아니었다. 처브는 그에게 압박해오는 한없이 드넓은 하늘을 이렇게 비유할 수밖에 없었다. 즉 영국 제도 위에 넓게 퍼져 있는 하늘 전체가 거대한 깃털 침대와 다름없다고, 정원과 침실과 닭장의 무차별적인 생산력이 하늘에 그대로 복사되어 있었다. 그는 방 안으로 들어가 지금 인용한 글을 쓰고, 그의 머리를 가스 오븐에 디밀었으며, 나중에 사람들이 그를 발견했을 때에는 이미 일이 끝난 뒤였다.

이처럼 영국 전체가 변하고 있을 때, 올랜도가 블랙프라이어스의 자기 집에 틀어박혀서 날씨야 어떻든, 하고 싶은 말을 하고, 기분 내키는 대로 반바지를 입거나 스커트를 입는 것은 말릴 수는 없는 일이었다. 마침내는 그녀마저 시대가 변했다는 것을 인정하지 않을 수 없었다. 19세기 초엽 어느 날 오후, 그녀가 판자를 댄 구식 마차를 타고 세인트 제임스 공원을 지나가고 있을 때, 자주는 아니지만 가끔 가까스로 땅까지 도달하는 햇살이, 구름을 지나오면서 구름을 프리즘 색깔의 대리석 무늬로 물들이면서 힘들게 뚫고 지나왔다. 이런 광경은 18세기의 한결같이 맑은 하늘만 봐오던 올랜도에게는 너무나 신기해 그녀는 창문을 내리고 바라다보았다. 암갈색과 플라밍고색의 구름들은 그녀로 하여금 이오니안 해에서 죽어가고 있는 고래들을 생각하게 만들어, 그녀는 기분 좋은 고뇌를 맛보았는데, 그것은 그녀가 이미 모르는 사이에 습기에 병들었다는 증거였다. 그러나 그 빛이 땅에 닿았을 때, 그 햇살이 피라미드를, 황소 100마리의 제물을, 또는 전쟁기념비를(그것은 연회장의 식탁 같은 분위기였기에)—지금은 빅토리아 여왕의 동상이 서 있는 곳에, 여하튼 몹시도 끔찍한 잡동사니들이 뒤죽박죽으로 쌓여 있는 것을 햇살이 불러냈다고 할까, 비추어냈을 때 올랜도의 놀라움이 얼마나 컸겠는가! 격자무늬와 꽃무늬의 거대한 금 십자가에 과부 상복과 신부의 베일이 걸려 있었다. 또 다른 돌출부에는 수정궁, 덮개가 달린 유모차, 군용 헬멧, 기념 화환, 바지, 구레나룻, 결혼 케이크, 대포, 크리스마스트리, 망원경, 멸종된 괴물들, 지구의地球儀, 지도, 코끼리, 제도기구들이 걸려 있었는데—이 모두가 거대한 문장紋章처럼, 오른쪽에는 흰 옷을 휘날리는 여인상이, 왼쪽에는 프록코트와 체크무늬 바지를 입은 풍채 좋은 신사가 떠받치고 서 있다. 사물의 부조화, 정장을 한 남자들과 노출이 심한 여자들의 혼재, 여러 색깔이 어우러진 번들거림, 이것들이 격자무늬로 놓인 광경은 올랜도에게 깊은 환멸을 느끼게 했다.[3] 그녀는 평생 이처럼 추잡하고, 이처럼 흉측하고, 이처럼 거창한 것을 본 적이 없었다. 이것은 습기 가득

---

3 이 부분은 1851년 런던에서 개최된 제1회 세계만국박람회Great Exhibition에 대한 인상주의적 묘사이다. 장소는 버킹엄 궁전 앞 광장이었다. 빅토리아 조의 번영을 과시하기 위한 사업이었다. 여기에 건설된 수정궁은 유명하다.

한 공기에 햇빛이 비치면서 생겨난 결과일는지 모르며 틀림없이 그럴 것이다. 산들바람이 불어오는 순간 사라질 것이다. 그럼에도 그녀가 마차를 타고 지나갈 때, 그것은 영원히 지속될 것만 같아 보였다. 그녀가 마차의 구석으로 몸을 묻으면서, 바람도, 비도, 태양도, 아니면 천둥 그 어느 것도 저 번들거리는 건물들을 부숴버릴 수는 없을 것이라고 느꼈다. 콧잔등만 긁히고, 트럼펫은 녹이 슬 것이다. 그러나 그들은 사라지지 않고 남아서, 영원무궁토록 동서남북을 가리키고 서 있을 것이었다. 그녀는 마차가 콘스티튜션 힐을 달려 올라갈 때 뒤를 돌아보았다. 그렇다, 그것은 여전히 그곳에 있었다. 그것은 아직도 빛 속에서 평온하게 미소를 짓고 있었다—그녀는 바지의 시계 주머니에서 시계를 꺼냈다—물론 한낮 정오의 빛이었다. 이처럼 산문적이고, 이처럼 평범하고, 이처럼 해가 뜨고 지는 것에 무덤덤하면서, 저것처럼 영원히 존속하도록 만들어진 것은 없을 것 같았다. 올랜도는 두 번 다시 보지 않기로 작정했다. 이미 그녀의 혈액 흐름이 느려지는 것을 느낄 수 있었다. 그러나 더 이상한 것은, 그녀가 버킹엄 궁전을 지날 때, 선명하고 기이한 홍조가 그녀의 두 볼 가득히 퍼지고, 거역할 수 없는 강력한 힘에 의해 무릎에 시선이 고정되었다. 갑자기 그녀는 자기가 까만 바지를 입고 있다는 사실을 알고 놀랐다. 시골집에 도착할 때까지 얼굴은 계속 빨갰다. 이 사실은 네 필의 말이 30마일을 빠른 걸음으로 걷는데 걸리는 시간을 감안한다면, 그녀의 순결을 증명해주는 표시로 받아들일 수 있을 것이다.

일단 집에 오자, 그녀는 거역할 수 없는 본능의 욕구에 따라, 침대에서 낚아챈 다마스크 천으로 된 침대 커버로 자신을 가능한 한 감쌌다. 올랜도는 바솔로뮤 미망인에게 오한이 난다고 설명했다(그녀는 이전의 착한 그림스디치의 뒤를 이어 가정부로 일하고 있었다).

"저희들도 마찬가지에요, 마님"이라고 미망인이 깊은 한숨을 쉬면서 말했다. "벽이 땀을 흘리고 있어요"라고 그녀는 묘하고 애처롭게 만족스러운 표정으로 말했다. 확실히 그녀가 참나무 판자에 손을 대자마자, 거기 손가락 자국이 생겼다. 담쟁이가 너무나 풍성하게 자라서 많은 창문이 열리지 않는다고 했다. 부엌이 너무 어두워서 주전자와 여과기 구별도 안 된다고 했다. 가엾은 고양이를 석탄과 혼동해서 삽으로 불가마에 던져넣었다고도 했다. 지금이 8월이라는데도 대부분의 하녀들이 벌써 플란넬 속치마를 서너 장씩 껴입고 있다고 했다.

"하지만 마님"하고 착한 아주머니가 자기 몸을 껴안으면서 물었는데, 가슴 위에서는 금으로 된 십자가가 오르내리고 있었다. "글쎄, 여왕께서 입고 계셨다는 것이, 저—,"라면서 착한 아주머니는 쭈뼛거리며 얼굴이 빨개졌다. "크리놀린[4]말인가요"라고 올랜도가 거들었다(이 단어는 이미 블랙프라이어스에도 알려져 있었다). 바솔로뮤 부인이 고개를 끄덕였다. 눈물은 이미 그녀의 두 볼을 타고 흘러내리고 있었지만, 그녀는 울면서도 미소를 지었다. 우는 것은 즐거우니까. 우리 모두 연약한 여자가 아니었던가? 그래서 사실을 더 잘 감추기 위해 크리놀린을 입지요. 이 위대한 사실, 단 하나의 사실, 그러나 그럼에도 불구하고 통탄스러운 사실, 모든 겸손한 여인이 도저히 부정할 수 없을 때까지 부정해보려고 기를 쓰는 사실, 곧 아기를 낳을 거라는 사실, 실제로 15 내지 20명의 아이를 낳는다는 사실, 그리하여 대부분의 겸손한 여인네들의 인생은 결국 적어도 일 년에 하루는 드러나게 마련

---

4 옛날 스커트를 부풀게 하기 위하여 쓰던 말총 등으로 짠 딱딱한 천이나 그 천으로 만든 스커트.

인 사실을 부정하려는데 소비되고 만다.

"서재에 따끈한 머핀을 준비해놓았어요"라고 바솔로뮤 부인이 눈물을 닦아내며 말했다.

그래서 다마스크 천으로 된 침대 커버로 몸을 감싼 채 올랜도는 머핀 접시 앞에 앉았다.

"서재에 따끈한 머핀을 준비해놓았어요?" 올랜도는 차를 마시면서 바솔로뮤 부인의 지독한 런던 사투리의 세련된 말투를 흉내 내보았다—그런데 묽은 차는 딱 질색이었다. 엘리자베스 여왕이 손에 맥주병을 들고 다리를 벌리고 서 있던 것은 바로 이 방이었다는 생각이 났다. 그런데 버클리 경이 불경스럽게 가정법 대신 명령형을 썼을 때 그 병을 테이블 위에 던져 박살을 냈다. "소인배 같으니, 소인배 같으니"—라고 하는 소리가 들리는 듯했다. "공주에게는 '해야 합니다'라는 말을 써야 하는 건가?" 술병이 테이블로 날아왔다. 아직도 자국이 남아 있었다.

그러나 올랜도가 그 위대한 여왕 생각을 하는 것만으로도 놀라 벌떡 일어났을 때, 침대 커버에 걸려 안락의자에 욕을 하면서 넘어졌다. 내일은 검은 봄버진 천을 20야드가량 사서 스커트를 만들어야겠다고 생각했다. 그러고 나서 (여기서 그녀는 얼굴을 붉혔다) 그녀는 크리놀린을, 그리고 (여기서 그녀는 얼굴을 붉혔다) 덮개 달린 등나무 요람과 크리놀린 또 한 벌을, 그리고 그 밖에도, … 그녀의 얼굴에는 얌전함과 수줍음이 더없이 정교하게 되풀이되는 가운데, 홍조가 나타났다 사라졌다를 반복했다. 시대정신이 뜨거워졌다, 차졌다하면서 그녀의 얼굴에 부딪히는 것 같았다. 남편 생각보다 크리놀린 때문에 먼저 얼굴이 빨개지는 것을 보아, 설사 시대정신의 바람이 고르지 못하다고 해도, 그녀의 애매한 입장은 지금까지의 변칙적인 생활을 생각하면(그녀의 성별은 아직도 미해결이다) 너그럽게 봐주어야 한다.

마침내 그녀 양 볼의 홍조가 안정을 되찾았고, 시대정신이—정말로 시대정신 탓이었다면—한동안 잠잠해진 것 같았다. 그러자 올랜도는 그녀의 셔츠 속에서 로켓[5]이나 사랑의 유품 따위를 찾는 듯 뒤져서, 그런 것을 꺼내는 대신 바닷물과 피에 얼룩지고, 여행에 찌든 두루마리 종이를 꺼냈다—그녀의 시「참나무」의 원고였다. 올랜도는 이 원고를 벌써 여러 해 동안 위험한 여건에서도 지니고 다녀, 여러 쪽에 얼룩이 졌고, 어떤 것들은 찢어져 있었고, 집시들과 함께 살 때는 종이가 없어서, 여백에 빼곡히 써넣고, 쓴 것에 줄을 긋고 해서, 원고는 마치 꼼꼼하게 짜깁기를 해놓은 천 조각 같았다. 책의 첫 장을 열어보니, 그녀 자신의 소년다운 필체로 적은 1586년이라는 날짜가 보였다. 거의 300년간 이 작업을 해오고 있었던 것이다. 바야흐로 끝맺음을 할 때였다. 그리하여 원고를 넘기면서 여기저기 띄엄띄엄 읽다가 건너뛰기도 하고, 읽으면서 정말 자기가 그동안 변한 것이 없다는 생각을 했다. 그녀는 소년들이 대개 그렇듯 죽음을 동경하는 우울한 소년이었다. 그 뒤에는 사랑을 즐기고 화려한 생활을 했다. 그 뒤로는 쾌활하고 풍자적이 되었으며, 때로는 산문을 써보고, 또 때로는 드라마에 손을 대보기도 했다. 그러나 이 모든 변화에도 불구하고, 근본적으로는 그녀는 달라진 게 없었다. 그녀는 여전히 명상하는 기질을 지니고 있었으며, 여전히 동물과 자연을 사랑했고, 여전히 전원과 사계절을 열렬히 사랑했다.

"결국" 그녀는 일어나 창가로 가면서 생각했다. "변한 것은 아무것도 없어. 집도, 정원도 예전과 똑같아. 의자 하나도 옮겨지지 않았고, 작은 장신구 하나 판 게 없어. 똑같은 산책로에, 똑같은

5 조그마한 사진, 머리카락, 기념물 등을 넣어 목걸이 등에 다는 금속제 곽.

잔디, 똑같은 나무와 똑같은 연못, 아마 저 안의 잉어도 똑같을 거야. 물론 왕좌에는 엘리자베스 여왕이 아니라 빅토리아 여왕이 앉아 있지만, 무엇이 달라졌단 말인가…."

이런 생각을 하자마자, 마치 이것을 꾸짖기라도 하듯이 문이 활짝 열리면서, 찻잔을 치우기 위해 하인장 바스켓이 가정부 바솔로뮤를 거느리고 들어왔다. 방금 펜을 잉크에 담가서 모든 사물의 영원성에 관한 생각을 적으려던 올랜도는, 펜 주위에 얼룩이 생겨 이리저리 번져서 짜증이 났다. 깃털 펜촉에 문제가 생겨서 그럴 거라고 생각했다. 갈라졌거나 더러워졌을 것이다. 다시한 번 잉크병에 담가보았다. 얼룩이 더 커졌다. 쓰던 글을 계속하려고 해보았으나, 한 마디도 나오지 않았다. 이어서 그 얼룩에 날개와 수염 장식을 그려 넣자 박쥐인지 곰인지 모를 머리가 둥그런 괴물이 되었다. 그러나 방에 바스켓과 바솔로뮤가 있는 데서 시를 쓴다는 것은 불가능했다. 올랜도가 "불가능해"라고 말하자마자 놀랍게도, 펜이 더없이 매끄럽게 곡선과 나선을 그리기 시작했다. 원고지는 비스듬히 눕혀진 단정한 이탤릭체로 그녀가 일찍이 본 적이 없는 무미건조한 시로 메워지기 시작했다.

    이 내 몸은 인생에 지친,
        미천한 한낱 고리이나
    나는 신성한 말을 했으니
        아, 헛되이 말하지 말라!

    홀로 달빛 속에서
        지금은 가버리고 없는 사랑하는 이를 위해
    흘리는 그녀의 눈물이

속삭일지니 —

　그녀는 바솔로뮤와 바스켓이 불을 돋우고, 머핀을 집어들면서 방에 대해서 중얼거리고 투덜대고 있는 동안에도 쉬지 않고 써 내려갔다.
　그녀는 다시 한 번 펜을 잉크에 담가 써내려갔다 —

　　그녀는 너무나 변했으니,
　　한때 그녀의 볼은 저녁 하늘에 걸려 있는
　　장밋빛 구름처럼 빛났건만
　　지금은 창백하게 변해
　　가끔 무덤가 횃불처럼 수줍어 빨갛게 타오른다.

　그러나 여기서 그녀가 갑작스럽게 움직이는 통에 잉크를 원고에 엎질러서, 써놓은 것을 영원히(그러기를 바라는 바이지만) 인류의 눈에서 지워버리고 말았다. 그녀는 무척 몸이 떨렸고 조바심이 났다. 잉크가 이렇게 본의 아닌 영감의 폭포를 이루며 흘러나오는 것을 느끼는 것보다 더 혐오스러운 일은 없을 것이다. 그녀에게 무슨 일이 일어난 걸까? 습기 때문일까, 바솔로뮤 때문일까, 바스켓 때문일까, 아니면 무엇 때문일까라고 그녀는 물었다. 그러나 방은 비어 있었다. 대답하는 사람은 아무도 없었다. 담쟁이 안에 뚝뚝 떨어지는 빗소리가 대답이라고 생각하지 않는 한.
　그러면서 창가에 서 있을 때, 그녀는 자신의 몸이 수많은 바늘로 이루어지고, 그 위를 미풍이나 방황하는 손가락이 음악을 연주하듯, 전신이 이상하게 떨리고 따끔거리는 것을 느꼈다. 발가락이 따끔거리는가 하면, 다음에는 등골이 따끔거렸다. 허벅지

뼈에 말할 수 없이 이상한 느낌이 들었다. 머리칼이 쭈뼛 서는 느낌이었다. 그녀의 양팔은 앞으로 20년쯤 뒤에 보급될 전깃줄들처럼 윙윙거리는 소리를 냈다. 그러나 이 모든 떨림은 마지막에 가서는 그녀의 손에 집중되는 것 같았다. 그러고는 그 떨림은 한 손에, 그러고는 한 손가락에, 그러고는 수축되어서 왼손 두 번째 손가락 주위에 민감하게 떨리는 둥근 원이 되었다. 그리고 그녀가 이 떨림을 만들어낸 원인을 알아보기 위해 손가락을 치켜들었을 때, 그녀의 눈에는 아무것도 보이지 않았다 — 엘리자베스 여왕이 하사한 엄청나게 큰 에메랄드가 하나 박힌 반지 이외에는. 그러나 이것이면 충분하지 않았던가, 라고 자문했다. 그것은 최고 품질의 에메랄드였다. 적어도 1만 파운드는 나가는 것이었다. 전율은 더할 나위 없이 이상스럽게(지금 우리가 다루고 있는 것은 인간 영혼의 가장 어두운 현상이라는 사실을 기억해주기 바란다) 아니, 그것으론 충분치 않다고 말하는 것 같았다. 그리고 나아가 심문조로 이 균열과 이 기묘한 실수가 무엇이냐고 묻고 있는 것 같아, 마침내 올랜도는 까닭도 모른 채 그녀의 왼손 두 번째 손가락이 아주 부끄러워졌다. 바로 이 순간 바솔로뮤가 들어와서 정찬용으로 어느 드레스를 내놓을까를 물었는데, 신경이 몹시 고양되었던 올랜도는 바솔로뮤의 왼손을 흘깃 보고는 순간 여태껏 보지 못했던 것을 보았다 — 약간 누르스름한 두터운 반지를, 올랜도는 아무것도 끼지 않은 넷째 손가락에 끼고 있었다.

"바솔로뮤, 네 반지를 좀 보여다오"라고 그녀는 반지를 받기 위해 손을 내밀면서 말했다. 이 말을 듣자 바솔로뮤는 악당한테 가슴팍을 얻어맞은 시늉을 했다. 놀라서 한두 발자국 물러나 손을 움켜잡더니, 매우 고상한 몸짓으로 획하고 뒤로 감췄다. "안 됩니다"라고 그녀는 결의에 차서 위엄 있게 말했다. 마님께서 원하시면 보여드릴 수 있지만, 결혼반지를 빼는 일이라면 대주교님도, 교황님도, 왕좌에 앉아계신 빅토리아 여왕께서도 강요할 수는 없는 일이라고 말했다. 남편 토머스가 25년하고 6개월 3주 전에 그녀의 손가락에 이 반지를 끼워주었고, 그동안 쭉 끼고 잤고, 끼고 일했고, 끼고 세탁을 했고, 끼고 기도했으며, 낀 채 무덤에 묻히겠다고 말했노라고 했다. 실제로 올랜도가 알아들은 바솔로뮤의 말 뜻은 ― 흥분된 그녀의 목소리는 자주 끊겼는데 ― 자기가 천사들과 같은 자리에 있게 된다면, 그것은 이 반지의 광택 덕분이고, 단 한 순간이라도 이 반지를 내놓는다면 그 광택은 영원히 사라지게 될 것이라는 것이었다.

"맙소사" 올랜도는 창가에 서서 비둘기들이 장난치는 것을 지켜보며 말했다. "굉장한 세상에 우리가 살고 있구나! 정말 대단한 세상이야." 그녀는 그 복잡함에 놀랐다. 이제 온 세상 사람이 금반지를 끼고 있는 것 같았다. 그녀는 정찬을 들러 갔다. 결혼반지 투성이었다. 그녀는 교회에 갔다. 사방이 결혼반지였다. 그녀는 마차를 타고 밖으로 나왔다. 얇거나, 두툼하거나, 장식이 없거나, 매칠한 금이거나 핀치벡 합금 반지들이 모든 손에서 희미하게 빛나고 있었다. 반지들이 보석가게를 가득 메우고 있었는데, 그것들은 올랜도가 기억하는 반짝이는 인조보석이나 다이아몬드가 아니고, 보석을 박지 않은 소박한 반지들이었다. 동시에 그녀는 도시 사람들의 새로운 습관에 눈이 갔다. 옛날에는 소년이 소녀와 산사나무 울타리 밑에서 노닥거리는 장면을 흔히 볼 수 있었다. 올랜도는 여러 쌍을 채찍 끝으로 찰싹 때리고는 웃으며 지나갔었다. 이제는 이 모든 것이 변했다. 남녀 쌍쌍이 찰싹 들러붙은 채, 길 한가운데를 터벅터벅 무거운 발걸음으로 걷고 있었다. 여자의 오른팔은 어김없이 남자의 왼팔을 끼고 있었으며, 남자의 손가락은 여자의 손가락과 깍지를 끼고 있었다. 종종 말의 코가 그들을 건드려야 비로소 움직였는데, 그때도 한 몸이 되어 길 한쪽으로 힘겹게 움직여 갔다. 올랜도는 인류에 관한 새로운 교리가 발견된 것이라고 밖에 상상할 수가 없었다. 즉, 어쩌다가 인류는 남녀 한 쌍씩이 달라붙어버렸는데, 누가 언제 그런 제도를 만들었는지 그녀는 알 도리가 없었다. '자연'은 아닌 것 같았다. 비둘기나 토끼나 사슴 사냥개를 보아도, 적어도 엘리자베스 조 이래로 '자연'이 종래의 관습을 바꾸었다거나 수정했다고는 생각할 수 없었다. 동물들 사이에는 찰싹 붙어 있는 경우가 없었다. 그렇다면 빅토리아 여왕이나 멜버른 경[6]이 그렇게 한 것일까? 결혼이라는 위대한 발견은 이들에서 비롯된 것일까? 그러나 여왕은 개를 좋아하며, 멜버른 경은 여자를 좋아한다는 말을 들었던 생각이 났다. 이것은 낯설었고—또 혐오스러웠다. 사실 이처럼 몸을 맞대고 있는 것은 그녀의 품위와 위생관념에 있어서 불쾌한 것이었다. 그러나 이처럼 생각에 잠겨 있는 동안에도 그 괴로운 손가락이 따끔거리고 욱신거려서 생각을 정돈할 수가 없었다. 그녀의 생각은 하녀의 공상처럼 나른해지기도 하고, 추파를 던지기도 했다. 자기 생각에 얼굴이 빨개졌다. 그 추한 반지 하나를 사서 다른 사람들처럼 끼고 다니는 수밖에 없었다. 그녀는 결국 그렇게 했고, 부끄러운 나머지 커튼 그늘에 숨어서 반지를 손가락에 끼워넣었다. 그러나 아무 소용이 없었다. 손가락은 전보다 더 맹렬하고 격렬하게 쑤셨다. 그녀는 그날 밤 한숨도 자지 못했다. 이튿날 아침 글을 쓰려고 펜을 집어들었을 때, 그녀는 아무 생각도 할 수 없었고, 펜에 차례로 커다란 눈물방울 같은 얼룩이 생겨나는가 하면, 더욱 놀라운 것은, 때 이른 죽음이나 부패에 관한 감미롭고 유창한

6 멜버른 경(1779~1848), 빅토리아 여왕 치세 하의 최초의 수상.

문장 속으로 빠져들었는데, 그것은 아무 생각도 떠오르지 않는 것보다 더 나빴다. 왜냐하면 글이란 ― 올랜도의 경우가 증명하듯이 ― 손가락으로 쓰는 것이 아니라, 온몸으로 쓰는 것 같기 때문이었다. 펜을 조작하는 신경이 우리 몸의 모든 섬유를 휘감아, 심장을 깁고, 간을 관통한다. 그녀의 통증의 근원은 왼쪽 손가락 같았으나, 그녀는 몸 구석구석에 독이 퍼지는 것을 느꼈고, 마침내 가장 필사적인 치료를 생각할 수밖에 없었는데, 그것은 시대정신에 무조건 항복하고, 남편을 하나 얻는 것이었다.

이것이 그녀의 성미에 도통 맞지 않는다는 것이 분명해졌다. 대공의 마차 바퀴 소리가 사라졌을 때, 그녀의 입에서 흘러나온 외침은 "인생! 연인!"이었지 "인생! 남편!"이 아니었고, 앞 장에서처럼 그녀가 런던에 나와 세상을 이리저리 뛰어다닌 것도 이 목적을 위해서였다. 그러나 시대정신의 본성은 단호해서, 누구든 맞서려는 자는 순종하는 자보다 더 효과적으로 때려눕히는 것이었다. 올랜도는 천성적으로 엘리자베스 시대 정신, 왕정복고 시대정신, 18세기 정신이 더 기질에 맞았으며, 그 결과 한 시대로부터 다른 시대로의 변화를 거의 감지하지 못했다. 그러나 19세기 정신은 그녀의 성미에 전혀 맞지 않았으며, 그것은 그녀를 붙잡아 망가뜨렸고, 그녀는 그 손에 걸려 전에 없는 패배를 맛보았다. 인간정신은 스스로에게 맞는 할당된 장소가 있는 것 같았고, 사람은 각각의 시대의 소산이다. 이제 올랜도는 사실상 서른을 한두 살 넘긴 여인으로 성장했으니까, 성격의 윤곽도 정해졌고, 그것을 그릇된 방향으로 구부리는 일은 견딜 수 없었다.

그리하여 올랜도는 순순히 입기로 한 크리놀린의 무게에 짓눌린 채, 슬픈 표정을 하고 응접실(바솔로뮤는 도서실을 그렇게 불렀다) 창가에 서 있었다. 그것은 그녀가 여태껏 입었던 어떤 옷보다 무겁고, 우중충했다. 어느 옷도 이보다 거추장스럽지는 않았다. 이제는 더 이상 개들을 데리고 정원을 활보할 수도 없고, 가볍게 언덕에 뛰어올라가, 참나무 아래 몸을 던질 수도 없었다. 스커트 자락에는 젖은 나뭇잎과 지푸라기가 달라붙었다. 깃털이 달린 모자는 미풍에도 심하게 흔들렸다. 얄팍한 구두는 금방 물에 흠뻑 젖었고, 진흙에 떡이졌다. 몸이 굳어버렸다. 벽판 뒤에 도둑이 숨어 있지나 않을까 신경이 곤두섰고, 평생 처음으로 복도에 귀신이 있지 않나 해서 무서워졌다. 이 모든 것이 그녀를 점점 더 새로운 교리에 굴복하게 만들었는데, 그것이 빅토리아 여왕이 발견한 것이든, 아니면 다른 이가 발견한 것이든 간에, 남녀는 각각 죽음이 그들을 갈라놓을 때까지 평생 서로 돕고 도움을 받도록 할당된다는 것이었다. 기대는 것, 앉는 것, 그렇지, 눕는 것, 그리고 절대로 절대로 절대로 다시 일어나지 않는 것은 편할 거라는 느낌이 들었다. 이렇게 시대정신은, 지난날의 그녀의 자존심에도 불구하고, 그녀에게 영향을 미치고 있었다. 그리고 그녀가 감정의 여러 단계를 미끄러져, 이처럼 낮고 낯선 곳까지 내려오자, 그처럼 고약한 의문의 욱신거리던 통증은 감미로운 멜로디로 바뀌어, 마치 천사들이 흰 손가락으로 하프 줄을 뜯고 있는 듯하여, 그녀의 온몸에 숭고한 가락이 배어들어 오는 것 같았다.

그러나 누구에게 기댈 수 있단 말인가? 그녀는 거친 가을바람에게 이 질문을 던졌다. 때는 이제 10월이었고, 언제나처럼 습했다. 대공은 아니다. 그는 이미 여러 해 전에 대단히 지체 높은 규수와 결혼해서, 지금은 루마니아에서 토끼 사냥이 한창이다. M 씨도 아니다. 그는 가톨릭 신자가 되었다. C 후작도 아니다. 그는 보터니 만[7]에서 부대를 만들고 있었다. O 경도 아니다. 그는 물고

<hr>

7 오스트레일리아의 남동부에 있다.

기 밥이 된지 오래다. 이런저런 이유로 그녀의 옛 친구들은 지금은 모두 떠나버리고 없었으며, 드루리 레인의 넬과 키트의 식구들은 그녀가 좋아하기는 했지만, 의지할 형편은 아니었다.

"누구에게" 그녀는 창가에 무릎 꿇고 앉아, 빙글빙글 도는 구름들을 바라보며, 두 손을 꽉 쥐고, 흡사 호소하는 듯한 여인의 모습으로, "의지할 수 있단 말인가?"라고 물었다. 그녀의 말은 손을 꽉 쥐고 있는데도, 마치 펜이 혼자 쓴 것처럼 모르는 사이에 튀어나왔다. 말을 한 것은 올랜도가 아니라 시대정신이었다. 그러나 말한 것이 누구였든 간에, 대답하는 이는 아무도 없었다. 떼까마귀들이 보랏빛 가을 구름 사이에서 정신없이 날아다니고 있었다. 드디어 비가 그치고 하늘에 무지개가 떠올라, 그녀는 깃털 달린 모자를 쓰고 끈 달린 작은 구두를 신고 정찬 전에 산책을 하고 싶어졌다.

"나 말고는 모두 짝이 있어"라고 그녀는 울적한 기분으로 발을 질질 끌며 안마당을 가로지르면서 생각했다. 거기에는 떼까마귀들이 있었다. 심지어는 사슴 사냥개 카누트와 강아지 피핀도 있었다―비록 그들의 관계는 일시적인 것이기는 하지만, 그래도 오늘 저녁은 모두가 짝이 있어 보였다. "그런데 이 모든 것의 안주인인 나는 혼자고, 짝도 없이 외톨이다"라고 올랜도는 지나는 길에 홀의 무수한 불 밝힌 창들을 쳐다보면서 생각했다.

이런 생각을 전에는 결코 해본 적이 없었다. 그런데 지금 이런 생각들이 피할 수 없게 그녀를 짓눌렀다. 문을 밀어서 여는 대신, 장갑 낀 손으로 문을 가볍게 두드려 수위에게 문을 열게 했다. 사람은 누군가에, 설사 그것이 수위라도, 의지하지 않으면 안 된다고 생각했다. 그녀는 남아서 타는 연탄을 담은 양동이 위에다 수위가 고기 굽는 것을 도울까하는 생각을 했지만, 수줍어서 그러지 못했다. 그래서 그녀는 홀로 공원으로 어슬렁어슬렁 걸어나갔다. 처음에는 밀렵자나 사냥터 지기나 심지어는 심부름하는 애들이 귀부인이 홀로 걷는 것을 수상하게 생각하지 않을까 해서 망설여지고 걱정스러웠다.

발걸음을 옮길 때마다 그녀는 가시금작화 덤불에 어떤 남자가 숨어 있지나 않을까, 아니면 어떤 사나운 맹수가 그녀를 받으려고 뿔을 낮추고 노리고 있지나 않나 해서 초조하게 주위를 둘러보았다. 그러나 그곳에는 떼까마귀들만이 하늘을 날고 있었다. 어느 까마귀의 강청색의 파란 깃털 하나가 히스 덤불 사이로 떨어졌다. 그녀는 야생조의 깃털을 좋아했다. 소년시절 그녀는 그것들을 수집하곤 했다. 그녀는 깃털을 집어 들어 모자에 꽂았다. 그녀의 마음에 바람이 좀 불어와 생기가 났다. 떼까마귀들이 보랏빛 대기를 뚫고 반짝이는 깃털을 차례로 떨어뜨리며 그녀의 머리 위에서 빙글빙글 돌고 있을 때, 그녀는 기다란 외투를 휘날리며 그들을 쫓아 습지를 지나 언덕 위로 올라갔다. 그녀는 몇 년 동안 이렇게 멀리까지 걸어본 적이 없었다. 그녀는 잔디에서 여섯 개의 깃털을 집어 올려, 손가락 사이에서 문질러, 그 매칠 하고 번득이는 깃털의 감촉을 느끼기 위해 깃털을 입술에 갖다 대었을 때, 그녀는 산허리에서 반짝이는 은빛 물웅덩이를 보았는데, 그것은 베디비어 경[8]이 아서 왕[9]의 칼을 던진 호수처럼 신비스러웠다. 깃털 하나가 공중에서 흔들리더니 물웅덩이 한가운데에 떨어졌다. 그때 그녀는 이상한 황홀감에 빠졌다. 그녀가 세상 끝까지 새들을 쫓아가서, 푹신한 잔디에 몸을 던지고, 머리 위를 날아다니는 떼까마귀들의 쉰 웃음 소리를 들으면서 망각의 물을 마

---

8 베디비어 경은 아서 왕이 이끄는 원탁의 기사 중 한 사람. 그가 아서 왕의 칼 엑스칼리버를 호수에 던졌을 때, 물속에서 팔이 올라와 그 칼을 받아 물속으로 사라졌다는 전설이 있다.
9 5, 6세기에 색슨 족의 침략으로부터 영국을 수호한 전설적인 켈트 족의 왕.

시겠다는 엉뚱한 생각을 했다. 그녀는 발걸음을 재촉했다. 그녀는 달렸고 걸려 넘어졌다. 억센 히스 뿌리가 그녀를 땅 위에 내동댕이쳤다. 그녀의 복사뼈가 부러져서 일어날 수가 없었다. 그러나 그녀는 거기에 만족한 채 누워 있었다. 늪에 자라는 은매화와 초원 향기가 코끝에 감돌았다. 떼까마귀들의 쉰 웃음 소리가 귀에 들려왔다. "나는 내 짝을 찾았어"라고 그녀는 중얼거렸다. "황무지가 내 짝이다. 나는 자연의 신부이고"라고 그녀는 웅덩이 옆움푹 팬 곳에 외투를 두른 채 누워, 희열 속에 잔디의 차디찬 포옹에 몸을 내맡긴 채 속삭였다. "여기에 내 몸을 눕힐 것이다(깃털 하나가 그녀의 이마 위에 떨어졌다). 나는 월계수보다 더 짙은 초록색의 월계관을 발견했다. 내 이마는 항상 서늘할 것이다. 이것들은 야생조의 깃털이다―올빼미들과 쏙독새들의. 나는 뒤숭숭한 꿈을 꾸게 될 것이다. 내 손은 절대로 결혼반지를 끼지 않을 것이다"라고 그녀는 반지를 손가락에서 빼면서 말을 계속했다. "이 손가락에는 뿌리가 감길 것이다. 아아!" 그녀는 사치스럽게 머리를 푹신한 베개에 눕히면서 한숨을 쉬었다. "나는 오랜 세월을 거쳐 행복을 찾아다녔지만, 아직 발견하지 못했다. 명성도 찾아다녔지만 놓쳤고, 사랑은 아직 알지 못한다. 인생을―아니, 죽음이 더 낫다. 나는 수많은 남자와 여자를 알아왔는데"라고 그녀는 말을 계속했다. "아무도 이해하지는 못했다. 여러 해 전에 그 집시가 말했듯이―하늘만을 지붕삼아 여기 평화롭게 누워 있는 편이 낫다. 그건 터키에서 있었던 일이지." 그러고는 구름이 맴돌며 만들어내는 황금빛 거품을 곧바로 쳐다보았는데, 다음 순간 그안에서 한 가닥 길을 보았고, 붉은 먼지가 피어오르는 바위투성이의 사막을 낙타가 한 줄로 지나가는 것을 보았다. 낙타들이 지나가고 나자, 틈새투성이에다 정상엔 깎아지른 듯한 바위로 이루어진 높은 산들이 나타났고, 올랜도는 산길을 걸어가는 염소들이 울리는 방울 소리를 들은 것 같았는데, 습곡에는 붓꽃과 용담꽃들의 들판이 펼쳐져 있었다. 그러자 하늘이 변했고, 그녀가 천천히 시선을 아래로 향하자, 비에 어두워진 대지가 보였고, 사우스 다운즈[10]의 커다란 언덕이 하나의 파도처럼 해안가를 따라 흘러가는 것처럼 보였다. 땅이 갈라지는 곳에는 배들이 지나가는 바다가 보였고, 그녀는 바다 저 멀리서 포성을 들었다고 생각했는데, 처음에는 "저건 스페인의 무적함대다"라고 생각했고, 다음엔 "아니다, 넬슨이야…"라고 생각하고는, 그 전쟁들은 이미 끝났고, 배들은 바삐 오가는 상선들이고, 구비치는 강에 떠 있는 돛배들은 유람선이라는 생각이 들었다. 그녀는 검푸른 들판에 흩어져 있는 가축들, 양과 소들을 보았고, 농가의 창에서 비치는 불빛을 여기저기서 보았고, 양치기와 소치는 사람들이 순찰을 돌 때, 그들의 등불이 가축들 가운데서 움직이는 것을 보았다. 그러고 나서는 불들이 꺼지고, 별들이 떠올라 하늘 여기저기서 뒤엉켰다. 사실 그녀가 얼굴에 젖은 깃털들을 묻히고 귀를 땅에 찰싹 댄 채로 잠들어 있었을 때, 깊은 곳에서 모루에 망치질 하는 소리가 났는데, 그것은 혹시 심장의 고동 소리는 아니었던가? 퉁탕퉁탕하는 망치 소리가, 박동 소리가 모루에서, 아니면 지구 한가운데서 울려왔다. 듣고 있자니 그 소리는 속보로 달리는 말발굽 소리로 변한 것처럼 생각되었다. 하나, 둘, 셋, 넷, 그녀는 세어보았다. 그러자 말이 넘어지는 소리를 들었다. 그리고 그 소리가 점점 가까이 들려오자 그녀는 작은 나뭇가지 부러지는 소리와 늪지에 말발굽이 빠지는 소리를 들었다. 말이 덮치듯 그녀 가까이에 왔다. 그녀는 벌떡 일어나 앉았다. 노란 줄무늬가 비치는 이른 새벽의

10 런던의 상업, 금융 중심지.

하늘을 등지고, 물떼새들이 이리저리 나는 가운데, 말 위에 한 남자가 검은 그림자처럼 우뚝 앉아 있는 것을 보았다. 그는 깜짝 놀랐다. 말이 멈춰 섰다.

"부인"하고 그 사내는 말에서 뛰어내리면서 소리쳤다. "다치셨어요!"

"선생님, 전 죽었어요!"라고 그녀가 대답했다.

몇 분 뒤 그들은 약혼했다.

이튿날 아침 식사 때 그는 자기 이름을 말했다. 마머 듀크 본스롭 쉘머딘이라고 했다.

"알고 있었어요!"라고 올랜도가 말했는데, 왜냐하면 그에게는 야성적이고, 거무스레한 깃털달린 것의 이름에 어울리는 어딘가 낭만적이고, 기사도적이며, 정열적이고, 우울하면서 결연한 데가 있었기 때문이다—그 이름은 떼까마귀의 강청색의 푸른빛, 까악까악거리는 그들의 쉰 웃음 소리, 은빛 웅덩이로 뱀처럼 꼬면서 떨어지는 그들의 깃털들, 그리고 곧 묘사하게 될 그 밖의 수많은 것을 연상케 했다.

"제 이름은 올랜도예요"라고 그녀가 말했다. 그도 짐작하고 있었다. 만약에 돛을 활짝 펴고, 그 위에 햇빛을 받으며, 남해로부터 지중해를 건너 의기양양하게 달려오고 있는 배를 본다면, 우리는 즉시 '올랜도'라고 말한다고 설명했다.

사실 그들이 사귄 기간은 대단히 짧았지만, 연인들 사이에서는 늘 그렇듯이, 그들은 길어야 2초 안에 서로에 관한 중요한 것은 모두 짐작이 갔고, 이제 남은 것이라고는 그들의 이름은 무엇이며, 어디에 살고 있으며, 그리고 돈이 한 푼도 없는가, 부자인가와 같은 중요하지 않은 세목들뿐이었다. 그는 헤브리디즈에 성을 하나 가지고 있었지만 낡았다고 했다. 가마우지들이 만찬회장에서 잔치를 벌인다고 했다. 그는 군인이었고, 선원이었으며, 동양 탐험의 일을 해왔다고 했다. 그는 지금 팰머스에 있는 그의 배로 돌아가는 중이었으나, 바람이 잦아들어 남서쪽으로부터 강풍이 불어와야만 항해할 수 있을 것이라고 했다. 올랜도는 서둘러 조찬실의 창밖을 통해, 일기예보용 풍향계 위에 있는 도금한 표범을 바라보았다. 고맙게도 그것의 꼬리가 정동을 가리키고 있었으며, 바위처럼 꼼짝하지 않았다. "오! 쉘, 나를 두고 떠나지 말아요!" 그녀는 외쳤다. "나는 당신을 열렬하게 사랑하고 있어요"라고 그녀가 말했다. 그녀가 이 말을 하자마자 두 사람의 마음에 동시에 무서운 의구심이 몰려왔다.

"쉘, 당신은 여자예요!" 그녀가 외쳤다.

"당신은 남자예요, 올랜도!" 그가 외쳤다.

세상이 시작된 이래 그때와 같은 항의와 입증의 장면은 결코 없었다. 그 일이 끝나고 그들이 다시 자리에 앉았을 때, 그녀는 그에게 남서풍 질풍 어쩌고 하는 것이 무슨 이야기며, 그의 목적지는 어디냐고 물었다.

"혼입니다"라고 그가 짤막하게 대답하고는 얼굴을 붉혔다[11] (남자도 여자처럼 얼굴을 붉히는데, 이유가 다를 뿐이다). 올랜도 편에서 크게 압력을 가하고, 많은 본능을 동원해서 가까스로 알아낸 사실은, 그가 인생을 가장 필사적이고 찬란한 모험 속에서 보냈다는 것―질풍에 맞서 케이프 혼 주위를 항해해 돌아온 일 따위다. 돛대들이 부러지고, 돛은 갈가리 찢어졌다(그로부터 억지로 받아낸 자백이다). 때로는 배가 가라앉기도 해서, 그는 비스

---

11 영어의 '혼horn'에는 '남자의 성기' 또는 '발기'라는 뜻도 있다.

킷 한 개를 가지고 뗏목으로 표류한 유일한 생존자이기도 했다.

"오늘날 남자들이 할 수 있는 일이란 이런 것뿐이지요"라고 그는 멋적게 웃고, 딸기잼을 여러 번 듬뿍 떠먹었다. 무척 좋아하는 박하사탕을 핥고 있는 이 소년이(그는 아직 소년에 불과하니까) 돛대가 부러지고, 별이 빙빙 도는 가운데서, 이걸 잘라 바다에 버리라든가, 저걸 배 밖으로 던지라든가 하는 짧은 명령을 외치고 있는 모습이 그녀의 눈물을 자아냈는데, 그것은 지금까지 그녀가 흘린 어떤 눈물보다도 더 섬세한 향기를 풍긴다는 것을 알았다. "나는 여자야"라고 그녀는 생각했다. "마침내 진짜 여자가 되었어." 그녀는 자신에게 이같이 드문 뜻밖의 즐거움을 준 본스롭에게 진심으로 고마워했다. 만약 그녀가 왼쪽 발을 절지 않았더라면, 그의 무릎에 올라앉았을 것이었다.

"사랑하는 셸"이라고 그녀가 다시 말을 시작했다. "말해줘요…" 그리하여 그들은 두 시간이 넘도록 이야기를 했는데, 어쩌면 혼만에 관한 것이었는지도 모르고, 어쩌면 아닐지도 모른다. 그러나 그들이 한 말의 내용을 모두 적어봐야 별로 의미가 없는데, 왜냐하면 그들은 서로를 너무나 잘 알고 있었기 때문에, 무슨 이야기든지 할 수 있었는데, 이것은 아무 말도 아닐 수 있거나, 아니면 오믈렛 만드는 법이나 런던에서 제일 좋은 구두는 어디서 살 수 있는가 따위의 바보 같은 몰취미한 이야기일 수 있는데, 이런 이야기들은 그 배경에서 따로 떼어내면 광채를 잃지만, 그 배경 안에서는 단연 놀라운 아름다움을 지닌다. 자연의 현명한 섭리 덕분에 우리들 현대인의 정신은 거의 언어의 도움 없이 지낼수 있게 되었다. 꼭 맞는 표현이 없으면 평범한 표현이라도 좋다. 그리하여 더없이 평범한 대화가 가장 시적인 경우일 때가 종종 있으며, 가장 시적인 것이 바로 글로 나타낼 수 없는 것이기도 하다. 그런 까닭에 우리는 여기에 커다란 공백을 남겨두려고 하는데, 이것은 가득히 채워진 것으로 간주해야 한다.

이런 대화가 며칠 더 계속된 뒤에, 밖에서 발자국 소리가 나더니 바스킷 집사가 들어와서 아래층에 두 명의 경관이 여왕의 위임장을 가지고 왔노라고 고했다.

"올려 보내세요"라고 쉘머딘이 마치 뒷갑판에 서 있기나 한 듯 짤막하게 말하고는, 본능적으로 뒷짐을 지고 벽난로 앞에 섰다. 그때 암녹색의 제복을 입은 두 경관이 허리에 경찰봉을 차고 들어와 차렷 자세를 하고 섰다. 공식적인 인사치레를 마치고 그들은 지시받은 대로 올랜도의 손에 직접 법률 서류를 전했는데, 그 서류는 사용된 봉합용 밀랍과 리본, 선서, 서명 등이 모두 최고로 중요한 것으로 보아 매우 인상적이었다.

올랜도는 그것을 쭉 훑어보고, 그러고는 그녀의 오른손의 첫 번째 손가락으로 훑어 내려가면서, 문제와 가장 깊은 관련이 있는 부분으로 다음과 같은 사실을 소리 내어 읽었다.

"소송은 종결되었음"이라고 읽어나갔다. "어떤 것은 나한테 유리해요. 예를 들어… 다른 것은 그렇지 못하고요. 터키에서의 결혼은 무효임(저는 콘스탄티노플에서 대사였어요, 쉘'이라고 그녀는 설명했다). "자녀들은 사생아로 인정함(들리는 말에는 나와 스페인 무희 페피타 사이에 아들이 셋 있었다고 해요). 그래서 그들은 상속을 못 받는데, 이건 잘된 일이지요… 성이요? 아! 성은 어떻게 되었지? 내 성은?" 그녀는 약간 엄숙하게 읽어나갔다. "이론의 여지없이, 그리고 추호의 의심의 여지도 없이(방금 제가 말했지요, 쉘?) 여성이다. 영구히 가압류에서 풀려난 재산은 나의 직계 남자 상속인이 자자손손 상속받게 되며, 결혼하지 않을 시에는"—그러나 여기서 그녀는 장황한 법률용어에 짜증이 나서, "결혼 안 하는 일도 없을 것이고, 상속인이 없는 일도 없을 것이니, 나머지는 읽은 것으로 치지요"라고 말했다. 그래서 올랜도는 파머스턴 경[12]의 서명 밑에 자기의 이름을 서명하고, 그 순간부터 그녀의 직함, 집, 그리고 부동산을 말썽 없이 소유하게 된 것이다―그런데 그녀의 재산은 엄청난 소송비용 때문에 줄어들어, 올랜도는 다시금 무한히 고귀한 귀족 신분이 되었으나, 동시에 굉장히 가난해졌다.

소송 결과가 알려지자(소문은 그것을 대신하는 전보보다 훨씬 더 빨랐다) 온 마을이 환희에 찼다.

[일이 없는데도 그냥 나가기 위해 말을 마차에 매었다. 아무도 타지 않은 4인승 사륜포장마차와, 좌석이 마주보는 랜드 사륜마차가 끊임없이 신작로를 굴러다녔다. 선술집 '황소' 단골들의 연설이 있었고, '수사슴' 패들이 화답했다. 동네는 환하게 불이 켜졌다. 금으로 된 보물 상자들은 유리상자 속에 안전하게 넣고 봉해졌다. 금화는 돌 밑에 제대로 잘 놓였다.[13] 병원들이 지어졌다. '생쥐' 클럽과 '참새' 클럽이 발족했다. 터키 여인 형상을 한 수십 개의 인형들이 장터에서 태워졌으며, 그와 함께 "나는 비열한 작위 사칭자입니다"라는 쪽지를 입에 문, 젊은 농부의 형상을 한 수십 개의 인형들이 화형에 처해졌다. 곧 여왕의 크림색 망아지들이 올랜도에게 바로 그날 밤 윈저 성으로 와서 식사를 하고, 하룻밤 자고 가라는 전갈을 가지고 대로를 달려오는 것이 보였다. 올랜도의 식탁은 전번과 마찬가지로, R 백작 부인, 레이디 Q, 레이디 파머스턴, P 후작 부인, W. E. 글래드스턴 부인[14] 등의 초대장

12 파머스턴 경(1784~1865), 영국의 정치가이며 수상.
13 금화를 부적삼아 돌 밑에 놓는 관습이 있었다.
14 그녀의 남편 윌리엄 글래드스턴(1809~1898)은 빅토리아 여왕의 치세 하에서 네 번 수상을 지냈다.

으로 뒤덮여 있었는데, 그것들은 올랜도의 가족과 그들 양가의 오래된 친교를 상기시키면서, 한번 찾아주시기를 간청하는 것들이었다.] — 이 부분을 괄호 안에 넣은 것은 이 부분이 올랜도의 인생에서 중요치 않다는 이유 때문이다. 올랜도는 이 부분을 건너뛰고 본문을 읽어나갔다. 왜냐하면 모닥불이 시장에서 타고 있을 때, 그녀는 쉘머딘과 단 둘이 어두운 숲 속에 있었으니까. 날씨는 쾌청했으며, 나무들은 두 사람 위에 조용히 가지를 드리우고 있었고, 나뭇잎이 하나 떨어지면, 그것은 붉은색, 금색으로 얼룩지면서, 너무나 천천히 떨어졌기 때문에, 우리는 그것이 마침내 올랜도의 발에 떨어질 때까지 반 시간 동안 펄럭거리며 떨어지는 것을 지켜볼 수 있었다.

"말해줘요, 마"라고 그녀가 말하곤 했다(여기서 밝혀두어야 할 것은, 그녀가 남편을 이름 첫 음절로 부를 때는, 그녀가 몽상적이고, 요염하며, 순종적인 기분에, 가정적이고, 향내 나는 통나무가 탈 때처럼 약간 나른하며, 때는 저녁, 그러나 아직 차려입을 시간은 아니고, 아마 밖은 나뭇잎이 반짝일 정도로 약간 비가 오고 있을지 모르나, 그런데도 나이팅게일이 진달래꽃들 한가운데서 그렇게 노래를 부르고 있을지 모르며, 두세 마리의 개가 멀리 떨어진 농장에서 짖고 있고, 수탉이 울고 있다 — 이 모든 것을 독자들은 그녀의 목소리에서 상상해야 한다) — "케이프 혼에 관해서요." 그러면 쉘머딘은 작은 나뭇가지와 낙엽, 그리고 속이 빈 한두 개의 달팽이 껍질로 땅 위에다 만의 모형을 그리는 것이었다.

"여기가 북쪽이에요"라고 그가 말하곤 한다. "저기가 남쪽이고요. 바람이 이쯤에서 불어오고 있어요. 지금 쌍돛대 범선은 정확히 서쪽으로 항해하는 중이지요. 우리는 방금 꼭대기 활대 뒷 돛대의 세로 닻을 낮추었어요. 이제 보이지요 — 여기 풀 조각이 있는 데서 배가 조류라고 표시된 데서 물길을 타요—내 지도랑 나침반은 어디 있나? 갑판장? 아, 고맙네, 그거면 됐어, 이 달팽이 껍질이 있는 곳이지. 조류는 배의 오른쪽에 부딪치니까 우리는 뱃머리의 삼각형 돛 아래 활대를 준비해야 돼요. 아니면 왼쪽으로 밀리지요. 너도밤나무 잎이 있는 이쪽으로 말이에요—당신이 알아들어야만 하기에—," 그러면서 그는 계속 말을 이어가곤 했고, 그녀는 한 마디라도 놓칠세라 열심히 듣고, 그것들을 정확히 해석했는데, 다시 말해, 그가 말하지 않아도 다음과 같은 것이 다 보였다. 즉, 파도 위의 인광을, 마스트 밧줄에서 쟁그렁거리는 고드름을, 그가 강풍 속에 마스트의 꼭대기에 올라가는 것을, 그리고 거기서 인간의 운명에 대해 사색하는 것을, 그가 내려오는 것을, 그리고 위스키소다 칵테일을 한 잔 마시는 것을, 상륙해서 흑인 여인에게 걸려들었다가 후회하는 것을, 나름대로 정당화하고, 파스칼을 읽고, 철학책을 쓰기로 작정한 일을, 원숭이를 한 마리 사고, 인생의 진정한 목적에 대해 토의하고, 케이프 혼으로 결정하는 것 등등을 볼 수 있었다. 그가 하는 말에서 이 모든 것과 그 밖의 수많은 것들을 그녀가 이해했으므로, 그가 비스킷이 동이 났다고 했을 때, 그녀가 그래요, 흑인 여자들은 매력적이지요?라고 대답했을 때, 그는 그녀가 자기 말을 잘 알아듣는 것에 놀라고 기뻤다.

"당신, 남자가 아니라는 게 확실해요?"라고 그는 걱정스럽게 묻곤 했고, 그녀는 다음과 같은 질문을 했다.

"당신이 여자가 아니라는 게 정말일까요?"라고. 그리고는 그들은 더 이상 법석 떨지 않고, 이 사실을 증명해야 했다. 각자가 상대방의 재빠른 공감에 너무도 놀랐기 때문인데, 그것은 각자에게 여자가 남자처럼 관대하고 솔직할 수 있으며, 또한 남자가 여자처럼 신비스럽고 섬세할 수 있다는 너무나도 큰 사실을 알게되어, 그들은 즉시 그것을 입증하지 않으면 안 되었다.

이렇게 그들은 이야기를 이어나갔고 이어나갔다기 보다는 이해해나갔다. 이해한다는 것은 언어가 사상에 비해 날마다 빈약해지고 있는 시대에는 주된 대화의 기술이 되었다. "비스킷이 동이났다"라는 말은 버클리 주교[15]의 철학책을 열 번 읽고 난 뒤에는, 어둠 속에서 흑인 여자와 키스를 한다는 뜻이 되어야 한다(그 결과 문체의 가장 심오한 대가들만이 진리를 말할 수 있고, 단순한 단음절어만을 사용하는 작가를 만나게 되면, 의심의 여지없이 우리는 이 불쌍한 사람이 거짓말을 하고 있다고 결론짓게 된다).

이렇게 두 사람은 이야기를 했다. 그리고 그녀의 발에 얼룩진 가을 잎들이 제법 많이 덮이면 올랜도는 일어나서, 달팽이 껍질들 한가운데 앉아 케이프 혼의 모형을 만들고 있는 본스롭을 남겨둔 채, 홀로 숲 한가운데로 어슬렁거리며 들어갔다. "본스롭" 하고 부르고는 "다녀올게요"라고 말하곤 했다. 올랜도가 그를 '본스롭'이라는 두 번째 이름으로 부를 때는 그녀가 몹시 고독한 기분일 때, 두 사람이 사막 한가운데의 모래알처럼 느껴졌을 때, 혼자 죽음을 맞고 싶을 때라는 것을 독자들은 알아두기 바란다. 죽음이란 일상적인 일이며, 만찬 식탁에서도 죽고, 지금처럼 야외의 가을 숲 속에서도 죽는다. 모닥불이 활활 타오르고, 레이디 파머스턴이나 레이디 더비가 매일 밤 그녀를 만찬에 초대해주는데도, 그녀는 죽음에 대한 욕망에 굴복한다. 그리하여 그녀가 "본스롭"이라고 하는 말은 실제로는 "나는 죽었어요"라는 뜻이다. 그녀는 창백한 너도밤나무 사이를 유령처럼 헤치고 지나, 깊은 고독 속으로 들어가는 것이다. 마치 소음과 동작의 작은 떨림이 끝

---

15 버클리 주교(1685~1753), 아일랜드의 주교이며 철학가.

나고, 이제는 아무데로나 갈 수 있듯이 ― 이 모든 것을 독자는 그녀가 "본스롭"이라고 부르는 목소리 속에서 들어야 한다. 그리고 이 말의 뜻을 보다 명확히 하기 위해 다음과 같은 말을 덧붙여야 하는데, 같은 말이 본스롭에게도 신비스럽게 이별과 고독을 뜻했으며, 깊이를 알 수 없는 바다 위에 떠 있는 범선의 갑판 위를 걷고 있는 육신을 떠난 영혼을 뜻했다는 사실이다.

이렇게 죽음의 몇 시간이 지나간 뒤, 갑자기 어치 한 마리가 "쉘머딘"이라고 부르짖었다. 올랜도는 허리를 굽혀 **어떤 사람에게는 바로 그 이름을 뜻하는** 가을 크로커스 꽃잎 하나를 따서, 너도밤나무 숲 사이로 급히 떨어지는 파란색의 어치 깃털과 함께 그녀 가슴에 꽂았다. 그러고는 "쉘머딘"이라고 불렀는데, 이 소리는 숲 속을 이리저리 날아가, 풀밭에 앉아 달팽이 껍질로 여러 모형을 만들고 있던 그에게 부딪쳤다. 그는 그녀를 보았고, 그녀가 가슴에 크로커스와 어치 깃털을 꽂고 오는 소리를 듣고는, "올랜도"하고 소리쳤는데, 그 뜻은 우선(그리고 파랑과 노랑 같은 화려한 색깔들이 우리의 눈 속에서 섞일 때는, 그 가운데 얼마간은 우리의 뇌리 속에 남는다는 사실을 기억해둘 필요가 있다) 뭔가가 뚫고 지나갈 때, 고사리 덤불이 고개를 숙이고 흔들리는 것과 같은 것이었고, 또한 그것은 마치 일 년 내내 상하의 나날을 항해하는 배처럼, 돛을 전부 올리고, 꿈꾸듯 위아래로 약간 흔들리는 배였는데, 그 배는 고상하고 나른하게 이리저리 흔들리다가, 이 파도 꼭대기에 올라앉는가 하면 저 파도의 우묵한 곳에 빠지다가, 갑자기 모든 돛을 떨면서 우리 위에 덮쳐온다(이쪽에서는 새조개 같은 배를 타고 그녀를 쳐다보고 있는데). 그러고는 아, 보라, 돛은 갑자기 한꺼번에 갑판 위에 쏟아져 내린다 ― 마치 올랜도가 지금 그의 옆 풀밭에 쓰러지듯이.

이렇게 8일인가 9일이 지났지만, 열흘째 되는 10월 26일에 올랜도는 고사리 덤불 속에 누워 있고, 쉘머딘이 셸리를 낭송하고 있을 때(그는 그의 작품 전부를 외우고 있었다), 나무 꼭대기에서 서서히 떨어지기 시작하던 나뭇잎 하나가 올랜도의 발을 세차게 치고 지나갔다. 두 번째 잎이 뒤따르고, 또 세 번째 잎이 뒤따랐다. 올랜도는 몸을 떨고, 낯빛이 창백해졌다. 쉘머딘이 ─지금은 본스롭이라고 부르는 편이 더 나을 것이다─벌떡 일어났다.

"바람이다!"라고 그가 외쳤다.

그들은 둘이서 숲 속을 달려 거대한 궁정으로 가서, 그곳을 지나 작은 뜰이 있는 곳으로 갔는데, 그러는 동안 바람이 그들에게 나뭇잎을 덕지덕지 붙여놓았고, 화들짝 놀란 하인들은 빗자루나 냄비를 내동댕이치고 그들 뒤를 따라 예배당에 와서, 여기저기 흩어져 있는 촛불들을 어떤 이는 의자에 부딪치고, 또 어떤 이는 점화용 촛불을 끄느라 야단법석을 떨면서, 가능한 한 빨리 불을 붙였다. 종이 울렸다. 사람들을 불러 모았다. 마침내 더퍼 씨가 하얀 넥타이의 끝자락을 잡고 나타나, 기도서가 어디 있냐고 묻고 있었다. 그들이 그의 손안에 메리 여왕의 기도서를 쥐어주자, 그는 급하게 책장을 넘기며 찾다가, "마머 듀크 본스롭 쉘머딘, 그리고 레이디 올랜도는 무릎을 꿇으시오"라고 말했다. 그래서 그들은 무릎을 꿇었고, 채색된 유리창들을 통해서 날아 들어오는 빛과 그림자의 난무 속에서 그들은 환해졌다가 어두워졌다 했다. 그리고 헤아릴 수 없이 많은 문들이 쾅쾅거리는 소리와 놋쇠 냄비들을 두들기는 것 같은 소리에 섞여 오르간 소리가 들렸고, 으르렁거리는 오르간 소리는 교대로 커졌다 작아졌다 했으며, 이제 늙어버린 더퍼 씨는 이 소음보다 더 큰 소리를 내려고 목청을 높였으나, 그가 하는 말은 들리지 않았고, 그 뒤 한순간 조용해졌다가 한 단어 ―"죽음의 턱"이었는지 모른다― 가 크게 울렸으며, 한편 저택의 모든 하인들은 아직도 갈퀴랑 채찍을 손에 꼭 쥔 채 밀려들어와, 조용히 듣고 있었으며, 어떤 이는 소리 내어 노래를 불렀고, 다른 이들은 기도를 올렸다. 이때 새 한 마리가 유리창에 부딪치자 천둥소리가 들려, 아무도 "순종하라"라는 말[16]을 듣지 못했으며, 반지가 손에서 손으로 전달되는 것을 금이 반짝한 것 말고는 본 사람이 없었다. 모두가 웅성거리고 소란스러웠다. 그리고 오르간 소리가 울리고, 번개가 춤을 추고, 비가 쏟아지는 가운데 레이디 올랜도는 손가락에 반지를 끼고, 얇은 드레스를 입은 채로 안마당으로 달려나가, 흔들거리는 등자를 붙잡았는데, 왜냐하면 말에는 남편이 탈 수 있도록 이미 자갈이 물려 있었고, 굴레가 씌워져 있었으며, 말 옆구리에는 아직도 비지땀이 흐르고 있었기 때문이다. 남편은 한 번에 뛰어올라 말을 타고 앞으로 달려 나갔고, 올랜도는 거기 서서 마머 듀크 본스롭 쉘머딘!이라고 소리쳤으며, 그는 올랜도!라고 화답했다. 그들이 하는 말은 매처럼 종탑들 사이를 높게 더 높게, 멀리 더 멀리, 빠르게 더 빠르게 맹렬하게 원을 그리며 돌진하다가 부딪쳐, 파편의 소나기가 되어 땅 위에 떨어졌다. 올랜도는 저택 안으로 들어갔다.

---

16 "사랑하고 순종하라"는 앵글리칸 기도서에 나오는 말로서, 결혼식에서 정해놓고 쓰이는 말.

제6장

올랜도는 저택 안으로 들어갔다. 아주 고요했다. 참으로 조용했다. 잉크병이 있었고 펜이 있었다. 그녀의 시 원고가 있었는데, 시는 영원에 대한 찬사의 한가운데서 끊겨 있었다. 올랜도가 만물불변이라고 말하려던 참에, 바스켓과 바솔로뮤가 차 도구를 치우려고 들어오는 바람에 중단되었다. 그 뒤 3초 반 사이에 모든 것이 변했다―그녀는 복사뼈가 부러졌고, 사랑에 빠져 쉘머딘과 결혼했다.

그녀의 손가락에 끼어 있는 결혼반지가 그 증거였다. 그녀가 쉘머딘을 만나기 전에 스스로 이 반지를 꼈던 것은 사실이지만, 그것은 유해무익한 짓이었다. 그녀는 지금 이 반지가 그녀의 손가락 관절에서 미끄러져나가지 않도록 조심하면서 미신적인 경외감으로 반지를 빙빙 돌렸다.

"결혼반지는 왼손 약지에 껴야만 해"라고 그녀는 마치 어린아이가 배운 것을 주의 깊게 복습하듯이 말했다. "아니면 효과가 없어."

그녀는 늘 하던 것보다 더 과장된 목소리로 말했는데, 마치 잘 보이고 싶은 사람이 들어주기를 바라는 것 같았다. 드디어 자기 생각을 정리할 수 있게 된 그녀는 사실상 자신의 행위가 그 시대정신에 미쳤을 영향에 대해 생각하고 있었다. 그녀는 쉘머딘과 약혼하고 결혼함에 있어, 그녀가 취한 조치들이 시대정신의 인정을 받을 수 있는 것인지에 대해 몹시 알고 싶어 했다. 확실히 그녀는 기분이 더 편해졌다. 황야에서의 그날 밤 이후, 그녀의 손가락은 한 번도 쑤시거나 심각했던 적이 없었다. 그러나 그녀 나름대로 미심쩍은 것이 있었던 사실은 부인할 수 없었다. 그녀가 결혼한 것은 사실이었다. 그러나 남편이 항상 케이프 혼으로 항해하고 있다면, 이것을 과연 결혼이라고 할 수 있는가? 남편을 좋아한다고 이것을 결혼이라고 할 수 있는가? 다른 사람을 좋아한다고 이것을 결혼이라고 할 수 있는가? 그리고 끝으로, 만약에 어떤 사람이 아직도 이 세상의 그 무엇보다도 시 쓰기를 소망했다면, 이것을 결혼이라고 할 수 있는가? 그녀는 나름대로의 의심이 있었다.

그러나 그녀는 시험해볼 것이었다. 그녀는 반지를 바라보았다. 잉크병도 바라보았다. 용기는 있는가? 아니, 없었다. 그러나 그녀는 해보아야만 한다. 아니, 할 수 없었다. 그러면 어떻게 해야 하나? 가능하다면 기절을 하는 것이다. 그러나 그녀는 평생 지금처럼 건강한 때가 없었다.

"제기랄!" 그녀는 약간 예전처럼 용기를 내서 "자, 한다!"라고 외쳤다.

그러고는 잉크 속에 펜을 푹 담갔다. 놀랍게도 잉크병은 폭발하지 않았다. 그녀는 펜촉을 꺼냈다. 젖어 있기는 했지만 잉크가 떨어지지는 않았다. 그녀는 썼다. 단어들이 빨리 생각나지 않았지만 생각나기는 했다. 아아! 그러나 단어들이 말이 되는가? 그

녀는 펜이 또다시 마음대로 날뛰지는 않을까 하는 공포에 싸여
그렇게 생각했다. 그녀는 읽어보았다.

> 그리고 나는 들판으로 갔노라,
> 움터 오르는 풀은 흔들리는 백합의 꽃받침에 가려 있고,
> 뱀처럼 생긴 시무룩하고 낯선 꽃이여,
> 어두운 보랏빛 목도리를 한 것이 이집트 소녀들 같으니 —[1]

여기까지 써내려왔을 때, 그녀는 어떤 힘이 그녀 어깨 너머로 읽
고 있다가(우리가 지금 인간 정신의 가장 애매한 현상들을 다루
고 있다는 사실을 기억해주기 바란다) 그녀가 "이집트 소녀들"이
라고 썼을 때, 그 힘이 쓰는 것을 중단하라고 명령하는 것을 느꼈
다. 그 힘은 마치 여선생님이 사용하는 것 같은 자로 첫 번째 줄로
되돌아가서, "풀은"이라고 한 것은 잘됐다고 말하는 것 같았다. "흔
들리는 백합의 꽃받침" — 이것은 기가 막히다. "뱀처럼 생긴" —
여자가 쓰기에는 좀 강한 표현이지만, 아마도 워즈워스라면 틀림
없이 허가할 것이다. 그러나 — "소녀들"은 — 소녀들이 필요할까?
남편이 케이프 혼에 있다고 했던가? 아, 괜찮아, 그거면 됐어.
그렇게 해서 시대정신은 지나갔다.
올랜도는 이제 정신적으로(이 모든 것이 정신세계에서 일어
났으니까) 현대의 시대정신에 정중한 경의를 표했는데 — 큰일
을 작은 것에 비교한다면 — 여행용 가방의 한쪽 구석에 여송연
한 뭉치가 들어 있다는 사실을 의식하고 있는 어떤 여행객이, 뚜
껑에 친절하게 하얀 분필로 통관수속 완료라고 끄적거리는 세관
원에게 보이는 것과 같은 경의였다. 왜냐하면 만약에 시대정신이

---

1 빅토리아 색빌웨스트의 시 「대지The Land」(1976)로부터의 인용.

그녀의 마음속 내용물들을 주의 깊게 검사했다면, 그녀가 벌금을 오롯이 물어야 했을 금수품을 발견하지 않았을까, 심히 의심스러웠기 때문이다. 그녀는 아슬아슬하게 모면했을 뿐이었다. 그녀는 그 시대정신에 교묘하게 경의를 표시해서, 다시 말해, 반지를 끼고, 황야에서 한 남자를 발견하고, 자연을 사랑하고, 풍자가나 냉소주의자나 심리학자가 되지 않고—이런 것들은 금세 들켰을 것이다—시대정신의 검사를 무사히 통과했던 것이다. 그리고 그녀는, 당연한 일이지만, 깊은 안도의 한숨을 내쉬었는데, 작가와 시대정신 사이의 상호 교섭은 지극히 섬세한 것이며, 작품의 운명은 오로지 둘 사이의 은밀한 협정에 달려 있기 때문이다. 올랜도는 협정을 잘 처리했기 때문에, 지극히 행복한 상황에 있었다. 그녀는 자기 시대와 싸울 필요도 없고, 그것에 굴복할 필요도 없었다. 그녀는 바로 그 시대에 속하면서도 자기 자신으로 남아 있었다. 그런고로 이제 그녀는 글을 쓸 수 있었고, 실제로 글을 썼다. 그녀는 쓰고, 쓰고, 또 썼다.

11월이었다. 11월 뒤에는 12월이다. 그다음에는 1월, 2월, 3월, 그리고 4월. 4월 뒤에는 5월이 온다. 6월, 7월, 8월이 이어서 오고. 다음은 9월. 그다음은 10월. 그러고나니 온전히 한 해가 지나면서 다시 11월이 되었다.

전기를 이런 식으로 쓰는 것은 나름대로의 장점이 있기는 하나, 약간 삭막할 수도 있으며, 만약 우리가 계속해서 이런 식으로 써나간다면, 독자들은 달력쯤은 혼자 볼 수 있다고 불평을 하면서, 호가스 출판사[2]가 이 책에 매길 책값에서 그 몫을 **빼**달라고 할지 모른다. 그러나 주인공이 지금의 올랜도처럼 전기작가를 난처한 경지로 몰아넣는다면, 뭘 어쩔 수 있다는 말인가? 경청할 만한 가치가 있는 견해의 소유자들은, 인생이야말로 소설가나 전기작가에게 알맞은 유일한 주제라는 점에 의견의 일치를 보았다. 이들 권위자들은 인생은 의자에 가만히 앉아 있거나 사색에 잠겨 있는 것과는 아무 상관이 없다는 결론을 내렸다. 사색과 인생은 하늘과 땅만큼 다르다. 따라서 — 의자에 앉아 있는 것과 사색에 잠겨 있는 것이 바로 지금 올랜도가 하고 있는 일이니까 — 그녀가 사색을 마칠 때까지 달력을 외우거나, 묵주를 굴리며 기도를 하거나, 코를 풀거나, 불을 돋우어놓거나, 창밖을 내다보거나 하는 수밖에 없다. 올랜도는 너무나 조용히 앉아 있었기 때문에, 핀이 떨어지는 소리마저 들릴 정도였다. 정말 핀이라도 하나 떨어졌더라면! 그것도 일종의 인생이라고 할 수 있다. 아니면 나비한 마리가 창문을 통해 펄럭이며 날아 들어와 그녀의 의자에 앉았더라면, 그것에 관해 글을 쓸 수 있을 것이다. 아니면 그녀가 일어나서 말벌을 한 마리 죽였다면, 우리는 즉시 펜을 꺼내서 글을 쓰기 시작할 수 있을 것이다. 왜냐하면 비록 말벌의 피라고 해도 피가 흘렀으니까. 피가 있는 곳에 인생이 있다. 그리고 나방을 죽이는 것이 사람을 죽이는 것과 비교하면 더할 나위 없이 사소한 일이기는 하지만, 그래도 그것은 이 부질없는 공상에 빠지는 것보다는 소설가나 전기작가에게 더 적절한 주제이다. 이처럼 날이면 날마다 담배를 물고, 종이 한 장과 펜과 잉크병을 앞에 놓고 의자에 앉아 사색에 잠겨 있는 것보다는 말이다. 우리 전기작가는

---

2 울프 부부가 1917년에 가내수공업적으로 시작한 출판사. 울프의 작품은 거의 이 출판사에서 간행되었다.

주인공들이 (우리의 인내심도 한계에 가까워지고 있는데) 자기들 작가에게 좀 더 배려를 해주었으면 하고 불평을 하게 된다. 그처럼 많은 시간과 노력을 바친 자기 글의 대상 인물이, 완전히 우리 손에서 빠져나가 하고 싶은 대로 행동하는 것을 보는 것만큼 짜증나는 일이 또 있겠는가―그녀가 한숨짓고 헐떡거리는 소리를, 얼굴을 붉혔다 창백해졌다 하는 것을, 눈이 등잔불처럼 밝아지는가 싶으면, 새벽처럼 초췌해지는 것을 보시라―아무 쓸모없는 사색과 상상이라는 것에 의해 자극된 이 모든 감정과 흥분의 무언극이, 우리 눈앞에서 진행되는 것을 보는 것보다 더 굴욕적인 일이 있을까?

그러나 올랜도는 여자였다―파머스톤 경이 방금 이 사실을 증명했다. 그리고 우리가 여인의 일생에 대한 글을 쓰고 있을 때에는 행동을 요구하는 대신 사랑으로 대치할 수 있다고 양해가 된 것으로 안다. 사랑은 그 시인도[3] 말했듯이, 여인의 존재 그 자체이다. 그리고 만약 올랜도가 책상에 앉아 글을 쓰고 있는 것을 한순간만이라도 본다면, 우리는 글을 쓰는 일에 올랜도보다 더 어울리는 여인은 없다는 사실을 인정해야 한다. 분명히 그녀는 여자이고, 그것도 아름다운 여자이며, 한창 때의 여자이기 때문에, 그녀는 곧 이 글을 쓰고 사색하는 척하는 것을 그만두고, 적어도 사냥터 관리인 생각이라도 하기 시작할 것이다(그리고 여자가 남자 생각을 하는 한은 아무도 반대하지 않는다). 그리고 그녀는 사냥터 관리인[4]에게 짤막한 편지를 쓰고(여자가 짧은 편지를 쓰는 한은 아무도 반대하지 않는다) 일요일 해질녘에 밀회를 약속할 것이다. 그리고 일요일 해질 시간이 된다. 사냥터 관리인이

---

3 바이런(1788~1824)을 지칭한다. 다음 구절은 『돈 주안』에서의 인용. 원문은 다음과 같다. Man's love is of man's life a thing apart / T'is woman's whole existence.

4 D. H. 로렌스의 『채털리 부인의 연인』에 등장하는 사냥터 관리인처럼.

창밑에서 휘파람을 불 것이다 — 이런 것들이야말로 인생의 소재이며, 유일하게 가능한 소설의 주제이다. 분명히 올랜도는 이런 것들 중 어느 하나를 했을까? 맙소사 — 천만 번 유감스럽게도 올랜도는 그런 것은 어느 것 하나 하지 않았다. 그렇다면 올랜도는 사랑한 적이 없는 사악한 괴물 취급을 받아야 하나? 그녀는 강아지들에게 친절하며, 친구들에게 충직하고, 많은 굶주린 시인들에게는 너그러움 그 자체였고, 시에 대한 열정을 가지고 있었다. 그러나 사랑은 — 남성 작가들이 정의하듯이 — 그런데 결국 그들보다 더 권위 있는 사람이 누구란 말인가? — 친절이나 충절이나 관용이나 시와는 아무런 관계가 없다. 사랑이란 속치마를 벗고 — 우리 모두는 사랑이 무엇인지 알고 있다. 올랜도는 사랑을 한 것일까? 진실을 말하자면, 아니다, 그녀는 사랑을 하지 않았다. 만약 그렇다면 우리 전기의 주인공이 사랑하지도, 죽이지도 않고, 단지 생각하고 상상만 한다면, 우리는 그나 그녀가 시체나 마찬가지라고 결론짓고, 그녀를 내버려둘 수밖에 없다는 결론에 다다르게 된다.

이제 우리에게 남은 유일한 방법은 창밖을 내다보는 것이다. 참새들이 있었고, 찌르레기들이 있었으며, 많은 비둘기와 한두 마리의 떼까마귀가 있었는데, 이들은 모두 나름대로 뭔가를 하고 있었다. 어떤 녀석은 벌레를 잡고, 다른 녀석은 달팽이를 잡는다. 또 어떤 녀석은 나뭇가지 위로 퍼덕거리며 올라가고, 다른 녀석은 잔디 위에서 아장아장 뛰어다니기도 한다. 그때 하인 하나가 옅은 초록색 앞치마를 두르고 안마당을 가로지른다. 아마 식료품 저장실의 하녀와 밀회라도 할 모양인데, 안마당에서 확실한 증거를 잡을 수가 없으므로, 잘되기를 바라고 내버려두는 수밖에 없다. 얇고 두터운 구름들이 지나가면서 지상의 잔디 색깔이 약간 변한다. 해시계가 언제나처럼 알기 어렵게 시간을 가리킨다. 우리의 마음은 바로 이 인생에 대해, 하염없이 헛되이 한두 개의 질문을 던지기 시작한다. 우리의 마음은 벽난로 안의 시렁에 올려놓은 주전자처럼, 인생이여, 인생이여, 그대의 정체는 무엇인가하고, 노래를, 아니 흥얼거리기를 시작한다. 빛인가, 어둠인가, 보조 하인의 모직 앞치마인가, 아니면 잔디 위의 찌르레기의 그림자인가?

그렇다면 이 여름날 아침, 모두가 자두꽃과 벌을 넋 놓고 바라보고 있을 때 탐험길에 나서자. 그러고는 콧노래를 부르며 더듬거리는 말투로 찌르레기에게(종달새보다 더 사교적인 새이기에) 쓰레기통의 가장자리에서, 나뭇가지 사이에서 식모의 빠진 머리칼을 물어 올리며 무슨 생각을 하고 있는지 물어보자. 우리는 농장 문에 기대선 채, 인생이 무어냐고 묻는다. 그 새는 마치 우리 질문을 알아듣기라도 했다는 듯, 그리고 다음에 무슨 말을 해야 할지 알지 못하는 작가들이 그러듯, 우리가 집 안팎에서 호기심을 발휘하여 묻고, 들여다보고, 데이지꽃을 뜯는 못된 버릇이 무엇을 뜻하는가를 정확히 알고 있다는 듯, 인생, 인생, 인생! 하고 짖어댄다. 그래서 저들이 이곳에 와서 내게 인생이 무어냐고, 인생, 인생, 인생! 하고 묻는다고 그 새는 말한다.

그러고 나서 우리는 황야를 터벅터벅 걸어서 포도빛의 푸르고 짙은 보랏빛의 높은 산기슭까지 올라가, 거기에 팔다리를 내뻗고 누워 꿈을 꾸며, 메뚜기 한 마리가 지푸라기 한 잎을 우묵한 곳에 있는 자기 집으로 메고 가는 것을 본다. 그러면 메뚜기는 말한다 (만약 끽끽거리는 그의 목소리를 그처럼 성스럽고 부드러운 말로 바꿀 수 있다면) 인생은 노동이라고. 아니 먼지로 목이 멘 메뚜기의 윙윙거리는 소리를 우리는 그렇게 해석하는 것이다. 그러면 개미도 벌들도 동의한다. 그러나 우리가 이곳에 오래 누워서, 저녁에 창백해진 종 모양의 에리카 꽃들 사이로 몰래 다가온 나방이들에게 물으면, 그들은 눈보라 속의 전깃줄에서 들리는 것과 같은 말도 안 되는 소리를 속삭일 것이다. 히히 호호, 웃긴다, 웃겨! ─나방이들은 말한다.

그러고 나서 인간과 새와 곤충들에게도 물어보았는데 ─물고기한테 물어보지 않은 것은, 이끼 긴 동굴 속에서 홀로 여러 해 동안 물고기가 말하는 것을 들으려고 했던 사람들의 말에 의하면, 물고기는 절대로 말을 하지 않으므로, 아마도 인생이 뭔가를 알고는 있겠지만─그들도 알지 못했으며, 단지 나이가 들고 몸이 차가워진 것 뿐(왜냐하면 한때 우리는 이것이야말로 인생의 의미라고 할 만큼 단단하고 귀한 어떤 것을 한 권의 책으로 담을 수 있기를 기도하지 않았던가?), 우리는 다시 되돌아가 인생이 뭔가를 알고 싶어 초조히 기다리고 있는 독자들에게 솔직히 말해야 한다─맙소사, 알 수 없노라고.

바로 이 순간 올랜도가 그녀의 의자를 밀어버리고, 양팔을 뻗고, 펜을 내려놓고, 창가로 가서 "끝냈다!"라고 외치는 바람에 이 책이 사라질 운명에서 헤어났다.

그녀는 지금 눈에 들어온 이상한 광경 때문에 땅에 쓰러질 뻔했다. 정원이 있었고, 몇 마리의 새들도 보였다. 세상은 변함없이 굴러가고 있었다. 그녀가 글을 쓰고 있는 동안 내내 세상은 계속 굴러가고 있었던 것이다.

"내가 죽는다고 해도 달라질 것은 아무것도 없을 것이다!"라고 그녀는 외쳤다.

그녀의 감정이 너무 강렬해, 그녀는 자기 몸이 녹아버린 상상마저 들었고, 실제로 약간의 실신 상태에 빠졌다. 한순간 그녀는 아름답고 무덤덤한 광경을 응시하고 서 있었다. 마침내 이상하게 그녀는 의식을 회복했다. 심장 위에 안고 있던 원고가 생물처럼 꿈지럭거리더니 고동치기 시작했으며, 더욱 이상한 것은, 올랜도와 원고가 아주 멋지게 교감하고 있다는 증거로, 올랜도가 머리를 갸우뚱하며 원고가 하려는 말을 이해했기 때문이다. 그것은 읽혀지기를 바라고 있었다. 읽어주어야만 한다. 읽어주지 않는다면 그것은 그녀의 가슴속에서 죽을 것이다. 그녀는 난생 처음으로 자연에게 맹렬하게 대항했다. 주변은 온통 사슴 사냥개들과 장미 덤불이었다. 그러나 사슴 사냥개나 장미는 원고를 읽을 수 없다. 그것은 전에는 그녀가 결코 깨닫지 못했던 신의 슬픈 실수였다. 인간만이 이 능력을 가지고 있다. 인간이 필요해진 것이다. 그녀는 종을 울렸다. 그녀는 즉시 런던에 타고 갈 마차를 준비하라는 명령을 내렸다.

"11시 45분 기차에 꼭 맞춰 갈 수 있습니다, 마님"이라고 바스켓이 말했다. 올랜도는 증기 기관차가 발명되었다는 사실을 아직 알지 못했지만, 비록 자기 자신은 아니라 하더라도 자신에게 완전히 의존하고 있는 존재의 고통에 깊숙이 빠져들어 마음을 송두리째 빼앗기고 있던 터라, 평생 처음 보는 철도 객차에 자리 잡고 앉아 무릎에 담요를 덮고는 "지난 20년 동안(역사가들의 말에 의하면) 유럽의 얼굴을 완전히 바꾸어놓은(실제로 이런 일은 역사가들이 생각하는 것보다 더 자주 일어나는데) 이 놀라운 발명"에는 별로 신경을 쓰지 않았다. 기차가 몹시 더럽다는 것과 심하게 덜컹거린다는 것, 그리고 문이 열리지 않는다는 것만이 눈에 띄었다. 생각에 잠긴 채 그녀는 한 시간도 되지 않아 런던에 도착하여, 어디로 가야 할지 모른 채 채링 크로스역의 플랫폼에 서 있었다.

그녀가 18세기에 그처럼 많은 즐거운 날들을 보낸 블랙프라이어스의 옛집은 팔려, 지금은 일부는 구세군이, 일부는 우산 공장이 쓰고 있었다. 그녀는 위생적이고, 편리하며, 상류사회의 중심부에 있는 메이페어에 집을 하나 사두었는데, 그녀의 시가 소원 성취하는 곳이 과연 이 메이페어에서일까? 그녀는 귀부인들의 반짝이는 눈과 남정네들의 균형 잡힌 다리들을 상기하면서, 제발 그곳 사람들이 독서에 재미를 들이지 않기를 빌었다. 그렇다면 그것은 정말 유감스러운 일이다. 그리고 거기에는 레이디 R의 저택이 있었다. 거기서는 틀림없이 지금도 똑같은 이야기들을 하고 있을 거라고 올랜도는 생각했다. 장군의 통풍이 왼쪽 다리에서 오른쪽 다리로 옮겨갔을지도 모른다든가, L 씨는 T가 아니라 R과 열흘간 머물렀을 거라는 둥. 그리고 포프 씨가 들어올 것이다. 오오! 맙소사, 포프 씨는 이미 죽었지. 요즘 재사들은 어떤 사람들일까 하고 그녀는 궁금해 했다―그러나 이런 것은 짐꾼에게 물어볼 질문도 아니어서 그녀는 걷기 시작했다. 그녀는 헤아릴 수 없이 많은 말의 머리 위에 달아놓은 헤아릴 수 없이 많은 종들이 내는 쩽그렁거리는 소리에 귀가 혼란스러웠다. 보기에도 이상야릇한 바퀴달린 작은 상자들이 한 떼 보도에 줄지어 서 있었다. 그녀는 스트랜드 가로 걸어 나갔다. 그곳의 소음은 더 심했다. 순종 말들과 짐마차 말들이 끄는 갖가지 크기의 마차들이 단 한 사람의 귀부인을 태웠거나, 아니면 실크 모자를 쓴 수염 달린 남자들을 꼭대기까지 가득 싣고 엉망으로 뒤엉켜 있었다. 오랫동안 매끄러운 원고지에 익숙해진 그녀의 눈에는 마차, 짐차, 그리고 버스가 무섭게 서로 싸우고 있는 것 같았다. 그리고 펜 긁는 소리에 길이 든 그녀의 귀에, 거리의 소음은 과격하고 끔찍한 불협화음으로 들렸다. 보도는 한 치의 여유도 없이 사람으로 꽉 차 있었다. 사람의 물결이 사람과 느릿느릿 비틀거리는 마차들 사이를 믿을 수 없이 잽싸게 동서로 누비며 흘러갔다. 보도 가장자리에 선 남자들이 장난감 쟁반을 내밀고 소리를 지르고 있었다. 길모퉁이에서는 여인네들이 봄꽃을 담은 커다란 바구니 옆에 앉아서 소리를 지르고 있었다. 소년들도 인쇄물을 끼고, 말 콧잔등 앞뒤를 뛰어다니면서 소리쳤다. 재앙이요! 재앙! 처음 올랜도는 자기가 국가적 위기의 순간을 목격하게 됐다는 생각이 들었으나, 그것이 좋은 일인지 슬픈 일인지 알 수 없었다. 그녀는 근심스럽게 사람들의 얼굴을 바라보았다. 그러나 더욱 혼란스러울 뿐이었다. 끔찍한 슬픔을 겪은 듯 혼자 중얼거리며 절망에 빠진 한 남자가 지나가는가 하면, 그 옆으로는 유쾌한 얼굴을 한 뚱뚱한 친구가 마치 온 세상이 축제인양 어깨로 바람을 가르며 그 남자를 밀치고 지나갔다. 올랜도는 뭐가 뭔지 알 수 없었다. 남녀 모두 자기 일에 정신이 없었다. 그녀는 어디로 가야만 하나?

그녀는 아무 생각 없이 이 거리 저 거리를 오르내렸는데, 커다란 창문에는 핸드백과, 거울과, 실내복과, 꽃과, 낚싯대와 점심 바구니들이 쌓여 있었고, 한편 갖가지 색깔과 두께의 천들이 고리로 이어지거나, 꽃 줄로 만들어지거나, 풍선으로 만들어져 여러 겹으로 가로질러 장식돼 있었다. 때로 그녀는 "1", "2", "3"에서 200이나 300까지 단정하게 번호를 매긴 조용한 저택들이 있는 대로를 걸었는데, 저택들 모양새가 너무 똑같아, 기둥 둘에 여섯 개의 층계, 한 쌍의 커튼이 얌전하게 드리워져 있었고, 식탁에는 식구들 정찬이 준비돼 있었으며, 한쪽 창에서는 앵무새가 밖을 내다보고, 다른 창에서는 하인이 내다보고 있어, 그 단조로움에 현기증이 났다. 그러자 그녀는 탁 트인 광장에 이르렀는데, 거기에는 한가운데에 검고 반짝이는 단추를 꼭 조이게 채운 뚱뚱한 남자들과, 뒷발로 일어선 전쟁용 말들의 동상들이 있었고, 기둥들이 높이 솟아 있고, 분수물이 떨어지며, 비둘기들이 펄럭거리고 있었다. 그녀는 집들 사이의 보도를 따라 걷고 또 걷는 사이에 몹시 배가 고파졌고, 그녀의 심장 위에서 파닥이는 그 무엇이 자기를 완전히 잊은 것에 대해 그녀를 나무랐다. 그것은 그녀의 「참나무」 원고였다.

그녀는 자기가 원고를 잊고 있었던 것에 당황했다. 섰던 자리에 꼼짝 못하고 서 있었다. 마차는 보이지 않았다. 넓고 아름다운 거리는 이상하게 텅 비어 있었다. 나이 든 신사 한 사람만이 다가오고 있을 따름이었다. 그의 걸음걸이가 어딘가 조금 낯이 익었다. 그가 좀 더 가까이 다가오자, 그녀는 언젠가 전에 그를 만난 적이 있다는 확신이 들었다. 그러나 어디서였던가? 손엔 지팡이를 들고, 단추 구멍엔 꽃을 꽂고, 불그스레하고 포동포동한 얼굴에 빗질한 콧수염을 한 단정하고, 당당하고, 유복해 보이는 신사가 혹시, 그렇지, 맙소사, 바로 ― 그녀의 옛날, 아주 옛날 친구 닉 그린이라니!

동시에 그도 그녀를 바라보고, 그녀를 기억하고 알아보았다. "올랜도 부인!" 그의 실크 모자로 거의 흙먼지를 쓸듯이 인사하며 소리쳤다.

"니콜라스 경!" 그녀가 소리쳤다. 그녀는 본능적으로 그의 태도에서, 엘리자베스 여왕 시절에 그녀와 많은 다른 사람들을 조롱하던 입정 사나운 삼류 시인이, 이제는 당당히 출세해서 작위뿐만 아니라, 열두어 개의 다른 타이틀도 가지고 있다는 확신이 들었다.

다시 한 번 절을 하면서 그는 그녀의 추측이 맞다고 인정했다. 그는 기사였고, 문학 박사였고, 교수였다. 20여 권의 저서가 있었다. 간단히 말해 그는 빅토리아 시대의 가장 영향력 있는 비평가였던 것이다.

그 옛날 그녀에게 그처럼 큰 고통을 안겨주었던 그 사람을 만나 올랜도는 격렬한 감정의 소용돌이에 휩싸였다. 이 사람이 그녀의 카펫을 태워 구멍을 내고, 이탈리아 벽난로에 치즈를 굽고, 열흘이면 아흐레 동안은 아침 해가 뜰 때까지 밤새 말로와 그 밖의 사람들에 대해 재미있는 이야기를 해주던, 그 골치 아프고 침착하지 못한 그 친구란 말인가? 그는 지금은 회색 모닝코트를 말쑥하게 차려입고, 단추 구멍에는 분홍색 꽃 한 송이를 꽂고 있었고, 거기에 어울리는 스웨이드 가죽 장갑을 끼고 있었다. 그러나 올랜도가 놀라워하고 있는 동안에, 그는 다시 한 번 깊이 허리를 굽혀 절을 하고, 함께 점심을 할 수 있다면 영광이겠노라고 말했다. 절은 약간 지나친 느낌이 있었으나, 좋은 가문의 예의범절을 제법 잘 배웠다고 할 만했다. 의아해 하면서 그녀는 그를 따라 아주 멋진 식당으로 들어갔는데, 그곳은 온통 붉은 플러쉬 천으로 꾸며져 있었고, 하얀 식탁보에, 은제 양념 통들이 구비되어 있어서, 바닥엔 모래가 깔리고, 나무 의자와, 펀치와 초콜릿이 든 그릇들, 광고지와 타구가 놓여 있던 옛날 술집이나 커피 하우스와는 천양지차였다. 그는 장갑을 벗어서 그의 옆에 있는 테이블에 단정하게 놓았다. 그래도 그녀는 그가 같은 사람이라는 사실을 믿을 수가 없었다. 그의 손톱도 깨끗했다. 예전엔 1인치나 기르고 다녔었다. 턱의 면도도 말끔했다. 예전엔 검은 수염이 돋아 있었다. 커프스 버튼은 금이었다. 예전엔 누더기 내복이 스프에 잠기곤 했었다. 사실 그가 조심스럽게 포도주를 주문하는 것을 보고, 그 옛날 그가 마므지 산 포도주를 좋아했었다는 생각이 나고 서야 비로소 올랜도는 그가 그 닉과 동일 인물이라는 확신이 들었다. "아아!"하고 그가 가벼운 한숨을 내쉬었는데, 여전히 만족스러운 하품이었다. "아아! 부인, 영광스러운 문학의 시대는 끝이 났어요. 말로, 셰익스피어, 벤 존슨—이들은 거인이었지요. 드라이든, 포프, 애디슨—이들은 영웅이고요. 그러나 이제는 모두, 모두 다 죽었어요. 그 뒤에 누가 남았나요? 테니슨, 브라우닝, 칼라일[5]!"—경멸에 찬 목소리로 내뱉었다. "사실은" 그는 자기 잔에 포도주를 따르면서 말했다. "요즘 젊은 작가들은 모두 책장사들이 먹여 살리지요. 그들은 양복점에서 날아드는 청구서를 갚기 위해 쓰레기를 써내요. 지금 이 시대는." 그는 안주를 들면서, "허황된 허세와 황당한 실험이 특징인데—엘리자베스 시대 사람들이라면 잠시도 참지 못했을 것들이지요."

"아닙니다, 부인"하고 그는 그의 허락을 받기 위해 웨이터가 내보인 가자미 그라탱을 끄덕여 승낙하고는 "위대한 시대는 지나갔습니다. 우리는 타락한 시대에 살고 있어요. 과거를 소중히 여기고, 옛날 작가들을 존중해야 합니다—아직 몇 사람은 살아 있어요—고전을 모델로, 저술을 돈을 위해서가 아니라—." 이때 올랜도는 "글르와르(영광)를 위해서!"라고 소리칠 뻔했다. 사실상 그녀는 3백 년 전에 그가 바로 그 말을 하는 것을 들었다고 단언할 수 있었다. 물론 거론되는 이름들은 달랐지만 정신은 같았다. 닉 그린은 작위를 받았다고 해서 조금도 달라지지 않았다. 그러나 약간의 변화는 있었다. 그가 애디슨을 모델로 삼아야 할 필요성에 대해 계속 이야기하고(한때는 키케로였지, 라고 그녀는 생각했다), 아침에는 침대에 누운 채(이것은 그녀가 일 년에 네 번

5 토머스 칼라일(1795~1881), 영국의 평론가.

지급한 연금 덕분이라고 자랑스럽게 생각했는데), 현대의 추잡함과 모국어의 한탄스러운 현상이(그는 틀림없이 미국에 오래 살았지, 라고 그녀는 생각했다) 순화될 수 있도록, 최고 작가의 최고의 작품들을 글쓰기 전에 적어도 한 시간 동안 낭송한다ー고 그가 300년 전에 떠들던 것과 똑같이 떠드는 동안, 올랜도는 스스로에게 그가 어떻게 변한 것일까, 하고 자문해보았다. 그는 살이 쪘다. 그러나 칠십 가까운 노인이었다. 그는 세련돼 있었다. 분명히 문학 경기가 좋은 모양이었다. 그러나 어쩐지 그 옛날의 초조해하고 불안해하던 활기는 사라졌다. 그의 이야기는 재기가 있었으나, 더 이상 거침없고 편안하지는 않았다. 분명히 그가 "나의 친애하는 포프" 또는 "나의 걸출한 친구 애디슨"이라는 말을 1초가 멀다하고 언급하고는 있지만, 그에게는 위엄이 깃들어 있는 것이 사람을 우울하게 만들었으며, 그는 옛날에 하던 대로 시인들의 스캔들을 그녀에게 들려주기 보다는, 그녀 자신의 친척들의 언행에 대해 가르쳐주기를 더 좋아하는 것처럼 보였다.

올랜도는 말할 수 없이 실망했다. 그녀는 그동안 문학이 (고독과 지위와 여자라는 것이 이유겠지만) 바람처럼 야생적이고, 불처럼 뜨겁고, 번개처럼 빠르며, 무언가 규범을 벗어난, 변덕스럽고, 설명할 수 없는 그 무엇이라고 생각해왔는데, 보라, 문학은 이제 공작부인들에 대한 이야기나 하는, 나이 든 회색 옷의 신사였던 것이다. 올랜도의 실망이 너무 격렬해서, 그녀의 드레스 윗부분을 저미고 있던 후크인가 단추가 터지면서, 그녀의 시「참나무」의 원고가 테이블 위에 떨어졌다.

"원고로군요!"라고 니콜라스 경이 그의 금테 코안경을 쓰면서 말했다. "흥미롭군요. 참 흥미롭습니다! 제게 좀 보여주십시오." 그리고 다시 한 번 약 300년의 간격을 두고 니콜라스 그린은 올랜도의 시를 집어 들고, 커피와 술잔들 사이에 내려놓고 읽기 시작했다. 그러나 지금 그가 내리는 판정은 당시의 것과는 판이하게 달랐다. 그는 책장을 넘기면서, 이 원고가 애디슨의 「카토」[6]를 연상시킨다고 말했다. 톰슨의 「사계절」[7]과 비교해도 더 낫다고 말했다. 고맙게도 이 원고에는 현대 정신의 흔적이 없다고 말했다. 이 시는 진리와 자연과 인간 감성이 명하는 대로 쓰였으며, 이와 같은 일은 파렴치하게 비정상적인 오늘과 같은 세상에서는 아주 드문 일이라고 말했다. 물론 당장 출판해야 한다고 말했다.

사실 올랜도는 무슨 말인지 알아듣지 못했다. 그녀는 항상 이 원고를 드레스의 가슴 부분에 지니고 다녔다. 이 생각이 니콜라스 경을 상당히 자극한 모양이었다.

"인세는 어떻게 할 셈이신가요?" 그가 물었다.[8]

올랜도의 마음은 버킹엄 궁전과, 우연히 그곳에 머물고 있는 피부색이 검은 군주들에게로 날아갔다.

니콜라스 경은 몹시 재미있어했다. 그는 자기가 이러저러한 사람들에게(여기서 그는 유명한 출판사들 이름을 댔다) 이 책을 출판하라고 한 줄 써 보내면 기뻐할 거라고 설명했다. 아마 2000부까지는 모든 책에 10%의 인세를 내게 하고, 그 이후에는 15%를 내도록 할 수 있을 것이라고 말했다. 서평에 대해서는 가장 영향력이 있는―씨에게 한 줄 써서 부탁할 것이며, 경의를 표하는 건에 대해서는, 그녀의 시 가운데서 한 토막을―편집장 부인한테―보내는 것도 나쁘지는 않을 거라고 했다. 한번 찾아가 보겠노라고 했다. 올랜도는 도통 무슨 말인지 알 수 없었고, 옛날 경험

6 1713년 출판된 비극.
7 제임스 톰슨(1700~1748)의 장시 「사계절」(1726~1730)은 그의 대표작이다.
8 '인세'라는 뜻의 royalty에는 '왕족'이라는 뜻도 있다.

으로 미루어 그의 호의를 전적으로 믿을 것은 아니지만, 그녀는 그의 확고부동한 소망과 시 자체의 열띤 욕구에 굴복하는 수밖에 없었다. 이리하여 니콜라스 경은 핏자국이 있는 꾸러미를 단정한 소포로 만들어, 코트 모양이 망가지지 않도록 그것을 납작하게 만들어 그의 가슴 주머니에 넣었다. 그리고 나서 서로 여러 차례 많은 인사를 나눈 뒤 헤어졌다.

올랜도는 거리를 걸어 올라갔다. 이제 시는 사라졌다—그것을 늘 지니고 다니던 가슴팍이 텅 빈 느낌이었다—지금은 마음 내키는 대로 생각에 잠기는 수밖에 없었다—인간 운명의 멋진 기회가 될지도 모른다. 그녀는 지금 세인트 제임스 거리에 있다. 결혼한 몸으로 손가락에는 반지를 끼고 있었다. 옛날 커피 하우스가 있던 곳에 지금은 식당이 있었다. 때는 오후 3시 반경이었고 태양은 빛나고 있었다. 세 마리의 비둘기, 한 마리의 잡종 테리어, 2인승 마차 두 대와 4인승 랜도 마차가 있었다. 그렇다면 도대체 인생이란 무엇인가? 이 생각이 격렬하게, 엉뚱하게 머리에 떠올랐다(오랜만에 만난 그린 때문인지도 몰랐다). 그리고 무슨 일이든지 갑자기 머릿속에 떠오르면 그녀는 곧장 전보국에 가서 남편에게 전보를 쳤는데, 이것이 그녀와 남편(지금 혼에 있는데)이 사이가 좋아서 그런 것인지 아닌지는 독자들의 판단에 맡기겠다. 우연히 근처에 전보국이 하나 있었다. "맙소사, 쉘 인생 문학 아첨꾼 그린?"이라고 전보를 쳤다. 여기서부터 올랜도는 더없이 복잡한 정신 상태를 전보국 직원이 알아보지 못하게 한두 마디로 전할 수 있도록 미리 만들어두었던 암호로 바꿔, "라티간 글럼포부"라는 말을 덧붙였다. 이것으로 정확히 표현할 수 있었다. 오전에 있었던 일들이 그녀에게 깊은 인상을 남겼을 뿐만 아니라, 올랜도가 성장하고 있다는 사실을—꼭 좋은 쪽으로만은 아니지만—독자들이 놓쳤을 리가 없으며, "라티간 글럼포부"는 매우 복잡한 정신 상태를 묘사한 것으로서—독자들이 이 전기를 머리를 짜서 생각한다면 그 뜻을 스스로 알아낼 수 있을 것이다.

그녀가 보낸 전보의 답장이 오기까지는 아직 시간이 있었다. 그녀는 하늘을 쳐다보고, 빠르게 흘러가는 상공의 구름을 보면서 생각했다. 케이프 혼에는 강풍이 불고 있어, 그녀의 남편이 마스트 꼭대기에 올라가 있거나, 십중팔구 누더기가 된 마스트를 잘라내고 있거나, 심지어는 비스킷 한 쪽 들고 홀로 보트를 타고 표류하고 있을 지도 모를 일이었다. 그래서 우체국을 나와 기분 전환을 위해 옆 가게로 들어갔는데, 그곳은 설명이 필요 없을 정도로 요즘엔 흔한 곳이지만, 그녀의 눈에는 아주 낯설어보였다. 책을 파는 곳이었다. 평생 동안 올랜도는 원고만 보아왔다. 스펜서가 괴팍한 필체로 쓴 거친 갈색 원고지를 손에 들고 본 적도 있었고, 셰익스피어의 원고와 밀턴의 원고도 본 적이 있었다. 그녀는 실제로 4절판과 2절판 책들을 상당수 가지고 있었는데, 거기에는 종종 그녀를 찬양하는 소네트가 들어 있거나, 때로는 머리칼이 한 줌 들어 있기도 했다. 그러나 밝은 색깔에 똑같은 모양을 하고, 휴지에 찍고 마분지로 포장한 탓에 약해보이는, 헤아릴 수 없이 많은 이곳 책들은 그녀를 놀라게 했다. 셰익스피어 전집을 반 크라운에 살 수 있고, 호주머니에 넣을 수 있었다. 그러나 사실 글자가 너무 작아 읽을 수는 없었으나 놀라운 일이었다. "작품들"— 그녀가 알고 있거나 들어본 적이 있는 작가들과 그 밖의 많은 작가들의 작품이, 긴 서가의 끝에서 끝까지 가득 차 있었다. 테이블과 의자 위에는 더 많은 "작품들"이 쌓여 있거나 굴러다니고 있었는데, 이들 책은 한두 쪽 읽어보니, 니콜라스 경과 그 밖의 20여 명의 사람들이 다른 작품에 대해 쓴 것이라는 걸 알았다. 그러나 그들의 작품이 이처럼 인쇄되어 제본된 것을 보니, 올랜도가 모르긴 해도, 이들도 매우 위대한 작가들일 거라는 생각이 들었다. 그리하여 그녀는 책방 주인에게 가게에 있는 책 가운데서 조금이라도 중요한 것은 전부 보내달라는 놀라운 주문을 하고 책방을 나왔다.

그녀는 하이드 파크로 발길을 돌렸는데, 이곳은 옛날부터 알던 곳이었다(저 갈라진 나무 아래서 해밀턴 공작이 모훈 경의 칼에 깊숙이 찔려 쓰러졌던 일이 생각났다)[9]. 그리고 늘 말썽의 원인인 그녀의 입술이 전보 문구들을 뜻도 없는 단조로운 가락으로 부르기 시작했다. "인생 문학 아첨꾼 그린 라티간 글럼포부." 그리하여 몇 사람의 공원 관리원들이 의심어린 눈으로 그녀를 쳐다보다가, 그녀의 진주 목걸이를 보고서야 그녀가 제정신이라고 호의적으로 해석했다. 올랜도는 책방에서 신문 한 다발과 문예 비평지들을 사가지고 왔기 때문에, 마침내 나무 밑에 드러누워 팔꿈치에 기댄 채, 주위에 이것들을 펼쳐놓고, 이들 대가들이 써놓은 고상한 산문 예술의 진수를 천착하려고 최선을 다했다. 왜냐하면 그녀에게는 아직도 문학에 대한 맹신 경향이 살아 있기 때문이었다. 심지어는 주간지의 희미한 활자마저 그녀의 눈에는 왠지 신성하게 느껴졌다. 그리하여 그녀는 팔꿈치를 괴고 누워서, 옛날에 알았던 남자—존 돈의 전집에 관한 니콜라스 경의 평론을 읽었다. 그러나 그녀가 자기도 모르게 자리하고 누워 있던 곳은 서펜타인 연못[10]에서 그리 멀지 않은 곳이었다. 수많은 개들의 짖는 소리가 들렸다. 마차바퀴들이 끊임없이 그녀 주위를 질주했다. 머리 위에서는 나뭇잎들이 한숨을 쉬었다. 이따금 끈

9 17세기 하이드 파크에서는 유명 인사들의 결투가 잦았다.
10 런던의 하이드 파크 안에 있는 연못.

장식이 달린 스커트와 꽉 조이는 주홍빛 바지[11]가 그녀가 있는 곳에서 몇 발자국 떨어지지 않은 풀밭을 가로질러 지나갔다. 한 번은 커다란 고무공이 신문지에 튕겼다. 보라색, 오렌지색, 빨간색, 그리고 파란색이 나뭇잎들의 틈새를 뚫고 들어와 그녀의 손가락에 끼워 있는 에메랄드 반지 위에서 반짝였다. 그녀는 한 문장 읽고는 하늘을 쳐다보았다. 그녀는 하늘을 올려다보고, 신문을 내려다보았다. 인생? 문학? 인생을 문학으로 바꿀 수 있을까? 말도 안 되게 어려운 일이다! 왜냐하면 — 이때 꽉 조이는 심홍색 바지를 입은 두 다리가 지나간다 — 애디슨이라면 어떻게 묘사했을까? 이때 두 마리의 개가 뒷다리로 춤을 추며 나타났다. 램이라면 이것을 어떻게 묘사했을까? 니콜라스 경과 그의 친구들의 글을 읽으면(주위를 둘러보는 사이에 읽은 것이지만) 그녀는 왠지 이런 인상을 받았다 — 그녀는 여기서 일어나 걸었다 — 그들은 우리로 하여금, 결코 절대로 우리의 생각을 말해서는 안 된다는 — 심히 불쾌한 느낌을 갖게 만든다. (그녀는 서펜타인 둑에 서 있었다. 그것은 청동색이었다. 거미처럼 작은 배들이 이쪽에서 저쪽으로 가볍게 미끄러져 갔다.) 그 사람들은 우리에게 언제나 남들처럼 글을 써야 한다는 느낌을 준다고 그녀는 생각했다. (그녀의 눈에 눈물이 고였다.) 그녀는 발가락으로 작은 보트를 약간 밀면서, 사실 나는 그렇게 할 수 없으니까, 라고 생각했다. (여기서 니콜라스 경의 평론들이 모두 — 평론이라는 것은 읽고 난 뒤 10분이 지나면 그렇게 되는 것이지만 — 그의 방, 그의 머리, 그의 고양이, 그의 책상, 시간표와 함께 눈앞에 떠올랐다.) 나는 서재에 앉아서 — 아니, 그건 서재가 아니고 곰팡이 낀 거실 같은 곳이지 — 거기 종일 앉아서, 미남 청년들에게, 어디 가서 이야기하지

11 근위병의 바지.

말라는 다짐을 받고, 터퍼[12]가 스마일스[13]에 관해 무슨 말을 했는가에 대한 일화들을 말해주는 것 따위는 할 수 없다고 생각했다. 그러고는 그녀는 비통하게 울면서, 그들은 모두 멋진 남자들이 아닌가, 라고 생각했다. 공작부인 따위는 정말 싫다. 과자도 싫다. 나는 꽤 고약하기는 하지만, 저 사람들만큼 고약해질 수는 없고, 그러니 어떻게 내가 비평가가 되어, 당대 제일의 영어 산문을 쓸 수 있단 말인가? 빌어먹을! 이렇게 소리치면서 1페니짜리 장난감 증기선을 세차게 진수시켜, 불쌍한 작은 배는 거의 청동색 파도에 빠질 뻔했다.

그런데 우리가 어떤(간호원들이 말하는) 정신 상태에 이르게 되면—아직 올랜도의 눈에는 눈물이 고여 있었다—우리가 보고 있는 것이 그것이 아닌 다른 것이 되고, 더 크고 훨씬 더 중요하면서도 여전히 같은 것이라는 것은 사실이다. 그런 정신 상태에서 서펜타인을 바라보면, 파도가 대서양의 파도만큼이나 커지고, 장난감 배는 원양정기선과 구분이 되지 않게 된다. 그리하여 올랜도는 장난감 보트를 남편의 범선으로 착각했고, 그녀의 발끝으로 일으킨 파도를 케이프 혼 밖의 산더미 같은 파도로 착각했다. 그리고 장난감 배가 잔물결을 기어오르는 광경을 지켜보고는, 본스롭의 배가 투명한 유리벽을 점점 높이 타고 오르는 것으로 생각했다. 배는 점점 더 높이 올라갔고, 천 개의 죽음을 잉태한 하얀 파도의 물마루가 배 위로 솟아올랐다. 배는 천 개의 죽음을 뚫고 지나가, 사라졌다—"가라앉았다!"라고 그녀는 괴로워 소리쳤다—그러자, 보라, 배는 다시 대서양 저쪽에서 오리들 사이를 안전하고 무사히 항해하고 있었다. "신난다!" 그녀는 소리쳤

---

12 마틴 파크워 터퍼(1810~1889), 영국의 시인.
13 새뮤얼 스마일스(1812~1904), 스코틀랜드의 작가. 『자조론』(1859)의 저자.

다. "신난다! 우체국은 어딜까?" 그녀는 자문했다. "즉시 쉘에게 전보를 쳐서 알려야 하는데…" 그러고는 "서펜타인 위의 장난감 배"와 "신난다"를 번갈아 되풀이했는데, 이 두 생각은 정확히 똑같은 것이며, 서로 엇바꿀 수 있기 때문이었다. 그녀는 파크 레인으로 서둘러 갔다.

"장난감 배, 장난감 배, 장난감 배"라고 그녀는 되풀이해서, 중요한 것은 존 던에 대한 닉 그린의 평론도 아니며, 8시간 노동 법안이나 계약도 아니라는 사실을 스스로에게 다짐했다. 중요한 것은 쓸모없고, 갑작스럽고, 격렬한 어떤 것, 생명을 담보로 해야 하는 어떤 것, 빨갛고, 파랗고, 보랏빛이 나는 것, 하나의 정신, 물 튀기기, 히아신스 같은 것(그녀는 히아신스 화단 옆을 지나고 있었다), 타락, 의타심, 때 묻은 인간성이나 동족애 따위와는 무관한 당돌하고, 터무니없는 내 히아신스, 내 남편 본스롭 같은 어떤 것 말이다. 바로 그거다―서펜타인 위의 장난감 배, 신나는 기분― 그것이 중요한 것이다. 스탠호프 게이트에서 마차 지나가기를 기다리면서 그녀는 소리 내어 이처럼 말했는데, 바람이 잘 때가 아니면 남편과 함께 살지 못한다는 사실이, 그녀로 하여금 파크 레인에서 말도 안 되는 소리를 지껄이게 하는 결과로 나타난 것이다. 빅토리아 여왕이 일러준 대로, 일 년 내내 그와 함께 살았더라면 틀림없이 사정은 달라졌을 것이다. 그러나 사정이 그렇다보니 남편 생각이 번쩍 떠오르곤 했다. 그녀는 무슨 일이 있어도 즉시 남편에게 말해야 한다고 생각했다. 그녀는 그 말이 얼마나 쓸데없는 것인지, 또 그것이 이 이야기에 어떤 차질을 빚게 될지에 대해서는 조금도 개의치 않았다. 닉 그린의 평론이 그녀를 깊은 절망의 수렁에 빠뜨렸고, 장난감 배가 그녀를 환희의 절정으로 올려놓았다. 그녀는 길을 건너려고 신호를 기다리고 서 있는 동안,

"신난다, 신난다"를 되풀이했다.

그러나 그해 봄 오후의 교통은 매우 혼잡해서, 그녀는 거기 그대로 서서, "신난다"와 "서펜타인의 장난감 배"를 되풀이하고 있을 때, 영국의 부호와 권력자들이 사두마차나 2인승 마차와 4인승 포장마차 안에 모자를 쓰고, 망토를 입고 조각처럼 앉아 있었다. 그것은 마치 금빛 강이 녹아, 파크 레인을 가로질러 금빛 덩어리로 굳어버린 듯했다. 귀부인들은 카드 상자를 손가락 사이에 들고 있었고, 신사들은 무릎 사이에 손잡이가 금으로 된 지팡이를 끼고 있었다. 올랜도는 경외감에 휩싸여 찬탄하는 마음으로 그곳에 서서 그 광경을 응시하고 있었다. 단 한 가지 생각만이 신경 쓰이게 했는데, 그것은 거대한 코끼리나 믿을 수 없이 커다란 고래를 본 사람들이 누구나 느끼는 것이지만, 분명히 스트레스나 변화나 활동을 싫어할 이들 거대한 짐승들이 어떻게 종족을 번식해나갈까, 하는 것이었다. 올랜도는 점잖고 평온한 얼굴들을 바라보면서, 아마 그들의 번식기는 끝났을 거라고 생각했다. 여기 있는 것은 그 결실이고, 그 완성품이다. 그녀가 지금 보고 있는 것은 한 시대의 승리였다. 그들은 당당하고 찬란하게 거기 앉아 있었다. 그러나 지금 순경이 그의 손을 내렸다. 줄을 서고 있던 사람들은 움직이기 시작했고, 찬란한 물체들의 거대한 덩어리가 움직이기 시작했고, 흩어져 피커딜리 쪽으로 사라졌다.

그리하여 그녀는 파크 레인을 가로질러 커즌 가에 있는 그녀의 집으로 갔는데, 그곳은 흰 조팝나무 꽃이 필 때, 마도요 새가 우짖는 소리와 총을 멘 노인 생각이 날 그런 집이었다.

그녀는 자기 집 문지방을 넘어서면서 체스터필드 경이 하던

말이 생각나는 듯했다—그러나 생각이 나지 않았다. 그녀의 우
아한 18세기 풍의 홀은, 지금도 체스터필드 경이 보기에도 즐거
운 우아한 몸가짐으로, 여기엔 그의 모자를, 그리고 저기엔 그의
코트를 내려놓을 듯한데, 지금은 완전히 소포로 어지럽게 뒤덮
여 있었다. 그녀가 하이드 파크에 앉아 있는 동안에 서적상이 그
녀가 주문한 것을 배송해서, 집 안은 온통 회색 종이로 싸고, 끈
으로 단정하게 묶은 빅토리아 문학의 전 작품으로 넘쳐나고 있
었다—층계에서 미끄러져 내려오는 꾸러미도 있었다. 올랜도는
자기가 가져갈 수 있을 만큼의 꾸러미를 방으로 가지고 올라가
고, 나머지는 하인들에게 가져오게 해서, 방대한 양의 끈을 재빠
르게 자르자, 곧 무수한 책으로 둘러싸였다.

16, 17 그리고 18세기의 조촐한 문학에 익숙한 올랜도는 자기
의 주문 결과에 아연실색했다. 물론 빅토리아인들에게도 빅토리
아 시대의 문학은 단순히 각별히 뛰어난 4명의 대가[14]만이 아니
라, 그 밖에도 이들을 삼켜버리고도 남을 알렉산더 스미스, 딕슨,
블레이크, 밀먼, 버클, 텐, 페인, 터퍼, 제임스 등의 작가들[15]이 있
고, 이들은 다른 사람들의 주의를 끌어보려고 자기 목소리를 내
고, 떠들고, 돋보이려고 애쓴다. 활자에 대한 올랜도의 공경심 때
문에 엄청난 일을 맡게 되었는데, 메이페어의 높은 집들 사이로
들어오는 빛을 이용하기 위해 의자를 창가로 끌고 가서, 올랜도
는 어떻게든 결론을 내보려고 독서에 착수했다.

---

14 테니슨, 브라우닝, 찰스 디킨스, 조지 엘리엇의 네 작가.
15 알렉산더 스미스(1830~1867), 스코틀랜드의 작가. 작품으로 『A Summer in Skye』가
    있다. 리처드 딕슨(1833~1900), 수필가, 시인. 윌리엄 블레이크(1757~1827), 영국의 시
    인, 화가, 신비사상가. 헨리 밀먼(1791~1868), 시인. 헨리 버클(1821~ 1862), 역사가. 히
    폴리트 텐(1828~1893), 『Origines de la France contemporaine』의 작가. 제임스 페
    인(1830~1898), 저널리스트. 마틴 터퍼(1810~1889), 당대의 인기 작가. 아나 제임스
    (1794~1860), 수필가.

그런데 빅토리아 시대 문학에 대해 결론을 내릴 수 있는 방법은 두 가지 밖에 없다는 사실이 분명해졌다—그 하나는 8절판 공책 60권에 결론을 쓰는 것이고, 다른 하나는 이 책 크기의 책에 6줄 안짝에 압축해 넣는 것이다. 이 두 과정 가운데서 시간이 없음으로, 절약하려면 두 번째 방법을 택하여 진행하게 된다. 그러고 나서 올랜도는(대여섯 권의 책을 펼쳐보고) 다음과 같은 결론에 도달했다. 우선 귀족에게 바친 책이 한 권도 없다는 것은 매우 이상한 노릇이었다. 그리고(막대한 양의 회고록을 들추면서) 이 작가들 가운데 몇몇의 가문은 그녀 가문의 반도 되지 못한다는 것, 그리고 크리스티나 로세티 양[16]이 차 마시러 왔을 때, 설탕집게가 뜨겁다고 둘레에 10파운드 지폐를 두른 것은 심히 지각 없는 짓이었다는 것, 다음으로 문학이(여기 100주년 축하 만찬회의 정찬 초대장이 자그마치 대여섯 장은 왔다) 이 모든 정찬들을 먹고 다니니 필시 비만해질 거라는 것, 그리고(그녀는 이것이 저것에 미친 영향, 고전주의의 부활, 낭만파의 존속, 그밖에 이와 유사한 매력 있는 제목들에 관한 20여 개의 강연 초대를 받고 있다) 이 모든 강연을 듣고 다니니 문학이 필시 무미건조해질 수밖에 없다는 사실, 다음으로(여기서 올랜도는 어느 귀족부인이 주최하는 파티에 참석했다) 문학이 이 모든 목도리를 걸치고 있으니 매우 점잖아지고 있을 거라는 점, 다음으로(여기서 올랜도는 첼시에 있는 음향 방지 시설이 갖추어져 있는 칼라일의 방을 방문했다) 천재가 이런 응석을 필요로 하니 필시 매우 섬세해질 수밖에 없다는 사실. 그리고 마침내 그녀는 결론에 도달했는데, 그것은 더할 나위 없이 중요한 것이었지만, 이미 여섯 줄이라는 제한을 훨씬 초과했으므로 생략하지 않으면 안 된다.

16 크리스티나 로세티(1830~1894), 영국의 여류시인.

이 결론에 도달한 뒤 올랜도는 상당히 오랫동안 창밖을 내다보고 서 있었다. 왜냐하면 어떤 결론에 도달했다는 것은 공을 네트 너머로 넘겨 보내고, 보이지 않는 상대방이 공을 받아넘기는 것을 기다려야 하는 것과 같기 때문이다. 체스터필드 하우스 위의 침침한 하늘에서 다음에는 그녀에게 무엇이 보내질지가 궁금했다. 그녀는 양손을 움켜잡고 한참 동안 서서 생각했다. 그녀는 갑자기 화들짝 놀랐다─우리들이 바라는 것은 오로지 예전처럼 '순결', '정절', 그리고 '겸손'의 세 여신이 문을 빠끔히 밀고 열어서, 조금이라도 숨을 쉴 수 있는 틈을 만들어, 전기작가라면 마땅히 그리해야 하듯, 지금 조심스럽게 말해야 할 것을 싸서 감추는 방법을 생각해낼 여유를 얻는 것이다. 그러나 그렇게는 안 되었다! 세 여신은 콘스탄티노플에서 그들의 하얀 의상을 벌거벗은 올랜도에게 던져, 몇 인치 못 미치는 곳에 떨어진 것을 본 그날부터 지금까지 여러 해 동안, 올랜도와의 모든 관계를 끊고 지냈으며 지금은 다른 일로 바빴다. 그렇다면 이 창백한 3월 아침에, 뭔지는 모르겠지만 이 부정할 수 없는 사건을 누그러뜨리고, 베일로 가리고, 덮고, 감추고, 포장할 일은 아무것도 일어나지 않는다는 말인가? 왜냐하면 그처럼 갑작스럽고 격하게 놀란 다음에 올랜도는─그러나 다행스럽게도, 바로 이 순간 바깥에서, 지금도 뒷골목에서 이탈리아 손풍금 악사들이 연주하는 나약하고, 날카롭고, 피리 소리 같은, 단속적인 구식 손풍금 소리가 들려왔다. 이 겸손한 풍금 소리의 개입을 천상의 음악인양 받아들이고, 부인할 수 없는 순간이 다가올 때까지, 헐떡거리고 신음하는 음악 소리로 이 페이지를 채우기로 하자. 그 순간을 하인과 하녀가 보았으며, 독자들도 볼 수밖에 없을 것이다. 왜냐하면 올랜도 자신도 분명히 그것을 더 이상 무시할 수 없었으며─손풍금을 그냥 연주하도록 내버려두고, 우리를 생각에 실어 나르게 하자. 생각은 파도 위에서 춤추는 작은 보트에 불과하며, 생각은 모든 운반 수단 가운데서 어설프고, 가장 불안정한데, 지붕 위와 빨랫감이 걸려 있는 뒤뜰을 넘어 온—여기가 어디? 저 잔디와 한가운데에 있는 첨탑과 그리고 양쪽에 사자가 웅크리고 있는 문을 알아보시겠는지? 아아, 맞다. 큐식물원이다! 그래, 큐식물원이라면 좋지. 그리하여 우리는 지금 여기 큐식물원에 와 있는데, 나는 오늘(3월 2일) 여러분에게 자두나무 아래에서 포도 히아신스와 크로커스, 그리고 아몬드 나무 위의 새싹도 보여드리겠다. 그리하여 이 식물원을 거닌다는 것은 10월에 땅에 박아 놓은 털이 보송보송하고 붉은색의 구근들이 꽃 피고 있는 것을 생각하는 것이며, 뭐라고 적절히 표현할 수 없는 것을 꿈꾸는 것이며, 그리고 담배 갑에서 궐련 한 개비, 아니면 심지어는 시가를 꺼내고 있는 것이며, 그리고 참나무 아래에 망토를(운을 맞추기 위해)[17] 휙 내던지는 것이며, 거기 앉아서 물총새를 기다리는 것인데, 이 새가 저녁나절 한 번 이 둑에서 저 둑으로 건너가는 것을 보았다고 한다.

기다리세요! 잠시만! 물총새가 온다. 물총새가 오지 않는다.

그러는 사이에 공장의 굴뚝들과 그것들이 뿜어내는 연기를 보시오. 외출복을 입고 쏜살 같이 지나가는 직원들을 보시오. 개를 데리고 산보 나온 노부인을, 처음으로 쓰는 새 모자를 삐딱하게 쓰고 나온 하녀를 보시오. 이들 모두를 보시오. 신은 자비롭게도 모든 사람의 마음의 비밀을 숨기도록 해서, 우리로 하여금 어쩌면 존재하지도 않을 어떤 것을 언제까지나 혹시나 하고 의심하도록 조처하셨지만, 우리는 여전히 담배 연기 사이로, 모자나 보트나 도랑 속의 생쥐를 찾아 나서는 자연의 욕망이 타오르고, 멋

17 참나무oak와 망토cloak는 oak 부분에서 운이 맞는다.

지게 충족되어 인사하는 것을 본다. 한때 불타오르는 것을 보았듯이 ─ 마음은 어리석게도 여기저기 깡충거리고 뛰어다녀, 찻잔 위에 온통 넘쳐나고, 손풍금 연주는 계속되고 ─ 마치 콘스탄티노플 근처의 뾰족탑을 등지고 풀밭이 타고 있는 것을 보았듯이.

어서 오라! 자연의 욕망이여! 어서 오라! 행복이여! 멋진 행복이여! 모든 쾌락과 꽃과 포도주여 ─ 비록 꽃은 시들고, 포도주는 우리를 취하게 하지만. 그리고 일요일에 런던을 빠져나갈 반 크라운짜리 차표, 어두컴컴한 예배당에서 부르는 죽음에 대한 찬송가, 그리고 타자 치는 일과 편지를 정리하는 일, 대영제국을 하나로 묶는 고리와 쇠사슬을 버리는 일을 방해하고 좌절시키는 것이라면 무엇이든, 무엇이든 좋다. 심지어는 상점 여점원들의 입술 위에 조잡하게 그려진 빨간 립스틱 자국도(마치 큐피드가 엄지손가락을 붉은 잉크에 찍어 매우 서투른 솜씨로 지나가면서 자국을 남긴 것처럼) 환영이다. 행복이여, 어서 오라! 이 둑에서 저 둑으로 날아다니는 물총새여, 그리고 설사 남성 소설가가 말하는 것이라도 좋다, 모든 자연적 욕망의 충족이여, 기도와 거절이여, 어서 오라! 어떤 형태라도 좋다. 더 많은 형태라도 좋고, 이상한 것이라도 좋다. 시냇물이 겁게 흐르니까 ─ 실제로는 운이 암시하듯[18] "꿈처럼" 흐르지 않고 ─ 그러나 우리의 통상적 운명은 그보다 더 우울하고, 그보다 훨씬 꿈도 없는 인생이 활발하게, 상큼하게, 유연하게, 늘 하던 대로 나무 아래 앉아 있을 때, 올리브 그린의 나무 그늘이 갑자기 날아가 사라지는 새 날개의 파란색을 삼켜버린다.

그러니 행복이여, 어서 오라. 그리고 이 행복 뒤에 오는 시골 여인숙 객실의 얼룩진 거울이 얼굴을 어그러뜨리듯, 선명한 형상을

---

18 강물stream과 꿈dream은 -eam에서 운이 맞는다.

흐리게 하는 꿈은 반갑지 않다. 잠자고 싶은 날 밤, 전체를 분열시키고, 우리를 갈기갈기 찢어놓고, 상처주고, 갈라놓는 꿈은 반갑지 않다. 그러나 잠, 잠, 아주 깊은 잠은 모든 형태를 갈아서 무한히 보드라운 먼지와 헤아릴 수 없이 어두운 물로 만드는 잠은 반갑다. 우리는 거기에 미라처럼, 나방이처럼 접히고, 덮이고, 엎드려 잠의 밑바닥 모래 위에 눕자.

그러나 잠시만! 잠시만 기다리라! 우리가 지금 방문하려는 땅은 눈먼 나라가 아니다. 마음의 가장 깊은 곳에 있는 바로 안구에서 성냥불을 켠 듯 파란 물총새가 나르고, 타오르고, 잠의 봉인을 터트린다. 그리하여 지금은 빨갛고 진한 생명의 강이 되어 거품을 일으키고, 물방울을 떨어뜨리며 밀물처럼 역류한다. 그리고 우리는 일어나고, 우리는 눈의 시선을(죽음에서 삶으로의 힘든 통로를 무사히 지나게 해주는 시의 운[19]은 참 편리하다) 떨군다 — (여기서 손풍금은 갑자기 연주를 중단한다).

"부인, 아주 잘생긴 아드님이에요"라고 산파인 밴팅 부인이 첫 번째 태어난 아기를 올랜도의 팔에 안기면서 말했다. 다시 말해 올랜도는 3월 20일 목요일 새벽 3시에 아들을 무사히 분만했던 것이다.

또 다시 올랜도는 창가에 섰다. 그러나 독자는 용기를 잃지 말지니, 같은 종류의 일이 오늘은 일어나지 않는다. 오늘은 절대로 같은 날이 아니다. 같지 않다 — 지금 이 순간 올랜도처럼 창밖을 내다본다면 파크 레인 그 자체가 상당히 변했다는 것을 알게 될 것이다. 분명히 올랜도가 하고 있듯이, 거기 10분이나 혹은 그 이

---

19 일어나다rise와 눈eyes는 운이 맞는다.

상 서 있어도, 사륜 포장마차 한 대 지나가는 것을 보지 못할 것이다. "저것 좀 봐요!" 하고 그녀는 며칠 뒤, 앞이 잘린 우스꽝스러운 마차가 말도 없이 혼자 미끄러져 나가기 시작하는 것을 보고 소리쳤다. 세상에 말도 없는 마차라니! 그 말을 하자마자 그녀는 다른 곳으로 불려갔지만, 조금 뒤에 다시 와서 창밖을 내다보았다. 요즘은 날씨가 요상했다. 그녀는 하늘 자체가 변했다고 생각하지 않을 수 없었다. 에드워드 왕이 ─ 저 봐요, 그가 지금 맞은편의 어떤 부인[20]을 방문하기 위해 말쑥한 브룸 마차에서 내려오시는 중입니다 ─ 빅토리아 여왕을 승계한 지금, 하늘은 더 이상 예전처럼 자욱하거나, 습하거나, 다채롭지 않았다. 구름은 줄어들어 얇은 망사처럼 변했고, 하늘은 금속으로 만들어진 듯하여, 안개 속에서 금속이 변색하듯 그것은 녹청색이나 구릿빛, 혹은 오렌지색으로 변했다. 이와 같은 수축은 ─ 약간 놀라웠다. 모든 것이 수축한 것처럼 보였다. 어젯밤 버킹엄 궁정 앞을 차를 타고 지날 때, 그녀가 영원할 것이라고 생각했던 거대한 건물은 그 흔적도 없었다. 실크 모자도, 과부들의 상복도, 트럼펫도, 망원경도, 꽃다발도 모두 사라지고, 보도 위에는 얼룩 하나도, 심지어는 웅덩이 하나 남아 있지 않았다. 그러나 변화가 가장 놀라운 것은 지금 ─ 한참 만에 그녀가 좋아하는 창가 자리로 다시 돌아와서 ─ 이 시간 저녁이다. 집집마다 켜져 있는 저 불빛들을 보라! 한 번 건드리면 방 전체가 밝아졌고, 수많은 방들에 불이 켜졌다. 그리고 어느 것이나 똑같은 모양이었다. 네모난 작은 상자들 안에 있는 모든 것을 볼 수 있었다. 프라이버시는 없었다. 예전에 보던 서성대는 그림자와 눈에 띄지 않는 구석 따위도 없었다. 흔들거리는 램프를 들고 와서 조심스럽게 이 테이블 저 테이블 위에 내려놓던 앞치

---

20 케펠부인이 에드워드 7세의 애인이었다.

마 입은 여인들도 보이지 않았다. 스위치를 한 번만 누르면 온 방 안이 환해졌다. 그리고 하늘은 밤새도록 환했고, 보도도 환했고, 모든 것이 환했다. 올랜도는 대낮에 다시 창가에 와보았다. 최근 여인네들은 몸이 무척 가늘어졌다! 그들은 밀 이삭처럼 몸이 곧고, 빛이 나고, 모두가 닮은꼴이었다. 남자들 얼굴은 손바닥처럼 민숭민숭했다. 대기가 건조해서 모든 것의 색깔이 돋보였고, 양 볼의 근육이 뻣뻣해졌다. 지금은 우는 것이 옛날보다 더 어려웠다. 물은 2초면 뜨거워졌다. 담쟁이넝쿨은 죽었거나 집에서 벗겨졌다. 야채는 옛날처럼 풍성하지 않으며, 가족 수는 훨씬 줄었다. 커튼과 덮개들은 작게 말렸고, 벽에는 아무런 장식도 하지 않게 되어, 지금은 화려하게 색칠한 거리, 우산, 사과 따위의 실물 그림을 액자에 넣어 걸어놓았거나 아니면 벽에 직접 그려져 있었다. 이 시대에는 무언가 뚜렷하고 분명한 것이 있어, 그것은 그녀에게 혼란스럽고 절망적이라는 것 말고는 18세기를 상기시켰다— 올랜도가 이런 생각에 잠겨 있을 때, 그녀가 지금까지 수백 년 동안 지나온 것 같은 턱없이 긴 터널이 넓어졌다. 빛이 쏟아져 들어왔다. 올랜도의 생각은 신비스럽게도, 마치 피아노 조율사가 그녀의 잔등에 열쇠를 꽂아 신경을 팽팽하게 조인 것처럼 긴장했다. 동시에 그녀의 청각이 예리해져서, 방에서 나는 모든 속삭임과 우지직거리는 소리를 들을 수 있어, 벽난로 위에서 재깍거리는 시계 소리가 두드리는 망치 소리 같이 크게 들렸다. 그리하여 몇 초 동안 불은 점점 더 밝아져서, 모든 사물이 점점 더 분명하게 보였고, 시계는 점점 더 크게 재깍거리다가 마침내 귀 옆에서 무서운 폭발음을 냈다. 올랜도는 머리를 크게 얻어맞은 양 펄쩍 뛰어올랐다. 열 번 얻어맞았다. 실은 오전 열 시였던 것이다. 때는

10월 11일. 1928년. 현재의 순간이었다.[21]

올랜도가 놀라서 손으로 가슴을 누르고, 낯빛이 창백해졌다고 해서 아무도 놀랄 일이 아니다. 지금이 현재의 순간이라는 것보다 더 놀라운 계시가 있겠는가? 우리가 이 충격을 이겨낼 수 있는 것은 한쪽을 과거가 우리를 보호해주고, 또 다른 한쪽을 미래가 보호해주기 때문이다. 그러나 우리는 지금 생각에 잠길 시간이 없다. 올랜도는 이미 너무 늦었다. 그녀는 아래층으로 뛰어내려가 자동차 안으로 뛰어들어, 자동 시발 스위치를 누르고 출발했다. 거대한 파란색 건물들 덩어리가 하늘로 솟아오르고, 빨간 연통 갓들이 공중에 어지러이 점철돼 있었다. 길은 은빛 못처럼 반짝이고 있었다. 버스가 조각 같은 하얀 얼굴을 한 운전사들과 함께 그녀에게 덤벼들었다. 스펀지와 새장과 녹색의 에나멜가죽 상자가 눈에 들어왔다. 그러나 현재라는 좁은 널빤지 위를 걸어가고 있는 지금, 잘못하다가 저 아래 노한 격류 속에 빠질까봐, 올랜도는 이런 광경에 단 한순간이라도 정신을 팔 수가 없었다. "왜 앞을 똑똑히 안 보는 거지요? … 팔을 좀 들면 안 되나요?"—마치 말이 입에서 튕겨져 나오듯, 이렇듯 날카롭게 말하는 것이 고작이었다. 거리가 엄청나게 붐볐기 때문이다. 사람들은 앞을 보지도 않고 길을 건넜다. 사람들이 안이 빨갛고 노랗게 빛나는 판유리 주위를 왁자지껄하게 윙윙 소리를 내며 돌고 있어, 올랜도는 이것을 벌들이라고 생각했었는데—눈을 한 번 깜빡해 시력을 회복하고 나서 보니, 벌이라고 생각했던 그녀의 생각은 뚝 끊어지고, 그들은 사람의 몸이라는 것을 알았다. "왜 똑바로 앞을 보고 걷지 않는 거예요?"라고 그녀는 쏘아붙였다.

---

21 바로 이날이 『올랜도』가 출간된 날이다.

그러나 마침내 그녀는 마셜 앤드 스넬그러브 백화점[22]앞에 차를 대고 상점 안으로 들어갔다. 그늘과 향내가 그녀를 감쌌다. '현재'가 그녀의 몸에서 열탕의 물방울처럼 떨어졌다. 빛이 여름 미풍에 나부끼는 얇은 천처럼 위아래로 흔들렸다. 그녀는 가방에서 쪽지를 꺼내 묘하게 딱딱한 목소리로 우선 읽기 시작했는데—사내 아이 장화, 목욕 소금[23], 정어리—마치 그녀가 이 단어들을 색색의 물이 흐르는 수도꼭지 밑에서 두 손으로 받치고 있는 듯했다. 그녀는 그 단어들이 빛에 닿아 변하는 것을 지켜보았다. 목욕용 소금과 구두는 무디고 뭉툭해졌으며, 정어리는 톱날처럼 깔쭉깔쭉해졌다. 그녀는 그렇게 마셜 앤드 스넬그러브 백화점의 1층에서 이쪽저쪽을 쳐다보고, 이것저것 냄새를 맡으면서 몇 초 동안을 멍하니 서 있었다. 그리고 문이 열려 있었다는 나무랄 데 없는 이유 때문에 엘리베이터를 타고는 부드럽게 빠르게 위로 올라갔다. 그녀는 올라가면서 이제는 인생이라는 구조 그 자체가 하나의 마술이라고 생각했다. 18세기의 우리들은 매사 뭐가 어떻게 되는지 알고 있었다. 그러나 지금 나는 공중을 솟아오르고 있다. 미국에서 들려오는 소리를 들을 수 있고, 사람들이 나르는 것을 본다—그러나 어떻게 그런 일들이 가능한지 짐작조차 못한다. 그러니 나는 다시 마술을 믿기 시작한 것이다. 엘리베이터가 2층에서 약간 덜컹거리면서 멈췄다. 그녀는 수없이 많은 여러 색깔의 천들이 미풍 속에서 흔들리는 것을 보았는데, 거기서 독특하고 이상한 냄새가 흘러나왔다. 그리고 엘리베이터가 멈춰 문이 활짝 열릴 때마다 세상의 또 다른 일면이 보이고 그것에 딸린 갖가지 냄새가 배어나왔다. 엘리자베스 여왕 시대 와핑에서 조금

---

22 옥스퍼드 스트리트에 있던 당시 런던의 유명한 백화점.
23 목욕물을 순하게 만들고 향을 더해주는 결정체.

떨어진 곳에 있는 강에 보물선과 상선들이 정박하던 생각이 났다. 그 배들에서는 참으로 짙고 이상한 냄새가 났었지! 그녀가 보물 자루에 손을 집어넣었을 때, 손가락 사이로 흘러내리던 루비 원석의 감촉을 얼마나 생생하게 기억하고 있었던가! 그리고 수키와 누워 있다가 — 그녀의 이름이 무엇이었는지는 상관없다 — 컴벌랜드 백작의 등불이 그들에게 비추기도 했다! 컴벌랜드 가족은 지금 포틀랜드 플레이스에 집을 한 채 가지고 있으며, 그녀는 며칠 전에 그들과 점심을 할 때 용기를 내서, 쉰 로드에 있는 빈민 구호소들에 관해 노인에게 가벼운 농담을 했다. 그가 윙크를 했다. 그러나 여기서 엘리베이터가 더 이상 올라갈 수 없으므로 내려야 한다 — 무슨 "매장"인지 알지 못하는 곳에. 그녀는 쇼핑 리스트를 보려고 멈춰 섰지만, 리스트에 적혀 있는 목욕 소금이나 애들 구두 따위가 어딘가 근처에 있다면 고마울 노릇이었다. 그래서 실제로 아무것도 사지 않고 다시 내려가려다가, 리스트의 마지막 물품을 아무 생각 없이 읽은 덕에 그 무례를 범하지 않게 되었다. 그 품목은 "더블베드용 시트"였다.

"더블베드용 시트"라고 카운터에 서 있는 남자에게 말했는데, 하늘이 도운 탓인가, 그 카운터에서 그 남자가 팔고 있던 물건이 바로 시트였다. 이렇게 말하는 것은 그림스디치가, 아니, 그림스디치는 죽었지, 바솔로뮤가, 아니야 바솔로뮤도 죽었어. 그럼 루이즈지 — 루이즈가 며칠 전에 대단히 흥분해서 그녀에게 왔기 때문인데, 그녀는 왕의 침대의 가장자리에 구멍이 난 것을 발견했던 것이다. 많은 왕과 왕비가 거기서 잤다. 엘리자베스, 제임스, 찰스, 조지, 빅토리아, 에드워드. 그러니 시트에 구멍이 날 만도 했다. 그러나 루이즈는 누가 구멍을 냈는지 분명히 알고 있다고 주장했다. 그것은 앨버트 공이라는 것이다.

"더러운 독일놈 같으니!"[24]라고 그녀가 말했다(또 전쟁이 일어났고[25], 이번에는 독일인들이 적이었으니까).

"더블베드용 시트"라고 올랜도가 꿈꾸듯 되뇌었는데, 온통 은빛인 방에 은빛의 더블베드용 시트는 잘 어울릴 것이기 때문이었다 — 은빛 방은 지금 생각하면 좀 저속한 취향이지만, 이 방은 올랜도가 한참 은에 열중하던 때에 가구를 들여놓았던 것이다. 점원이 더블베드용 시트를 가지러 간 사이에 올랜도는 작은 거울과 분첩을 꺼냈다. 그녀는 아무렇게나 분을 바르면서, 여자들은 올랜도가 처음으로 여자로 바뀌고, '매료된 귀부인' 호의 갑판 위에 누워 있을 때만큼 완곡하지 않다고 생각했다. 그녀는 공들여 제대로 색이 나오게 코에 분칠을 했다. 볼은 건드리지 않았다. 솔직히 말해 비록 그녀 나이가 지금 서른여섯이지만, 전보다 조금도 더 늙어 보이지 않았다. 그녀는 템스 강이 얼어붙어 사샤와 함께 스케이트를 타러 나갔던 그때처럼, 입을 삐죽 내밀고, 부루퉁한 표정에, 잘생긴데다, 안색은 장밋빛이었다(백만 개의 촛불로 장식된 크리스마스트리 같다고 사샤가 말했었지) —

"최고의 아일랜드 산 리넨입니다, 마님"하고 점원이 카운터에 시트를 펼치면서 말했다 — 그런데 예전에 사샤와 나뭇가지들을 줍고 있던 노파를 만난 적이 있다. 그녀가 딴 생각을 하면서 리넨을 만지작거리고 있을 때, 매장들 사이의 자동식 문이 하나 열리고, 아마도 장신구 매장에서 마치 핑크색 촛불에서 흘러나오는 것 같은 밀랍 향냄새가 흘러들어와 — 사내애 냄새인가, 아니면 처녀 냄새인가? — 젊고, 날씬하고, 매혹적인 — 맙소사, 처녀다! 모피를 두르고, 진주 장식을 하고, 러시아 바지를 입고 있었다. 그

24 빅토리아 여왕의 남편 앨버트는 독일인이며, 결혼과 동시에 영국에 귀화했다.
25 1914~1918년의 제1차 세계대전.

러나 배신자! 배신자 같은 여자!

"배신자!"라고 올랜도가 소리치자(점원은 떠나고 없었다) 상점은 온통 탁류와 함께 위아래로 요란하게 흔들리고, 저 멀리서 바다에 떠 있는 러시아 선박의 돛들이 보였는데, 그때 놀랍게도 (아마 문이 다시 열렸던 것 같다) 향내가 만들어낸 조가비가 교단이 되고, 연단이 되어, 그곳에서 모피로 몸을 싼 뚱뚱한 여인이 내려왔는데, 믿을 수 없게 옛날 모습을 간직한, 매력적이며, 왕관을 쓴 러시아 대공의 애인이었다. 볼가 강 언덕에 기댄 채 샌드위치를 먹으면서 사람들이 빠져 죽는 것을 구경하고 있던 그 여자가 매장 이쪽으로 올랜도를 향해 걸어오고 있었다.

"오오, 사샤!" 올랜도는 소리쳤다. 사샤가 이렇게 변한 것을 보고 올랜도는 큰 충격을 받았다. 그녀는 너무 뚱뚱해졌고, 너무 무기력해졌다. 올랜도는 리넨 위에 머리를 떨어뜨리고, 양초 냄새와 꽃과 배를 몰고 온 모피 두른 이 유령 같은 회색 머리칼의 여인도, 러시아 바지를 입은 러시아 소녀도, 보이지 않게 뒤로 지나가주기를 바랐다.

"냅킨이나, 타월, 먼지털이 같은 것은 필요 없으신지요, 부인?" 점원은 집요했다. 올랜도는 지금 들여다보고 있던 쇼핑 리스트 덕분에 침착하게 이 세상에서 한 가지 필요한 것이 있다면 그것은 목욕 소금이라고 말할 수 있었는데, 그것은 다른 매장에 있었다.

그러나 다시 엘리베이터를 타고 내려오면서 ─ 이 같은 장면이 자꾸 되풀이되지만 ─ 그녀는 또다시 현재의 순간 저 밑으로 가라앉았다. 그리고 엘리베이터가 1층에 쿵하고 닿았을 때, 그녀는 항아리 하나가 강둑에 부딪혀 깨지는 소리를 들은 것 같은 느낌이 들었다. 어디든 간에 필요한 매장을 찾아야 하는데, 올랜도는 핸드백들 사이에서, 까만 옷에, 머리를 말쑥이 빗은, 예절 바르고 쾌활한 보조 점원들이 이것저것 권하는 말도 듣지 않고 넋을 잃고 서 있었다. 그런데 이들 점원들은 모두 똑같이, 그리고 어떤 녀석은 올랜도 못지않게 자랑스러운 먼 과거의 심연에서 왔을 터인데, 현재라는 물도 새지 않는 칸막이를 내리고 과거를 감춘 채, 오늘은 단순히 마셜 앤드 스넬그러브의 점원 얼굴을 하고 있는 것이다. 올랜도는 주저하며 서 있었다. 커다란 유리문을 통해 옥스퍼드 거리의 왕래가 보였다. 버스들이 한데 붙었다가는 갑자기 당기면서 떨어진다. 그날 템스 강에서도 얼음이 마찬가지로 위아래로 심하게 요동쳤다. 모피 슬리퍼를 신은 나이 든 귀족이 한 사람 얼음 위에 말을 타듯 걸터앉아 있었다. 귀족은 떠내려갔다―그녀는 지금도 그가 아일랜드의 반도들을 저주하면서 떠내려가는 것이 보였다. 그는 지금 올랜도의 차가 서 있는 곳에 가라앉았다.

  "시간이 내 위로 지나가버렸어"라고 그녀는 정신을 차리려 애쓰면서 생각했다. "이제 나도 나이를 먹었어. 참 이상도 하지. 이젠 뭐든 더 이상 하나가 아니야. 핸드백을 집어 들면 얼음 속에 갇힌 물건 팔러 다니던 할머니 생각이 난다. 누가 핑크색 촛불을 켜면 러시아 바지를 입은 처녀가 보인다. 문밖으로―지금처럼―나가면"이라고 말하면서 그녀는 옥스퍼드 거리로 걸음을 옮겼다. "이 맛은 무엇인가? 약초 맛이다. 염소 방울 소리가 들린다. 산들이 보인다. 터키인가? 인도? 페르시아?" 그녀의 눈에 눈물이 고였다.

  눈에 눈물이 가득한 채 페르시아의 산들을 떠올리면서, 자기 자동차를 타려는 올랜도를 보고 독자들은 그녀가 현재의 순간에서 약간 지나치게 벗어났다는 인상을 받을 것이다. 실제로 살아가는 기술의 달인들은―그런데 그건 종종 이름 없는 사람들이지만―정상적인 인간의 신체에서 동시에 고동치고 있는 60이나 70개의 서로 다른 시간을 어떻게든 하나로 묶어, 시계가 열한 시를 치면 나머지 것들도 일제히 종을 치게 해서, 현재가 심한 혼란에 빠지는 일도, 과거 속에 완전히 매몰되는 일도 없게 한다는 것은 부인할 수 없다. 우리는 이들이 묘비에 새겨진 대로 68년이나 72년을 정확히 살다 갔다고 말할 수 있을 것이다. 나머지 사람들 가운데 어떤 이는 비록 우리들 사이에서 걸어 다니고는 있지만, 이미 죽었다는 것을 우리는 안다. 또 어떤 이는 여러 형태의 인생을 경험하고 있지만, 아직 태어나지 않았다. 그 밖에 자기가 36세라고 말해도 실은 몇백 살이 된 사람들도 있다. 인간의 수명은 『영국 인명사전』[26]에 뭐라고 적혀 있든지 간에 항상 논쟁거리이다. 시간을 잰다는 일은—어려운 일이기 때문이다. 조금이라도 어떤 예술에 손을 대는 것만큼 시간을 더 혼동시키는 것은 없다. 올랜도가 시를 사랑한 탓에 쇼핑 리스트를 잃어버렸고, 정어리도, 목욕 소금도, 장화도 사지 않고 집으로 향하게 된지도 모른다. 자동차 문에 손을 올려놓고 서 있는 지금, 현재가 다시 한 번 그녀의 머리를 두드리기 시작했다. 열한 번 맹렬하게 얻어맞았다.

"빌어먹을!" 그녀는 소리쳤다. 왜냐하면 시계 치는 소리를 듣는다는 것은 신경조직에 큰 충격이었으니까—충격이 너무 커서 한동안 그녀에 대해 할 수 있는 말이란, 그녀가 얼굴을 약간 찌푸리고, 자동차 기어를 멋지게 바꾸고, 먼젓번처럼 "길을 잘 보세요!" "정신은 어디다 둔 거예요?" "왜 그렇게 말하지 않았어요?" 라고 소리치면서, 올랜도는 운전이 능숙했으므로 차를 이리 틀고 비집고 들어가고 미끄러지면서 리젠트 거리와 헤이마켓을 지나 노섬벌랜드 가로, 그리고 웨스트민스터 다리를 지나, 좌회전하

---

26 버지니아 울프의 아버지 레슬리 스티븐(Leslie Stephen, 1832~1904)이 이 사전의 초대 편집장이었다.

고, 직진하고, 우회전하고, 다시 직진해서 쏜살같이 달려나갔을 뿐이다.

　1928년 10월 11일, 목요일[27], 켄트의 구도로는 몹시 붐볐다. 사람들이 보도에 넘쳐났다. 쇼핑백을 든 여인네들. 애들은 마구 뛰어다녔고, 포목점에서는 세일을 하고 있었다. 길은 넓어졌다 좁아졌다 했다. 멀리 보이는 길들이 점점 좁아져 하나로 오그라들었다. 거기는 시장이었다. 장례식이 있었다. 현수막을 든 행렬이 지나가는데, 거기에는 "궐기 ─ 실업[28]"이라고 쓰여 있었고, 나머지는 읽을 수 없었다. 고기 빛깔은 대단히 붉었다. 정육점 주인들이 문간에 서 있었다. 여자들은 하마터면 구두 뒤축이 잘려나갈 뻔했다. "사랑은 승리 ─"[29]라고 현관 위에 써놓은 것이 보였다.[30] 한 여자가 깊은 사색에 잠겨, 아주 조용하게 침실 창문으로 밖을 내다보고 있었다. 애플존과 애플벳 장례. 처음부터 끝까지 온전히 읽거나 볼 수 있는 것은 아무것도 없었다. 마치 서로 만나려고 길을 건너는 두 친구처럼 ─ 처음만이 보일 뿐 끝이 보이지 않았다. 20분 뒤에는 심신 모두 자루에서 흘러나오는 종잇조각처럼 되어, 런던에서 자동차로 재빨리 빠져나온다는 일은, 무의식과, 어쩌면 죽음에 앞서, 자기라는 존재를 토막내는 것과 같은 것이어서, 지금 이 순간 올랜도가 어떤 의미에서 존재하고 있는지는 알 수 없는 문제였다. 실상 우리는 그녀를 완전히 해체된 인간으로 포기했어야 했지만, 마침내 여기 하나의 초록 장막이 오른쪽에 쳐지고, 그것에 작은 종잇조각들이 더 천천히 떨어져 내리고,

---

27 『올랜도』를 출간한 날.
28 원문의 'Ra─Un'은 각각 Rally와 Unemployed의 첫 부분일 듯.
29 원문의 Amor Vin─은 Amor vincit omnia(love conquers all)이라는 유명한 라틴어의 일부.
30 유곽인 듯.

또 하나의 장막이 왼쪽에 쳐져, 종잇조각들이 공중에서 저희들끼리 빙빙 돌고 있는 것이 보였고, 이처럼 좌우편에 계속해서 초록 장막들이 쳐지면서, 올랜도는 자기 마음속에 사물을 꽉 쥐고 있다는 환상을 되찾고, 오두막과 농가의 뜰과 네 마리의 암소들이 모두 실제 크기로 보였다.

그렇게 되자 올랜도는 안도의 숨을 내쉬고, 담뱃불을 붙이고, 1, 2분 말없이 동안 담배를 피웠다. 그러고는 마치 자기가 원하는 사람이 거기 없을지도 모른다는 듯, "올랜도?"라고 머뭇거리며 불러보았다. 만약에 우리 마음속에 (가령) 76개의 서로 다른 시간이 동시에 재깍거리고 있다면 ─ 맙소사 ─ 우리 마음속에 얼마나 많은 사람들이 자리 잡고 있다는 말인가? 2천 52명이라고 말하는 사람이 있다. 그러니 홀로 있게 되었을 때, 어떤 사람이 올랜도?라고 (이것이 그 사람의 이름이라면) 불렀다면, 그것은 너무도 자연스러운 일인데, 이 말은 어서 와요! 지금의 내 자신이 죽도록 지겨워요, 나는 다른 사람이 되고 싶어요, 라는 뜻이다. 그러면 우리는 친구들에게서 놀라운 변화를 보게 된다. 그러나 일이 순탄하게만 진행되는 것도 아닌데, 왜냐하면 비록 우리가 올랜도처럼 (도회지에서 시골에 왔으므로, 아마도 또 다른 자아가 필요하겠지만) 올랜도?라고 불러봐도 그녀가 필요로 하는 올랜도는 오지 않을지 모르기 때문이다. 우리를 형성하고 있는 수많은 자아는, 마치 웨이터의 손 위에 차곡차곡 쌓아올린 접시처럼 서로 포개져 있으며, 다른 곳에 애착과 공감을 느끼고 있어, 나름대로의 규칙과 권리와 이름이 무엇이든 그 밖의 것들 (이들 중 많은 것들은 이름이 없으니까)을 가지고 있으며, 어떤 나는 비가 올 때만 올 것이고, 다른 나는 녹색 커튼을 친 방에만 올 것이고, 또 다른 나는 존스 부인이 없을 때만 올 것이고, 포도주 한잔을 약속할 때는 또 다른 내가 — 등등이 올 것이다. 왜냐하면 모든 사람은 자신의 여러 자아들과 맺은 상이한 조건들을 자신의 경험에 비추어 늘려나갈 수 있기 때문이다 — 그 조건들 중 어떤 것은 말도 안 되게 황당한 것이어서 여기 활자로 옮겨놓을 수가 없다.

그리하여 올랜도는 헛간 옆 모퉁이에서 묻듯이 "올랜도?"라고 부르고 기다려 보았다. 그러나 올랜도는 나타나지 않았다.

"그렇다면 좋다"라고 올랜도는 이런 때 사람들이 그렇듯 유쾌하게 말하고는 또 다른 자기를 불러보았다. 왜냐하면 그녀는 우리가 지금까지 여기 수용할 수 있었던 것보다 훨씬 더 많은 자기를 가지고 있기 때문인데, 한 개인은 수천 개의 자아를 가지고 있는데도, 전기에서는 예닐곱 개의 자아를 묘사하는 것으로 일이 끝난 것으로 간주한다. 그리하여 올랜도는 우리가 이 전기에 수용할 수 있었던 자아 가운데서 골라 흑인의 머리통을 잘라버린 소년을 불렀는지 모른다. 그리고 그것을 다시 끈에 매단 소년을, 언덕 위에 앉아 있던 소년을, 시인[31]을 보았던 소년을, 여왕에게 장미꽃 물그릇을 건네주었던 소년을, 아니면 사샤와 사랑에 빠진 젊은이를, 아니면 궁정의 신하를, 대사를, 군인을, 나그네를, 아니면 와주기를 바랐던 여자가 된 자신을, 집시를, 귀부인을, 은둔자를, 인생을 사랑한 소녀를, 문단의 후견인을, 마(뜨거운 목욕과 저녁 벽난로의 뜻)라고 불리는 여인을, 혹은 쉘머딘(가을 숲 속의 크로커스라는 뜻)을, 아니면 본스롭(우리가 매일 겪는 죽음의 뜻), 아니면 이 셋 모두를 — 이것을 여기 다 쓸 여유는 없는데 — 불렀는지 모르는데, 이들은 모두 서로 다른 자아이며, 올랜도는 이들 가운데 어느 하나를 불러냈을지 모른다.

아마도 그럴 것이다. 그러나 그녀가 가장 필요로 하는 자아는

31 셰익스피어.

멀리 떨어져 있다는 사실이 확실해 보인다(지금 우리는 '아마도' 와 '보인다'라는 말밖에 할 수 없는 영역 안에 들어와 있으니까). 그녀가 하는 말을 듣고 있으면 ─ 그녀 자신이 달리는 차처럼 빠르게 변신하고 있기 때문이었는데 ─ 모퉁이를 돌 때마다 새로운 자기가 있었다 ─ 가장 꼭대기에 있으며, 요구하는 힘을 가진 의식적인 자아가 어떤 설명할 수 없는 이유 때문에 자기 자신만이 되고 싶다고 원할 때처럼. 이것이야말로 사람들이 참된 자아라고 부르는 것이며, 우리 안에 가지고 있는 모든 자아를 결집한 것이라고 사람들은 말한다. 이 모두를 지휘관 자아, 열쇠 자아가 명령하고 가둬놓고 융합하고 통제한다. 올랜도가 확실히 이와 같은 자아를 찾고 있다는 것은 그녀가 운전을 하면서 혼자 하는 말을 들으면 알 수 있다(그 말이 두서없고, 앞뒤가 맞지 않고, 하찮고, 지루하고, 때로는 뜻을 알아들을 수 없다고 하더라도 그것은 귀부인이 혼자 하는 말을 엿들은 독자의 잘못이다. 우리는 그녀가 한 말을 그대로 옮길 뿐이며, 어느 자아가 말하고 있는가에 대한 우리의 의견을 괄호 안에 넣기로 하는데, 물론 잘못도 있을 것이다.)

"그럼 무엇이란 말인가? 그럼 누구란 말인가?"라고 그녀는 말했다. "36세, 자동차를 타고 있고, 여자. 그렇다, 그러나 헤아릴 수 없이 많은 다른 것들일 수도 있다. 나는 속물인가? 홀에 걸어놓은 가터 훈장은? 표범들은? 조상들은? 그들이 자랑스러운가? 물론이지! 탐욕스럽고, 사치하고, 간악한 사람? 내가 그런가? (여기서 다른 자아가 등장한다). 그렇더라도 전혀 상관없다. 정말이냐고? 그렇다고 생각한다. 손이 큰 사람? 아아, 그런 건 중요치 않다. (여기서 다른 자아가 등장한다.) 아침 침대에서 고급 시트 위에 누운 채 비둘기 우는 소리를 듣고 있다. 은 접시들, 포도주, 하녀들, 하인들. 응석받이가 됐다고? 그럴지도 모른다. 쓸데

없이 물건이 너무 많다. (여기서 다른 자아가 등장) 내 책도 그렇다. (여기서 그녀는 50권의 고전작품의 제목을 열거했는데, 그것들은 우리 생각에 그녀가 찢어버린 초기 낭만파 작품들일 것이다.) 그들은 안이하고, 말이 많고, 비현실적이다. 그러나(여기서 다른 자아가 등장) 그것들은 엉터리고, 어설픈 작품들이다. 이보다 서툴 수가 없다. 그리고—보자—(여기서 그녀는 말이 생각나지 않아 머뭇거렸는데, 만약 우리가 '사랑'이라는 단어를 비쳤더라면 그것은 틀렸을 것이나, 그녀는 웃고, 얼굴이 빨개지고, 그러고는 소리쳤다—)에메랄드 제의 두꺼비! 해리 대공! 천장 위의 금파리! (여기서 다른 자아가 등장.) 그러나 넬, 키트, 사샤는? (그녀는 우울해졌다. 실제로 눈물이 나와서 오랫동안 울었다.) 그녀는 나무라고 말했다. (여기서 다른 자아가 등장.) 나는 저기서 천년 동안 자란 나무를 좋아한다(그녀는 숲을 지나가고 있었다). 그리고 헛간도(그녀는 길 가장자리의 쓰러질 것 같은 헛간 옆을 지나고 있었다). 그리고 양을 지키는 개들도(이때 한 마리의 양치기 개가 길을 건너 종종 걸음으로 달려왔다. 그녀는 조심스럽게 그 개를 피했다). 그리고 어두운 밤도 좋아한다. 그러나 사람은(여기서 다른 자아가 등장). 사람들은 어떤가? (질문하듯 되뇌었다.) 알 수 없지. 잔소리가 많고, 악의에 차 있으며, 항상 거짓말을 한다. (여기서 그녀는 고향의 신작로로 접어들었는데, 그곳은 장날인 탓에 농부들과 양치기들과 바구니에 암탉들을 넣고 나온 늙은 여인네들로 붐비고 있었다.) 나는 농부들이 좋아. 나는 농작물에 대해 좀 알고 있지. 그러나(여기서 또 다른 자아가 등대의 빛줄기처럼 그녀의 생각을 스쳐 등장했다) 명성! (그녀는 웃었다.) 명성! 7판이나 나갔다. 상을 받았고, 석간신문에 사진도 나왔지(지금 그녀는 자기가 상을 받은 「참나무」와 버데트 쿠쯔 기념상 이야기를 하고 있는 것이다.[32] 그런데 여기서 한 마디 해두어야 할 것은, 이 전기가 지금까지 지향해온 정점인 이 결론부분을, 이처럼 아무렇지도 않게 웃어넘긴다는 것이 전기작가에게 얼마나 황당한 노릇인가 하는 사실이다. 그러나 여자에 대한 전기를 쓸 때에는, 클라이맥스건 결말이건 모든 것이 제자리에 있지 않다. 남자라면 강조했을 부분이 여자의 경우엔 그렇지 않다). 명성!이라고 그녀는 되풀이했다. 시인은—허풍선이다. 둘 다 매일 아침 우편물처럼 규칙적으로 찾아온다. 식사를 하고 사람을 만나고, 사람을 만나고 식사를 하고. 명성—명성!(그녀는 시장의 혼잡한 사람들 사이를 빠져나가기 위해 걸음걸이를 늦춰야 했다. 그러나 그녀를 알아보는 사람은 아무도 없었다. 상을 받았고, 마음만 먹으면 이마 위에 왕관 셋을 겹쳐 올려놓을 수도 있는 부인보다 생선가게의 돌고래가 더 주목을 끌고 있었다.) 아주 천천히 운전하면서, 올랜도는 마치 옛노래 한 대목을 노래하듯, "꽃피는 나무, 꽃피는 나무, 꽃피는 나무를 사야지. 그리고 내 꽃피는 나무들 사이를 걷고, 자식들에게 명성이 뭔가를 말해야지"라고 흥얼거렸다. 그렇게 흥얼거리자 가사가 마치 야만인들의 무거운 구슬목걸이처럼 여기저기가 늘어지기 시작했다. "그리고 꽃피는 내 나무들 사이를 걸을 거야"라고 가사를 강조하면서, "천천히 달이 떠올라오는 것을, 짐마차가 떠나가는 것을 볼 거야…"라고 노래했다. 여기서 그녀는 노래를 멈추고, 깊은 명상에 잠겨 자동차의 보닛을 뚫어져라 바라다보았다.

"그는 하녀 트위체트의 테이블에 앉아 있었지"라고 그녀는 생각에 잠겼다. "더러워진 주름 옷깃을 달고 … 그는 재목의 치수를

---

32 주인공 올랜도의 모델인 비타는 장시 『대지*The Land*』로 1927년 호손든 상Hawthornden Prize을 수상했다.

재러 온 늙은 베이커였던가? 아니면 셰 —피 —어!"(우리가 깊이 존경하는 사람들의 이름을 부를 때에 우리는 그 이름들을 온전하게 다 부르는 법이 없으니까). 그녀는 10분 동안 앞을 응시하느라 자동차가 거의 정지하고 말았다.

"귀신에 홀렸어!"라고 소리치면서 갑자기 액셀러레이터를 밟았다. "귀신에 홀렸다니까! 아이 때부터. 저기 기러기가 날아간다. 창가를 스치고 지나 바다로 나간다. 나는 번쩍 뛰어올라(그녀는 운전대를 더 꼭 잡았다) 그들을 잡으려고 팔을 뻗었지. 그러나 거위는 너무 빨리 나른다. 나는 기러기를 여기서 —저기서 —저기서 —영국에서, 페르시아에서, 이탈리아에서 보았다. 그것들은 항상 빠르게 바다로 날아가고, 나는 언제나 그것들 뒤에다 단어를 그물처럼 던지지만(여기서 그녀는 손을 앞으로 던졌다), 그것들은 마치 갑판 위에 해초만 건져올린 채 오므라드는 그물처럼 오그라든다. 가끔 한 조각의 은이 —6개의 단어가 — 그물 밑바닥에 있기도 한다. 그러나 결코 산호 숲 속에 사는 거대한 물고기는 없다." 여기서 올랜도는 고개를 숙이고 깊은 생각에 빠졌다.

그녀가 "올랜도" 부르기를 그치고, 다른 생각에 깊이 빠져 있던 그 순간에 그녀가 불렀던 올랜도가 제 발로 나타났는데, 이것은 그녀에게 나타난 변화로 알 수 있었다(그녀는 오두막 문을 지나 지금 공원으로 들어서고 있었다).

올랜도의 몸 전체에 그림자가 드리우면서 안정되었다. 마치 금박을 붙이면 표면이 둥글고 단단해지듯, 또 얕은 곳이 깊어지고, 가까운 곳이 멀어지듯. 그리고 우물 안에 물이 보존되듯 모든 것이 보존되었다. 그리하여 제대로 부른 것인지, 아닌지는 여하튼, 이른바 단 하나의 자기, 진짜 자기라고 부른 이 올랜도에 의해 이제 그녀는 그늘지고 조용해졌다. 왜냐하면 사람들이 큰소리로 이야기할 때, 수많은 자아는(아마 2천 개도 넘을 것이다) 거리감을 느껴 의사소통을 시도하지만, 정작 의사소통이 이루어지면 침묵하게 되기 때문이다.

능숙하고 재빨리 그녀는 느티나무와 참나무 사이의 굽은 길을 완만하게 경사진 공원의 잔디 사이로 차를 몰았는데, 잔디는 그것이 물이었다면 해변을 잔잔한 녹색 조수로 뒤덮었을 것이다. 여기에는 너도밤나무와 참나무 들이 장중한 무리를 이루며 자라고 있었다. 사슴들이 그 사이를 걸어 다니고 있었는데, 한 마리는 눈처럼 희고, 다른 한 마리는 갸우뚱하고 있는 것이, 뿔이 그물 철사에 걸린 탓이었다. 그녀는 이 모든 것, 나무, 사슴, 그리고 잔디를 마치 그녀의 마음이 액체가 되어, 사물의 주위를 흐르고, 그들을 완전히 감쌌듯이 더할 수 없이 만족스럽게 바라보고 있었다. 다음 순간 그녀는 마당에 차를 세웠는데, 거기는 수백 년간 그녀가 말을 타고 왔거나, 아니면 육두마차를 타고 앞뒤에 말을 탄 남자들을 거느리고 오던 곳이었다. 거기서는 깃털이 흔들리고, 횃불이 번쩍이고, 지금 나뭇잎을 떨어뜨리고 있는 바로 그 나무들이 꽃을 흩날리던 곳이었다. 지금 그녀는 혼자였다. 낙엽이 떨어지고 있었다. 수위가 큰 대문을 열었다. "저예요, 제임스, 차 안에 짐이 좀 있는데, 안으로 옮겨줄래요?"라고 그녀가 말했는데, 이 말 그 자체는 아름답거나 재미있거나 뜻이 있는 것도 아니지만, 지금은 뜻이 가득 차서, 잘 익은 호두처럼 나무에서 떨어져, 일상적인 것의 오그라든 껍질에 팽팽하게 뜻을 채워넣으면, 놀랍도록 감각을 만족시킨다는 사실을 증명한 것이다. 실제로 이것은 일상적인 모든 움직임이나 행동에 대해서도 사실이다. 따라서 올랜도가 3분도 채 걸리지 않는 사이에 스커트를 능직 바지와 가죽 재킷으로 갈아입는 것을 보고 있으면, 마치 마담 로포코바[33]가 완벽한 아름다움을 드러내고 있기나 한 것처럼, 동작의 아름다움에 황홀해진다. 그러고는 성큼성큼 걸어서 식당으로 들어갔는데, 거기에서는 그녀의 옛 친구들인 드라이든, 포프, 스위프트, 애디슨이 처음에는 얌전하게 여기 수상작가가 오시네, 라고 말하듯 쳐다보다가 상금 200기니가 걸려 있는 문제라는 생각을 하고는 긍정적으로 머리를 끄덕였다. 그들은 200기니야, 라고 말하고 있는 듯했다. 200기니는 우습게 여길 액수가 아니지. 올랜도는 빵과 햄을 한 쪽씩 손수 잘라서, 두 쪽을 맞붙여서 성큼성큼 방 안을 걸으면서 먹기 시작했는데, 이렇게 함으로써 그녀는 아무 생각 없이 예절 따위를 벗어던지고 말았다. 대여섯 바퀴를 돌고 난 뒤, 그녀는 빨간 스페인 포도주 한 잔을 단숨에 마시고, 또 한 잔 채워 손에 들고는 긴 복도와 10여 개의 객실을 지나 따라나서는 사슴 사냥개와 스패니얼 개들을 데리고 저택 안의 순찰을 돌기 시작했다.

이 또한 그녀의 일과 중 하나였다. 돌아와서 집을 방문하지 않는 것은 귀가하고 나서 할머니에게 키스 한번 하지 않는 것과 같은 것이다. 그녀가 들어서면 방들이 환해지는 것 같았고, 방들은 마치 그녀가 없는 동안에 잠자고 있었던 것처럼 부스럭거리며 눈을 뜨는 것 같았다. 또한 방들은 지금까지 수백, 수천 번을 보아왔지만, 한 번도 동일하게 보인 적이 없었는데, 마치 그처럼 긴 방들의 생명이 무수한 기분을 간직하고, 겨울과 여름에 따라, 개이고 흐린가에 따라, 그녀 자신의 신수나 이 방을 방문하는 사람들의 성격에 따라 변하는 것 같았다. 그들은 낯선 사람들에게 한결같이 정중했으나 조금 식상해하는 것 같았다. 올랜도에게는 완전히 마음을 열어놓고 편하게 대했다. 그렇지 않을 이유가 있겠는

---

33 영국의 경제학자 J. M. 케인즈(1883~1946)의 부인으로서, 유명한 발레리나.

가? 그들이 서로 가까이 알고 지내온지도 이제 4세기나 되었다. 그들은 서로 감출 것이 없었다. 그녀는 그들의 슬픔과 기쁨을 알고 있었다. 그녀는 그들 각 부분의 나이와 그들의 작은 비밀들을 알고 있었다―비밀 서랍, 감추어진 찬장, 혹은 나중에 개조하거나 덧붙여서 생긴 결함 같은 것도 알고 있었다. 방들도 그녀의 여러 가지 기분이나 변화를 알고 있었다. 그녀는 그들에게 숨기는 것이 전혀 없었다. 소년일 때도, 여자가 된 뒤에도, 울며 춤추며, 시무룩하게 유쾌하게 이 방에 왔었다. 바로 이 창가 자리에서 그녀는 첫 번째 시를 썼으며, 저 예배당에서 결혼을 했다. 그리고 그녀는 여기에 묻히게 될 것이라고 긴 갤러리에 있는 창턱에 무릎을 꿇고 앉아서, 스페인산 포도주를 홀짝거리면서 생각했다. 비록 상상하기 힘들었지만, 사람들이 그녀의 시신을 조상들 가운데 눕히기 위해 내려놓을 때, 문장에 그려진 표범의 노란 그림자가 마루 위에 햇빛 웅덩이를 이루고 있을 것이다. 영생은 믿지도 않으면서, 그녀는 자기 영혼이 벽판 위에 떨어지는 붉은색과 소파 위의 녹색과 함께 영원히 오갈 것이라고 느끼지 않을 수 없었다. 이 방이―그녀는 대사의 침실로 들어서고 있었다―수백 년 동안 바다 밑바닥에 놓여 있어서, 물때가 덕지덕지 않고, 수많은 빛깔이 칠해진 조개껍질 같이 빛나고 있기 때문이었다. 그 빛은 발갛고, 노랗고, 초록이며 모래색이었다. 그것은 조개껍질처럼 여리고, 무지갯빛에 속은 비어 있었다. 이 방에서 대사가 자는 일은 다시 없을 것이다. 아아, 그러나 그녀는 어디서 그 집의 심장이 아직도 뛰고 있는지를 알고 있었다. 조용히 문 하나를 열고, 방이 자기를 볼 수 없게(그녀는 그렇게 상상했다) 문지방에 서서, 그녀는 끊임없이 불어오는 가냘픈 미풍에 태피스트리가 올라갔다 내려갔다 하는 것을 지켜보고 있었다. 태피스트리 속에 사냥꾼은 아직도 말을 달리고 있었고, 다프네[34]는 여전히 도망치고 있었다. 심장은 비록 약하고 멀리 물러나 있기는 하나 아직도 뛰고 있다고 생각했다. 약하지만 이 거대한 저택의 불굴의 심장이.

그러자 올랜도는 한 떼의 개들을 불러 회랑을 걸어 내려갔는데, 그 회랑의 마루에는 세로로 톱질한 참나무가 통째로 깔려 있었다. 안락의자들은 벨벳이 모두 빛바랜 채 벽에 기대어 정렬해 있었는데, 그들은 엘리자베스 여왕과, 제임스 왕과, 어쩌면 셰익스피어와, 세실 경을 맞이하려고—그는 결국 오지 않았다—팔걸이를 내밀고 있었는지도 몰랐다. 그 광경이 그녀를 우울하게 했다. 그녀는 의자들을 에워싼 밧줄을 풀었다. 그녀는 여왕의 의자에 앉아보았다. 레이디 베티의 테이블 위에 놓여 있는 원고 책을 펼치고, 오래된 장미잎 속에 손가락들을 넣고 휘저었다. 그녀는 제임스 왕의 은제 빗으로 자기의 짧은 머리카락을 빗었고, 그의 침대 위에서 뛰어올라보고(그러나 루이즈가 새 시트를 깔아 놓았음에도 불구하고 어느 왕도 다시는 거기서 자는 일이 없을 것이다) 침대 위에 놓인 낡은 은빛 침대 덮개에 자기 볼을 가져다 댔다. 그러나 사방에 좀을 막기 위한 작은 라벤더 봉지들과, "손 대지 마시오"라고 인쇄된 쪽지들이 있었는데, 그것들은 비록 그녀가 직접 거기에 갖다 놓은 것이지만, 그녀를 질책하는 듯했다. 그 집은 이제 더 이상 그녀만의 것이 아니라는 생각에 그녀는 한숨이었다. 이제 그것은 시간과 역사의 것이었고, 살아 있는 자들이 만지거나 통제할 수 있는 것이 아니었다. 여기다 더 이상 맥주를 흘리는 일도 없을 것이며(그녀는 옛날 닉 그린이 쓰던 침실에 있었다), 카펫을 태워 구멍을 내는 일도 없을 것이라고 그녀는 생각했다. 이제는 더 이상 2백 명의 하인들이 침대를 덮힐 물통이

---

34 아폴로의 사랑의 추적을 피해 월계수가 된 요정.

나, 커다란 벽난로에 쓸 큰 나뭇가지를 들고, 큰소리를 내며 복도를 뛰어다니는 일도 없을 것이다. 집 밖 작업장에서 맥주를 양조하는 일도, 초를 만드는 일도, 안장을 만들거나 돌을 깎는 일도 결코 없을 것이다. 쇠망치 소리나 돌망치 소리도 지금은 들리지 않는다. 의자와 침대는 비어 있었고, 금은으로 만든 큰 컵들은 유리장 안에 넣고 잠가 놓았다. 거대한 침묵의 날개가 빈집을 여기저기 두들기고 있었다.

그래서 그녀는 회랑 한 끝에 있는 엘리자베스 여왕의 딱딱한 안락의자에 웅크린 개들에 둘러싸여 앉아 있었다. 회랑은 불빛이 거의 닿지 않는 곳까지 멀리 뻗어 있었다. 그것은 흡사 과거 속으로 깊숙이 뚫고 들어간 터널과도 같았다. 자세히 들여다보니, 사람들이 웃고 이야기하는 것이 보였다. 그녀가 알고 있는 위대한 사람들이 있었다. 드라이든, 스위프트, 포프, 그리고 대담 중인 정치가들, 창가에서 희롱대고 있는 연인들, 기다란 테이블에서 먹고 마시고 있는 사람들, 그리고 타는 나무 연기가 그들의 머리 언저리에서 맴돌아 그들이 재채기를 하고 기침을 했다. 더 안쪽에서는 네 사람이 한 조가 되어 추는 카드리유 춤을 추려고 멋진 차림의 댄서들이 줄 서 있었다. 피리 소리 같은 가냘픈, 그러면서 장엄한 음악이 연주되기 시작했다. 오르간 소리가 낮게 울려 퍼졌다. 사람들이 관 하나를 예배당으로 메고 들어왔다. 거기서 결혼 행렬이 나왔다. 헬멧을 쓴 무장한 군인들이 전쟁터로 떠났다. 그들은 플로든[35]과 푸아티에[36]로부터 깃발을 가지고 와서 그것들을 벽 위에 걸었다. 긴 회랑은 이런 식으로 가득 차 있었는데, 더 멀리를 보니 엘리자베스와 튜더 시대 사람들을 지나 더 안쪽 끝

---

35 1513년에 영국의 북구를 침공한 스코틀랜드 군을 영국군이 플로든 들판에서 대파한 전투.
36 100년 전쟁 동안인 1356년에 푸아티에에서 벌어진 전투에서, 에드워드 2세의 아들이 프랑스군을 대파했다.

에서, 더 늙고, 더 검은 모습을 본 듯했다. 그는 수도복의 두건을 쓴, 금욕적이고 엄숙한 승려 같은 사람으로, 두 손을 꼭 쥐고 손에 책을 들고 중얼거리며—

우뢰와도 같이 마구간의 시계가 4시를 쳤다. 그 어떤 지진도 마을 전체를 이렇게 부숴놓은 적은 없었다. 회랑과 거기 있던 사람들은 모두 가루가 되었다. 응시하고 있을 때는 어둡고 침울했던 그녀 자신의 얼굴도 화약이 폭발한 것처럼 환해졌다. 이 빛 속에서 그녀 가까이 있던 모든 것이 극도로 선명해졌다. 그녀는 파리 두 마리가 빙빙 날고 있는 것을 보았으며, 파리들의 몸통이 파랗게 빛나고 있는 것을 알아보았으며, 그녀 발밑의 나무옹이와 강아지 귀가 실룩거리는 것도 보았다. 동시에 그녀는 정원의 나뭇가지가 삐걱거리는 소리를 들었고, 양이 공원에서 기침을 하고, 칼새가 창가를 스치고 지나가며 내는 비명 소리도 들었다. 그녀 자신의 몸도 떨렸고, 갑자기 딱딱한 서리 위에 벌거벗고 서 있기나 한 것처럼 욱신거렸다. 그러나 언젠가 런던에서 시계가 10시를 쳤을 때와는 달리, 지금은 완전한 평정을 유지하고 있었다(지금 그녀는 온전한 하나였고, 시간의 충격을 보다 넓은 표면으로 받아내고 있었기 때문이었다). 올랜도는 당황하지 않고 일어나 개들을 불러 모으고 꿋꿋하게 그러나 매우 기민한 동작으로 층계를 내려가 정원으로 들어섰다. 이곳의 식물 그림자들은 놀라울 정도로 선명했다. 그녀는 마치 눈에 현미경을 갖다 댄 듯이, 꽃밭에 있는 흙의 입자 하나하나를 잘 볼 수 있었다. 나무들마다의 뒤엉킨 가지들도 보았다. 풀잎 하나하나도 잘 보였으며, 잎맥과 꽃잎들도 선명했다. 그녀는 정원사 스터브스가 길을 따라 오고 있는 것을 보았으며, 그의 각반 단추 하나하나가 다 보였다. 그녀는 짐마차를 끄는 말 베티와 프린스도 보았는데, 베티의 이마 위에 있는 흰 별과 프린스의 꼬리에는 세 가닥의 털이 유난히 길게 늘어진 것을 지금처럼 주목해본 적이 없었다. 안뜰에 나가보니 저택의 낡은 회색 담들이 까칠한 인화지에 새로 찍은 사진 같았다. 테라스 위의 확성기에서는 붉은 벨벳이 깔린 비엔나의 오페라 하우스에서 듣는 무도곡이 흘러나오고 있었다. 현재의 순간에 꼼짝 못하게 묶인 그녀는, 마치 시간의 심연이 시간을 내보내기 위해 순간 입을 벌릴 때마다, 거기로부터 알지도 못하는 위험이 나올 것 같은 이상한 두려움을 느꼈다. 이 긴장은 너무 냉혹하고 너무 가혹해서, 불안한 나머지 오래 견딜 수가 없었다. 그녀는 발이 저 혼자 움직이는 것처럼 마음에도 없이 활기차게 걸어, 정원을 지나 공원으로 들어섰다. 여기서 그녀는 큰맘 먹고 억지로 목공소 옆에 걸음을 멈추고, 조 스터브스가 마차 바퀴를 만드는 것을 꼼짝 않고 서서 지켜보았다. 그녀가 스터브스의 손에서 시선을 떼지 않고 서서 보고 있을 때, 15분마다 치는 종소리가 울렸다. 종소리는 유성처럼 재빠르게 그녀의 몸을 뚫고 지나갔는데, 손으로는 잡을 수 없게 뜨거웠다. 조 스터브스의 오른손 엄지손가락은 손톱이 없었고, 손톱이 있어야 할 곳에 분홍색 살이 찻잔 받침처럼 선명하게 들고 일어난 것을 보고는 기분이 역겨워졌다. 그 모양이 너무도 오싹해서 그녀는 잠시 현기증을 느꼈으나, 순간 깜깜해졌다가 그녀의 눈까풀을 깜빡거리자, 현재의 억압에서 헤어났다. 눈을 깜빡거렸을 때 그림자 속에는 무언가 이상한 것이 있었는데, 그것은(누구라도 지금 직접 하늘을 바라보면서 시험해볼 수 있는 것이지만) 현재에는 항상 결여된 것이다―그래서 무섭고, 정체를 알 수 없는 것이다―그것에 핀을 꽂고 아름다움이라는 이름을 붙이면 두려워지는 것으로서, 그것은 그 자체의 실체나 특질이 없는 그림자이면서, 그것이 첨가되는 것이면 무엇이든 바꾸는 힘을 가지고 있다. 그녀가 목공소에서 잠시 실신한 상태에서 눈을 깜빡거리고 있는 사이에, 이 그림자는 살그머니 빠져나와 그녀가 보아온 수많은 광경에 달라붙어, 그것들을 무언가 견딜 만한 것, 이해할 만한 것으로 만들어놓았다. 올랜도의 마음은 바다처럼 심하게 흔들렸다. 그녀가 목공소에서 나와 언덕을 오르려고 방향을 돌릴 때 안도의 한숨을 쉬면서, 그래, 나는 다시 살 수 있어, 라고 생각했다. 나는 지금 서펜타인 연못가에 있고, 작은 보트들이 수많은 죽음의 하얀 아치를 올라가고 있다고 생각했다. 이제 뭔가 알기 시작했어….

이상은 그녀가 아주 분명하게 한 말들이었으나, 우리는 이제 그녀는 자기 앞에서 벌어진 일에 대해 아주 무관심해져, 그녀는 쉽사리 양을 암소로, 스미스라는 노인을 전혀 상관없는 존스라는 사람과 혼동하리라는 것을 감출 수 없다. 왜냐하면 손톱이 빠진 엄지손가락의 흐릿한 그림자가 머리 뒤통수에서(시야에서 가장 멀리 떨어져 있는 부분인데) 깊은 물웅덩이처럼 고여, 그곳에 있는 것들이 깊은 어둠에 싸여, 뭐가 뭔지 거의 알 수 없기 때문이었다. 올랜도는 이 물웅덩이랄까, 바다를 들여다보았는데, 거기에는 모든 것이 비춰졌다─그리고 실제로 우리의 아주 강렬한 모든 감정과 예술과 종교는 현상 세계가 잠시 어두워질 때, 우리 뒤통수의 어둡고 우묵한 곳에 나타나는 영상이라고 말하는 사람이 있다. 그녀는 지금 그 우묵한 곳을 한참 동안, 깊고 심오하게 바라보았다. 그러자 그녀가 지금 올라가고 있는 양치식물이 무성한 길이 전부가 길이 아니고, 일부는 서펜타인 연못이 되었다. 또한 산사 덤불은 부분적으로는 명함 상자와 손잡이를 도금한 지팡이를 든 신사 숙녀들이었다. 양떼들의 일부는 높다란 메이페어 저택들이었다. 마치 올랜도의 마음이 여기저기 빈터가 뻗어 있는 숲이 돼 버린 양, 모든 것의 일부가 다른 것이 되고, 사물들은 가까워지고, 멀어지고, 뒤섞이고, 흩어져서, 빛과 그림자가 끊임없이 체크무늬를 이루면서, 더없이 기묘한 결합과 조합을 이루고 있었다. 사슴 사냥개 카누트가 토끼를 쫓는 것을 보고서야 지금이 네 시 반이구나, 하는 생각이 들었지만─사실은 6시 23분 전이었다─그녀는 시간을 잊고 있었다.

양치식물이 무성한 길은 여러 차례 구불거리면서 점점 더 높이 올라가, 정상에 있는 참나무에 이르렀다. 참나무는 올랜도가 1588년경에 본 이래로 더 커지고, 튼튼해지고, 더 매듭이 많아졌으나 아직도 전성기였다. 가지에는 아직도 날카롭게 주름진 작은 잎들이 나뭇가지에 총총하게 매달려 흔들리고 있었다. 올랜도는 땅바닥에 몸을 던지고 누워, 나무뿌리들이 이리저리 갈비뼈처럼 뻗어 있는 것을 등 뒤에서 느꼈다. 그녀는 자기가 세상의 등을 타고 있다고 생각하고 싶었다. 그녀는 자신을 무언가 단단한 것에 붙들어 매고 싶었다. 그녀가 땅 위에 벌렁 누웠을 때, 가죽 재킷의 가슴팍 부분에서 빨간 천으로 장정한 작은 네모난 책 한 권이 떨어졌다─그녀의 시 「참나무」였다. "꽃삽을 가지고 왔어야 하는 건데"라고 그녀는 생각했다. 뿌리 위의 흙이 너무 얕아서, 계획대로 책을 여기다 묻을 수 있을지가 의심스러웠다. 게다가 개들이 그것을 파낼 것이다. 아무래도 이런 상징적인 의식에는 운이 따르지 않는다는 생각이 들었다. 그렇다면 의식 없이 하는 것도 괜찮을 것이었다. 책을 묻으면서 뭔가 한 마디 하려고 생각했던 짤막한 연설이 입 밖으로 나오려고 했다(그 책은 작가와 삽화가가 서명한 초판본이었다). "대지가 나에게 준 것에 대한 답례로 나는 이 책을 여기에 묻습니다." 그러나 맙소사! 일단 소리 내서 말하고 보니 얼마나 유치하게 들리는가! 그녀는 일전에 늙은 닉 그린이 단 위에 올라가 그녀를 밀턴과 비교하면서 (그가 장님이라는 것은 빼고) 그녀에게 200기니 수표를 건네주던 일이 생각났다. 그때 그녀는 여기 언덕 위에 있는 참나무 생각을 했으며, 그것이 이것과 무슨 관계가 있을까 의아해 했다. 칭찬과 명성이 시와 무슨 관계가 있는가? 7판을 거듭했다는 것이(이 책은 이미 그만큼 나갔다) 책의 가치와 무슨 상관이 있는가? 시를 쓴다는 작업은 은밀한 거래, 하나의 목소리에 다른 목소리가 화답하는 일이 아니었던가? 따라서 이 모든 잡담과 칭찬, 그리고 비난, 그리고 자기를 존경하는 사람들을 만나거나 헐뜯는 사람들을 만나는 것은 시를 쓴다는 일 그 자체 ― 하나의 목소리에 다른 목소리가 화답한다는 일 ― 와는 어울리지 않는 것이었다. 오랜 세월 동안 숲이나 농장, 문 옆에 목을 맞대고 서 있는 갈색 말들, 대장간과 부엌, 그처럼 힘들게 밀과 순무와 풀을 키우는 풀밭과 붓꽃과 백합꽃이 피어 있는 정원에서 울려오는 중얼거리는 노랫소리에 더듬거리며 화답한 대답보다 그 무엇이 더 은밀하고, 더 여유롭고, 연인들의 친교와도 같은 것이 있었겠는가, 하는 생각이 들었다.

그래서 책을 묻지 않은 채 흩뜨러진 채로 땅 위에 던져놓고는, 광활한 경치가 마치 바다 밑바닥처럼 변화무쌍하게 햇빛에 밝아졌다가, 그림자로 어두워지는 모양을 바라보고 있었다. 느릅나무들 사이에는 교회의 탑이 보이는 마을이 있었고, 공원에는 회색빛 둥근 지붕이 있는 영주의 저택이 있었으며, 어느 온실 위에서는 빛의 불꽃이 보였고, 농장 마당에는 노란 옥수수 다발이 쌓여 있었다. 들판에는 군데군데 시커먼 나무 덤불이 있었으며, 들판 너머로는 기다란 숲이 뻗어 있었고, 강물이 반짝이고, 그리고 다시 언덕이 이어져 있었다. 멀리서 스노우던의 험한 바위들이 구름을 뚫고 하얗게 자태를 드러내고 있었다. 그녀는 멀리 있는 스코틀랜드의 언덕과 헤브리디스의 섬들 주위를 소용돌이치는 거센 조류를 보았다. 멀리 바다에서 들려오는 대포 소리에 귀를 기울였다. 들리지 않았다—바람 소리뿐이었다. 지금은 전쟁이 없었다. 드레이크도 세상을 떠났고, 넬슨도 떠났다. "그리고 저것은" 그녀는 먼 곳을 바라보던 눈을 다시 한 번 발밑으로 떨어뜨리면서 생각했다. "한때는 내 땅이었지. 구릉들 사이의 저 성도 내 것이었어. 그리고 거의 바다까지 뻗어 있는 저 황무지도 모두 내 것이었다." 이때 풍경이(희미해지는 불빛 장난이 분명했는데) 흔들리고 겹쳐 싸이면서, 집과 성과 숲의 모든 방해물들이 천막 모양의 좌우편으로 미끄러져 내렸다. 터키의 민둥산들이 그녀 앞에 나타났다. 태양이 작열하는 정오였다. 그녀는 햇볕이 내리쬐는 언덕바지를 직시했다. 염소들은 그녀의 발치에서 엷은 갈색의 풀을 뜯고 있었다. 독수리 한 마리가 그녀의 머리 위로 솟아올랐다. 나이 든 늙은 집시 러스텀의 쉰 목소리가 그녀의 귓전에 들렸다. "이것과 비교하면 당신의 집안이나 당신의 선조, 당신의 재산 따위가 뭐란 말이요? 400개의 침실과 모든 접시의 은 뚜껑과 청소하는 하녀들이 무슨 필요가 있단 말이요?"

이 순간 어떤 교회의 시계가 골짜기에서 울렸다. 천막처럼 생긴 경치가 무너져내렸다. 다시 한 번 현재가 그녀의 머리 위에 쏟아져내렸지만, 이제는 빛이 전보다 더 부드럽게 약해지고 있었기 때문에 세세한 것은 아무것도, 작은 것은 아무것도 시야에 들어오지 않고, 다만 안개 긴 들판과 램프가 켜진 오두막과 잠자는 거대한 숲과 골목길의 어둠을 앞으로 밀어내는 부채 모양의 빛만이 있을 뿐이었다. 시계가 9시를 쳤는지, 혹은 10시나 11시를 쳤는지 그녀는 알 도리가 없었다. 밤이 되었다—모든 시간 가운데서 그녀가 가장 좋아하는 밤, 마음의 어두운 웅덩이 속에 반사되는 것들이 낮보다 더 분명하게 빛나는 밤. 이제는 사물이 형성되는 어둠 속을 깊이 들여다보기 위해, 또는 마음의 웅덩이 속에서 셰익스피어를 보거나, 러시아 바지를 입고 있는 소녀를 보거나, 또는 서펜타인 연못 위의 장난감 보트와 케이프 혼 앞 바다에서 태풍의 큰 파도가 물결치는 것을 보기 위해 기절할 필요가 없었다. 올랜도는 어둠 속을 들여다보았다. 남편의 범선이 파도 꼭대기로 오르고 있었다! 그것은 계속해서 위로 위로 올라갔다. 수많은 죽음을 안고 있는 하얀 파도의 아치가 앞을 가로막았다. 돌풍에 맞서 아, 이 무모하고 어리석은 사내는 쓸데없이 케이프 혼 둘레를 언제까지나 항해하고 있다! 그러나 드디어 범선이 아치를 빠져나와 다른 쪽으로 나아갔고, 드디어 무사했다!

"신난다!"하고 그녀는 소리쳤다. "신난다!" 그러자 바람이 잦아들고 바다는 고요해졌다. 파도가 달빛을 받아 평화롭게 찰랑거리고 있었다.

"마머 듀크 본스롭 셸머딘!"이라고 그녀는 참나무 옆에 서서 외쳤다. 아름답고 반짝이는 이름이 하늘에서 강청색의 푸른빛 깃털처럼 떨어졌다. 그녀는 그것이 깊은 대기를 아름답게 가르며, 천천히 떨어지는 화살처럼 빙빙 돌면서 떨어지는 것을 지켜보았다. 그는 늘 그렇듯이 죽은 듯 조용할 때 온다. 파도가 찰랑거리고, 점박이잎들이 가을 숲 속에서 그녀의 발치 위로 천천히 떨어질 때, 표범이 잠잠할 때, 달이 물 위에 떠 있고, 하늘과 바다 사이에 아무것도 움직이지 않을 때. 그럴 때 그는 왔다.

지금은 모든 것이 조용했다. 시간은 거의 자정이었다. 달이 광야 위로 천천히 떠올랐다. 달빛 속에 유령의 성이 땅 위에 나타났다. 모든 창문이 은빛으로 장식된 거대한 성이 서 있었다. 벽도 알맹이도 없었다. 모든 것이 유령이었다. 모든 것이 조용했다. 돌아가신 여왕이 오시는 것을 맞이하려는 듯, 전관에 불이 켜져 있었다. 올랜도는 아래를 내려다보고, 안뜰에서 어두운 깃털들이 바삐 움직이고, 횃불들이 흔들리고, 그림자들이 무릎을 꿇는 것을 보았다. 어떤 여왕이 다시 한 번 마차에서 내렸다.

"여왕 폐하, 기꺼이 모시겠습니다"라고 그녀는 허리를 깊이 숙여 절을 하면서 외쳤다. "달라진 것은 아무것도 없습니다. 돌아가신 영주, 저희 아버지가 안내하겠습니다."

그러자 자정을 알리는 첫 번째 종소리가 울렸다. 현재의 차가운 바람이 작은 공포의 숨결로 그녀의 얼굴을 쓰다듬었다. 그녀는 걱정스럽게 하늘을 쳐다보았다. 하늘은 구름에 덮여 어두웠다. 바람 소리가 귀에서 으르렁거렸다. 그러나 바람의 울부짖음 속에서 그녀는 점점 더 가까이 다가오는 비행기의 으르렁거리는 소리를 들었다.

"여기에요! 셀, 여기요!"라고 그녀는 소리치면서 젖가슴을 달빛에 열어젖히자(달은 지금 환하게 비추고 있었다) 그녀의 진주 알들이 달에 사는 거대한 거미 알처럼 빛났다. 비행기는 구름을 뚫고 나와 그녀의 머리 위로 왔다. 머리 위에서 맴돌았다. 올랜도의 진주가 어둠 속에서 인광처럼 타올랐다.

그리고 이제는 건강하고, 혈색 좋고, 민첩한 멋진 선장이 된 쉘머딘이 땅 위로 뛰어내리자, 그의 머리 위로 한 마리의 들새가 날아올랐다.

"기러기다!" 올랜도가 소리쳤다. "기러기…"

그러자 자정을 알리는 12번째 종소리가 울렸다. 1928년 10월 11일 목요일, 자정을 알리는 12번째 종소리였다.

리얼리티의 탐색

　『올랜도』(1928)는 『등대로』가 출간된 이듬해에 나온 작품이고, 1931년에 발간된 『파도』의 전주곡과도 같은 작품이다. 울프의 글 쓰는 패턴이 늘 그렇듯이, 혼신의 노력을 경주해서 중후한 작품을 써낸 다음에는 조금은 가벼운, 다시 말해 머리를 식히는 글을 쓰면서 다음 작품을 위해 충전을 한다. 이러한 맥락에서 이 작품은 『등대로』라는 걸작을 내놓고, 『파도』라는 또 하나의 기념비적인 작품을 쓰기 위한 준비 운동에 해당하는 작품이라고 볼 수도 있다.

　하지만 애초에는 가벼운 것으로 쓰려고 했는데, 막상 써 놓고 보니 대단히 무거운 작품이 되었다는 이야기를 다른 사람도 아닌 울프 자신이 하고 있다. 다음 일기는 이 작품을 시작하고 이 년 반이 지나고 나서, 그러니까 작품 전반부의 초고가 이미 완성된 뒤인 1927년 12월 20일에 쓴 것이다.

　　그런데 어쩌다 『올랜도』는 내 의사와는 상관없이, 그처럼 그 자체로 강한 힘을 가지고 있는 것일까! 마치 태어나기 위해 주위의 모든 것을 밀쳐낸 듯하다. 그러나 지금 3월달에 쓴 것을 다시 읽어 보니, 실제는 그렇지 않아도 정신적으로는 바로 그 당시 내가 계획했던 대로의 엉뚱한 작품이 되어 있다. 다시 말해 정신은 풍자적이고, 구조는 환상적이다. 정확히 그렇다.

울프가 필생의 대작 『파도』를 구상하다가 머리를 식히기 위해 썼다는 이 작품은 물론 그런 측면이 없지는 않지만, 자세히 들여다보면 그야말로 작가의 의지와는 상관없이 또 하나의 심각한 작품이 되어버린 것을 알 수 있다.

이 작품이 작가의 의도와 다른 방향으로 씌어졌다는 말은 바꿔 말해, 잠재의식 차원의 강한 욕구가 작동하여, 작가도 어찌할 도리 없이 현재의 모습이 되어버렸다는 이야기가 된다. 기게Jean Guiguet와 같은 프랑스의 울프 평론가도 이 작품의 심각성을 강변하고 있다.

작가에게 도저히 쓰지 않고는 배기지 못하게 했다는 점에서, 즉 저술 욕구가 작가의 내면에 깊숙이 도사리고 있었다는 점에서 『올랜도』는 자연발생적인 작품이라고 할 수 있다. 다시 말해, 이 작품은 심사숙고한 결과나 사상의 결실이 아니라 불가피한 행위, 작가 전존 존재의 화급한 요구인 것이다. (『*Virginia Woolf and Her Works*』, 262쪽)

또 한 가지 지적해야 할 중요한 사항은 『올랜도』가 출간된 이듬해인 1929년에 그 유명한 페미니즘 에세이 『자기만의 방』이 출간되었다는 사실이다. 당시 울프는 『올랜도』를 집필하면서 두 개의 강연을 준비하고 있었다. 1928년에 뉴넘Newnham과 거튼

Girton에서 각각 한 번씩 강연을 했는데, 이것이 『자기만의 방』의 기초가 되었다. 그러니까 같은 시기에 출간된 『올랜도』와 『자기만의 방』은 1920년대 울프의 페미니즘을 요약하고 있다고 할 수 있다. 이 두 작품은 예술가의 양성론에 강세를 두고 있다는 점에서 뿐만 아니라, '유머'와 '별스러움'이라는 측면에서도 공통점을 지니고 있다. 사실상 『올랜도』는 『자기만의 방』에 서술된 내용을 극화시켜놓고 있다. 즉 "남성적인 의지가 여성만이 지니고 있는 창조적 회생력에 힘입지 않고서는 영혼은 파괴되고 말 것"(『*A Room of One's Own*』, 90쪽)이라는 사실에 소설 예술의 의상을 입혔다. 따라서 『올랜도』는 페미니즘적 접근이 절대적으로 필요한 작품이다.

이 작품에는 분명히 판타지적인 요소도 들어 있다. 우선 수많은 대비와 과장이 그것이라고 할 수 있다. 실제로 작품에 감성과 이성, 남성과 여성 등 수많은 대비가 등장하며, 라블레Rabelais를 연상시킬 정도의 과장도 많다. 우선 주인공 올랜도가 삼십육 세가 될 때까지 실제로는 거의 그것의 열 배에 해당하는 삼백사십이 년을 살아왔다는 점 등, 작품 내의 거의 모든 것이 이런 비율로 과장되어 있다. 그러나 판타지적인 요소가 가미되어 있는 것은 사실이지만 이것은 어디까지나 양념일 뿐이다. 덧붙여서 지적해야 할 점은 판타지적인 측면은 작품의 전반부에만 나타나고, 후반으로 갈수록 자취를 감추면서 작품의 내용이 점점 더 심각해진다는 사실이다.

판타지적인 요소와 마찬가지로 '전기'라는 부제도 독자를 잠시 헷갈리게 한다. '전기'라는 부제가 붙여져 있기는 하지만, 작품 안에서 다루고 있는 내용은 전통적인 전기와는 사뭇 다르다. 울프는 '전기'라는 장르가 대상 인물의 연대기적 사실만을 나열

해가는 것이라고 한다면, 그것이 얼마나 그 인물의 참된 묘사에서 먼가를 보여주고 있다. 오히려 울프는 이 작품에서 '전기' 혹은 '소설'에 대한 당시의 관습을 희화하고 있다고 할 수 있다.

이 특이한 작품은 당대의 유명한 시인이자 소설가인 비타 Victoria Sackville-West에게 바친 작품이며, 실제로 그녀를 위해 쓴 작품이다. 뿐만 아니라 색빌웨스트가 상당히 충실하게 묘사되어 있는 것도 사실이다. 따라서 『올랜도』는 적어도 부분적으로는 놀 Knole의 색빌 가家의 역사이다. 어느 모로 보나 색빌웨스트가 이 작품의 출발점인 것은 사실이다. 그러나 작품을 읽어나가다 보면 색빌웨스트는 하나의 매개체에 불과하다는 사실이 곧 드러난다.

영국을 무대로 한 이 작품의 내용은 자그마치 삼 세기에 걸쳐 있다. 주인공인 시인 올랜도는 16세기(1588) 영국에 십육 세의 미소년으로 등장해서, 그후 삼백여 년간 계속 살아, 작품이 끝나는 1928년에는 삼십육 세의 여인이 되어 있다. 그리고 17세기 말경인 삼십 세에 남자에서 여자로 바뀌는 것으로 되어 있다. 역사적으로는 이 무렵이 여성이 영국 문학에 참여하기 시작한 때이다. 울프는 작품 내의 모든 디테일을 이런 식으로 사실성과 상징성을 동시에 지니도록 치밀하게 엮어내고 있다.

이와 같이 겉으로 드러난 전기적 측면과 판타지적 요소 저변에는 울프가 그녀의 소설에서 한결같이 다루어온 중후한 테마인 '삶이란 무엇인가?'가 굳건히 자리 잡고 있다. 작가의 지론대로 그 표면이 제아무리 나비의 날개처럼 고혹적이고 가볍다 하더라도 그 너울에 현혹되어서는 안 되고, 작품의 밑바닥에 도사리고 있는 강철과도 같은 메시지를 놓치지 말아야 한다. 전기나 판타지의 요소는 포장에 불과하고, 그 속에는 '진정한 의미에서의 삶이란 어떤 것인가'라는 주제와, '이것을 제대로 표현할 수 있는 문학 양식은 어떤 것인가'라는 문제가 진지하게 다루어져 있다. 따라서 다음의 인용문이 보여주고 있듯이, 작품 도처에 삶과 죽음에 관한 명상이 자리하고 있다.

그러나 만약에 그것이 잠이라면 어떤 성격의 잠인가, 라고 우리는 묻지 않을 수 없다. 잠은 치료를 위한 하나의 방편일까—더없이 화가 나게 하는 기억들, 인생을 망쳐버릴 것 같은 일들을 검은 날개로 문지르고, 가장 추하고 천한 것들마저 까칠한 부분을 문지르고 금박을 입혀, 광택과 광채가 나게 하는 최면상태인가? 인생이 산산조각이 나지 않도록 하기 위해서는, 때때로 죽음의 손가락이 삶의 소용돌이 위에 놓여야 하는 것인가? 우리는 매일 소량씩 죽음을 복용하지 않으면 삶을 이어나갈 수 없게 만들어진 것일까? 그렇다면 우리의 가장 비밀스러운 통로로 뚫고 들어와, 우리가 가장 소중하게 여기는 것들을 우리의 뜻과는 상관없이 바꿔버리는 이 이상한 힘의 정체는 무엇인가? 올랜도는 극심한 고통 때문에 지칠대로 지쳐, 일주일 동안 죽었다가 다시 살아난 것인가? 만약 그렇다면 죽음의 본질은 무엇이며, 삶의 본질은 무엇이란 말인가? (62~63쪽)

이와 같이 막중한 주제를 다루기에 '전기'나 '판타지' 같은 장르는 적합하지가 않다. 이 작품의 장르의 모호성은 '소설'이라는 장르의 신축성과 연관시켜 이해하고 변호되어야 한다.

지금까지 살펴본 바에 의하면, 이 작품에 대해서 특기할 몇 가지 사실들이 있다. 첫째는 이 소설이 작가의 "의지와 무관하게, 스스로" 태어난 작품이라는 점이다. 다시 말해, 이 소설은 작가의 전 존재가 절실하게 원하는 하나의 행위였다는 것이다. 둘째는 전술 작품에 넘치는 풍자, 셋째는 판타지적 명랑성인데, 이 둘은 서로 아우러져서 독자들을 역사와 문학, 그리고 우리 영혼의 미로들을 헤집고 다니게 만든다.

이 과정에서 작가와 독자 모두 실망하고 또 좌절하기 마련이다. 표현할 길도 막막하고, 심지어는 접근조차도 불가능한 진실의 추구 과정에서 느끼는 실망과 좌절은 그렇다고 해서 완전한 절망을 의미하지는 않는다. 이것들은 바로 우리의 삶 그 자체의 조건이다. 이 조건은 삶이 우리에게 가하는 혹독한 고문이면서, 또 아이러니컬하게도 우리가 살아가는데 있어서 추진력이 되기도 한다. 대문호들, 예컨대 셰익스피어, 토머스 브라운 경, 포프, 애디슨, 그리고 스위프트가 그들의 명성을 계속 유지하는 것은 그들이 진리를 발견했기 때문이 아니라 부단히 진리를 추구했기 때문이다.

'작가의 휴일'이라고 불리기는 하지만 이 작품 역시 울프의 다른 작품들과 마찬가지로 울프가 날카로운 통찰력을 지니고 인생을 탐구한 작품이다. 절대로 '하나의 농담', '소극笑劇'이 아니라 작가가 독자에게 은밀하게 전하는 인생에 관한 메시지이다. 올랜도는 작품 안에서 연애도 여러 번 하고, 수많은 사람들과 어울려 지내는데도 늘 외로워하는 것으로 묘사되어 있다. 이 고독은 사회생활을 원만하게 영위하기 위한 충전용의 '혼자 있음'이나 창조적 에너지가 방해받지 않도록 하기 위한 긍정적인 고독과는 본질적으로 다른 '이방인의 원천적 고독the basic loneliness of the Outsider'이다.

이리하여 기게는 조심스럽게 이 작품에 드러난 실존주의적 색채를 지적한다. 울프는 주인공을 부조리하고 조각난 세계에 내팽개쳐 놓는데, 그 세계란 주인공 자신 밖에는 질서를 부여할 수 없는 곳이며, 이 질서에 대해서조차도 확신을 가질 수 없는 곳이다. 기계는 주인공 올랜도가 카뮈Camus의 주인공과 너무도 닮았다고 말한다. 하지만 관념적 비관주의 아래에서 우리는 이 작품이 인생 예찬의 측면도 동시에 지니고 있다는 것을 알고 있다.

작품의 성격이 대단히 특이하고 난해하기 때문에 이쯤에서 줄거리를 간략하게 요약해두는 것이 작품 이해에 도움이 될 것 같다. 제1장에 등장하는 주인공 올랜도는 남자이고, 나이는 십육 세, 신분은 귀족이고, 경제적으로 대단히 부유한 상태이다. 그는 16세기 엘리자베스 시대의 영국에 살고 있는 것으로 그려진다. 여기서 울프는 참나무를 등장시키는데, 이것은 한 그루의 나무로서, 올랜도가 쓰는 시의 제목으로 이 작품에서 대단히 중요한 역할을 한다. 울프는 나무의 이미지를, 우리의 삶 가운데 존재하기는 하지만 범접하기 힘든, 고양된 순간의 상징으로 사용하고 있다. 1586년부터 1928년까지 올랜도가 써나가는 문제의 시 「참나무, 한 수의 시The Oak Tree, a Poem」가 바로 그것이다.

또 첫 장에 보면, 그해 겨울 유례가 없는 혹심한 서리Great Frost가 내려 모든 것을 꽁꽁 얼어붙게 만드는 자연재해가 발생한다. 이는 올랜도가 남성성의 세계에 너무 깊숙이 진입하여 감성의 영역이 얼어붙는 것을 상징적으로 시사한다. 이러한 상황에서 그는 러시아 공주 사샤를 만난다. 이 여인은 올랜도의 분신dark double으로 등장해서 표면적으로는 올랜도의 연인이 되었다가 곧 그를 배신하는 것으로 그려진다. 이 장의 말미에 가서는 얼어붙었던 땅 위에 천지개벽이라도 일어난 듯 굉음을 동반한 비가 억수로 쏟아져 내린다.

제2장에서 올랜도는 어느 날 혼수상태에 빠져 만 칠 일 동안 자고 일어난다. '잠자는 숲속의 공주'를 연상시키는 이 수법은 판

타지라든가 가벼운 재미 등으로 해석할 수도 있지만 상징적 차원에서 보다 심오한 의미를 갖는다. 주인공의 정신적 성장 과정에서 하나의 중요한 획을 긋는 기능을 수행한다고 할 수 있다. 첫장에서 사샤로 인해 사랑의 고뇌를 맛보고 한 걸음 성숙한 주인공은 다음 단계에서는 세속적인 야망과 명예욕에 시달리게 된다. 그리고 나서 명예의 덧없음을 실감한다. 명예란 운신의 폭을 좁히고, 감성의 발달을 저지시키는, 속이 빈 강정을 싸고 있는 화려한 방패와도 같은 것이라는 사실을 깨닫기에 이른다. 그래서 한동안 은둔생활을 한 후 해리엇의 유혹을 물리치기 위해 콘스탄티노플의 대사로 떠난다. 해리엇은 올랜도의 숨겨진 여성적 요소를 반영한다. 그녀는 올랜도의 삶에 유령과도 같이 끼어들어 남성성만을 발전시켜 나가는데 주력하고 있는 올랜도로 하여금 여성성도 조화롭게 발전시켜 나가도록 인정사정 없이 괴롭힌다.

제3장에서는 대사로서의 화려하기 이를 데 없으나 공허하기 짝이 없는 생활이 그려진다. 대사생활 이 년 반 만에 올랜도는 공작 작위를 수여받는데, 이 수여식 행사 도중에 큰 소요가 일어난다. 소요가 있던 날 밤, 주인공이 발코니로 나와서 아래에 있는 여자를 밧줄로 들어 올려다가 정열적으로 끌어안고 함께 방으로 들어가는 것을 목격한 여인이 등장해서 증언한다. 이것은 오로지 남성성의 발휘만을 위해서 치닫던 생활이 극에 이르자, 이제는 더 이상 일방적인 독주를 견뎌내지 못하고 여성성을 쌍수를 들어 맞이하는 것을 상징적으로 묘사한 것이다.

다음 날 아침 또다시 그는 깊은 잠에 빠진다. 칠 일째 되는 날 그는 성이 바뀌어 남자가 아닌 여자로 깨어난다. 여자가 된 올랜도는 대사 생활을 미련 없이 버리고 집시의 무리에 합류한다. 여기서 많은 교훈을 얻고 그녀는 갈 길을 서둘러야 한다. 아직도 올랜도는 생의 핵심에 도달하지 못했음을 깨닫고 다시 혼수상태에 빠진다. 10일 만에 깨어난 올랜도는 셸을 만나 약혼한다. 올랜도가 마음을 비우고 자신을 땅에 던졌을 때 기적적으로, 그리고 극적으로 그녀의 소원이 이루어져 셸이 나타난다. 낭만적 모험가이며 현대적인 항해사로 등장하는 셸은 실제의 인물이라기보다는 환상적인 인물로서, 단지 법열의 순간을 맛보게 해주는 중개인, 혹은 19세기 결혼 풍습에 대한 풍자의 도구 정도로 쓰인 인물이다.

마지막 6장에서는 여성의 글 쓰는 행위에 대한 사회의 반응에 관해 이야기한다. 아직도 올랜도는 그녀 혼자서 남성성, 여성성 두 요소를 두루 갖추는 길을 찾아야 비로소 목적지에 다다를 수가 있다. 이 작업을 완수하고 심리적으로 하나이며 온전한 존재가 되기 위해서는 아내로서의 역할과 시에 대한 애정 사이의 갈등을 해소해야만 한다. 그런 연후에야 비로소 '참 기쁨의 경지'를 외칠 수 있다. 이 장이 마지막 장이기 때문에 드디어 주인공은 어렵사리 삶의 비전을 획득하고 '지고의 기쁨'을 맛보게 된다. 이 비전 획득의 상징적 형상화는 3월 20일 목요일 새벽 세 시에 올랜도가 아들을 낳는 것과, 그녀의 시를 드디어 출간하는 일이다.

작품 말미에서 자정을 알리는 시계 소리가 열두 번 울리는데, 열두 번째의 울림과 더불어 1928년 10월 11일 목요일이 되었다고 선언하고 작품이 끝난다. 시계가 열두 번째 종을 치는 순간, 즉 밤과 낮, 어둠과 빛, 그리고 여성성과 남성성의 교차 지점에서 야생의 거위가 공중으로 튀어 오르는데, 이것은 상반되는 요소들의 결합, 그리고 이 결합으로부터 거위로 상징되는 '생명', '진리', 그리고 '영혼' 등이 솟아오르는 것을 상징한다.

이 작품을 놓고 '판타지', '전기', '소설', 그것도 아니면 "문학사상 그 유례를 찾아볼 수 없는 가장 길고 가장 아름다운 연애편지"
라는 등 설이 분분하다. 이와 같은 측면들이 가미되어 있기는 하
지만 이 작품은 역시 처음부터 끝까지 울프가 작가로서 전하려
고 고심했던 '리얼리티의 진수'를 탐색한 작품이다. 이 진지한 탐
색 과정에서 울프는 '장르'라는 장애물을 과감하게 뛰어넘기도
하고, 성전환이라는 기상천외의 실험도 마다하지 않는다. 이리하
여 우리는 『파도』에 관해 내렸던 결론을 이 소설에 대해서도 내
릴 수밖에 없다. 즉 이 책 아무데나 펼쳐도 눈물겹도록 아름답고
가슴 시린 시를 마주하게 된다고.

이 작품의 제목은 Ariosto의 『*Orlando Furioso*』(1516)와 셰익스
피어의 『뜻대로 하세요*As You Like It*』에 등장하는 추방당한 왕자의
이름 Orlando에서 따온 것이라는 것이 정설이다. 그러나 일부 페
미니즘 계열의 비평가들은 'A or B'라는 2분법 대신 모든 것을 감
싸 안는 'A and B'의 세계가 바람직하다는 메시지를 이 제목에 담
고 있다고 주장한다. 즉 Orlando의 철자 가운데 'or'와 'and'를 교
묘하게 끼어 넣어서 이와 같은 해석을 가능하게 한다는 것이다.

2010년 봄에
박희진

버지니아 울프 연보

1882년   1월 25일, 런던 켄싱턴에서 출생.

1895년   5월 5일, 어머니 사망, 이해 여름에 신경증 증세 보임.

1899년   '한밤중의 모임Midnight Society'을 통해 리튼 스트레이치, 레너드 울프, 클라이브 벨 등과 친교를 맺음.

1904년   아버지, 레슬리 스티븐 사망. 5월 10일, 두 번째 신경증 증세 보임. 이 층 창문에서 투신자살을 시도하나 미수에 그침. 10월, 스티븐 가의 네 남매, 토비, 바네사, 버지니아, 에이드리안은 아버지의 빅토리아 시대를 상징하는 하이드 파크 게이트를 떠나 블룸즈버리로 이사함. 12월 14일, 서평이 『가디언*The Guardian*』에 무명으로 실림.

1905년   3월 1일, 네 남매가 블룸즈버리에서 파티를 열면서 이후 '블룸즈버리 그룹Bloomsbury Group'이라는 예술가들의 사교적인 모임을 탄생시킴. 정신 질환 앓음. 네 남매가 함께 대륙 여행을 함. 근로자들을 위한 야간 대학에서 가르침. 『타임스*The Times*』의 문예 부록에 글을 실음.

1906년   오빠인 토비가 함께했던 그리스 여행에서 돌아온 후 장티푸스로 사망.

1907년   블룸즈버리 그룹을 통해 덩컨 그랜트, J. M. 케인스, 데스몬드 매카시 등과 친교를 맺음.

1908년	후에 『출항 The Voyage Out』으로 개명된 『멜림브로지어』를 백 장가량 씀.
1909년	리튼 스트레이치가 구혼했으나, 결혼이 성사되지 않음.
1910년	1월 10일, 변장을 하고 에티오피아 황제 일행이라 사칭하고 전함 드레드노트 호에 탔다가 신문 기삿거리가 됨. 7~8월, 요양소에서 휴양. 11~12월, 여성 해방 운동에 참가.
1911년	4월, 『멜림브로지어』를 8장까지 씀.
1912년	1월 11일, 레너드 울프가 구혼함. 5월 29일, 구혼을 받아들여 8월 10일 결혼.
1913년	1월, 전문가로부터 아기를 낳는 것이 건강에 좋지 않다는 진단 결과를 들음. 7월, 『출항』 완성. 9월 9일, 수면제 백 알을 먹고 자살 기도.
1914년	8월 4일, 제1차 세계대전 발발. 리치몬드의 호가스 하우스로 이사.
1915년	최초의 장편소설 『출항』을 이복 오빠가 경영하는 덕워스 출판사에서 출간.
1917년	수동 인쇄기를 구입하여 7월에 부부가 각기 이야기한 편씩을 실은 『두 편의 이야기 Two Stories』를 출간.
1918년	3월, 두 번째 장편 『밤과 낮 Night and Day』 탈고. 몽크스 하우스를 빌려 서재로 사용.
1920년	7월, 단편 「씌어지지 않은 소설 An Unwritten Novel」 발표. 10월, 단편 「단단한 물체들 Solid Objects」 발표, 『제이콥의 방 Jacob's Room』 집필.
1921년	3월, 실험적 단편집 『월요일 아니면 화요일 Monday or Tuesday』을 호가스 출판사에서 출간. 「유령의 집 A Haunted House」, 「현악 사중주 The String Quartet」, 「어떤 연구회 A Society」, 「청색과 녹색 Blue and Green」

등이 수록됨. 11월 14일, 세 번째 장편 『제이콥의 방』 완성.

1922년	심장병과 결핵 진단을 받음. 9월에 단편 「본드 가의 댈러웨이 부인Mrs Dalloway in Bond Street」을 씀. 10월 27일, 『제이콥의 방』 출간.
1923년	진행 중인 장편 『댈러웨이 부인Mrs Dalloway』을 『시간들The Hours』로 가칭함.
1924년	5월, 케임브리지의 '이단자회'에서 현대 소설에 대해 강연. 그 원고를 정리한 『베넷 씨와 브라운 부인Mr Bennet and Mrs Brown』을 10월 30일에 출간. 『댈러웨이 부인』 완성.
1925년	5월, 『댈러웨이 부인』 출간. 장편 『등대로To the Light-house』 구상, 장편 『올랜도Orlando』 계획.
1927년	1월 14일, 『등대로』 출간. 5월에 단편 「새 옷The New Dress」 발표.
1928년	1월, 단편 「슬레이터네 핀은 끝이 무뎌Slater's Pins Have No Points」 발표. 3월, 『올랜도』 탈고. 4월에 페미나Femina상 수상 소식 들음.
1929년	3월, 강연 내용을 보필한 『여성과 소설Woman and Fiction』 완성. 10월에 『여성과 소설』을 『자기만의 방 A Room of One's Own』으로 개명하여 출간. 12월에 단편 「거울 속의 여인: 반영The Lady in the Looking-Glass: A Reflection」 발표.
1931년	『파도The Waves』 출간.
1933년	1월, 『플러쉬Flush』 탈고.
1937년	3월 15일, 장편 『세월The Years』 출간.
1938년	1월 9일, 『3기니Three Guineas』 완성. 4월, 단편 「공작부인과 보석상The Dutchess and the Jeweller」 발표, 20년

전의 단편 「라빵과 라삐노바Lappin and Lapinova」 개필.

| 1939년 | 리버풀 대학에서 명예박사 학위를 수여하려 했으나 사양함. 9월, 독일의 침공, 런던에 첫 공습이 있었음. |

| 1940년 | 8~9월, 런던에 거의 매일 공습이 있었음. 10월 7일, 런던 집이 불탐. |

| 1941년 | 2월, 『막간Between the Acts』 완성. 3월 28일 오전 11시경, 우즈 강가의 둑으로 산책을 나간 채 돌아오지 않음. 강가에 지팡이가, 진흙 바닥에 신발 자국이 있었음. 오랫동안의 정신 집중에서 갑자기 해방된 데서 오는 허탈감과 재차 신경 발작과 환청이 올 것에 대한 공포 등이 자살 원인이라고 추측함. 7월 17일, 유작 『막간』 출간. |

옮긴이 **박희진**

서울대학교 영문과와 동 대학원을 졸업하고 미국 인디애나대학교에서 박사 학위를 받았다. 논문집으로「The Search beneath Appearances: The Novels of Virginia Woolf and Nathalie Sarraute」, 역서로『의혹의 시대』『잘려진 머리』『영문학사』『등대로』『파도』『올랜도』『상징주의』『다다와 초현실주의』『어느 작가의 일기』등, 저서로『버지니어 울프 연구』『페미니즘 시각에서 영미소설 읽기』『그런데도 못 다한 말』이 있다. 현재 서울대학교 명예교수이다.

버지니아 울프 전집 3
올랜도 Orlando

1판 1쇄 발행	2019년 4월 15일
1판 3쇄 발행	2022년 11월 25일
지은이	버지니아 울프
옮긴이	박희진
펴낸이	임양묵
펴낸곳	솔출판사
편집	윤진희 김현지
디자인	이지수
경영관리	이슬비
주소	서울시 마포구 와우산로29가길 80(서교동)
전화	02-332-1526
팩스	02-332-1529
블로그	blog.naver.com/sol_book
이메일	solbook@solbook.co.kr
출판등록	1990년 9월 15일 제10-420호

© 박희진, 2010

ISBN	979-11-6020-075-1	(04840)
	979-11-6020-072-0	(세트)